CW01045398

EL EXTRAÑO VERANO
DE TOM HARVEY

EL EXTRAÑO VERANO DE TOM HARVEY

Mikel Santiago

GRUPO ZETA

Barcelona • Madrid • Bogotá • Buenos Aires • Caracas • México D.F. • Miami • Montevideo • Santiago de Chile

1.ª edición: mayo, 2017

Esta edición c/o SalmaiaLit, Agencia Literaria

Printed in Spain
ISBN: 978-84-666-6105-8
DL B 8083-2017

Impreso por Unigraf, S. L.
Avda. Cámara de la Industria, 38
Pol. Ind. Arroyomolinos n.º 1,
28938 - Móstoles (Madrid)

A mi madre, que me enseñó a contar historias

EPISODIO I

LA LLEGADA

1

Yo estaba en Roma cuando Bob Ardlan me llamó. Para ser exactos: estaba con una mujer en Roma, cuando Bob Ardlan me llamó. Así que cuando vi su nombre en la pantalla del teléfono pensé: «Qué demonios, Ardlan. No me llamas en una eternidad y vienes a estropearme el mejor momento en mucho tiempo.»

Y lo dejé sonar.

Era sábado por la noche y esta *signora*, que era una gran dama —no desvelemos más detalles—, dijo que me regalaría el Philip Gurrey que había ido a ver con ella a una galería esa tarde. Después salimos a cenar y a un concierto de jazz. Y me olvidé de Bob, joder, lo reconozco, entre otras cosas porque no habíamos terminado demasiado bien en el último encuentro. Y cuando la vida te sonríe, y a mí me sonreía al menos esa tarde, no necesitas a nadie que venga a inflarte las narices.

Vale. Pasaron dos días (lunes) y entonces no fue Bob sino Elena Ardlan la que me llamó. Y la cosa me pilló conduciendo de camino a Siena, pero cogí el teléfono de inmediato. En las décimas de segundo que tardé en contestar intenté imaginarme la razón de su llamada. ¿Iba a invitarme a otra boda? Reconozco que todavía me dolía cuando Elena encontraba un hombre nuevo... Al mismo tiempo recordé la llamada de su padre, días atrás, y me di cuenta de que nunca se la había devuelto.

—¿Hola?

—¿Tom? —dijo ella. Su voz seguía siendo tan fina como un clavicémbalo renacentista, pero sin embargo había algo extraño: un sonido parecido a un sollozo.

—Elena, ¿te encuentras bien?

Ella dijo algo como «no» y rompió a llorar. Joder. Miré por el retrovisor, frené y me eché a un lado.

—¿Qué ocurre?

—Es papá... —dijo Elena entre sollozos—. ¡Ha muerto!

—¿Qué? —dije sin poder contener un grito—. ¿Qué ha pasado?

—Se cayó. Un accidente doméstico. No lo sé, Tom. Se abrió la cabeza en Tremonte.

Elena no acertaba a unir dos palabras. Yo estaba parado frente a un precioso paisaje de la Toscana. Una colina verde esmeralda coronada por una casona, una foto perfecta para una caja de pizza, y mientras tanto aquella noticia de la muerte de Bob Ardlan resonaba como un eco irreal en mi cabeza.

Saqué tabaco mientras le pedía a Elena que siguiera hablando.

—Lo encontró su criada esta mañana. Debió de apoyarse en la balaustrada del balcón o algo. He hablado con el doctor y la policía. No... está muy claro si fue un...

No lo dijo. Suicidio. Y yo pensé inmediatamente en esa llamada perdida de dos días atrás.

—¿Cuándo ocurrió?

—Hace dos días. El sábado por la noche. El forense dice que sobre las diez.

Hice mis cálculos mientras fumaba en silencio. No me hacía falta mirar el teléfono para saber que Bob me llamó sobre esa hora (después lo comprobé: a las nueve y cuarenta y tres exactamente). Empecé a sentir el estómago revuelto.

—¿Estás en Tremonte?

—Sí...

—Voy para allá.

—¿Seguro? Tendrás cosas que hacer..., pero te lo agradecería tanto..., yo...

Ni siquiera le había preguntado si estaba sola. Me daba igual. Tampoco lo pensé demasiado. Todo lo que tenía por delante eran un par de bolos malos en el norte. Elena era mil veces más importante. Y Bob..., joder, Bob.

—Tenías que haberme llamado antes. ¿Dónde te alojas?

—Estoy en Villa Laghia, Tom —dijo—. No se me ha ocurrido otro sitio.

Eso parecía una malísima idea, pero en fin. Le dije que llegaría por la noche. Seguiría sin paradas hasta Nápoles. Ella volvió a darme las gracias, me pidió que condujera con cuidado y dijo algo en italiano a alguna persona que había por allí. Me despedí rápido.

Paré en el primer pueblo que pude para dar la vuelta. Aproveché para repostar, comer algo y hacer un par de llamadas. El promotor del concierto de Agostino se cogió un pequeño cabreo, aunque le prometí que volvería a mitad de precio. Él me farfulló algo de no-sé-cuántos euros en pósteres por toda la ciudad y su hijo con una Vespa. *Scusa!*

Colgué y me senté en un café, en una *piazza* preciosa, por cierto, llena de flores. Dos señoras sentadas en sus sillas me miraban risueñas y les devolví una sonrisa. Supongo que se fijaban en el gran estuche de mi saxo tenor, que siempre viaja conmigo. Una de ellas me hizo un gesto con las manos para que tocara algo. Y estoy seguro de que en esa *piazza* la acústica debía de ser grandiosa, pero no me apetecía ponerme a tocar. A cambio les mandé un beso a través del cálido aire de la primavera. Las señoras siguieron sonriendo, pendientes de mí, y eso me recordó a Bob y una de sus mejores frases: «En Italia se envejece mejor.»

Hablando de envejecer, ¿qué edad tenía Bob? Debía de andar por los sesenta y seis o sesenta y siete, no más. Pero se conservaba como un pez. Había dejado de fumar, salía a andar todos los días por los senderos de Tremonte, comía legumbres. Sesenta y seis, joder, vaya edad para irse a la mierda. Miré mi teléfono otra vez y busqué su llamada en el historial. ¿Qué querría de mí quince minutos antes de palmarla? Traté de imaginar una razón, por mínima que fuera, para llamarme. ¿Había sido mi cumpleaños y no me había enterado? Elena había dicho que se cayó desde su balcón. ¿Quizás estaba diciendo adiós a todo el mundo? Me sentí fatal pensando que había denegado ese último saludo a un amigo; esa última oportunidad de decir...

¿Qué?

Recordé la última vez que estuve con él. Esto es algo que haces siempre que alguien se muere. Piensas en la última vez que le viste y si te portaste bien con él, si le dejaste un buen recuerdo o si, por el contrario, fue una mierda. A mi padre, por ejemplo, la última vez que lo vi íbamos en el coche de camino al aeropuerto. Durante el trayecto nos habíamos enfadado un poco. Él volvió a decirme las cuatro cosas de siempre sobre mi vida, y yo volví a responderle las cuatro cosas de siempre sobre sus cuatro cosas. Pero, al final, en el último instante, al llegar al aeropuerto, sacó el saxo del maletero e hizo un chiste sobre lo que pesaba: «Al menos, podías haber elegido la flauta.» Nos reímos y nos dimos un último abrazo. El último.

Con Bob no fue así. En la segunda boda de Elena, hace tres años, me dedicó algunos comentarios desagradables. Se mofó sobre mi nuevo trabajo como guía de arte en Roma. Y digamos que yo tampoco estaba muy a gusto con todo el *momentum* —viendo a Elena reconstruir su vida después de mí—, así que tampoco le respondí muy elegantemente.

«Lo siento, Bob —dije para mis adentros—, ese día estaba un poco jodido por lo de Elena. Ya lo sabes. Tú lo sabías todo, viejo cabrito. Joder, me parece mentira que estés muerto. Siempre me caíste bastante bien. Fuiste como un tío para mí.»

Terminé el almuerzo y puse mi tartana a todo gas hasta Roma por la E-35. Coltrane sonaba al llegar a Nápoles y Dexter Gordon, al hacerlo a Salerno. Después tomé la pequeña *strada regionale* R677, con Duke y Trane entonando *Big Nick* mientras un sol gigante se hundía en el mar.

Llegué a Tremonte sobre las nueve y media por la carretera de la costa, que nadie había arreglado en veinte años o más. Pero los coches seguían pasando a toda velocidad, rozándose entre ellos como bestias enfurecidas. Un ligero arañazo se disculpaba con un toque de claxon. Algo más grave, como un par de retrovisores rotos, con un insulto. Pero allí nadie paraba a menos que el otro coche se hubiera estampado en tu morro.

El territorio de Tremonte se dividía entre el pueblo de pescadores (y su barrio más popular, Chiasano) y la montaña negra que dominaba la entrada de mar: Monte Perusso, que tenía cien apodos por lo menos: Terrón de Azúcar, el Colmillo de Satán, la Montaña Negra, la Teta de Eva, Beverly Hills, este último en clara referencia a los insignes vecinos que vivían en sus faldas: los ricos colonos que habían ido asentándose en lo más alto durante los últimos diez años.

En la zona del puerto había dos o tres bares nuevos. Restaurantes con terraza y música en directo. No recordaba tanta animación, y menos un martes por la noche. El puerto también parecía más lleno de barcos y se podían ver algunos yates de gran envergadura fondeados en la boca de la bahía. Parecía que el «último paraíso olvidado de Salerno» (como lo había descrito un artículo del *New York Times* unos años atrás) había sido finalmente invadido por los aliens del mal gusto.

Giré en la Fontana di Marina y subí una empinada cuesta hasta la capilla de San Lazzaro, que seguía como la recordaba. Me crucé con sombras que subían y bajaban por la sinuosa Via Coppola. Parejas que se besaban en recodos. Grupos de turistas con la cara quemada y ropas de color pastel. Las casas humildes, al menos, seguían con su vieja rutina de pueblo marinero. Televisores retransmitiendo partidos de fútbol, puertas abiertas, cocinas que olían a Ragu y a pescado frito, conversaciones a gritos, niños aburridos en la calle y abuelas sentadas al fresco. Finalmente, llegué a las faldas de Monte Perusso, donde comenzaba una moderna carretera que conectaba las villas y *mansionettes* de los colonos. Muros y setos que protegían bellos y empinados jardines. Coches deportivos aparcados en fila. El jolgorio de una fiesta en torno a una piscina. La *dolce vita*.

Había un par de ramos de flores junto a la puerta de Villa Laghia. Me apeé, una vez más con mi Selmer a cuestas (desde que me robaron el saxo en Ámsterdam, jamás lo dejo en el coche). Busqué el timbre entre la hiedra y esperé frente a una verja de hierro forjado hasta que se abrió una puerta. Esperaba ver a Elena, pero en su lugar apareció una mujer pequeña y regordeta. Dio las buenas noches en italiano, sin poder esconder un ligero acento alemán, y empezó a decir algo como «gracias por su visita pero estamos muy...».

—Hola, Stelia —la interrumpí—. Soy Tom.

—¿Tom? —dijo ella escudriñándome en la oscuridad. Se acercó a la verja y me miró—. ¿Tom Harvey?

Me costó reconocer a Stelia Moon. Llevaba el pelo recogido en un pañuelo y unas gafas redondas de color púrpura que le daban el aire de una astróloga de televisión. En cuanto me abrió la puerta se fundió en un abrazo que intenté encajar mientras sujetaba con una mano el maletín del saxo.

—Tom Harvey, el hombre más guapo del jazz desde Chet Baker. ¿Cómo estás?

—Pfff. Qué voy a decirte. ¿Tú?

—Triste. Borracha. Hecha polvo.

Sorbió con la nariz. Noté que detrás de sus gafas púrpura había dos largas ojeras. Su aliento gritaba: ¡Campari!

—¿Qué demonios ha pasado?

—Ya hablaremos de eso —dijo cerrando la puerta—. Pasa, primero pasa y saluda a Elena. Y tómate un trago. ¿O ya no bebes?

—Una gota de vez en cuando —dije al tiempo que sonreía

para dejar claro que era medio mentira—. Pero beberé agua. Me muero de sed.

Cruzamos la casa hasta la terraza. Elena estaba sentada en una silla de mimbre, abrazada a sus rodillas, con una copa de vino a un lado. Al fondo se veía Salerno. Las luces de Positano tanto en la tierra como en el mar. Capri aparecía como un diamante en el horizonte. Reconozco que el corazón me dio un vuelco al ver a Elena otra vez después de un año. Me acerqué y le acaricié el hombro suavemente. Ella se dio la vuelta y me miró. Tenía el rostro seco. Quizás había llorado, pero hacía un buen rato de eso.

—Tom... —dijo sonriendo—, gracias por venir.

Nos abrazamos. Su cuerpo todavía seguía teniendo ese tamaño tan perfecto que se ajustaba al mío como si estuviéramos hechos del mismo molde. Olía a uno de sus extraños y profundos perfumes. Y su nariz, esa pequeña y perfecta escultura... Me reproché estar teniendo esos pensamientos. No había ido allí a deleitarme con una bella mujer, sino a acompañar a una amiga.

Por difícil que eso resultara.

—Has adelgazado —dijo apartándose—. ¿Te estás dejando barba?

—Me olvidé de afeitarme.

—¿Y de comer también? —preguntó Stelia.

Obvié el hecho de que mis tripas rugían por un bocado. Le pregunté a Elena cómo estaba. Ella dijo: «Bien.» Había tenido tiempo de llorar. De procesarlo todo un poco.

—Se han llevado a..., el cuerpo a Nápoles, para hacerle la autopsia. Debió de ser algo rápido. Apenas se dio cuenta.

—Se desvaneció —apuntó Stelia entonces—. Debió de ser un desmayo.

Asentí con la cabeza, pese a que las preguntas se agolpaban en mis labios: «¿Cómo ha ocurrido? ¿Se cayó? ¿Desde dónde?», pero hay que saber medir lo que se dice y lo que se calla. Como en la música, un silencio puede ser muy bello. Así que me lie un cigarrillo.

—¿Me haces uno? —preguntó Elena.

—¿No habías dejado de fumar?

—¿Y tú?

—Sí, lo he dejado para siempre un par de veces. Te lo cargaré muy poco, ¿vale? No sea que te marees.

Stelia me preguntó si tenía hambre y desapareció dentro de la casa. Me senté junto a Elena. Estaba guapa, a pesar de los ojos hinchados y la cara de sueño. El pelo largo, como a mí me gustaba. Había olvidado aquella idea rara de dejárselo corto. Y había recuperado su color natural

—¿Cómo te enteraste del accidente? —le pregunté—. ¿Quién te llamó?

—Stelia. Fueron a buscarla porque Francesca, la sirvienta, les dijo a los polis que ella era la mejor amiga de papá. Atendió a la policía, organizó el vuelo y vino en coche a buscarme a Nápoles. Después... hemos ido a ver a papá. —Aquí se paró un segundo, a revisar ese recuerdo—. Ha sido horrible. Su rostro...

—¿Qué?

—Estaba blanco, deforme... Se pasó un día flotando entre dos aguas, en las rocas. Ahí abajo.

Apenas podía ver el brillo en los ojos de Elena. De pronto me pareció que tenía una sangre fría impresionante. Al mismo tiempo me impresionó saber que Bob había caído contra las rocas de la costa. Pero ¿desde dónde?

—Supongo que aún me cuesta creerlo —siguió diciendo

ella—. Solo hace una semana que hablé con él, por Skype. Lo llamé mientras cocinaba la cena, desde París. Joder..., no me lo puedo creer todavía.

—¿Esa fue la última vez que hablaste con él?

Ella asintió y yo tragué saliva pensando en esa llamada que Bob me hizo. ¿No la llamó a Elena pero me llamó a mí?

—Quería decirme algo —continuó—. Pero yo recibía una visita esa tarde, y estaba tan atareada con mis sartenes... ¿Sabes esas llamadas en las que tienes demasiada prisa? Fue una de esas. Le dije: «Vale, papá, te llamaré pronto, papá.» Y le colgué.

Dijo «le colgué» y se tragó un sollozo, como si ese acto fuera lo que hubiera matado a Bob Ardlan. Justo en ese instante Stelia regresaba con un plato lleno de rodajas de mozzarella, tomate, algunas hojas de albahaca, aceite y sal.

—¿Cómo ocurrió? —le pregunté a Stelia—. ¿Qué os ha dicho la policía?

—Apunta a un accidente desgraciado, un desvanecimiento. Quizá sufrió un ataque al corazón. La cosa es que cayó muy pegado a la pared.

—Pero ¿por dónde?

—Desde su balcón. —Señaló hacia la izquierda, a la fachada de la casa que daba directamente al acantilado—. Directo al lecho de las rocas. No se dio cuenta de nada.

Miré hacia arriba, al ancho balcón —tan romántico— del dormitorio de Bob. Villa Laghia colgaba de un acantilado. De hecho, la mitad de la casa estaba excavada en la roca. Sus tres niveles eran terrazas que iban cayendo una sobre otra hasta una pared de cincuenta metros que reinaba sobre una cala de agua perfecta con un embarcadero privado.

—¿No había nadie aquí cuando sucedió?

—Nadie. Francesca, la limpiadora, libra los sábados por la tarde y los domingos. Fue ella la que lo encontró el lunes por la mañana.

—¿El lunes? Pero ¿no ocurrió el sábado?

—El forense calculó unas treinta y seis horas, y además Bob llevaba un Cartier en la muñeca, que estaba roto y parado justo a las diez y dos minutos. El forense opina que debió de ser el sábado por la noche, aunque todavía tiene que cerciorarse.

Noté que Elena se recomponía y daba caladas al cigarrillo.

—Quizás estaba demasiado solo —dijo con la voz un poco quebrada—. Quizá yo tenía que haberle prestado más atención. Esa última vez...

Le acaricié la espalda. Me gustaría haberle podido hablar con convicción: «No fue un suicidio, Elena. Tu padre sufrió un accidente.»

Pero no lo tenía tan claro.

El timbre sonó un poco más tarde y llegaron algunas personas a las que al principio no reconocí. Un hombre alto y grueso, por no decir gordo, con gafas de pasta y un traje oscuro. Me sonaba mucho, pero no caía. La mujer, una rubia excepcional, iba envuelta en una seda lila, lo más luctuoso que tendría en su armario y que aun así resultaba explosivo sobre un cuerpo pequeño y bien esculpido.

Stelia hizo las presentaciones. Resultaron ser Franco Rosellini, el director de cine, y su esposa, Tania, que era como doscientos años más joven que él. Stelia mencionó que Tania también era norteamericana, y ella sonrió con su sonrisa de la Costa Oeste. Franco, en cambio, ni siquiera se percató de que yo estaba allí. Tenía a Elena cogida por los hombros y le hablaba despacio, visiblemente emocionado. Pensé que era un instante precioso para perderme un rato.

Entré en el salón, que estaba a oscuras. Pocos muebles, esculturas y algunos cuadros muy grandes, entre ellos la opera prima de Bob, *Columna Número Uno*, que presidía una gran pared al fondo.

Atravesé aquella penumbra recordando algunas cosas. En otros tiempos, más felices, Elena y yo pasamos algunos veranos en Tremonte. Fueron los mejores años de mi vida. No me incomoda decirlo. Tu vida tiene años mejores y años de mierda. Los que pasé con Elena fueron mis *greatest hits*.

Me vinieron a la mente aquellas interminables charlas con Bob después de cenar. Fumando, catando los vinos de su bodega-estudio; escuchando sus historias como periodista. Elena se había pasado diez años negando a su padre como san Pedro negó a Jesús y después, cuando la recuperó, Bob había puesto el mundo a sus pies. Y como yo era el tipo que apareció con ella, creo que me adoptó como a un hijo. Él mismo lo decía: «He ganado un hijo y una hija al mismo tiempo.»

Quería subir al dormitorio de Bob, pero me preguntaba si sería apropiado. Quizá la policía debía tomar nuevas muestras de algo; bueno, pensé que en ese caso habrían puesto alguna de esas cintas de las películas. De camino a las escaleras paré en nuestra antigua habitación (nuestra / de Elena / o lo que fuera) pero refrené un impulso de abrir la puerta y explorarla. Estaba claro que Elena y Sam, su último marido, también habrían pasado estupendas noches de amor en ese lugar y aquello ya no era más que un recuerdo profanado. Una ruina de un tiempo más feliz.

Continué escaleras arriba hasta el dormitorio principal de

Villa Laghia, que estaba iluminado solo por una lámpara de pie. No había nada, ninguna señal que prohibiera el paso. De hecho, nadie diría que algo trágico hubiera sucedido en ese lugar. Una gran cama con dosel veneciano yacía deshecha, enfrentada al balconcillo desde el cual se habría caído Bob. Me quedé en la puerta, husmeando el aire. ¿A qué olía? El lugar donde muere un hombre conserva algo de ese último momento. ¿Cuál fue su última visión? ¿Su último pensamiento?

El balcón estaba abierto de par en par. Una cortina danzaba con la brisa nocturna. Era principios de septiembre y el verano se resistía a abandonar el sur. Me asomé. La vista del mar, de las estrellas y las luces de Sorrento. La leyenda dice que ese nombre viene de las sirenas que atraían a los hombres a matarse contra las rocas. ¿Fue una sirena lo que llamó a Bob a precipitarse al vacío?

Me apoyé en la balaustrada y me asomé con cuidado. Abajo, a unos quince metros, el mar rompía con calma sobre unas rocas negras. La hermosa caleta aparecía a un lado, como un espejo negro en la noche. La pequeña lancha, el embarcadero...

El borde de la balaustrada quedaba por cierto un poco bajo. Era algo propio de las casas del siglo XVIII. En esa época debían de ser más bajitos (¿o más propensos al suicidio y no querían ponérselo difícil a sí mismos?). Bob era de mi estatura más o menos. Era posible caerse desde ese balcón. Desvanecerse, resbalarse, incluso un sonámbulo con muy mala suerte podría trastabillar y caer a plomo contra el arrecife. Pero ¿era Bob sonámbulo?

Escuché las voces que llegaban desde la terraza. Los Rosellini se habían sentado a la mesa y charlaban. Los espié entre los geranios, begonias y petunias que danzaban también con la brisa, en los tiestos que había a ambos lados del balcón y que desafiaban la abismal altura.

Pensé en la llamada que Bob, si el forense tenía razón, habría hecho quince minutos antes de caerse por allí. ¿Me llamó desde ese balcón? ¿En qué estaría pensando? ¿Quizás iba a contarme las razones que tenía para hacer el salto del ángel?

—¿Estás por aquí, Bob? —musité al aire mientras me liaba un cigarrillo—. ¿Quieres decírmelo ahora?

La brisa, por supuesto, no iba a contestar. Los muertos tienen pocas oportunidades de enviar sus misivas, y cuando lo hacen, uno debe estar bien atento. Pero entonces oí una voz salir de la nada:

—¿Tom?

La voz de Stelia me hizo saltar sobre mis zapatos. Cuando me di la vuelta, ya venía hacia mí. Llevaba una copa de vino en la mano, la dejó sobre la balaustrada y miró al horizonte.

—Al menos tuvo una última vista maravillosa.

—La tuvo —dije encendiéndome el cigarrillo.

Nos quedamos en silencio. Ella bebiendo, yo fumando. Desde la terraza se oía el vozarrón de Franco Rosellini llenando la noche.

—Pensaba que Rosellini vivía en Estados Unidos —dije como para hablar de algo.

—Ha regresado hace unos meses —dijo Stelia distraídamente—. Terminó su última película para la Warner y está de vuelta en Italia. El año que viene rodará una película en Roma.

—¿Y qué fue de aquella mujer morena? ¿Olivia?

Recordaba haberla conocido en la boda de Elena, hacía unos años. Una mujer esbelta y de exquisita educación.

—No lees mucho la prensa rosa, ¿verdad, cariño?

—Bueno, algún cotilleo en las revistas de la barbería y poco más...

—Se divorciaron. Olivia lo denunció por malos tratos mientras vivían en Los Ángeles. Le ha sacado un buen pellizco. Bueno, algo más que un pellizco. Creo que la compensación tiene el tamaño de un mordisco de tiburón blanco.

Miré a Stelia un tanto sorprendido por ese comentario.

—Bueno, hablemos de lo que importa —dijo ella—. ¿Cómo has encontrado a Elena? Parece muy entera.

—Siempre ha sido fuerte —dije—, es de esas personas que no lloran delante de los demás.

Ella misma admitía que en el colegio la llamaban la Esfinge por su escaso sentimentalismo.

—Es normal —dijo Stelia—, después de algo tan repentino el cuerpo se crece, pero cuando despierte..., cuando empiece a hacerse preguntas... Oh, Dios, no quiero ni imaginarme lo que pudo pasarle a Bob por la cabeza.

—¿Te refieres a esos últimos instantes? —dije yo—. Supongo que nada. En quince metros no da mucho tiempo a pensar.

—Eso si realmente fue un accidente.

—¿Es que piensas que pudo ser otra cosa?

Aunque Elena estaba a casi treinta metros, percibí que Stelia bajaba su voz al responder:

—La policía me ha preguntado lo mismo esta mañana y, honestamente, no he sabido qué responder. ¿Sabes, Tom? Bob llevaba raro una buena temporada, eso es lo que he subido a contarte.

—¿A qué te refieres?

—Pues que Bob llevaba unos meses cambiado, alterado...

Volvió a mirar por el balcón.

—Vamos, Stelia. Hay algo que te remuerde ahí dentro —dije—. Suéltalo.

Bebió su copa de vino hasta el fondo. Después se quedó mirando la cara interior del cristal, como si allí dieran las noticias de las diez.

—Hubo una muerte —respondió de pronto—. Un accidente. Una chica del pueblo apareció ahogada.

—¿Qué?

—Esto es solo una teoría loca, pero tengo que contársela a alguien. ¿Me prometes que no saldrá de aquí?

2

La escritora de *La saga de Laura Morgan* (¡más de cinco millones de lectores en todo el mundo!) se sentó al borde de la cama, cogió una almohada que había en el suelo y se la apoyó en el vientre, como si de pronto le hubiera entrado frío. Siempre había un punto teatral en ella. A fin de cuentas, Stelia Moon se ganaba la vida contando historias.

—Se llamaba Carmela Triano —dijo con una voz muy suave—. Hace dos meses y medio Bob la encontró muerta en Rigoda, una playa al oeste. Fue muy temprano, ya sabes lo que le gustaba salir a captar la luz del amanecer, y por eso fue el primero en encontrarla. Debían de ser las cinco de la mañana y la chica estaba desnuda, tumbada sobre la arena. Bob nos contó que al principio pensó que se habría dormido. Solo cuando estuvo muy cerca se dio cuenta de que estaba muerta. Y también de que la conocía. Carmela era una muchacha del pueblo. Bob intentó reanimarla durante un rato y finalmente fue en busca de ayuda, pero no hubo nada que hacer. La chica llevaba varias horas fría como un pez.

De pronto sentí yo también un ligero escalofrío.

—¿Qué había pasado?

—La muchacha salió de una fiesta y fue a darse un baño en el mar. Encontraron sus cosas abandonadas en una playa del pueblo, en el barrio de Chiasano. La teoría oficial es que sufrió algún tipo de percance en el agua.

—¿Un percance?

—Nunca se especificó, pero se rumorea que los peces debían de estar borrachos esa mañana, no sé si me entiendes. Quizá se cansó de nadar. A veces ocurre..., aunque hubo rumores de que pudo ser otra cosa, pero nunca se esclareció del todo.

—¿Quién era la chica? —pregunté—. ¿De qué la conocía Bob?

—Carmela era una *startlet* de pueblo. ¿Sabes a lo que me refiero? Veintitrés años de puro fuego mezclados con la gente rica de la costa. En Tremonte la despreciaban por sus ambiciones. Quería ser actriz, o modelo..., le daba igual el qué; posó unas cuantas veces para Bob, y bueno, como suele pasar, Bob la invitó a cenar en su terraza, abrió el vino y..., el resto te lo imaginas.

—Joder. ¿Con una de veintitrés?

—¿Te sorprende? —dijo riéndose.

Bob siempre había tenido un poder de seducción con las mujeres, y la edad tampoco le había importado nunca. Cuando abandonó a la madre de Elena, lo hizo por una bailarina de veintidós años.

La ceniza se acumulaba en el extremo de mi cigarrillo. Busqué algún sitio para vaciarlo, pero no encontré ninguno, así que puse mi palma cóncava y la utilicé de cenicero.

—Y entonces, ¿cuál es tu teoría? ¿Estaba enamorado de ella o algo así?

—Lo dudo —respondió Stelia—. Además, Carmela tenía

un nuevo amor cuando murió y Bob, ya sabes cómo era, un corazón de piedra. No obstante, como te digo, algo cambió en él desde el día en que encontró a la muchacha muerta. Yo misma fui a buscarlo a la comisaría y le noté hundido. Tenía esa mirada perdida, como de estar en *shock*, que no abandonaría durante todo el verano. Esa noche estuvimos bebiendo ahí, en su jardín, hasta muy tarde. Y no dejaba de hablar de ello. Dijo que la chica tenía algo en su mirada. Que era la primera vez que veía los verdaderos ojos de esa chica. Dijo un montón de incoherencias, la verdad, pero en el fondo había un abatimiento real. Después pareció volver a la normalidad, pero...

—¿Cuándo fue todo esto?

—A finales de junio, el 21 o el 22.

—Y desde entonces, dices que Bob estaba cambiado.

—Dejó de gandulear. Apenas salía. Y no se le veía en ninguna fiesta. Yo vine a verlo hace una semana exactamente, fue la última vez que estuve con él. Fue muy extraño. Francesca me abrió la puerta y me dijo que él estaba en el estudio. Entonces yo llegué, llamé a la puerta y Bob tardó una eternidad en salir. Estaba como asustado, con los ojos enrojecidos, un cigarrillo en los labios y mirando a un lado y al otro. Ni siquiera me dejó entrar. Solía invitarme a un vino cuando lo visitaba.

—Quizás estaba con algún modelo.

—No, eso ya se lo pregunté a Francesca. Llevaba todo el verano sin recibir a nadie.

—¿Te contó algo?

—No. Fue lo que se dice correcto. Me preguntó por los escritores residentes y si había empezado a escribir algún libro nuevo. Se fumó su cigarrillo y cuando lo hubo terminado, me despachó elegantemente. Pero algo le pasaba, Tom. Algo le pasaba a Bob. Tenía algo en los ojos.

—¿El qué?

—Miedo. Furia. Obsesión..., locura... ¡No lo sé! Pero me volví a casa con el corazón encogido... y ahora esto. Este accidente.

—¿Piensas que pudo quitarse la vida?

—Digamos que no lo descarto, Tom. Ya conoces la vida de Bob, su obsesión con los muertos. Quizá la chica trajo todo eso de vuelta.

Mastiqué esa idea en silencio. Bob había huido de los muertos diez años atrás, de sus pinturas obsesivas sobre la guerra que casi le provocan la muerte en Londres. Había dejado de pintar sus famosas *Columnas del hambre* casi por prescripción psiquiátrica. ¿Era posible que la muerte de esa chica hubiera vuelto a desestabilizarlo?

En cualquier caso, había llegado el momento de contarle a alguien aquello que a mí también me remordía.

—Hay algo que debes saber, Stelia. Bob me llamó por teléfono. El sábado, quince minutos antes de las diez de la noche.

—¿Qué?

—No quiero que se lo cuentes a Elena todavía.

—Pero ¿qué te dijo?

—Ese es el problema: estaba ocupado y no cogí la llamada. Y ahora pienso que quizá Bob me llamó para hablar de algo. Quizá si yo hubiera descolgado, no estaríamos aquí lamentando su muerte.

—No digas bobadas, Tom. Quizá fue..., no lo sé, un error o...

Mi cigarrillo se había consumido por completo y la última

brasa me cayó en la palma quemándome un poco la piel. Se hizo un silencio amargo. Entre mi llamada y la última visita que Stelia hizo a Bob, parecía evidente que nuestro amigo había necesitado ayuda en sus últimos días.

—¿Qué hacemos con Elena? —dijo Stelia—. ¿Merece la pena contárselo?

—Creo que lo mejor por ahora es actuar con prudencia. No sabemos nada en realidad. ¿Se encontró algo? ¿Alguna nota?

Stelia negó.

—Entonces puede que Bob sufriera un accidente. Es la única explicación que se me ocurre por ahora.

Stelia Moon me miró fijamente a los ojos. Algo ardía ahí dentro, pero vi cómo apretaba los labios para no dejarlo escapar.

—Vamos —dijo levantándose—. Ahora hay que estar con Elena.

Cuando regresamos a la terraza estaban solo Franco y Tania. Nos dijeron que Elena había ido a atender una llamada de teléfono y nos sentamos. Tania Rosellini estaba comentando algo sobre el vino y me preguntó si prefería el siciliano al de la Puglia. Le dije que siempre me había vuelto loco el vino de la Toscana, aunque evité decirle que en mis mejores tiempos me bebía hasta la gasolina de mi Vespa. Alguien había traído una botella de San Pelegrino y me serví un vaso. Tania siguió hablándome. Era actriz y había hecho un par de cosas en Estados Unidos, ¿había visto no-sé-qué película? Le dije que no. Ella siguió hablando de su carrera, con ese estilo tan de autoventa de los americanos. Dijo que iba a participar en la siguiente película de Franco. Me aseguró que ser pareja del director no jugaba a su favor de ninguna manera: «Franco dice que tendré que trabajar más duro que los demás», y a mí se me ocurrieron un montón de frases graciosas que omití. Era un bombón cubierto de oro y le calculé como mucho veintiséis años. Franco Rosellini, en cambio, era una especie de gigante torpón. Imaginártelos desnudos en la cama resultaba claustrofóbico. Recordé a Olivia, su exmujer, y pensé en lo que Stelia me había dicho. ¿Maltratador? La verdad es que Franco pegaba más con el tipo «feo convertido en rico que ahora va presumiendo de mujeres que jamás habría podido conquistar de otra forma». Pero quizá también le iba soltar cachetes.

Mientras tanto, Stelia y Franco conversaban en italiano. Si entendía bien, Franco se refería a Bob con insultos. Lo llamaba «viejo cabrón» todo el rato. *Grosso pezzo di merda*. Viejo cabrito. Viejo loco cabrito. Bueno, de veras esperaba que cerrase el pico antes de que llegase Elena, aunque, claro, era algo disculpable. Y yo sabía que Franco, Bob y Stelia habían sido tres grandes amigos. Los primeros colonos de Tremonte antes de que se convirtiera en una nueva minimeca de artistas y millonarios.

Al cabo de un rato llegó Elena y se sentó entre Tania y yo.

—Era Mark Heargraves —dijo—. Ha perdido una conexión en Milán y llegará mañana.

—Oh, Mark —dijo Stelia—, claro...

—El marchante de papá —aclaró Elena para el resto.

—Ahora todo se revaloriza —comentó Franco—. ¿Sabes eso, verdad, Elena? Cualquier cosa que tu padre pintara vale ahora cien veces más.

No voy a entrar a discutir si el comentario era oportuno,

pero la frase nos hizo pensar a todos. La última subasta de una *Columna del hambre* de Bob en Christie's había alcanzado casi siete cifras. ¿A cuánto podría subir ahora? Lo único claro es que Elena era su heredera legítima. Joder, eso la convertía en multimillonaria.

No lo había pensado.

A las dos de la mañana se me cerraban los ojos. Menos mal que Franco y Tania anunciaron que debían marcharse. «Hay mucho trabajo en la preparación de una película», le explicó Franco a Elena, que le preguntó por la producción de su siguiente éxito; Stelia dijo que se iba con ellos y nos invitó a su casa, pero Elena rechazó la oferta.

—Hay un montón de cosas que atender, y el teléfono no ha parado de sonar. Pero quizá Tom quiera ir. No sé ni cómo están las habitaciones...

—De ninguna manera —dije—, yo me quedo.

Acompañamos a todo el grupo a la puerta. Los Rosellini y Stelia repartieron besos. Stelia prometió que volvería al día siguiente tan pronto como pusiera algo de orden en la casa y Elena le dijo que no se preocupara. Después se marcharon a bordo de un Ferrari descapotable que rugía como si tuviera un infierno en el motor.

—Miraré cómo están las habitaciones —dijo Elena.

—No te molestes. Prefiero un buen sofá. De verdad.

—Bueno, entonces veré si hay una manta en alguna parte.

Mientras ella se perdía por las habitaciones, yo me quedé en el salón. Me acerqué al sofá y observé la gran *Columna Número Uno*. Una docena de niños quietos en la negrura de una habitación, como espectros. Sus ojos, sin fondo, y la extraordinaria técnica casi fantasmal te atrapaban. Esos ojos conseguían engullirte, como madrigueras de pesadilla por las que solo pudieras deslizarte, sin apartar la mirada.

Bob pintó esos terribles y fantásticos cuadros durante solo siete años de su vida. Una serie de doce obras que lo auparon a la fama internacional y alcanzaron precios millonarios, pero que casi acaban con él. «Revivir la pesadilla de la guerra me ha trastornado —decía en una entrevista para *Life* en el año 1998—. Lo que siento a través de mi viaje artístico es algo catártico y horrible. Pintando dejo de dormir, empiezo a beber y a ver fantasmas visitando mi estudio cada noche. Creo que el exorcismo se convierte en invocación. Veo sus caras en sueños, me hablan, me increpan por seguir vivo.»

—La habitación está pasable —dijo Elena apareciendo a mis espaldas—. No creo que tengas que dormir aquí.

Se acercó y se quedó mirando el cuadro a mi lado.

—Sus niños —dijo—, ahora están juntos por fin.

Yo sentí algo parecido a un cosquilleo. Recordé esa historia de terror que Bob siempre contaba con una fría sonrisa en los labios. La de que aquellos niños del hospital de Qabembe aún lo visitaban algunas noches.

—Creo que va a ser una noche bien larga... —dije—, no creo que pegue ojo.

—Ni yo.

—Pues hablemos. Hay un montón de cosas que tenemos que contarnos.

—Te ofrecería un trago. Me he fijado en que ya no bebes —dijo.

—Ya no bebo tanto —respondí—, lo estoy intentando dejar. Un reto personal.

—Te sienta bien. El alcohol te hacía más viejo.

—Bueno, a cambio fumo como si fuera a acabarse el tabaco. ¿Tienes un cenicero?

—Por aquí hay uno.

La mesita del rincón estaba llena de revistas y libros. Elena miró detrás de esa confusión y se encontró con una vieja foto que descansaba ahí, bajo la tulipa de una lámpara. La cogió y la sostuvo mientras yo terminaba de liarme el cigarrillo y seguía sin cenicero.

—Pensé que no tenía ninguna de mamá —dijo.

Era un retrato de su pequeña familia, ahora desaparecida, tragada por la historia. Elena se quedó mirándola en silencio. Elena debía de tener diez o doce años. Una niña muy rubia con cara traviesa. Marielle, su madre, era una belleza cuyas piernas aparecían en los anuncios de medias de la época.

—¿Dónde os la sacaron? —dije como para intentar atajar el momento.

—En Londres —respondió—. Es de la época en que papá era corresponsal. Siempre íbamos al mismo restaurante cuando volvía de sus viajes. A un italiano que había debajo de casa. Esta fue la última foto antes de que dejara a mamá. 1993. Fue el año en que dejé de tener una familia normal para siempre.

Encendí el pitillo y se lo pasé. Ella fumó sin dejar de mirar la foto.

—No fue un buen padre, el muy cabrón —dijo—. Dejar a mamá así..., ella nunca pudo afrontarlo. Pero he llorado como una Magdalena.

—Tuvisteis un par de buenas épocas —dije yo—. Es normal que le llores, y mucho.

Dejó escapar una lágrima, gruesa y brillante.

—Lo odié, Tom. Lo odié con tanta fuerza... Una vez vino por sorpresa a París, a buscarme a la salida del instituto. Estaba tan enfadada con él que me escapé por la puerta de atrás. Deseé que se sintiera como una mierda. Pero la que se sintió como una mierda fui yo...

Le acaricié el cabello. Su precioso cabello color miel que ese día estaba un poco alocado.

—Oye, ¿puedes poner algo de música? —dijo devolviendo aquella foto a la mesilla—. Oírme hablar me está dando dolor de cabeza.

Lo hice. Compartimos el pitillo mientras escuchábamos a Gershwin con los ojos cerrados, y no hizo falta hierba ni pastillas para que Elena cayera dormida en mi hombro antes del *glissando* de clarinete de *Rhapsody in Blue*. La abracé y le puse una fina manta sobre el vientre y le acaricié el pelo. Como la primera vez que ella durmió sobre mi hombro. Yo tenía dieciocho años y ella solo quince. Ambos habíamos acudido al festival de música de Nimega, en Holanda. Yo, a pasar unos días en un campamento de jazz. Ella estaba veraneando con su tía Klaartje, porque las cosas no iban demasiado bien en casa.

Estábamos allí durmiendo en sacos y compartiendo unas botellas con algunos amigos cuando la vi aparecer en unos vaqueros estupendos y una camisa hippiola, y pensé: «Joder, es la chica más bonita del mundo.» Y ella me vio, se sentó a mi lado y me pidió que tocase algo. Así es como comenzó un idilio de apenas dos días, porque mi maldito billete de regreso a Estados Unidos estaba cerrado. Y desde esa noche tuvieron que pasar ocho años hasta que el destino quiso que volviéramos a encontrarnos en París. El mismo destino que ahora nos volvía a reunir.

—Duerme bien, dulce princesa —le dije cuando noté que ya respiraba profundamente.

Y yo no tardé en rendirme al sueño.

3

Me despertó un ruido, pero en ese instante ni siquiera sabía dónde coño estaba. ¿En mi apartamento del Trastévere? Algún borracho habría tirado una botella al suelo, en plena calle. Joder, entre el calor, el ruido y los mosquitos no había quien durmiera en aquel agujero...

Pero después sentí a Elena apoyada sobre mí y recompuse el escenario. Estaba en la casa de Bob, en Tremonte. Y entonces percibí otra vez el ruido, algo en el exterior, lejos, pero bastante fuerte.

Elena también se despertó, nos miramos en silencio. Aún era de noche. Miré el reloj: las cuatro.

—¿Lo has oído?

—Sí. Espera.

Nos quedamos escuchando, pero durante un minuto no se oyó nada más hasta que otro golpe nos hizo saltar sobre nuestros traseros. Fue como un ruido de vajilla rompiéndose contra el suelo. Cristales. Como si alguien lanzase vasos contra una pared.

—¿Arriba? —pregunté.

—No —dijo Elena—, no es en la casa. Creo que debe de ser el estudio.

El estudio de Ardlan estaba en otra dependencia, más pequeña, a unos cien metros, en la falda de la colina. De pronto pensé en ese último encuentro que Stelia me había contado: «Bob no me dejó entrar.»

Me levanté, encendí una lámpara y miré a mi alrededor. Recordaba que Bob guardaba una bolsa con palos de golf en alguna parte, pero entonces vi un viejo machete decorativo colgando de la pared.

—¿Qué haces? —dijo Elena—. No se te ocurra ir. Hay que llamar a la policía.

—Solo voy a mirar. Tú quédate aquí.

—Ni borracha.

Salimos por la puerta del salón, yo delante con aquel viejo machete-*souvenir* que no podría cortar ni un pedazo de mantequilla caliente, Elena agazapada detrás de mí, con su teléfono móvil en la mano.

Rodeamos la terraza y subimos en medio de la oscuridad unas estrechas escaleras de pizarra hasta el estudio, protegido en la falda de la montaña.

La vieja casa de servicio que Bob había restaurado «para tener la luz perfecta» estaba a oscuras. A su alrededor había un pequeño bosque de coníferas que delimitaba el terreno. No se veía movimiento ni ninguna luz por allí.

Elena se agachó y vi cómo recogía un pedrusco de la rocalla.

—¿Qué piensas hacer con eso? —le susurré.

Ella me miró.

—Tú tienes un machete, ¿no?

—Vale, pero ten cuidado, no sea que me des a mí.

Eché a andar muy despacio hacia la casa. El ventanal de la primera planta parecía intacto. ¿Quizás el ruido de cristales había provenido de otra parte? Doblé la primera esquina del edificio. El machete bien empuñado y dispuesto a caer a plomo sobre la primera cabeza que apareciera en la oscuridad. De un primer vistazo los cuatro ventanucos del sótano parecían todos bien cerrados y a través de ellos no se distinguía ninguna luz moviéndose ni nada por el estilo.

Un nuevo golpe hizo que me parase en seco. ¡Bam! Apreté los dedos alrededor del machete. «¿Estás ahí, cabrón?» Solo esperaba que Elena no se hubiera movido de donde estaba. Avancé muy despacio, como pisando huevos, con el cuerpo pegado a la fachada. Al llegar a la esquina me asomé un poco. Vi algo moverse en la oscuridad. La hoja de una puerta se abrió y volvió a cerrarse produciendo el ruido que ya habíamos oído dos veces esa noche.

—¡Hemos llamado a la policía! —La voz de Elena sonó como un rugido en la oscuridad.

—¡Tenemos un arma! ¡Salga con las manos en alto!

«Joder —pensé—. Elena siempre tomando la vía rápida.»

Resultó que ella estaba en la esquina opuesta, con el pedrusco en una mano y el móvil en la otra. Bueno, doblé la esquina y allí no se oía un alma. Solo aquella puerta acristalada golpeándose contra su propio marco, por efecto de la brisa nocturna.

—Elena, soy yo —le susurré—. Sal de ahí.

La vi llegar con la piedra todavía en lo alto.

—¿Qué pasa?

—Creo que era solo esta puerta, aunque no estoy seguro. ¿Tú viniste aquí ayer en algún momento?

—No —dijo Elena—, es la primera vez que bajo desde que he llegado.

Miramos la puerta, que volvía a entornarse. Esta vez la agarré antes de que volviera a golpear contra el marco. Uno de los cristales se había roto, los trozos estaban esparcidos sobre los escalones de la entrada.

Entonces escuchamos un ruido como de ramas rotas en el bosque.

—¡Eh! —grité.

—¡Tom!

—¡Quédate aquí!

Elena volvió a no hacerme caso. Nos apresuramos hasta el pinar, que estaba levemente iluminado por la luz de la luna. El suelo de tierra estaba cubierto de espinas secas y raíces con las que era fácil tropezar, así que fuimos atentos, pegados el uno al otro.

Caminamos unos treinta metros entre los árboles hasta llegar a un pequeño muro de piedra que delimitaba el terreno de Villa Laghia. Más allá se podía ver un *campanile a vela* del monasterio cisterciense que ocupaba el solar adyacente a Villa Laghia. Una ruina que el gobierno de la región llevaba años planeando restaurar. Por ahora solo lo habían rodeado de andamios y señales de prohibido el paso.

—Volvamos, Tom —dijo Elena—, aquí no hay nadie.

—Quizá se haya escondido en el monasterio.

—Bueno, en ese caso pcor para él. Ese lugar está a punto de venirse abajo. Volvamos, Tom.

Le hice caso y regresamos al estudio.

—Quizá papá se dejó la puerta abierta y el viento ha hecho todo lo demás.

—Bueno —dije yo—, miremos dentro.

El edificio se dividía en dos plantas. Arriba estaba el estudio de día con sus grandes ventanales y sus altos techos. Abajo había un largo sótano donde Bob pintaba retratos con luz controlada. Elena encendió las luces y comprobó la alarma.

—Está desconectada.

—Eso podría encajar con el hecho de que la puerta estuviera abierta. Quizá tu padre salió con intención de volver.

—Sí.

—Bueno, ¿quieres... echar un vistazo?

El estudio de día de Bob estaba compuesto por dos grandes piezas separadas por un arco. Era un espacio tan vasto y alto —las vigas del techo estaban a la vista— que parecía casi vacío, pero a poco que uno se fijara se daba cuenta de que estaba atestado de sofás, caballetes y materiales de trabajo.

Surcamos aquella estancia. Ni yo ni Elena, ni creo que nadie, conocía bien el estudio de Ardlan, un lugar que a veces parecía ficticio, porque Bob raras veces invitaba a alguien ahí dentro. «Pasaré el día en el estudio», «Esta noche estaré en el estudio». Esas eran las únicas menciones a su sanctasanctórum que yo podía recordar. Y cuando le preguntabas qué pintaba, Bob siempre decía: «Te lo enseñaré cuando lo termine.»

Avanzamos observando los rastros del artista: tableros con costras de pintura, paredes salpicadas de furibundas pruebas de color, botes con culos secos de colores craquelados, brochas hacinadas, trapos sucios, bosquejos y mesas de un desorden esperpéntico, batas rotas colgadas de un perchero, garrafas de aguarrás... Bob era un pintor tachista, que se basaba en el alquitrán, y su estudio era como un inmenso desconcierto de color negro preñado de olor a disolvente y pintura fría.

Entonces Elena se paró en seco y yo también. Creo que

ambos detectamos a la vez el objeto que presidía la esquina más apartada del estudio: un caballete bien grande que sujetaba un lienzo de al menos dos metros de anchura.

—Un cuadro...

¿Aquel en el que Bob Ardlan estaba trabajando cuando murió?

Estaba tapado por una sábana. Elena se aproximó por un flanco, yo por el otro, y tomamos los extremos de la tela.

—¿Listo?

—¡Listo!

Contamos hasta tres y la apartamos de golpe, y después nos situamos delante de aquella imagen, como dos niños curiosos.

La pintura representaba a una muchacha tumbada en la arena.

Estaba desnuda y su cuerpo, aunque esbelto, quedaba lejos de ser algo bello. Me recordó a los desnudos de Lucian Freud o Egon Schiele. La postura casi recogida sobre la arena, con su pubis afeitado y los ángulos de sus caderas presionando la piel. Sus ojos, llenos de nada, mirando hacia la muerte.

—¿Está muerta?

—Creo que sí —admití.

Una muchacha muerta en una playa. ¿A qué me recordaba todo eso?

Elena se acercó al lienzo en silencio para mirarlo de cerca. Su alma de galerista y de experta en arte se había encendido de pronto.

—Es... fantástico —dijo—. Es... una maldita obra maestra. Recuerda a una de sus *Columna*. Es el mismo estilo de pintura. Papá no había utilizado ese estilo en años.

—Sí. Y el tema es parecido —dije yo—: un cadáver.

Elena arrancó a comentar los aspectos del cuadro, como si aquello fuera una autopsia artística o una venta en su galería de París. Se puso a hablar del color, del enfoque, de la composición, pero yo no era capaz de otra cosa que mirar los ojos de aquella muchacha muerta y pensar en la sospecha de Stelia Moon.

—Sé quién es —dije.

—¿Qué quieres decir?

—La chica. La modelo. Sé quién es. Stelia me contó una historia esta tarde.

Elena frunció el ceño contrariada.

—¿De qué estás hablando, Harvey?

—Se llamaba Carmela. Tu padre la encontró muerta, en la orilla de una playa a finales de junio. Stelia dice que aquello le afectó mucho. ¿No te había hablado de ello?

—¿De una chica muerta? No, joder, nunca.

Entonces le describí la misma escena que Stelia me había contado a mí: el paseo matinal de Bob en junio; la chica que él conocía porque había sido modelo suya. Elena me escuchaba sin dejar de mirar el cuadro, con un gesto frío y neutral. Enseguida se apartó de mí y fue hacia una gran mesa situada no muy lejos del andamio. Allí, además de pinceles y tubos de óleo, había cuadernos y hojas de dibujo. Eran bocetos del mismo cuadro. Decenas. En diferentes posturas, bosquejos de su rostro, de sus ojos, las manos..., pero había algo más, posado encima de una gran carpeta, un objeto negro, metálico, que al principio no logré identificar, hasta que Elena lo cogió con los dedos como pinzas y lo elevó en el aire.

Era un jodido revólver.

—Un puto revólver —dijo sin dejar de mirarlo.

—Déjalo otra vez ahí. No lo toques.

—¿Para qué querría mi padre un revólver?

—No lo sé, Elena.

De pronto, aquel sencillo objeto había logrado convertir el aire en algo viscoso y negro que nos oprimía.

Yo no podía dejar de recordar las palabras de Stelia, esa misma tarde, cuando contaba cómo fue su última visita a Bob: «Estaba como asustado, con los ojos enrojecidos y mirando a un lado y al otro.»

—Vámonos de aquí —dijo Elena—, volveremos mañana, a la luz del día, y trataremos de entender algo.

Esa noche, o lo que quedaba de ella, tuve un sueño curioso. Algo parecido a lo que algunos llaman «los visitantes de dormitorio»: yo abría los ojos y había un montón de pequeñas figuras rodeando mi cama. Media docena de niños. Unos más altos que otros, todos quietos y en silencio. Sus rostros, velados por la más absoluta oscuridad, y yo no alcanzaba a ver sus ojos.

Bob estaba allí, con un traje blanco, recién muerto. Su cráneo partido por la mitad.

«¿Qué querías decirme, Bob? ¿Para qué me llamaste?»

«Siempre fuiste mi preferido, Tom, ¿sabes por qué? Fuiste mi preferido porque amabas a Elena como un hombre debe amar a una mujer: desesperadamente. Te hubieras ido al infierno por ella, ¿verdad?»

«Y que lo digas, Bob.»

«Vale, pues aprieta los dientes, chico. Puede que tengas que hacerlo.»

4

Al día siguiente la muerte de Bob había trascendido ya a los medios. La prensa británica le dedicaba algunos titulares importantes, tal y como pudimos leer en nuestros teléfonos durante el desayuno. Además, las secciones de cultura de medio mundo se hacían eco de la desafortunada noticia:

Ardlan, el genio de las *Columnas del hambre*,
muere en un accidente en Italia.

Bob Ardlan fallece al precipitarse por un balcón
en el sur de Italia.

Adiós a uno de los mejores pintores europeos
del siglo XXI.

Era la hora de las necrológicas, las monografías y los reportajes de homenaje. Algunas secciones de cultura, como la del *New York Times*, se decantaban por el estilo enciclopédico:

Bob Ardlan (Londres, 1951-Tremonte, 2016) ha sido reconocido como uno de los artistas más importantes en la pintura figurativa europea del siglo XXI. Su colección

Columnas del hambre, que desarrolló entre 1993 y 2000, se considera una de las más importantes aportaciones al realismo europeo. Solo tres museos (la Tate Modern de Londres, el Guggenheim de Bilbao y el MoMA de Nueva York) disponen de uno de los doce originales de la serie; el resto pertenece a colecciones privadas.

Otros reportajes, como el de *Il Matino*, indagaban el tortuoso pasado de Bob.

Su vida como fotorreportero de guerra lo llevó, en 1993, a inmortalizar una terrible masacre al sur de Angola, donde un grupo de niños fue quemado vivo en un hospital cercano a la villa de Qabembe. Esa experiencia lo apartó de la actividad periodística y lo llevó a recluirse en un estudio londinense, donde produjo su primera *Columna* en recuerdo a «esa pesadilla recurrente, infinita», que según el artista, lo asediaba cada noche.

Según algunas fuentes, su alcoholismo pudo ser la causa de un accidente que casi le cuesta la vida en el año 2000: un incendio originado en su estudio de Londres que volatilizó su última *Columna del hambre*, la número 13, y también estuvo a punto de costarle la vida. Aunque el informe pericial apuntaba a un cigarrillo mal apagado, corrieron rumores sobre algunas sustancias aceleradoras del fuego cerca del foco. La negativa de Ardlan a permitir una investigación suscitó la hipótesis de que incluso hubiera sido un intento de suicidio.

Tras el incidente Bob Ardlan desapareció de Londres. La ubicación de su nueva residencia permaneció en secreto durante un año: Tremonte, un pueblo apenas conocido al sur de Salerno, una colonia para artistas donde ya habitaban amigos suyos como la novelista Stelia Moon o el cineasta Franco Rosellini. En su nueva etapa italiana, Bob produjo un centenar de excelentes retratos. Sus obras seguían valorándose en cientos de miles de euros, pero su gran aportación al mundo del arte parecía cosa del pasado.

Estuvimos por lo menos cuarenta y cinco minutos leyendo todo aquello, sorprendidos por la cantidad de información que los periódicos habían logrado reunir en un solo día. Siempre he pensado que tienen a un tipo trabajando en las biografías de todos los artistas por si acaso la diñan de pronto.

Francesca, la *cameriera*, apareció por el jardín a las diez de la mañana. Yo la recordaba de los veranos que había pasado en Tremonte. Una mujer robusta, de cabello negro y tirante, y ojos pequeños. Llamó tímidamente a la puerta de la cocina y entró. Tenía la cara bañaba en lágrimas.

—¡Francesca!

—¿Quiere que me vaya, *signora*? Me voy. Yo no sabía si venir...

—De ninguna manera —dijo Elena abrazándola—, quédese. ¿Quiere algo? ¿Un vaso de agua?

Se sentó a la mesa y sacó un pañuelo para sonarse la nariz de una forma un tanto estruendosa. Después Elena le preguntó cómo había pasado todo. Ella dijo que fue «horrible».

—Su padre era un buen hombre. No muy cristiano, pero yo lo conocía. Un buen hombre. Y pagaba muy bien. Mejor que la mayoría.

—¿Cuándo lo vio por última vez?

—El sábado por la mañana. Me marché a las doce y lo vi fumando ahí fuera. Le cociné unos *zucchini*. *Oh, mio Dio...*, espero que le gustasen. Quizá fue su último almuerzo...

Yo pensé en su reloj parado a las diez y dos. Ahora estaba muy claro que debían de ser las diez de la noche.

—¿Le contó esto a la policía?

—Sí, nos interrogaron toda la mañana.

—¿Cómo encontró el cuerpo? —dijo entonces Elena—. ¿Lo vio desde el balcón?

—No, no. Luigi lo vio primero —respondió la mujer, y yo recordé a su marido. Un hombre bajito y con bigote que hacía labores de jardinería en la casa—. Veníamos en el bote, como todas las mañanas. Luigi paró junto al embarcadero y entonces lo vio. Me dijo: «Francesca, no te des la vuelta, pero hay un hombre entre las rocas. Y creo que está muerto.» Y yo, claro, me lo imaginé. ¿Quién podía ser? Aquí no vive nadie más. Me di la vuelta y vi al *signore* flotando entre aquellas rocas, con los ojos abiertos y... *Dio mio!*, tenía media cabeza hecha un desastre. Ni siquiera lo tocamos. Llamamos a la policía inmediatamente.

—Gracias, Francesca —dijo Elena.

—*Signora...*, ¿qué pasará ahora? ¿Quiere que sigamos viniendo a la casa? Luigi suele cortar el césped una vez por semana...

—Claro. Hagan lo mismo que estaban haciendo y díganme cuándo y cómo les pagaba mi padre —dijo Elena—. Todo sigue igual.

Francesca la bendijo un par de veces y después fue a ponerse el uniforme. Justo en ese momento oímos una bocina fuera. Era un taxi que acababa de llegar.

Mark Heargraves, el marchante de Bob, era un tipo grandote pero un poco afeminado. Papada, gafitas y una barriga estupenda decorada con tirantes y una pajarita. Venía dándose aire con un abanico color tabaco.

—Un viaje terrible, querida —dijo mientras tomaba asiento en la terraza y Elena le servía un *limoncello* helado—. Con las prisas reservé dos aviones que eran imposibles de conectar. Después en Milán había una feria de arquitectura y no quedaba un maldito hotel de más de dos estrellas. Bueno, pero todo eso es secundario. ¿Cómo estás? Dios mío, ¿habéis logrado hablar con la policía?

—No —dijo Elena—, estamos esperando los resultados de la autopsia. Pero parece que fue algo accidental, al menos esa fue la primera impresión del forense que hizo el levantamiento del cadáver.

—¿Fue ese balcón? —dijo señalando la fachada del dormitorio de Bob—. Siempre me pareció un sitio peligroso. Con esas terribles rocas al fondo.

Yo asentí.

—Qué horrible. Al menos, seguro que fue inmediato. Y la prensa ya lo está recogiendo desde anoche. Le están haciendo un bonito homenaje a Bob. Eso es importante. Pero debemos tener cuidado. Los buitres también están al acecho.

Mark explicó que un periodista del *Daily Mirror* de Londres lo había abordado al llegar al hotel Salerno, en el pueblo. Quería saber si «se descartaba la posibilidad de un suicidio o un acto criminal».

«Publicaremos una nota de prensa en cuanto conozcamos los detalles de la autopsia —le respondió Mark—. Mientras tanto, recomiendo mantener silencio al respecto.»

Coincidimos en que era la mejor respuesta, y en que debíamos ser todo lo herméticos que pudiéramos. Sabíamos que la prensa se cebaría si lograba arrancarnos un solo dato. Un pintor famoso, el sur de Italia y el cuadro de una modelo muerta eran ingredientes más que suficientes para hilar una buena historia siniestra.

El teléfono de la casa no dejaba de sonar, así como el timbre de la puerta. Eran flores, mensajes de condolencia. Elena se disculpó un instante y yo me quedé a solas con Mark.

—Oye, Mark, ¿cuándo fue la última vez que hablaste con Bob?

El recién llegado parecía no tener suficiente con su abanico. Se secó la frente con un pañuelo de seda que devolvió a su americana después.

—Creo que hace un mes. Lo llamé por teléfono, tenía un posible encargo de un retrato, pero Bob lo rechazó. Era el tercero que rechazaba en todo el verano. Me dijo que estaba trabajando en una cosa.

—Y lo estaba —dije yo.

Sus pequeñas cejas se arquearon por la sorpresa.

—¿Un cuadro?

—Sí, en el estudio —dije yo—. ¿Quieres verlo?

Noté que Mark reprimía un impulso de ponerse de pie y lanzarse corriendo al estudio.

—Ve con él —dijo Elena apartándose un segundo del teléfono—, yo iré ahora mismo.

—¡Jesús, María y José! —exclamó Heargraves cuando destapé el lienzo—. Esto es... es... ¡magnífico!

Ciertamente, a la luz del día la obra resplandecía con una especie de magia única. Nos quedamos mirándolo en silencio. El cadáver, que era el elemento central de la composición, lograba absorberte como un remolino. De alguna manera, todo te llevaba a ese rostro central, bello, sorprendido, muerto como un pez en la orilla del agua. A esos ojos abiertos que a la luz del día se magnificaban como dos gotas de mermelada oscura. Parecía uno de los *big eyes* de Margaret Keane, solo que en una versión aún más oscura. Y, por supuesto, Keane jamás pintó a una muerta.

El cuadro estaba orientado como si el pintor se hubiera situado a sus pies (como el Cristo de Mantegna, se me ocurrió). Eso permitía mostrar la perspectiva del acantilado sobre la playa. Me fijé por primera vez en un elemento que el día anterior me había pasado desapercibido.

En la cima de ese acantilado se asomaba un edificio de color rojizo. Una especie de fortificación renacentista que parecía flotar en una bruma mágica e irreal.

Una casa.

Era el único elemento, aparte del cuerpo de Carmela, que Bob había dejado vislumbrar en su obra. ¿Podía significar algo? Heargraves había sacado una pipa de alguna parte y la estaba cargando.

—De buenas a primeras podría ser el mejor trabajo de Bob en cinco o seis años —dijo—. Aunque no esté terminado.

—¿Cómo sabes que no está terminado?

—No lleva firma. —Señaló con la pipa al extremo inferior derecho, y era cierto: faltaba la clásica firma de Ardlan ahí abajo—. Pero eso daría igual. El elemento central, la mujer, está perfectamente acabado. Perfectamente muerta...

—Creo que hay algo que deberías saber sobre la chica, Mark...

Entonces, por segunda vez en unas horas me vi repitiendo

lo poco que sabía sobre Carmela Triano. Comenté el hecho de que Bob y ella habían sido amantes y Heargraves ni siquiera pestañeó al oírlo.

—Bob se acostaba con el noventa y nueve por ciento de sus modelos, y eso era un hecho público. Otra cosa es que una de sus modelos esté muerta. ¿Creéis que tuvo algo que ver con ello?

—¿Bob? Lo dudo. La encontró, solo eso. Pero Stelia opina que había cambiado un poco desde ese día. Estaba ensimismado, aislado. Elena también notó algo la última vez que habló con él. Y tú acabas de decir que estaba raro. Además, esto.

Me dirigí a la mesa de trabajo, donde se apilaban todas aquellas fotos. En lo alto, coronando un montón de cuadernos, seguía el revólver que habíamos encontrado por la noche.

—Tú conocías a Bob, ¿solía utilizar armas?

—Nunca. Jamás había visto un arma en su casa. Hasta hoy. Realmente, es algo insólito.

—¿Quizá temía por la seguridad del estudio? A fin de cuentas, su obra valía un buen dinero.

—Lo dudo. Aquí nunca había demasiados cuadros. Todo lo que terminaba se metía en una caja y se enviaba a Londres, donde tenemos un depósito con seguridad privada y todo tipo de protecciones.

—Entonces, ¿para qué tendría el revólver?

—No lo sé. Solo se me ocurre que quisiera pintarlo en alguno de sus cuadros. O quizás amenazó a alguna modelo con él... —dijo Mark soltando una carcajada—, pero ahora en serio: ¿está cargado?

Ni siquiera se me había ocurrido mirar si tenía balas dentro. Lo cogí y lo miré a la luz. Resultó muy fácil detectar el brillo bronceado de seis proyectiles cargados en el tambor.

«Quizás esto apunte en la dirección del suicidio. Pensó en volarse la cabeza, pero después decidió que saltar al vacío sería mucho mejor...»

Eso me trajo a la memoria el artículo de *El País* de esa mañana.

—Oye, Mark, esta mañana he leído algo sobre aquel incendio de Londres. ¿Fue aquello un accidente u otra cosa?

—Ya sé lo que piensas —dijo él—, pero Bob es la única persona que podría arrojar luz sobre aquello. Dijo que se había emborrachado y que se durmió con un cigarrillo en los dedos. Había sustancias inflamables y todo ardió como la paja. Nada más. Pero es cierto que coincidió con una época terrible. Era alcohólico y, pese a la fama, no conseguía que Elena dejara de despreciarlo.

»Uno de los mejores psiquiatras de Londres, Dan Albecott, esbozó la teoría de que la actividad creativa y subconsciente de Bob estaba minando sus defensas psicológicas. Principalmente la memoria. Mientras más olvidamos, mejor dormimos. ¿Sabías eso? Pero Bob mantenía aquellos recuerdos traumáticos vivos a través del arte. No se desprendía de ellos.

»Bueno, fue Albecott quien le recomendó dejar de pintar las *Columnas del hambre* y largarse de la ciudad. "Use su maldito dinero, Ardlan", le dijo y, bueno, Bob lo hizo: se vino a Italia por consejo de Stelia, y desde entonces no quiso volver. Además eso coincidió con la muerte de Marielle y el reencuentro con Elena... Creo que ya sabes cómo sigue la historia.

Asentí con la cabeza, recordando. En el funeral de Marielle en París, Bob ni siquiera se atrevió a sentarse cerca del altar. Escondido en la tercera fila, envuelto en un oscuro gabán, fui yo el que lo reconoció. «Creo que tu padre está ahí atrás», le susurré a Elena. Ella, que hasta ese momento había aguantado tiesa como una estatua, se desmoronó al verlo. Y Bob también se deshizo en lágrimas. Salieron a caminar juntos, abrazados, y esa noche sucedió algo importante. Elena hizo las paces con su padre después de casi diez años y, ese verano, Bob nos invitó a los dos a pasar unas semanas en Villa Laghia. Fue el principio de unos años muy buenos que pasaron demasiado rápido.

Mark Heargraves se había sentado en un taburete cerca del cuadro y fumaba su pipa mientras seguía observando la pintura. Yo me lie un cigarrillo. Supongo que los dos masticábamos en silencio la posibilidad cada vez más seria de que Bob pudiera haber cometido suicidio, las repercusiones de eso sobre Elena y, en el caso de Mark, sobre el valor de la obra. Sabía, por Elena, que Mark había sido un humilde galerista hasta que apostó por la obra de Bob, que en los primeros tiempos era bastante normalita. Pero con la llegada de las *Columnas del hambre*, Mark había comenzado a vivir en la primera liga del mundo artístico. Una liga que incluía una *mansionette* en Cambridge, un yate y dos cruceros anuales.

—Supongo que esto revaloriza a Ardlan —pensé en voz alta.

—Absolutamente —dijo Mark—. Pero está casi todo vendido. Y eso que hasta el invierno pasado producía a un ritmo tremendo. Casi cuarenta cuadros al año.

—¿Todo retratos?

—Y otras cosas, pero principalmente retratos y bocetos. Había una cola de personalidades que querían un Ardlan en su colección, algo que no era precisamente barato, ni agradable en muchos casos. Pero, aun así, esperaban. Y pagaban mejor que bien.

—¿Qué quieres decir con que no era agradable?

—¿Posar para Bob? Bueno, algunos lo calificaban de pesadilla. Era bastante tiránico. En la última denuncia lo tildaron de sádico.

—¿Una denuncia?

—La última de unas cuantas, querido. Y eso que la reputación de Bob lo precedía, y yo mismo me encargaba de preparar mentalmente a los modelos antes de la sesión. Pero nadie se podía imaginar la presión que suponía trabajar con Bob. Les ordenaba quedarse quietos durante horas o adoptar cualquier postura que él quisiera, como si fueran ganado. Y a veces, dependiendo de su humor, los insultaba. A Caroline Stein la llamó «perra holgazana».

—¿A Caroline Stein, la empresaria del automóvil?

Heargraves no pudo ocultar una risilla.

—La misma. Y créeme, cada vez que salía a relucir una de esas noticias, la cola de personalidades aumentaba. Hay quien dice que despertaba una vena masoquista en las personas. Por no hablar del morbo vampírico de Bob. Muchas mujeres venían por la aventura de resistir su seducción.

—O caer en ella...

—O caer en ella. —Sonrió.

—¿Pasó eso con Caroline Stein?

—No, eso fue otra cosa. Bob la insultó, pero es que Bob insultaba hasta a su gato cuando estaba de mal humor. Además, la Stein no está precisamente acostumbrada a aguantar órdenes y, bueno, terminó levantándose de la silla y le sugirió que acabase el retrato sin ella. Bob lo hizo, la cláusula por incumplimiento de contrato era de muchos ceros, pero le envió un lienzo doble. Y la Stein lo descubrió.

—¿Qué es un lienzo doble?

—Pintar dos veces. Un retrato sobre otro. Bob lo hacía por diversión con algunos retratos. Pintaba una primera versión de la persona tal y como él la veía y después la cubría con otra de cómo el cliente quería verse. Bueno, en el caso de Stein, Bob escondió debajo un retrato de ella vestida de puta berlinesa de los años treinta. Pero Caroline Stein, además de una de las colecciones privadas más extensas de Europa, tiene dos expertos a sueldo que destaparon su broma con unos simples rayos X.

—¿Y qué pasó?

—Nada. Lo arreglamos con dinero. Sus abogados no querían que la cosa llegase a mayores, sobre todo porque en un juicio deberían presentar el retrato de Lily Marlene como prueba. Hubo un escándalo y el rumor de los dobles cuadros resonó por el mundillo. Supongo que mucha gente llevó sus Ardlans a la sala de radiografías en secreto. Yo al menos lo hice con el mío...

En ese instante nos interrumpieron unas voces que llegaban desde la entrada. Vimos aparecer a Stelia y a Elena en el estudio.

Creo que a nadie se le hubiera podido escapar el frío saludo que se dedicaron Mark y Stelia mutuamente. Aunque Stelia parecía hipnotizada por el cuadro de Bob. Se acercó a él dando cortos pasos y se quedó plantada frente a la obra.

—¡Dios mío! —gritó—. ¡Es ella!

Se llevó las manos a la boca, dio un par de pasos tambaleantes y antes de que ninguno pudiéramos sostenerla, se desvaneció.

5

—¡Rápido, levántale las piernas! —dijo Elena—. Y tú, Mark, busca un vaso de agua.

Stelia estaba tumbada frente al cuadro de Carmela, como muerta. Tardó un largo minuto y un vaso de agua en recobrarse.

—Elena me lo ha contado todo. El revólver. El cuadro..., pero no podía imaginarme esto. Es una pintura... ¡abismal! Es ella, Carmela, la modelo de Bob.

La voz de Stelia temblaba.

—Sí —dijo Elena—, al parecer es cierto que papá quedó afectado por aquel descubrimiento.

Acerqué una silla y en ella sentamos a Stelia, que no había recobrado todo su color.

—Son las dos de la tarde y nadie ha almorzado —dijo Elena—. Tom, préstame las llaves de tu coche. Iré al pueblo con Mark y compraremos un par de pizzas. Mientras tanto, Stelia, por favor, tranquilízate. Tom, no te separes de ella.

Supuse que Elena también buscaba una excusa para estar a solas con Mark y charlar sobre el montón de asuntos urgentes relacionados con la herencia y los abogados de Bob. Y, por otro lado, seguía siendo muy palpable que Mark ni siquiera le había dedicado una palabra a Stelia a pesar de su desmayo. ¿Era yo o ambos parecían enfadados el uno con el otro?

Elena y Mark salieron de allí y yo me quedé custodiando a la pobre Stelia, que aún estaba temblando. Se encendió un cigarrillo blanco con un mechero de oro que había sacado de su bolso.

—Soy una idiota, lo siento, Tom. He hecho el ridículo.

—No digas bobadas, Stelia.

—Pero es que llevo toda la noche pensándolo, Tom. Y este cuadro no hace más que confirmar mis teorías.

—¿Qué teorías?

—Creo que la muerte de Bob pudo ser algo más que un suicidio o un accidente.

Yo me quedé mirando a Stelia Moon un instante, tratando de evaluar su sospecha. Sabíamos que, en cuanto a salud mental, no estaba precisamente en forma últimamente.

—¿Quieres una copa? —dije—. Creo que Bob escondía alguna botella por aquí.

Una vez, hacía años, Stelia me confesó que el mayor error de su vida fue matar a Laura Morgan en el final de su pentalogía. «Pensaba que podría seguir adelante sin ella, que era una escritora más grande que ella, pero me equivoqué. Lo mejor que jamás hice fue escribir esos cinco libros. Y creo que nunca lo repetiré...»

Aún peor que eso, tras dos fracasos literarios, intentó revivir a Laura Morgan en un libro que fue considerado «cómico» por muchos críticos literarios: «Un burdo intento por regresar al ruedo», «Una descarada maniobra para volver a las listas de ventas», un libro escrito sin pasión, con presión y prisas que terminó de hundir su reputación. Nadie compró la idea de que Laura Morgan, muerta a balazos y enterrada en un cementerio de Nueva Orleans en la quinta parte de la saga, pudiera aparecer de pronto, amnésica, caminando por una carretera del desierto de Mojave con sus cinco balazos en el pecho y su placa de detective de la Policía de Nueva York.

Me acerqué a ella con un vaso medio lleno de whisky.

—¿Estás mejor?

—Sí, querido, gracias —dijo dándole un buen trago—. Ahora escúchame, Tom. Cuando Elena me contó que habíais encontrado el revólver... ¡Un revólver! Para mí es la prueba de que Bob estaba realmente asustado. Y la llamada que te hizo... y ese cuadro..., oh, Dios, llámame fantasiosa pero aquí está ocurriendo algo diabólico, ¿no crees?

—Opino que deberíamos dejar a los forenses que hagan su trabajo. Si hay algo extraño, saldrá en la autopsia.

—Eso es ser muy optimista, Tom. Si esto fuera un crimen perfecto, habría que indagar muy hondo para encontrar algo raro. Hay mil maneras de no dejar ni una marca, usando guantes de látex, o almohadas. Te lo dice una experta en idear asesinatos. Pero estos polis de costa están demasiado ocupados persiguiendo a traficantes de droga y *mafiosi*. Son un poco cínicos.

—Entonces, ¿tú opinas que pudo ser un asesinato? ¿Que alguien quiso hacerlo pasar por un suicidio?

—Si no fuera porque se trata de la muerte de uno de mis mejores amigos, te diría que la historia tiene ingredientes de primera: el estudio de Bob estaba abierto, así como la villa. No había ningún indicio de violencia..., quizá todo esto indica que Bob recibió la visita de un conocido. Le abrió la puerta, puede que incluso le ofreciera una copa. Después subieron a su dormitorio con alguna disculpa. Bob se apoyaría en la balaustrada y entonces..., un empujón dado en el lugar correcto, con la fuerza suficiente...

—Pero ¿por qué?

—Esa es la pregunta del millón, querido. Al parecer, no robaron nada, ni siquiera ese último cuadro en el que trabajaba, con lo que queda descartado el móvil del robo. Ahora, ¿qué nos queda?, ¿su herencia? Eso apunta a una sola persona y es imposible.

—Elena —dije yo—, es cierto: es imposible.

—Estoy de acuerdo. Pero hay alguien más que podría salir beneficiado por la muerte de Bob: Mark Heargraves.

—¿Mark?

Stelia arqueó las cejas mientras fumaba.

—Siempre como hipótesis, ¿vale? No es ninguna acusación, pero Heargraves se va a hacer rico con la revalorización de los Ardlans. Además..., bueno, es terrible sacar esto ahora, pero hace unos meses hablé con Bob y no estaba precisamente contento con las gestiones de Mark. Había tenido algunos problemas con él.

—¿Qué tipo de problemas?

—No lo sé, supongo que algún asunto de su representación, pero le oí decir que ya no era el hombre sensato que había conocido al principio. Ya sabes. Mark ahora vive como un sultán. ¿Te has fijado en las ropas que lleva? Seda italiana. Creo que incluso Bob había empezado a buscar un nuevo marchante.

—Eso es ciertamente un motivo —dije—. Pero ¿y la oportunidad? Mark no estaba aquí el sábado pasado y, bueno, me cuesta imaginar a Mark intentado lanzar a Bob por el balcón.

—Pudo ser la mano instigadora, ¿no? Quizá contrató a un sicario.

—Stelia, ¿tienes algún problema con Mark? Me ha parecido que la tensión entre vosotros se podía cortar con un cuchillo.

—Verás..., tuvimos una discusión. Digamos que yo quería proteger a Bob. Le ayudé con eso del marchante y Mark se enteró... En fin, siempre me ha parecido un tipo demasiado posesivo respecto a Bob.

Yo me encendí otro cigarrillo y me senté.

—En cualquier caso —dije—, no sé si me apetece seguir con nuestras hipótesis. El cadáver de Bob todavía está caliente y todo esto parece un juego de salón un poco frívolo.

Stelia dio una calada y consumió al menos medio centímetro del pitillo mientras sus ojos parecían revolverse detrás de las gafas.

—Lo siento, Tom, pero tú mismo encendiste mi imaginación con tu historia. ¿Por qué motivo te llamaría Bob quince minutos antes de caerse por el balcón? ¿Hacía cuánto que no te llamaba? ¿Meses?

—Años..., un año y medio.

—Y te llama quince minutos antes de caerse por un balcón. Joder. Siento mucho parecer frívola, pero ¿no te parece inquietante?

—Vale —admití—, imagínate que se sintió en peligro. ¿Por qué no llamó a la policía? O a ti. Yo ni siquiera estaba en Tremonte. ¿Cómo pensaba que podría ayudarle?

—No lo sé, quizá quería darte un último mensaje. Algo..., una advertencia que solo tú comprenderías.

—A mí, ¿por qué a mí?

—Lo sabremos cuando entendamos el motivo por el que

fue asesinado. Y admito que Elena y Mark quedan descartados. ¿Qué nos queda entonces? —Alzó una mano y señaló al cuadro—. Creo que la clave podría estar en ella.

—¿En Carmela?

—En el cuadro, Tom. ¿Lo has mirado bien? Su mejor obra en una década. ¡Dedicado a esa chavalita del pueblo! ¿Solo porque le echó un polvo? No, tiene que haber algo más. ¿Y si existiera una relación entre ambas muertes?

—¿Una relación? ¿Como cuál?

—Que Bob hubiera descubierto algo, una pista sobre la muerte de Carmela... Esta noche la he pasado repasando algunas notas que tomé en junio, cuando salió a la palestra la muerte de la chica. No recordaba que hubiera juntado tanto material, pero tenía una carpeta llena de recortes. Supongo que pensé en escribir algo, llegado el caso.

Y yo no pude evitar pensar: «¿Y si Stelia quisiera sacar partido de todo este embrollo?»

Ella dejó escapar dos espesas sábanas de humo por la nariz.

—Seguí la noticia en los periódicos y puse la oreja en las terrazas, y lo cierto es que hubo muchas dudas respecto a ese ahogamiento. Y también respecto a lo que sucedió antes.

—¿Qué pasó antes?

—Aquella noche, el 21 de junio, hubo una fiesta. Supongo que se celebraron unas cuantas más en esta maldita Gomorra que es Tremonte, pero esa fiesta es la que nos interesa, porque Carmela acudió a ella. Fue en casa de Franco Rosellini.

Reconozco que aquello suscitó en mí una curiosidad escalofriante. Stelia puso su voz de contar historias:

—El 21 de junio Franco ofrecía un cóctel y había un montón de celebridades por allí. Actores y gente del mundillo.

Tenía algo que ver con sus nuevos planes para una película en Italia y era también una especie de celebración por su vuelta de Estados Unidos. Carmela siempre lograba colarse en esos eventos. Ya sabes, la clásica chica guapa que busca un productor o un director de cine. Franco es bastante hermético, pero estoy casi segura de que Carmela le había tirado los tejos de alguna manera. Quizás él mismo la invitara, aunque Carmela se las arreglaba para estar en esos saraos por artes propias. Bueno, uno de los asistentes a ese cóctel, un amigo de Franco, le contó que estuvo intentando ligarse a Carmela un buen rato y que, a eso de las diez de la noche, ella recibió una llamada de teléfono que la hizo ausentarse precipitadamente. Otro testigo dijo haber visto a Carmela saliendo de la villa de Rosellini y montarse en un coche, aunque no pudo dar demasiados detalles del vehículo. Y de esta manera, Carmela desapareció. Nadie más volvió a verla con vida, salvo quizás una pareja de turistas que dijo haber visto a una joven parecida a ella caminar sola por la Marina de Chiasano. Dicen que pudo haberse metido en el mar y...

—*Santa Madonna!*

—Como te digo, el caso trajo bastante cola. Y he aquí donde el misterio se retuerce. Carmela estaba saliendo con un tipo llamado Nick Aldrie. ¿Te suena?

—No.

—Es el dueño del Mandrake, un club de jazz que Bob frecuentaba bastante. Apareció hace unos años por la costa comprando fincas, abriendo restaurantes. Dicen que representa a gente poderosa, industriales, inversores y demás, pero todo es muy opaco.

—Y Carmela era la novia de semejante tiburón.

—Exacto. Las malas lenguas dicen que tuvieron una pelea

el mismo día de su muerte. Ella se negó a ir a su fiesta de cumpleaños, que celebraba esa noche en su yate.

—Déjame completar la historia. —Suspiré mirando hacia arriba—. Él se enfadó con la chica y le puso unos zapatos de hormigón.

—Es una posibilidad, aunque también se cuenta que Aldrie estaba bastante enamorado de ella. El caso es que nadie vio a Carmela desde que dejó la fiesta de Franco hasta que apareció en Rigoda, un día después. Sus enseres aparecieron en el fondo de una barca, en la playa de Chiasano, pero faltaba su teléfono.

—¿Cómo sabes eso?

—Porque aparecieron carteles por el pueblo rogando que se devolviera, ya que podría ser una pista importante. Pensaban que alguien lo habría encontrado junto a las ropas y se lo habría llevado. Incluso ofrecían una recompensa, pero jamás apareció.

—Entonces, según tú, Bob había descubierto algo sobre la muerte de Carmela. Y por eso lo mataron. ¿Piensas que pudo ser ese tal Aldrie? Pero ¿qué tendría que ver Bob con todo eso?

—Ahí es donde las cosas se retuercen un poco más. En mayo, un mes antes, hubo una pelea en el Mandrake. Yo estaba de viaje cuando ocurrió, pero he oído que Bob se enfrentó a Aldrie y que casi llegaron a las manos. Ese, si me lo preguntas, sería el primer hilo del que tirar.

6

Durante la tarde seguimos recibiendo aquella lluvia de flores, mensajes de condolencia y llamadas telefónicas, que empezaron a incluir también a unos cuantos periodistas que entre otras cosas preguntaban si se celebraría algún tipo de oficio por Bob.

—Ni siquiera sé qué haré con el cuerpo —dijo Elena—. Papá nunca me habló de ello. Bueno, sé que no era religioso. Creo que lo mejor será incinerarlo. ¿Qué opináis?

—Creo que a Bob le hubiera encantado que esparcieras sus cenizas en ese mar azul —dijo Stelia—. Además, Franco ha ofrecido su casa para celebrar una pequeña recepción. Siempre que a ti te parezca bien.

—¿Una especie de funeral laico?

—Si quieres llamarlo así. Lo hicimos para Vitto Leder hace dos años y fue muy bonito. Música, unas copas y algunas intervenciones de amigos. A Bob le gustó y por eso se nos había ocurrido. Además, hay un montón de gente que quisiera asistir. Y el jardín de Franco es inmenso.

—Me parece bien —dijo Elena—. ¿Mark? ¿Tom?

Mark estaba redactando una nota de prensa en ese instante. Levantó la vista y dio su aprobación, sin demasiado entusiasmo.

—Pero quiero ayudar a organizarlo de alguna manera —dijo Elena—. Quiero hacer algo. Creo que me vendrá bien cualquier distracción.

Dedicamos el resto de la tarde a redactar una lista de direcciones y personas a las que debíamos enviar las invitaciones al evento. Habría dos ceremonias, una privada e íntima para incinerar el cuerpo y la otra pública para homenajear a Bob. Mark dijo que tendríamos que limitar la convocatoria para no desbordar la finca de Rosellini.

Estuvimos trabajando hasta primera hora de la noche y entonces Stelia se disculpó diciendo que tenía que acudir a una de sus sesiones creativas con el grupo de escritores residentes en Laura Ville, su pequeña villa situada en las faldas de Monte Perusso.

Desde que las cosas se habían torcido un poco, Stelia había intentado amortizar su fama creando un refugio de escritores en su oasis italiano. Un sitio para concentrarse en terminar o comenzar novelas. Eso era la teoría, pero según Bob (en un comentario un poco cabrón que me hizo una vez que nos pusimos tibios a whisky), Stelia utilizaba su residencia para atraer a jovencitos inexpertos y darles ese toque de experiencia que a ellos les faltaba.

Mark, por segunda vez ese día, aprovechó la ausencia de Stelia para lanzarle un dardo cargado de veneno:

—Me da lástima esa mujer, cinco años sin publicar nada. ¿Y qué hace? Dar esperanzas a un montón de escritores *amateurs* que nunca conseguirán escribir nada decente, y mientras tanto cobrarles por un hotelito con vistas al mar.

—Pues tengo entendido que cobra bastante poco —respondió Elena medio defendiendo a nuestra amiga.

—Será por eso que siempre anda mendigando dinero —dijo Mark como si lo pensara en voz alta más que otra cosa—. Creo que su lista de acreedores llega hasta el cielo, en fin..., no es mi problema.

Y yo pensé: «¿Qué coño les pasa a Stelia y a Mark? Parecen el perro y el gato. Primero Stelia lo acusa en sus teorías criminales, después Mark no deja de despreciarla. ¿Por qué?»

Pero tampoco era el momento de sacarlo a colación. Además, en ese instante volvió a sonar el timbre. En esa ocasión fui yo a abrir y era un nuevo ramo de flores. Tulipanes blancos.

Al mirar la tarjeta, el nombre del remitente me llamó la atención:

Te acompaño en el sentimiento, Elena. Con todo el cariño del mundo,

NICK ALDRIE

PS. Espero verte muy pronto otra vez.

¿Nick Aldrie? ¿No era ese el nombre del dueño del Mandrake? ¿El ex de Carmela? Pues a decir por la tarjeta, parecía que él y Elena se conocían.

Esperé a que Mark se marchara y no tardó mucho más. Me pidió que le llamase un taxi y, aunque Elena insistió en que podía utilizar alguna de las habitaciones de la casa, dijo que ya había reservado una habitación en el hotel Salerno. «No se me ocurriría ser una molestia más en estos momentos.»

Le despedimos y regresamos a la casa. Eran ya las nueve y el sol decaía en el horizonte. Un bello atardecer en un cielo limpio, con algunas estrellas tintineando en lo alto. Saqué los restos de la pizza Giganti a la terraza y descorchamos una botella de vino. La brisa de la noche olía a pino y a limonero, todo mezclado con el salitre del mar. Pusimos el *Stan Getz Plays* en el tocadiscos.

—Oye, Elena —dije cuando la primera copa de vino ya había mediado—, ¿tú conoces a un tal Nick Aldrie?

Ella recibió la pregunta con un gesto de genuina sorpresa. Me miró con esos ojos de hielo tan suyos pero no pudo ocultar cierto alborozo en su rostro.

—Sí. ¿A qué viene esa pregunta?

—Ha mandado un ramo de flores con una nota, y precisamente esta tarde Stelia me ha contado que ese tal Nick Aldrie era el novio de Carmela cuando ella se ahogó. ¿Lo sabías?

—No..., esa parte no —dijo Elena—. Conocí a Nick el año pasado. Es el dueño de un club de jazz al que papá solía ir mucho.

—Sí. El Mandrake.

—Papá solía ir muchas noches... —dijo ella recordando—. Es el sitio más *cool* que hay cerca de Tremonte, si no te apetece conducir o navegar hasta Positano.

—¿Sabías que tu padre y Aldrie se habían peleado?

—¿Peleado? No. ¿Cuándo?

—No lo sé. Stelia tampoco tenía muchos detalles, pero fue en mayo. Un mes antes de la muerte de esa chica.

—Papá no me contó nada de eso. No sería demasiado grave. ¿Todo eso te lo ha contado Stelia?

—Sí. Y otro buen montón de cosas. Como, por ejemplo, que las causas de la muerte de Carmela nunca estuvieron demasiado claras. Pero ya sabes cómo es ella. Siempre pensando en novelas. Tiene una teoría..., en fin, algo escabrosa.

Tuve que morderme la lengua. No quería mencionar la

teoría de Stelia sobre la relación entre la muerte de Carmela y la de Bob. Decidí coger el último triángulo de Giganti y metérmelo en la bocaza.

—Stelia también me ha contado algo a mí —dijo Elena entonces— sobre una llamada que recibiste... ¿de papá?

«Joder —pensé—. Stelia es tan buena guardando secretos como un borracho charlatán.»

Por otro lado, quizás había llegado el momento de hablarlo.

—Recibí una llamada de tu padre, es cierto. El sábado a las nueve y cuarenta tres minutos de la noche. Yo estaba en Roma y, bueno, en ese momento no pude coger el teléfono.

Elena tardó en entender. Cuando lo hizo, sus bonitos ojos se abrieron de par en par.

—¿Este sábado pasado? Pero eso es...

—Sí, tu padre me llamó la noche de su accidente... y si su reloj y el forense no se equivocan, fue quince minutos antes exactamente. Siento mucho haber esperado tanto a decírtelo.

Se llevó las manos a la boca y emitió un sollozo.

—¿No te dejó ningún mensaje?

—No, nada. Pensé que me llamaría otra vez si era importante. Pero después se me olvidó y al cabo de dos días me llamaste tú para darme la noticia de que había muerto.

—Papá te llamó... —murmuró Elena con la mirada perdida—. No lo entiendo. Vamos, no te lo tomes a mal, Harvey, pero no comprendo por qué...

—¿Por qué me llamaría a mí después de todo este tiempo? No te preocupes, no me molesta que lo pienses. Yo también llevo preguntándomelo desde el principio, y no encuentro ninguna respuesta suficientemente buena.

Elena se rellenó el vaso de vino. Yo lie un par de cigarrillos y le pasé uno.

—Entonces está más que claro. No fue un accidente, después de todo. Quizá Mark tenga razón, puede que papá estuviera sufriendo algo muy profundo que no quiso compartir con nadie.

—¿Eso cree Mark?

—Hoy lo hemos hablado. Mi padre era un tanto bipolar. Quizá la frontera de los sesenta lo había marcado. Hay una tasa alta de suicidios en esa edad.

A mí casi se me atraganta el vino:

—¿Ricos, atractivos y viviendo de puta madre en el sur de Italia? ¿Qué porcentaje representa eso?

—No solo es eso, y lo sabes. Papá sufría de algo muy profundo. Esas pesadillas. Las visiones. ¿Sabes que él realmente creía en fantasmas? No hablaba mucho del tema, pero cuando lo hacía, daba auténtico miedo. Una vez me dijo que «ellos» solían presentarse en su habitación, nunca decían nada, pero él sentía que querían que hiciera algo. Que no le dejarían descansar hasta que llevase algo a cabo.

Yo recordé mi pesadilla de la noche anterior. También había niños en ella.

—¿Ellos? ¿Los niños de Qabembe?

—Sí. Y ahora, la historia de esa chica muerta, el cuadro que estaba pintando..., todo indica que realmente estaba afectado.

Elena encendió su cigarrillo y me observó a través del humo.

—Hoy he estado pensando en esa última conversación que mantuve con él —continuó—. Quizá fue una forma de despedirse y no lo supe entender. Con mis malditas prisas...

Me preguntó si salía con alguien. Me pareció un poco metete y se lo dije. Además, hubo algo curioso. Me preguntó por ti.

—¿Por mí?

—Sí... De pronto, después de todos estos años, va y me suelta que «hacíamos una excelente pareja». Que eras un gran tipo y que deberíamos habernos dejado de bobadas y fabricado un par de críos y que eso hubiese funcionado. Dijo que necesitabas madurar un poco. Solo eso.

Se me atragantó el humo y tosí un par de veces.

—Hostias. ¿De verdad que dijo eso tu padre?

—Sí. Yo también me reí entonces. Créeme. Me pareció que meaba fuera de tiesto. Se lo dije, pero a él no pareció importarle. Era como si..., como si estuviera dándome un último consejo.

Elena se había quedado mirándome, fijamente. Con los ojos un poco húmedos y una media sonrisa. Joder, ¿era el vino o era esa mirada? ¿Qué debía hacer? ¿Saltar por encima de la mesa y besarla en ese mismo momento? ¿O eran imaginaciones mías?

—¿Qué piensas, Tom? ¿No irás a decirme que...?

«¿Decirte el qué? ¿Que suelo pensar en ti bastante a menudo (con una periodicidad casi preocupante en un ex)? ¿Que tengo un sueño un poco idiota en el que tú y yo vivimos juntos en una casa con unos cuantos cachorritos humanos?»

—¿No pensarás que...?

—¡No, claro!

—¡Claro que no!

Se hizo un silencio muy tenso y creo que los dos nos pusimos rojos como dos *pomodori*.

—Bueno, y ¿cómo ha ido el asunto con Mark? —dije para

pisar tierra otra vez—. Supongo que te has convertido en la dueña de todo esto.

—Sí, al parecer papá dejó hecho un testamento en Londres y hay que ir a leerlo, pero el albacea dice que ese testamento solo contempla su obra, lo demás..., en fin, todo lo heredo yo. La casa, su almacén en Bermondsey y el dinero. En cualquier caso, Mark seguirá dirigiendo el cotarro, lo cual es bueno. Yo no sabría por dónde empezar.

—¿Y qué harás con tu galería?

—No lo sé. He pensado en venderle mi parte a Berta. En realidad, no es que fuera el negocio más boyante del mundo, y ahora, con todo esto..., quizá me quede una temporada por aquí, en Tremonte. Tengo que pensar si conservo esta casa, si la vendo..., pero no quiero precipitarme. Por el momento, Mark y yo viajaremos a Londres al día siguiente del funeral para ir arreglando asuntos con los abogados de papá. Te quedarás solo en la casa, ¿te importa?

—Dame una patada en el culo cuando quieras —dije yo. Elena se rio.

—Eso sería injusto. Yo te llamé para que vinieras. Seguro que trastocaste un montón de cosas.

—No lo creas. Todo lo que tumbé fueron unos bolos malos en el norte. Y un amigo me ha invitado a navegar por Grecia a finales de septiembre. Pero ya sabes cómo odio navegar.

Además de eso, mi hoja de ruta era como una larga y polvorienta carretera en el desierto. En otoño empezaba otra temporada, pero omití decirle lo mala que era. Bolos de segunda en Ámsterdam, Bruselas y París. Ni una llamada de los festivales importantes. La vida engullía lentamente mis sueños y me iba quedando poco a lo que asirme. Mi trabajo de guía en Roma. Mis tocatas en el Piorno...

Elena se levantó, fue a la cocina y regresó con un llavero.

—Pues mientras te organizas, siéntete como en casa, Harvey.

Cogí el llavero y, al hacerlo, acaricié su mano. ¿Podría culpar al maldito vino por ello? Ella estaba tan *sexy* con su jersey de lana gris fina y su pantalón negro. Y además yo sentí aquello tan viejo, antiguo, casi como la rotación de los planetas: la necesidad de tocarla, de abrazar su cintura y atraer su delgado cuerpo hacia mí. Me pasó la primera vez que la vi con quince años y me pasaría siempre. Elena era un imán para mí.

Ella dejó que cogiera su mano. Nos sonreímos en silencio, y yo pensé que era una invitación (¿y no lo era?). Tampoco se movió cuando me levanté y acaricié su mejilla. Ella temblaba, yo también. Sus labios se abrieron como una flor y yo sentí que toda la jodida química de mi cuerpo se activaba. Noté que ella temblaba cuando la besé. Esos labios que había añorado durante cinco años..., fue como volver al hogar.

—No, Tom —dijo ella poniendo su mano en mi pecho para apartarme.

—Pero, Elena...

—No, Tom. Ahora no. Se complicaría todo. ¿Puedes entenderlo?

—Sí, claro que lo entiendo. Lo siento.

—No sientas nada. No ha sido culpa tuya. Nos gustamos, siempre nos hemos gustado, joder, y eso no va a cambiar. Pero ahora necesito tu amistad por encima todo.

—Y la tienes, Elena. Cuenta con ella.

—Gracias, Harvey. Ahora me voy a dormir.

7

Ella se marchó y yo me terminé el vino solo, fumando y escuchando a Stan, excitado, borracho y feliz, mirando las estrellas y el horizonte. Elena me había parado los pies, pero de esa manera..., no había sido un rechazo sino un «ahora no, todo se complicaría», y a mi manera de verlo (muy *wishful thinking*, lo reconozco), era como si todos mis sueños se fueran a cumplir en breve.

«Te ha dado las llaves de su casa. Te ha invitado a que te quedes. Necesita algo de tiempo para estar tranquila, pero quiere que estés aquí para cuando todo vuelva a la normalidad.»

Y esa noche mi subconsciente se encargó de completar esa escena que se había quedado a la mitad.

Mi sueño comenzaba con Elena y yo besándonos apasionadamente. Le mordía la boca como si me fuera la vida en ello y pensaba, en el fondo de mi mente, que todo había acabado. El vagar sin rumbo. La caída eterna. Por fin había encontrado mi hogar, largamente olvidado.

La tensión se elevaba en el sueño. Había comenzado a

desabrocharle los vaqueros y debajo asomaba el inicio de una braguita de color rosa que yo comenzaba a besar, provocando en ella unos melódicos gemidos. Ella perdía sus dedos en mi pelo y me presionaba la nuca como si fuera el acelerador de un coche, así que la desembarazaba de sus entretelas y me convertía en su esclavo lamedor. Yo era un oso y ella era mi panal. Me sentía como Baloo cuando la fortuna le sonreía. Me quedaría allí para siempre, saboreando la miel cada vez que ella quisiera. Entonces ella comenzaba a decir mi nombre, cada vez más fuerte, mientras sus dedos recorrían mi cabeza y le imprimían ritmo. Y mi lengua pasaba de rápida campanilla a lenta y gruesa boa, y casi ya ni respiraba, porque todo mi cuerpo, mi vida y mi tiempo se obstinaban en hacerla estallar de placer.

Pero entonces abría los ojos y Elena se había evaporado. Ya no estaba en el salón, sino en la cama de mi habitación de Villa Laghia, solo y con un considerable hinchazón en la entrepierna (lo único que había podido traspasar la frontera entre el sueño y la realidad).

—*Merda*.

Me incorporé en la cama y quedé enfrentado al cuadro que presidía la pared del dormitorio: una reproducción de *Los desposorios de la Virgen* de Rafael. La luz de la luna caía sobre él y revitalizaba su magia. Ese lugar onírico con sus extraños personajes de fondo...

Era de noche y podía oír los grillos y el rumor del mar. Y entonces también sentí unos pasos al otro lado de la puerta. Unos pies que recorrían el pasillo...

Me quedé quieto, escuchando. ¿Sería Elena? ¿Se habría levantado para ir al baño o es que venía a hacerme una visita nocturna? Nada podría resultar más adecuado que eso.

«Siempre nos hemos gustado, Tom.» Pues entonces, ¿a qué esperar? La vida es corta y Dios nos dio el cuerpo para gozarlo, ¿no?

Avanzaba de una forma extraña por el pasillo de baldosas. Lenta, sin prisa. Era como si en vez de caminar, vagase. Y entonces detecté una cualidad en el sonido de sus pasos: iba descalza y diría que sus pies estaban mojados.

Salté de la cama y me acerqué a la puerta. No quería parecer un insomne maniático, pero aquella forma de andar era extraña, meditabunda o sonámbula. Abrí la puerta muy despacio y me asomé. Ella estaba en las escaleras y me dio el tiempo justo de ver su par de tobillos blancos deslizarse fuera de mi vista, subiendo hacia la planta del dormitorio de Bob.

¿Adónde iba?

Salí yo también al pasillo y entonces noté un frío tacto en las plantas de los pies. Agua. En el suelo de baldosas había dibujado un rastro de agua como si Elena hubiera salido de la ducha o de un baño y no se hubiera secado. ¿Qué estaba pasando allí?

Fui hasta las escaleras pisando pequeños charcos. Arriba, en la planta primera, la puerta del dormitorio de Bob estaba abierta y la habitación, iluminada por una luz lunar casi imposible. No había nadie en la cama, pero sí una presencia en el balcón. Las finas cortinas de punto ondeaban como una bruma gaseosa y a través de ella pude adivinarla, apoyada en el balcón, desnuda.

—¿Elena?

Me acerqué despacio, conteniendo la respiración, asustado. O no me había oído o me ignoraba. ¿Había tenido algún episodio sonámbulo en el pasado? No, que yo recordase.

Atrapé una de aquellas cortinas danzantes y la aparté desvelando aquel cuerpo delgado y blanco. No era Elena, y no solo porque su cabello era diferente. Aunque llevaba años sin verla, sabía reconocer sus caderas, sus omoplatos. Y aquel cuerpo era ligeramente más alto y atlético. Era una mujer de proporciones distintas, pero de una belleza deslumbrante, al menos vista por detrás.

¿Era...? ¿Podía ser...? ¿Podía tratarse de...?

—Carmela.

Aunque mi voz sonó inmensa en aquel vacío, la muchacha de pelo rizado negro seguía ignorándome como en el mejor de los sueños, o en la peor de las pesadillas.

—Tom —susurró. Y su voz sonó por todas partes.

—¿Carmela?

Con una espectral agilidad, la muerta se encaramó a la balaustrada. Como una araña, estaba en cuclillas sobre aquel pretil tan bajo. Volvió su rostro hacia mí.

—Mírame, Tom, mira mis ojos. Todo está en los ojos.

Miré sus ojos y el mundo comenzó a dar vueltas. Abrió la boca y de ella comenzó a brotar agua, un chorro de agua llena de peces y de conchas de mar que inundaron el balcón hasta mis tobillos. Entonces se lanzó a la negrura sin gritar, sin hacer el mínimo ruido.

Me asomé para verla caer, pero allí no había nada más que las rocas y los crespones de las olas.

Entonces noté que varios brazos me cogían por detrás al mismo tiempo, y me elevaban en el aire.

Eran varios. Al mismo tiempo.

Yo iba a gritar, intentaba zafarme, pero entonces esos brazos me proyectaban en el aire, hacia la nada, y yo salía volando, dando un largo grito, hasta ir a morir sobre aquellas rocas negras.

Morir, en mi sueño, era una sensación fría y sorda. Como si alguien hubiera colocado unos tapones en los oídos del mundo y mi cuerpo cayera en un gigantesco y helado puf.

Ni siquiera me desperté. Me quedé muerto, en sueños, y así es como lo recuerdo todo.

EPISODIO II

TEORÍAS NEGRAS

1

Me desperté y fuera hacía otro día azul. El estor de mi ventana cortaba la luz del día en tajadas que se proyectaban por toda la habitación. ¿Qué hora era? Miré el reloj: tarde, casi las doce.

Había dado mil vueltas en la cama y las sábanas estaban hechas un lío. ¿Qué había pasado esa noche? Recordaba mis sueños lujuriosos con Elena y después aquella pesadilla. Aquella horrible y realista pesadilla en la que aparecía Carmela, y en la que alguien me mataba empujándome por el balcón de Bob.

Estremecido, tiré del estor y dejé que el sol llenase aquella penumbra como si tuviera un efecto limpiador sobre el terror que se había posado en el aire.

Busqué a Elena en el salón y en su habitación, pero no la encontré. Salí al jardín y miré hacia la cala. A veces Elena inauguraba el día con un buen baño en las aguas del Tirreno. Pero allí abajo solo estaba la lancha en el embarcadero, además de un mar azul cuyo fondo era arena blanca y verdes posidonias.

Regresé a la casa con la intención de desayunar y borrar todo eso de mi cabeza. Y mientras rebuscaba en el armario la lata de café Kimbo, encontré una nota de Elena pegada sobre los hornillos:

Hola, Tom. Quería dar un paseo pero estabas dormido, así que te he dejado disfrutar. ¿Puedes hacer una pequeña compra en el supermercado del pueblo? Volveré para el almuerzo. Un beso. Elena.

Aquella nota me devolvió al mundo sano. Al mundo de lo positivo y lo bello. Incluso la olisqueé y me la llevé a los labios.

Un beso. Elena.
(Mmmmmm)

Mientras desayunaba, vi que tenía algunos mensajes desde Roma. Paul Hitchman me dio la mala noticia de que nuestro trío se disolvía de cara al siguiente año. El Piorno, un pequeño restaurante del Trastévere donde éramos habituales, había encontrado una banda sustituta para septiembre, y había decidido contratarles para el resto de la temporada. *Merda*.

El segundo mensaje cra un poco mejor. Barbara Scavo, de la agencia Roma Tours, me preguntaba si estaría disponible para llevar a dos grupos ese fin de semana. Le respondí que estaba en el sur, de vacaciones, le di las gracias por acordarse y le dije que la avisaría en cuanto regresara a Roma. La verdad es que no sabía lo que haría sin el dinero de los *tours*.

Después del desayuno decidí que aprovecharía las compras en Tremonte para adquirir algo de ropa veraniega. En mi maleta solo tenía un traje de tocar y con mis vaqueros estaba cociéndome de calor desde que había llegado.

Aparqué en los aledaños de la Piazza Georgina, donde había un supermercado. Hice una buena compra de pasta, carne y verduras. Después caminé sin rumbo durante un rato, mirando tiendas de ropa con precios inalcanzables. Joder, era como si el lujo fuese una plaga que había logrado escapar de Capri e Ischia y colarse en los pueblos marineros también. Finalmente, encontré una tiendita más ajustada de precios y me probé unos cuantos pantalones cortos, bañadores y camisas. Fundí unos cuantos billetes pero salí de la tienda hecho un patricio, con mis gruesos vaqueros metidos en una bolsa de plástico y el aire de un turista.

Después regresé a la *piazza*, me senté en la terraza del hotel Salerno y pedí un *espresso* y *La Città*, donde leí un nuevo reportaje dedicado al suceso de Ardlan.

EL FUNERAL POR ARDLAN
SE CELEBRA ESTE SÁBADO

Mark Heargraves, marchante del fallecido Bob Ardlan, ha anunciado que este sábado se celebrará un evento no religioso y privado para despedir al artista. La ceremonia tendrá lugar en la finca de uno de sus mejores amigos en Tremonte, el cineasta Franco Rosellini, que ayer declaraba estar devastado por la noticia de su muerte.

Vecino de Salerno desde el año 2000, Bob Ardlan reconoció en una entrevista para *La Città* que Italia había sido un refugio mental para él y su obra, después de los siete tortuosos años como autor de sus trece *Columnas del hambre*.

Su hija Elena, propietaria de una galería de arte en París, se convierte así en la única heredera de la fortuna y obra de Bob Ardlan. El MoMA de Nueva York ya ha anunciado una retrospectiva del pintor para estas Navidades. Y el valor de sus obras se catapultó anoche en Londres, tras una desatada ronda de pujas en Christie's, en la que uno de sus retratos más famosos, *Pescador sin mirada*, alcanzaba la cifra de un millón de libras.

La cifra se me pegó a las pestañas un rato. ¡Un millón de libras! Pensé en cuánto se podría llegar a valorar el *Réquiem* de Ardlan, el retrato de Carmela muerta en la playa. Eso debía de valer al menos cinco veces más, a saber...

En ese instante alguien pasó a mi lado, tan cerca que casi se lleva por delante mi periódico. Levanté la vista y dediqué una mirada de enfado a ese ser maleducado que ni siquiera se volvió para disculparse.

Debía de haber salido del hotel. Un hombre espigado, pelo blanco largo y ropas de turista sofocado. Cojeaba de una forma un tanto curiosa, ayudándose de un bastón y cruzó la *piazza* sin prestar demasiada atención al tráfico, que era poco pero mortalmente rápido en aquel pueblito de Italia.

Algo en su imagen hizo que lo siguiera con la vista mientras se paraba en un quiosco y miraba los periódicos. Lentamente, una sensación iba creciendo en mi estómago. Una sensación terrible e irreal.

Joder, es que era la viva imagen de Bob Ardlan.

El sentido de lo empírico es el programa base de nuestro cerebro. Si vemos algo, por imposible que sea, pero lo vemos, entonces nuestro cerebro descarta cualquier otra explicación que pueda contrariar esa visión. Por eso cuando vi a Bob Ardlan esa mañana, echando un vistazo a los periódicos del quiosco de la *piazza*, me olvidé de que llevaba dos días muerto, me olvidé de esa noticia sobre su funeral que acababa de leer en *La Città*. Sencillamente, Bob estaba allí y yo me levanté, me olvidé de pagar el café y fui hacia él con un verdadero cóctel de desconcierto y asombro en mi cabeza.

En esos primeros segundos de irrealidad barajaba las posibilidades más absurdas: «¿Bob se ha vuelto loco y se ha escondido en este hotel? ¿Y quién es el muerto que han encontrado entonces? ¡Dios mío, se han equivocado todos de pleno! ¡Verás cuando se entere Elena!»

Yo ya había comenzado a cruzar la calle cuando el hombre compró un periódico, pagó y entonces, al darse la vuelta, le vi la cara y me di cuenta de que no era Bob. Claro que no era Bob. Los fantasmas no se alojan en hoteles y salen a comprar el periódico por la mañana (o quizá sí lo hagan, pero ningún vivo está ahí para verlo). ¡El caso es que era tan parecido! Su misma complexión, el mismo corte de pelo y un conjunto de facciones similar. ¿Bob tenía hermanos? Tenía la intención de hablar con él y averiguarlo. En medio de la calzada, estaba tan atolondrado que apenas presté atención a unos gritos en italiano que se aproximaban:

—*Signore, signore! Signore!*

Hasta que ya fue demasiado tarde.

La bicicleta apareció como un torpedo por mi izquierda y solo pude cogerla por el manillar, como si fuera el asta de un toro, y tratar de pararla. El resultado fue que el ciclista terminó en el empedrado de la Piazza Georgina. ¡Bam! Un topetazo un tanto aparatoso que llamó la atención de todo el mundo.

El chaval había frenado la caída con su costado, y el sonido de su cuerpo contra el pavimento hizo daño a todo el mundo.

—¡Lo siento! —grité.

Corrí a levantarlo. Al mismo tiempo un coche se paró detrás de nosotros y otras personas se acercaron a curiosear sobre todo.

Pero el chico reaccionó y se sentó en el suelo mirándose las manos y la ropa.

Tendría unos veinte años y vestía unos vaqueros y una camisa floreada que parecía tener un desgarrón. Sus Ray-Ban también habían salido despedidas y cuando las recogí me di cuenta de que una de las lentes se había partido.

—Joder, lo siento mucho —repetí ya en italiano—. ¡Es culpa mía!

—¡Y tanto! —respondió él.

Lo ayudé a levantarse, pero él seguía de muy malas pulgas.

—Me ha roto la camisa y las gafas.

—Te lo reembolsaré todo —dije, pero mientras terminaba la frase me di cuenta de que con la ropa me había gastado hasta mi último centavo—. Aunque ahora no llevo dinero encima. Pero déjame tu teléfono.

Me miró con sorna, como si no se creyera mi historia.

—¡De veras! ¡Te llamaré hoy mismo!

Terminó sacando una cartera de su pantalón. Del interior de la misma extrajo una tarjeta y me la puso en la mano:

Warwick Farrell. Artista

—Y mire por dónde va —dijo montándose en la bici, que no había sufrido daños aparentes—, o la próxima vez igual no lo cuenta.

Salió a toda velocidad y yo me quedé en medio de la calzada, hasta que una *motorina* cargada con dos mozuelas italianas me hizo apartarme de nuevo.

Después miré hacia el quiosco. Bob Ardlan II había desaparecido por alguna calle de las que bajaban al puerto y las playas del pueblo. Al mismo tiempo, el camarero del hotel Salerno me sonrió con el ticket de mi consumición desde lejos.

Pagué mi *espresso* y decidí que quizá no era tarde para encontrarlo.

Tremonte estaba a unos cien metros por encima del mar, y por eso las callejuelas que bajaban al puerto eran como toboganes. Una botella bajaba rodando, sin que nadie la parase, a unos metros detrás de mí. Las Vespas apenas podían con su carga, y las señoras, de fuertes piernas, subían con sus compras despacio y con una implacable sonrisa en el rostro.

El puerto estaba animado. No parecía que nadie estuviera guardando un luto demasiado estricto por su honorable vecino muerto. La gente copaba las terrazas o paseaba por el malecón con helados. Más allá, tras un muelle de piedra, se abría un par de buenas playas atiborradas de hamacas y sombrillas. Todo este aroma a bronceadores y coches de lujo se enzarzaba en una guerra con el del pescado y el del tabaco de las pipas de los pescadores del barrio de Chiasano.

Pensé que el hombre-parecido-a-Bob se habría ido a sentar en alguna de las terrazas, a tomar un *espresso* o un vermú mientras leía el periódico, así que fui investigando a los ocupantes de aquellas mesas, en los diferentes bares y restaurantes, que marcaban sus territorios a golpe de color. El toldo azul, el toldo rojo, el amarillo. Bajo ellos, todo eran gentes de buen vivir que no tenían otra ocupación más que sentarse, beber algo y mirar a los que paseábamos por allí.

Tampoco perdía de vista algunos yates cuyas popas estaban abiertas en el malecón. ¿Por qué conformarte con un yate normal si puedes tener uno con helipuerto? ¿O con un *home-cinema* en su salón principal? Por no hablar de una cubierta llena de gatitas mirando sus móviles y tostándose el trasero.

Iba ya pensando que en cualquier momento me toparía con alguna celebridad hollywoodiense cuando oí mi nombre surgiendo entre la multitud.

—¿Tom? ¿Tom Harvey?

Me volví y vi a un tipo negro saliendo de entre las mesas de una terraza. Un ejemplar africano de por lo menos dos metros que venía sonriendo hacia mí.

—Que me parta un rayo si no es Charles Wilson —dije.

Y era Charles Wilson.

—¡Harvey!

—¡Charlie! —Lo abracé—. ¿Qué coño haces aquí?

Lo aparté y lo miré de arriba abajo. Ropas de color apagado, chancletas y el pelo hecho caracoles rastafaris. Charles era uno de los mejores baterías de Carolina del Sur que solían cruzar el Atlántico. Habíamos tocado en el North Sea de Ámsterdam un par de veces.

—Estoy por aquí una temporada. ¿Y tú?

—Yo he venido por una amiga... —empecé a decir—. Una historia muy larga. Joder, qué bueno verte.

—¿Estás solo? —dijo Charlie—. Ven, siéntate y te presento a unos amigos.

Joder, encontrarme con Charlie fue tan bueno que se me olvidó por completo la búsqueda y captura de aquel clon de Ardlan, quien por otra parte parecía haberse esfumado entre la multitud. Así que me senté en una de esas apretadas mesitas entre los amigos de Charlie. Modernos del pueblo, chicas guapas... Charlie debía estar con alguna de ellas, ese gato negro siempre tenía una novia, en cualquier sitio y minuto del año.

Bueno, hechas las presentaciones, Charlie y yo nos pusimos a hablar de nuestras cosas. No quise hablarle mucho de mis razones para estar en Tremonte, y lo dejé en que había ido a visitar a una amiga. Después le conté cómo había regresado a América por la muerte de mi padre, y lo duro que había sido el «invierno mental» durante seis meses en casa.

—Después logramos vender el negocio de mi padre y sacamos un buen montón de dinero para mi madre. Yo llevaba medio año en Danbury y me picaba todo el cuerpo, y mi hermana me dijo que me marchase tranquilo, cosa que hice. Estuve en Los Ángeles medio año muriéndome de asco. Y entonces me vine a Europa otra vez. Hitch había montado una banda en Roma y buscaban un saxo. Y además, bueno, empecé con el rollo de los *tours*.

—¿*Tours*? ¿De qué va eso?

—Bueno, llevar a turistas de un lado para otro. Es una manera de ganar un extra. Y tú, ¿qué coño haces aquí?

Charlie había conocido a un tío en Bruselas que había pasado el verano anterior tocando en un club cerca de Positano.

—Me habló del Mandrake y me dijo que buscaban una banda para la mitad del año, de mayo a octubre. Es un gran sitio. Ya verás. Te va a recordar al Les Joulins de Frisco, pero en versión italiana. Y pagan de puta madre.

Decir Les Joulins de San Francisco era decir mucho, pero la mención del Mandrake me había despertado curiosidad.

—¿Conoces al dueño? ¿Un tal Nick Aldrie?

—¡Claro! —dijo él—. Hemos hecho buenas migas. Precisamente, ahí está su yate.

Charlie señaló uno de tamaño medio que yacía amarrado a unos metros de la terraza. En su popa se podía leer el nombre: *Jamaica*. Recordé que el yate tenía su parte en la historia de la muerte de Carmela Triano, que no había querido ir a una fiesta de cumpleaños que Nick Aldrie celebraba en él.

—¿Quieres venir esta noche a ver un bolo? —preguntó Charlie mientras yo mascullaba estas ideas en silencio—. Quizá te puedas unir a la banda.

Pensé que podría invitar a Elena a cenar y hacerla olvidarse un poco de todo.

Y de una vez por todas conocer a ese tal Aldrie.

2

Había una pequeña multitud en la terraza de la casa cuando regresé a Villa Laghia ese mediodía. Elena, Mark, Stelia y dos desconocidos: un *carabiniere* con aspecto de estar en Babia y un hombre calvo de mirada felina que me sonrió al verme llegar.

—Luca Masi —dijo Elena presentándonos—, es el detective que lleva lo de papá. Acaba de traer los resultados de la autopsia.

—Son solo resultados preliminares —dijo—, pero creemos que es adecuado presentarlos cuanto antes, por la familia, para facilitar la gestión del cuerpo.

Respiró hondo antes de comenzar a leer en voz alta su informe en un inglés más que correcto. Con su estiloso *blazer* y su fular al cuello, parecía el detective VIP que mandaban a los casos de gente rica.

Los primeros datos del informe realizado por el Instituto Forense de Nápoles certificaban una muerte accidental. Robert Ardlan, de 66 años, había fallecido debido a un traumatismo craneal severo en la noche del sábado 8 de septiembre.

—La fase de rigidez había desaparecido del cuerpo, lo que sumado al análisis de glóbulos rojos permite establecer la hora de la muerte entre las cinco de la tarde y la medianoche del sábado. La hora de su reloj de muñeca, aunque no puede tomarse como evidencia, indicaría que ocurrió a las diez y dos minutos de la noche.

El análisis de sangre reveló una cantidad irrelevante de alcohol en sangre. No había tomado drogas y tampoco había sufrido ningún ataque al corazón. Tampoco se había observado ningún indicio de violencia.

Noté los ojos de Stelia mirándome fijamente cuando Masi confirmó ese dato. Pensé en mi pesadilla. Aquellas manos lanzándome al vacío...

El detective estaba sentado frente a ese informe y lo iba leyendo en diagonal. Supongo que no quería entrar en detalles escabrosos frente a Elena (como los restos de cena que habrían encontrado en el estómago de Bob, o exactamente por dónde se le había partido la cabeza). Fue Mark quien cortó el pastel en determinado momento:

—Oiga, Masi, perdone que le interrumpa. ¿Debo entender que descartan ustedes la posibilidad de un suicidio?

—No se puede descartar nada —respondió el detective—. La posición del cuerpo había variado, movido por las olas, cuando lo encontramos y no podemos calcular si hubo o no un salto, pero el golpe indica que Ardlan cayó a plomo, boca abajo, lo cual sería raro en un suicidio. La gente no suele tirarse de cabeza. Sería más compatible con una caída involuntaria.

«Involuntaria.» La palabra resonó en mi cabeza con una fuerza extraña.

—O con un empujón —dijo Stelia—. ¿Descartan eso también?

La frase de Stelia provocó un gélido silencio en la mesa. Yo le di un buen trago a una copa de coñac y empecé a toser.

—¿Está insinuando un acto criminal, señora?

—Solo me pregunto cómo de detallada fue la actuación forense en ese sentido. Supongo que ustedes vieron evidencias de algo raro. Si no, no hubieran realizado una autopsia.

—La muerte del señor Ardlan, dadas sus características, requiere una autopsia de libro —dijo Masi—. Mire, el forense tiene un protocolo y me consta que lo siguió a rajatabla. Hay una serie de indicadores cuando alguien es atacado o ha participado en un acto violento. Rastros en las uñas, contracciones musculares, distintas laceraciones... El señor Ardlan no presentaba ninguno de ellos.

—Creo que ya es la segunda vez que lo dice —dijo Mark, dedicándole a Stelia una mirada de profundo enfado— y ha quedado bastante claro.

Stelia guardó silencio y miró al marchante. Si hubieran tenido rayos láser en los ojos, estarían protagonizando una escena de *Star Wars*. Mientras tanto, Elena tenía su mirada perdida.

—En cualquier caso, todavía debemos esperar a disponer de más datos —terminó diciendo el detective—. Los forenses han tomado las muestras que necesitan y el estudio en profundidad suele tardar algunos meses. ¿Les había confiado el señor Ardlan algún problema últimamente? ¿Algo fuera de lo normal?

—Se había mostrado extraño —dije yo—. Stelia podría darle más detalles, pero parece que hubo una muerte en el pueblo, una muchacha llamada Carmela Triano, hace algo más de un par de meses. Al parecer, Bob había quedado profundamente impresionado.

—¿Carmela Triano? —El semblante de Masi era todo un poema del desconcierto—. ¿Qué tiene que ver ella?

—Fue Bob quien encontró el cadáver.

—Lo sé —dijo Masi—, yo llevé ese caso. Estuve con el señor Ardlan esa mañana..., pero ¿por qué creen que tiene alguna relación?

—Mi padre estaba pintando un cuadro sobre ella —dijo entonces Elena—. Un retrato sobre su cadáver. Y tenía un revólver.

Mark levantó la mano para poner freno a la conversación.

—Elena, no creo que debas hablar de eso ahora. Es mejor que...

Pero Elena aún tenía algo más que decir:

—Mi padre había tenido problemas en el pasado..., problemas psicológicos. Es posible que la muerte de esa niña hubiera vuelto a desestabilizarlo. ¿Por qué no decirlo? Aunque nos parezca imposible, hay que aceptar que mi padre saltara por ese balcón.

—De acuerdo —dijo Masi—. Eso podría explicarlo todo, claro...

—Además, está la llamada que te hizo, Tom —dijo Stelia—, quince minutos antes de morir.

—¿Una llamada? —dijo Mark sorprendido.

Yo les expliqué el asunto de la llamada de Bob el sábado, quince minutos antes de su «salto».

—Sería interesante poder ver a qué otras personas llamó el señor Ardlan. ¿Tendrían la amabilidad de mostrarme su teléfono?

—Lo siento —dijo Elena—, no me parece haberlo visto. ¿Tú lo has visto, Tom? Creo que era un iPhone.

Yo ni había pensado en él.

—Búsquenlo entonces. Seguramente estará en la casa. O quizás..., es una posibilidad, también pueda estar en el fondo del mar. Últimamente ocurren desgracias relacionadas con los teléfonos y los selfis. Este verano hemos tenido un par de accidentes en los acantilados.

—Dudo mucho que mi padre se hiciera un selfi —dijo Elena un tanto molesta—, ni siquiera sabía usarlo bien.

—Perdón, señorita —se apresuró a decir el detective—. Por supuesto, no tuvo que ser así.

—¿Han rastreado la cala? —pregunto Stelia entonces.

—Uno de nuestros hombres buceó un buen rato ayer, pero no me han informado de que encontrase nada fuera de lo normal. Puede que las corrientes se lo hayan llevado o enterrado en la arena. Quizás aparezca más tarde. En cualquier caso, pueden pedir el registro de llamadas a la operadora. Háganmelo llegar en cuanto lo tengan.

La cosa terminó ahí más o menos. Masi recordó que aún quedaba una segunda parte del informe, pero que se podía proceder a la incineración. Por otro lado, se interesó mucho por ese revólver que Bob poseía.

—¿Podrían mostrármelo? —preguntó.

—Claro —dijo Elena—, está en el estudio. ¿Tom, te importa acompañarlo? Nosotros tenemos un pequeño montón de cosas que terminar.

Salí con Masi y el *carabiniere* hacia el estudio. A la luz del día, la vieja casa emitía un tenue color azul pastel. Con sus ventanales arriba y sus ventanucos rectangulares abajo. Y de fondo, el oscuro pinar.

En la puerta me detuve a sacar las llaves de mi bolsillo.

—¿Está rota? —preguntó Masi señalando el cristal, que aún no habíamos tenido tiempo de arreglar.

—Oh, sí, bueno, la encontramos así el lunes por la noche. Habíamos olvidado comentárselo. Creemos que fue el viento.

Masi frunció el ceño como si aquello fuera el hilo de un problema. Me miró suspicaz de arriba abajo. A fin de cuentas, pensé, era un sabueso.

—Deberían haber llamado a la policía. ¡Dino! —llamó a su colega y le pidió en italiano que trajera un maletín del coche patrulla—. Tomaré unas huellas.

—¿Cree que pudo ser un robo?

—No sería nada raro. Ardlan ya sufrió uno hace un par de años. Y por esta zona abundan los amigos de lo ajeno. Además, la muerte de alguien así siempre atrae a los ladrones como la miel a las moscas. ¿No han echado nada en falta?

—No, que yo sepa. Aunque realmente no hemos hecho una inspección a fondo.

—Bueno, pues les recomiendo que lo hagan. Cuanto antes.

—¿Cree que pudieron entrar por ahí? —dije señalando al pinar.

—Perfectamente. Al otro lado está ese monasterio en ruinas y un poco más allá una de las carreteras de la montaña. Es un punto de acceso muy fácil. Será mejor que aseguren esta puerta cuanto antes.

—Ok —dije.

Se me ocurrió que quizá Bob tuviera herramientas en el sótano del estudio. Entré, desconecté la alarma y dejé al detective fuera.

Como en las antiguas casas de la zona, el sótano estaba

pensado para acoger la bodega. Tres cuartas partes de su altura eran subterráneas y el resto sobresalía a ambos lados de la fachada, con unos ventanucos rectangulares que proporcionaban ventilación y una mínima iluminación natural.

Tras la puerta aparecieron cinco escalones de piedra hundiéndose en la penumbra. Además, desde el techo me saludaron unas telarañas tan densas que parecían pompas de humo pegadas a las frescas paredes de ladrillo, forradas de botelleros que Bob utilizaba para almacenar vino, lienzos y material de pintura. Localicé el interruptor de la luz.

Era allí donde Bob ejecutaba sus famosos retratos de gente. El sofá de color borgoña que ahora aparecía abandonado había tenido huéspedes de todo pelaje, incluso algún trasero de sangre azul. Y a su alrededor había sábanas manchadas de pintura, una paleta, tubos, en un desorden casi maniaco.

La pared del fondo estaba cubierta con un gran mueble de estanterías en las que reposaba una auténtica confusión de objetos: pinceles y brochas, paletas, folios, libros, botellas de vino, velas, jarrones con flores, algodón, un violín, marcos de cristal de Murano, comida para gatos... Probé suerte y localicé una pequeña caja de herramientas con el material necesario para intentar tapar el agujero de la puerta.

Salí del sótano armado con las herramientas y algunos trozos de madera que encontré por los estantes. Masi estaba aplicando un polvo negro en varios sitios con un pincel.

—¿Polvo de carbón? —pregunté.

Si una cosa buena (o mala, depende el punto de vista) tenía mi vida de ave nocturna en Roma es que solía tragarme un montón de capítulos de *Quarto Grado* de madrugada, mientras cenaba de regreso de mis conciertos.

—Sí, veremos si sale algo, aunque es muy tarde. Supongo

que estará lleno de huellas suyas. Por cierto, tendré que pedirle a Dino que se las tome a usted y a todos los que hayan pasado por aquí.

—Sin problema.

Diez minutos más tarde Masi había sacado un buen catálogo de huellas de la puerta y la manilla y las imprimía en un papel especial. Yo fumaba tranquilamente presenciando esas maniobras en vivo como si fueran otro capítulo de la serie de televisión. Cuando el detective hubo terminado, entramos en el estudio y le mostré el revólver, colocado sobre la misma pila de libros donde lo encontramos.

—Solo lo tocamos Elena y yo, y lo dejamos donde estaba.

—Ok —dijo Masi cogiéndolo con sus guantes e introduciéndolo en una bolsa de plástico—. Nos lo llevaremos al laboratorio para echarle un vistazo.

Dicho esto, se quedó mirando al cuadro de Carmela. Noté algo extraño en su expresión, como si la visión de *Réquiem* le hubiera perturbado de una forma íntima.

—Es impresionante —dijo tragando saliva.

Yo volví a fijarme en la casa sobre el acantilado.

—¿Sabe si esa casa está allí realmente?

—Sí, lo está. Es la residencia de los Wells. Una familia de austriacos o suizos. No lo recuerdo. Llevan poco tiempo por aquí. La playa está pintada de forma muy realista. Pero ella estaba en otra posición, menos romántica. Tenía la cara hundida en la arena.

—He oído rumores de que ese caso no quedó del todo aclarado.

Masi me dedicó una media sonrisa.

—¿Aclarado? Ese caso está cerrado, Harvey. Carmela fue a nadar de madrugada y se ahogó. Es cierto que hubo algunos pescadores de Chiasano que dijeron que las corrientes no podían haber arrastrado el cadáver hasta Rigoda. Pero pedimos un informe y un experto dijo que era probable.

—Probable... —repetí.

Noté que el detective torcía el morro.

—Oiga, Masi, ¿puedo hablarle sinceramente? ¿Cree usted que puede haber un ángulo oscuro en la muerte de Ardlan? Quiero decir, quizás un ladrón, o algo relacionado con esa chica...

—Oh, ¿así que usted también confabula con la escritora? ¿Qué se imagina?

—Solo me pregunto si están seguros al cien por cien de que no hay indicios de un posible ataque al señor Ardlan. Verá, esa llamada, solo diecisiete minutos antes de la hora estimada de su muerte, me obsesiona, ¿comprende? ¿Y si Bob quería pedirme ayuda?

—Ayuda —masculló el detective—. De acuerdo. Supongamos que así fuera. ¿No hubiera sido más efectivo llamar a la policía? O a un amigo que estuviera más cerca. Ardlan tenía varios amigos en el pueblo. Esa escritora, por ejemplo, Stelia Moon. ¿Por qué no llamarla a ella? Usted estaba en Roma, he creído entender.

Reconozco que Masi tenía razón.

—Bueno, en fin... —dije—, es una teoría.

—Una teoría bastante rebuscada, señor Harvey. ¿Se la ha comentado a Elena?

—No he tenido tiempo.

—No lo haga —se apresuró a decir Masi—. Se lo repito: en el cuerpo de Ardlan no había ningún indicio de violencia. La casa principal estaba en orden, ninguna puerta o ventana había sido forzada y no faltaba nada. A menos que su marchante diga hoy lo contrario, tampoco robaron ninguna obra de su estudio. No obstante, revisaremos estas huellas y el revólver esta misma noche. Si encontrásemos algo mínimamente sospechoso, no dude de que actuaremos en consecuencia.

3

Luca Masi acababa de marcharse y Elena estaba sentada en el sofá, rodeada de papeles y objetos. Me pareció que tenía el rostro cansado, incluso diría que un poco turbado, después de aquella dura conversación sobre la autopsia.

—Llevas dos días a pleno rendimiento. ¿Me dejas que te invite a cenar? Mi amigo Charles Wilson toca esta noche en el Mandrake.

Ella se resistió un poco al principio, tenía muchas cosas que preparar para el día siguiente, pero Mark decidió apoyarme: «Es mejor que te airees un poco de cara a mañana. Habrá mucha gente y será intenso.»

Al cabo de diez minutos apareció con un discreto vestido azul, el pelo cepillado y un dulce olor a jabón. Sin maquillaje, o con tan poco que apenas se le notaba. Cogí las llaves de mi coche y me dirigía al vestíbulo de la casa, pero Elena me hizo un gesto con la mano.

—Hay una manera más rápida de llegar al Mandrake, Harvey —dijo señalando las escaleras del embarcadero.

Unas largas escaleras de piedra en zigzag conectaban Villa Laghia con la pequeña caleta azul turquesa llamada Il Fortino. Bob había hecho instalar un techado de pajas sobre todo el recorrido para hacerlo más agradable en los días de verano.

El embarcadero era un pequeño muelle de madera encajado en la roca. El *Elena*, una lancha de madera Riva Tritone, estaba amarrada allí. Bob la usaba a menudo para evitar las sinuosas carreteras que partían de Tremonte (además, era un buen sistema para evitar controles de la policía). A la derecha se abría una pequeña playa de arena blanca, con espacio para cuatro toallas, y unas cuevas de caliza. Las paredes de piedra se inclinaban tan perturbadoramente sobre ella que nadie solía tomar el sol allí. De vez en cuando sucedían episodios de turistas aplastados por desprendimientos y era más relajante hacerlo en la cubierta de la lancha o en una cama hinchable flotando en el agua.

A unos cinco metros estaban las rocas contra las que Bob había caído. Surgían entre el oleaje como el lomo de un dinosaurio fosilizado. Las contemplé en silencio, elevando la vista por aquella pared de roca. Necesariamente tuvo que romperse la cabeza en mil pedazos.

Hacía años que no arrancaba aquella Riva Tritone, pero el motor estaba bien entrenado y no tardó en explotar con un par de bufidos acompañados de humo. Me hice con el timón y la saqué con cuidado de la caleta. El mar del atardecer nos recibió con su esplendor.

—A babor —me indicó Elena—. El Mandrake queda al norte.

Fuimos bordeando la costa a medida que el sol decaía. Íbamos en silencio, admirando las calas y las preciosas mansiones y villas encaramadas en los acantilados, que aparecían una detrás de otra, como conchas fosilizadas en la piedra. Nos cruzamos también con un par de yates y un catamarán desde el que nos saludó una alegre cuadrilla de esbeltos y esbeltas navegantes.

—¡Preciosa lancha! —gritó uno de ellos.

—¡Gracias! —respondí yo.

Me volví hacia Elena y la vi sentada en el cómodo sofá de popa. Nos sonreímos. Y por un instante pensé: «¿Podría ser esta nuestra vida?» Vivir aquí, trabajar de lo que fuera y salir a cenar en lancha. Criar un par de italianitos, tener un perro, un gato y un loro. Hacernos viejos a la sombra de los limoneros, dejar de correr por la vida y pararnos a disfrutar de los minutos del día. Me faltaban cinco años para cumplir cuarenta. ¿Quería que esa edad me pillara viviendo igual que con diecisiete? Joder, al menos con diecisiete tenía planes. Ahora no tenía ni eso.

Un muchacho, uniformado de *valet*, organizaba el embarcadero del club. Nos indicó que atracáramos junto a otra lancha y se quedó esperando la propina (con cara de no aceptar precisamente chatarra).

El escenario del Mandrake estaba construido sobre los vestigios de una antigua torre, ahora derruida, pero con una buena pared semicircular en la que habían montado focos y un sistema de sonido. Pensé que Charlie tenía razón al decir que el local era un puro lujo. Se tocaba mirando al mar y las estrellas, en aquel entorno tan romántico. Deseé inmediatamente ser parte de la banda de Wilson.

Tomamos asiento junto a una de esas mesitas que rodeaban el escenario, todas con velas, manteles y flores, y un camarero vino rápidamente a atendernos. Yo pedí un negroni; Elena, un americano y un cenicero. Y también preguntó por Nick Aldrie.

—Creo que está en su oficina —dijo el camarero—. ¿Quiere que le avise?

—Sí, por favor, dígale que Elena Ardlan está por aquí.

En cuanto el camarero se marchó, crucé las piernas y puse cara de sorpresa.

—Vaya, no sabía que tuvieras tantas influencias —bromeé—, pensaba que solo conocías de vista a Nick.

—Digamos que he cambiado un par de palabras con él —respondió ella con una sonrisa—. Pero háblame de tu amigo... ¿Wilson? ¿Lo conozco?

Le conté un poco la historia de Charlie y, una cosa llevó a la otra, terminé hablándole de cómo me lo había encontrado esa mañana en Tremonte. Y eso me hizo recordar al hombre que había perseguido por las callejuelas del pueblo. Un hombre que podría ser el hermano mellizo de Bob.

—¿Un hermano? ¿Cómo dices que era?

—Bueno, de su misma edad más o menos, pelo blanco, hechuras parecidas y hasta la forma de andar, aunque este tío cojeaba un poco. Se perdió por el pueblo antes de que pudiera darle alcance y hablar con él.

—¿Cojeaba? —dijo Elena—. Entonces seguro: era Mike Hatton.

—¿Quién?

—Un viejo enemigo de mi padre —dijo ella con una misteriosa sonrisa.

—¿Un enemigo? —dije, dándole un trago a mi negroni—. ¿Y a qué ha venido, a escupir sobre su tumba?

—Fueron grandes amigos de juventud. Los llamaban Los

Hermanos, tú lo has dicho, porque eran clavados. Mike y papá crecieron en el mismo barrio y terminaron trabajando juntos en prensa. Papá hacía las fotos y Mike escribía. Recorrieron el mundo de guerra en guerra, y de hecho papá le salvó la vida en Qabembe.

»Mike fue la razón por la que mi padre terminó en aquel hospital de Qabembe. Pero realmente nadie conoce bien esa historia. Era bastante difícil escucharla de labios de mi padre, y Mike debía de estar delirando de dengue cuando todo ocurrió.

Hicimos un pequeño alto. Lie dos cigarrillos y los encendimos.

—¿Y cómo terminaron siendo enemigos? —pregunté.

—Bueno —dijo Elena con una media sonrisa—. Es que papá le robó a Mike la novia: mi madre.

—Joder con Bob —dije riendo—, no conocía esa historia.

—Mike era un tipo de buena familia, con estudios en Oxford y todo eso, mientras que mi padre ni siquiera había logrado sacar un grado medio. Pero era un maldito zorro bien listo. Una noche Mike le presentó a su novia, y a la semana siguiente, mi padre ya estaba decidido a seducirla. Y lo consiguió. Así fue como yo vine al mundo.

—*Mamma mia!*

—La peor parte de la historia ocurrió años después. Mi padre ya había dejado el fotoperiodismo y había empezado a tener éxito con los cuadros, y casi al mismo tiempo, problemas con mi madre. Un día Mike hizo una aparición por casa cuando papá estaba fuera. No sé lo que pretendía, pero fue algo embarazoso. Yo era una niña pero aún lo recuerdo. Mamá fue amable con él, le invitó a un café y lo despachó. Esa noche mi padre fue tan gilipollas que fue a buscarlo a un *pub* y lo acusó de intentar seducir a su mujer. Y Mike, claro, no se quedó corto. Le soltó todo lo que llevaba años guardando. Hubo una pelea, un par de ojos morados y ya nunca más volvieron a hablarse..., hasta el funeral de mi madre, donde cruzaron dos palabras.

—Vaya, pues ha tenido bastante estilo al venir.

—Mike y yo hemos mantenido el contacto a través de los años. Es como un tío para mí. Me alegro de que haya venido, le he invitado a la ceremonia íntima.

En ese momento Elena levantó la vista y sonrió.

—¡Nick!

4

Me volví en la dirección de su sonrisa y vi llegar a ese tipo. De mi edad más o menos. Piel morena, cabello corto y con buen aspecto en general. Qué demonios, un aspecto fenomenal. Cuando nos levantamos, noté que era al menos cinco centímetros más alto que yo. Olía a un perfume exótico, como recién salido de una jaima, y vestía un traje de verano que gritaba: «Tendrías que trabajar dos meses y no comer para comprarte algo parecido.»

Elena y él se dieron dos besos.

—Gracias por las flores, eran preciosas —dijo ella.

Y él, agarrándola por los codos, respondió:

—Siento muchísimo la pérdida de tu padre ¿Cómo estás? ¿Necesitas algo? ¿Cualquier cosa?

Yo observaba esperando a que se acordaran de mí.

—Nick, te presento a Tom Harvey —dijo Elena al fin—, un viejo amigo.

La mano de Nick me estrujó los dedos y sus ojos se clavaron en mí. Una mirada verde y firme.

—Es un placer, Tom.

Una especie de corriente eléctrica me recorrió el cuerpo al

conocer a Aldrie. Era uno de esos seres que emanan cierta energía. Ni muy inteligentes, ni muy artísticos, pero con esa carga de protones en el cuerpo.

Bueno, Capitán Átomo fue a sentarse junto a Elena. No podía evitar la sensación de que Elena y él eran algo más que simples conocidos, pero lo achaqué a mis celos.

Además, ella estaba ¿nerviosa? Lo supe porque se recogía el pelo mientras hablaba. Un gesto sutil que delataba cierta ansiedad por mostrarse atractiva.

«Tranquilo, Tom, ya hemos pasado por esto mil veces.»

—Tom es saxofonista —empezó a explicar Elena—. Deberías escucharle tocar.

—Oh, muy bien —dijo él—. ¿Estás de paso o tienes banda por aquí, Tom?

Le expliqué que tocaba habitualmente en Roma y mencioné a Charlie Wilson, con quien me había topado esa mañana en el puerto.

—Ah, Charlie —dijo—, es un verdadero *crack*. Si él te recomienda, entonces seguro que puedes tocar aquí.

—Gracias, espero que lo haga.

Entonces Elena y Nick entablaron la clásica conversación trivial sobre sus vidas y ocupaciones. Él le preguntó por su galería de París y ella respondió que «no iba mal, aunque tenían demasiado tiempo libre». Después Nick habló del Mandrake. Dijo que el negocio iba «madurando».

Yo los escuchaba sumergido en mi cóctel y mi cigarrillo, mirando a Nick, que tenía un rostro realmente magnético. Me di cuenta de que Elena también estaba casi completamente vuelta hacia él. Se reía de sus chistes y se recogía el cabello cada dos por tres. Antes de darme cuenta, me había pulido el negroni y tenía ganas de trincarme otros tres.

«Tranquilo», dijo mi cerebro *Homo sapiens*.

«Es fácil decir tranquilo —respondió mi cerebro reptil—. Pero ahora mismo tengo ganas de romperle el cenicero en la cara a ese tío.»

En determinado momento el foco de la conversación volvió a Bob. Nick preguntó por el accidente, y por fin encontré un hueco por el que colarme en la charla. Expliqué que aún estaban tratando de determinar qué pudo suceder.

—¿Es que no está claro? —preguntó Aldrie con cautela.

—Desafortunadamente, no —respondí yo.

—¿Cuándo fue la última vez que viste a papá, Nick? —le preguntó entonces Elena.

—En mayo.

—¿Mayo? Vaya, pensaba que venía más a menudo.

Entonces Nick hizo un gesto con las cejas.

—Veo que no te contó nada... sobre la pelea.

—Algo he oído —dijo Elena en una actuación digna de un premio.

—Tu padre dejó de venir a raíz de una pelea que tuvimos. Fue una verdadera idiotez, ni siquiera fue culpa suya. Pero tuvimos una enganchada. Después lo invité a venir varias veces. Le envié una invitación con una botella. Pero él ya no volvió a pisar el local, lo cual me apena enormemente ahora.

—¿Qué es lo que pasó? —pregunté yo.

—Ya le digo que no fue culpa de Bob, sino de un idiota que había empezado a venir con él. Un chaval joven que se emborrachaba demasiado y hablaba más de la cuenta. Esa noche estaban sentados ahí —dijo señalando una de las mesas del local— y yo estaba en la mesa de al lado con unos invitados. Bueno, el chico se puso a decir sandeces y molestó a uno de mis amigos. Le pedimos que se callara, pero no quiso disculparse, así que lo cogí de las solapas y Ardlan se metió de cabeza en el fregado. Terminaron los dos fuera del club. La verdad es que no sé qué coño hacía Bob con semejante idiota.

—¿Quién era ese chico? —preguntó Elena.

—No tengo ni idea, pero durante toda la primavera apareció varias veces por el club con Bob. Pregúntele a su amigo Charlie Wilson. Creo que lo conocía.

Yo tomé nota mental de hacer esa pregunta y Elena pareció quedar conforme con la explicación de Aldrie. Cambiaron de tema otra vez. Elena comentó los preparativos para la ceremonia del día siguiente en la villa de Franco Rosellini, y Aldrie se disculpó diciendo que tenía un compromiso de negocios acordado muy previamente.

—Pero supongo que tendremos otra oportunidad de vernos, ¿no? ¿Piensas quedarte una temporada por Tremonte?

—Realmente no lo sé —respondió Elena—, ahora mismo estoy muy confusa. Son demasiadas cosas al mismo tiempo. El domingo voy a Londres con Mark, el marchante de papá. Después supongo que me quedaré una temporada. Hay que hacerse cargo de tantas cosas...

—Bueno —dijo Nick—, en ese caso te robaré una noche.

Yo pensé que iba a decir alguna estupidez si seguía consumiéndome en mis celos, así que me levanté y desplegué una galantería excepcional ofreciéndome a traer otra ronda. Pero ni Elena ni Aldrie querían nada, así que decidí perderme en el bar durante un rato. Fui a la barra y pedí un segundo negroni a una guapa camarera. Entonces, mientras disfrutaba de su buen hacer con la coctelera, alguien me dio una palmadita en el hombro. Era Charlie.

—Oye, Harvey, pensaba que necesitabas una ayudita con el patrón, pero veo que te las arreglas de maravilla —dijo señalando la mesa de Elena y Aldrie, en la cual seguramente me había visto.

—Aldrie me ha dicho que se fiará de tu recomendación —dije yo—, parece que te tiene en alta estima.

—Eso está hecho. ¿Tocamos el repertorio de Ámsterdam? Sonny Rollins, Getz, el *Blue Train.*

—Perfecto.

—Vale. Conozco a un contrabajista bastante decente. Buscaré una fecha. Pero oye, ¿quién es esa preciosidad que está sentada con Nick Aldrie? ¿Amiga tuya?

—Es Elena, mi exmujer.

A Charlie se le abrieron los ojos de par en par.

—¿Esa belleza estuvo casada contigo? ¡Venga ya!

—¿Por qué te cuesta tanto creerlo, vieja rata envidiosa?

—Bueno, Tommy, no te enfades. Es que, ya sabes..., ella parece una princesa y tú... eres un gato callejero, ¿no? Un hombre del pueblo, ya sabes.

Eché un poco de humo por la nariz, pero eso era todo. Además quería hablar de otra cosa con Wilson.

—Se llama Elena Ardlan, ¿te suena el apellido?

—¿Ardlan como el pintor? ¿El que la ha diñado?

—Sí, es su hija. ¿Llegaste a conocerlo?

—Lo vi alguna vez por aquí. Venía a cenar y a escuchar el bolo. Alguna vez intercambiamos alguna frase, pero nada más. Joder, no sabía que estuvieras relacionado con las altas esferas.

—Fue mi suegro, un tipo duro, difícil, pero nos caíamos bien. Oye, quería hacerte una pregunta. Había un chaval que apareció con Bob por el club unas cuantas veces, esta primavera. Me ha dicho Nick que tú eras amigo suyo.

—Un chaval... —dijo Charlie frunciendo el ceño—, no sé...

—Uno que tuvo una buena pelea. En mayo, más o menos.

—¡Ah!, joder, debe de referirse a Warwick.

—¿Warwick? —dije yo, mientras pensaba: «Un momento, ese nombre me suena. No creo que haya muchos Warwicks en Tremonte.»

Eché la mano a mi cartera y saqué la tarjeta que el ciclista accidentado me había dado esa misma mañana.

—¿Warwick Farrell? —leí en voz alta.

—El mismo. En realidad no somos amigos, ¿eh? Lo conozco por mediación de un amigo común.

—¿Y qué tenía que ver con Bob?

—Hasta donde sé, Warwick trabajó para él una temporada, como asistente de estudio o aprendiz, o algo así. Warwick también pinta. Suele estar en el paseo de la playa todos los días, haciendo retratos. Un chaval un poco arrogante, en mi opinión. Creo que Bob y él no terminaron precisamente bien.

—¿Y eso?

—Un asunto de pasta, algo complicado. Bob lo despidió, creo. Y Warwick le montó la marimorena. Además, tuvieron una bronca aquí en el Mandrake. Algo bastante sonado. Incluso Nick terminó metido en el barullo.

—¿Lo viste?

—Joder, perfectamente, tío. Estaba tocando justo delante de ellos —dijo Charlie señalando al escenario—. En una mesa estaban Bob y Warwick, pimplando de lo lindo como todas las noches. En la mesa de al lado estaba Nick con unos socios. Y Warwick debió de empezar a gritar proclamas ecologistas o algo así. Nick lo mandó callar y Warwick le habría respondido muy mal. Entonces uno de los gorilas de Nick lo debió de intentar sacar por la fuerza y el chaval se cayó encima de uno de los socios. Algo bastante bizarro. Bob les gritó que se estaban pasando de rosca y terminó enganchado a Nick. Nosotros incluso dejamos de tocar. Un lío de tres pares de pelotas.

—Y Bob no volvió por aquí desde entonces.

—Creo que yo tampoco hubiera vuelto, ¿sabes?

—Oye, una cosa más, Charlie. ¿Conociste a una tal Carmela Triano?

En cuanto dejé salir aquel nombre por mis labios, noté que Charlie se ponía nervioso. Hizo un gesto con la mano, como para que bajase el volumen. O me callara del todo. La camarera, que seguía agitando la coctelera, nos miró con absoluto desagrado.

—Será mejor que no menciones ese nombre por aquí —dijo—. Fue la novia de Nick, tío, y está muerta.

—Lo sé, joder. ¿También la conociste? ¿Qué es lo que sabes?

La camarera llenó mi copa y nos alejamos un poco, hasta el escenario, donde Charlie me invitó a subir. Él se sentó en el taburete de la batería y yo me apoyé en un amplificador. Allí, a buena distancia del público, pareció más dispuesto a hablar.

—Yo no sé mucho, Tommy, solo lo que se oye por ahí. La chica trabajó aquí una temporada en verano. Apareció muerta en una playa, y dicen que llevaba una buena borrachera en el cuerpo. Era la noche del cumpleaños de Nick, pero ellos habían discutido y ella se fue de juerga por el pueblo. Acudió a una fiesta y debió de irse a dar un baño nocturno. Aunque no había testigos y hubo rumores.

—¿Qué quieres decir?

—Hay quien dijo que no estaba muy claro que fuera un accidente. Si no, ¿a qué vendría interrogar a Nick?

—¿Le interrogaron?

—Sí, y cuando los polis fueron a buscar a Nick al día siguiente, casi se lio a golpes con ellos. Menos mal que el tío caga diamantes y no tuvo que dormir en el calabozo.

—¿Tú crees que Nick pudo tener algo que ver?

—Yo no sé nada, tío. Además, Nick estaba en el *Jamaica* esa noche y tenía testigos, al menos hasta cierta hora de la madrugada. Pero yo lo vi esa semana, después de que Carmela muriese, y el tío estaba desencajado. Aunque no llevaban mucho tiempo, creo que estaba un poco enamorado de ella. Bueno, aunque eso no me extraña: la muchacha era una belleza ultraterrenal. Todos estábamos un poco enamorados de ella.

Noté que perdía su mirada por un instante.

—¿Tú también, Charlie?

Mi amigo despertó de sus sueños y me golpeó en el hombro riendo.

—Bueno, ya me conoces. Soy de los que se enamoran dos o tres veces al día.

Cuando regresé a la mesa, Nick Aldrie se estaba despidiendo de Elena. Dijo que estábamos invitados a la cena y las copas, aunque Elena insistió en que no hacía falta.

—Me siento muy obligado, Elena —dijo él—, por favor, acepta.

Nos estrechamos las manos (otra vez, míster Protón parecía querer desencajarme los jodidos dedos) y me dijo que «esperaba verme pronto en el escenario».

—Un tipo amable —dije sentándome. Dudo que Elena pillara mi sarcasmo—. Por cierto, ya sé quién era el chaval que estaba con tu padre la noche de la pelea. Se llama Warwick Farrell y adivina qué: es el tío con el que choqué esta mañana.

—Qué casualidad.

—Y que lo digas. Bueno, parece que el tal Warwick trabajaba como asistente de estudio para tu padre. ¿Nunca te habló de él?

Elena entrecerró los ojos como recordando.

—Ahora que lo dices, creo que papá lo mencionó en una ocasión. Un muchacho que se presentó en su puerta con su mochila al hombro y le dijo que trabajaría para él a cambio de nada; que solo quería aprender. Pero nunca más volvió a mencionarlo. Creo que fue en enero o febrero de este año.

—Bueno... Charlie me ha dicho que tuvieron algún tipo de trifulca. Algo relacionado con dinero. Creo que mañana bajaré a buscarlo, parece que se dedica a pintar retratos en la Marina.

—¿Estás seguro de eso, Tom?

—Tú has dicho que tu padre no tenía enemigos, pero esta historia de la pelea me lleva a pensar que quizá no conocíamos su vida demasiado bien. Solo quiero reconstruir un poco los últimos meses de tu padre. Quizás encontremos algo que...

—¿Haces esto por esa llamada, Tom? —dijo Elena interrumpiéndome—. ¿La que no llegaste a coger?

—Quizá.

«O quizá lo hago para demostrarte algo. Para tener una disculpa para seguir aquí. Para tener sentido en este jodido cuadro.»

—Te corroe la duda, lo sabía. ¡Te conozco tan bien, Tom!

—¿A qué te refieres?

—¿Recuerdas cuando nos conocimos, aquel verano en Holanda? Llevabas el saxo a cuestas y un *walkman* con cintas de Coltrane. Las cintas estaban gastadas de todas las veces que las habías escuchado. Querías tocar igual que Trane. Compás a compás. Estabas obsesionado con ello. Siempre has sido el mismo.

—¿El qué, obsesivo? Me lo has dicho mil veces.

—Eres el tipo que se hacía sangrar los labios ensayando, Tommy, pero esto no es ninguna pieza de jazz. Es una muerte. Papá cayó desde una altura, por accidente o no, pero ya no hay nada que podamos hacer. Sé que lo querías. Erais un poco parecidos, en el fondo. Quizá por eso no puedo prohibirte que quieras aplacar tu curiosidad. Te conozco muy bien. Pero descansa, Tom. Quizá papá solo te llamó para decirte adiós de una forma sutil. Quizás hubiera sido una llamada como la que me hizo a mí. Quién sabe...

Cenamos escuchando a la banda de Charles Wilson. Un trío bastante decente en el que la batería sobresalía por méritos propios, aunque el trompetista me parecía un poco acartonado. No me extrañaba que Charlie estuviera contento de haberme encontrado. Después del primer pase, me despedí de él y bajamos al embarcadero. Elena me dijo que le gustaría conducir de vuelta. Era su lancha a fin de cuentas.

Dejamos atrás el sonido del jazz y penetramos en la oscuridad del mar. Observé a mi querida exesposa recortada en la noche, con su vestido ondeando como una bandera y su cabello salvajemente libre en la brisa. Iba en silencio. Uno de sus largos silencios.

¿En qué pensaba? Eso siempre había sido un secreto para mí.

5

No fue difícil encontrar a Warwick Farrell a la mañana siguiente. Había unos cuantos pintores por allí. Retratistas y paisajistas que fumaban en pipa, charlaban en italiano y exhibían cuadros bastante normalitos sobre las escaleras y callejuelas de Tremonte.

Encontré a nuestro joven y explosivo pintor casi al final del muelle. Allí estaba también su bicicleta, que usaba para sostener su maleta de pinturas.

—¿Warwick?

El chaval se dio la vuelta un tanto alarmado, como si no se esperara que nadie supiera su nombre por allí. Me fijé en que llevaba las Ray-Ban pegadas con un pequeño celo blanco. Por lo demás, era la estampa de un artista maldito en el sur de Italia. Cabello alborotado, ropas *vintage* y alpargatas. Pero tras un vistazo a sus cuadritos te dabas cuenta de que eso era todo: fachada.

—El tío de la *piazza* —dijo cuando al fin me reconoció.

—Tom Harvey —dije ofreciéndole la mano—. Otra vez, siento mucho lo de ayer: iba medio dormido.

—Bueno, pues estas Ray-Ban son auténticas, señor Harvey, y eso serán cien euros. Por la camisa ni se moleste. Al fin y al cabo, era vieja.

No es que mi economía estuviese boyante, pero al césar lo que es del césar. Saqué dos billetes de cincuenta y se los puse en la mano. A Warwick se le encendió el rostro. Creo que estaba calculando cuántos desayunos se iba a poder permitir con aquello.

—Es usted un tipo de palabra, Harvey. Si quiere, le hago un retrato. Invita la casa.

Me dejé querer. A fin de cuentas, aquello era mucho mejor que hablar de pie, así que me senté en el taburete y puse mi mejor perfil.

—¿Americano? —preguntó Warwick casi de forma protocolaria.

—Sí. Connecticut. ¿Y tú? Diría que ese acento es irlandés.

—Belfast —respondió él mientras esbozaba mi cacahuete a grandes rasgos.

—¿Llevas mucho tiempo por Italia?

—Un año. Empecé en Florencia y después me vine al sur. Un poco más barato y además el clima es más llevadero. Y la luz es mucho mejor también. ¿Y usted? ¿Está de viaje?

—Bueno, se puede decir que sí. Vivo en Roma pero estoy visitando a una amiga aquí en Tremonte. Elena Ardlan, quizá la conozcas.

Me quedé esperando su reacción. Warwick dejó de pintar un instante, pero después sonrió y continuó en silencio.

—Claro, ya sé quién es usted. El primer marido de Elena. El músico.

«Chico listo», pensé.

—¡Vaya, así que me conoces!

—Aquí vuelan las noticias. Además, Bob Ardlan hablaba de usted a veces.

—Espero que no fuese para ponerme a parir.

—No demasiado —dijo con una áspera sonrisa—. Supongo que ya sabe quién soy. Y también puedo suponer que nuestro encontronazo de ayer no fue ninguna casualidad.

—El accidente con la bici lo fue —respondí—. Pero anoche estuve cenando en el Mandrake. Alguien me contó la historia de una pelea en la que Bob Ardlan y tú estuvisteis implicados.

—¿Quién se lo contó? ¿Nick Aldrie?

—Sí.

—Ese tipo es un demonio. Cuidado con él —dijo entonces, apartando el cuaderno de dibujo—. Mire, Harvey, quizá le haga el retrato otro día, ¿vale?

—Espera, Warwick, un minuto, por favor. Solo quería charlar un poco contigo. A Elena y a mí nos sorprendió saber que Bob se había peleado. Solo queremos saber qué es lo que pasó esa noche.

Warwick se quedó en silencio, mirándome desde detrás de sus gafas.

—¿Por qué quieren saberlo? ¿Qué importancia puede tener eso?

—Bueno, digamos que Bob se había mostrado errático y extraño en sus últimos meses de vida y estamos intentando averiguar si le ocurría algo. Tú trabajabas para él, ¿verdad?

—Sí. Trabajé para *su excelencia* una temporada, como asistente en su estudio.

—Su excelencia —dije riéndome—. ¿Soy yo o noto un mar de sarcasmo en la frase?

—Terminamos mal, eso lo sabe todo el mundo, y supongo

que no tardarán en contárselo —dijo mirando a su alrededor—. Pero eso no significa que no lo respetara: era un gran artista.

Yo hice un gesto para que siguiera.

—Mire, Bob era un genio, pero también un jodido intratable muchas veces. Y yo, digamos que tampoco tengo sangre de esclavo en mis venas. Soy orgulloso. Reconozco que soy muy orgulloso. Empecé a trabajar para él con el afán de aprender, y por eso hacía todo lo que hacía gratis, ¿sabe? Pero Bob solo me tenía de recadero. Me mandaba al pueblo a por pintura, lienzos, comida... Nunca me dejaba entrar en su estudio mientras estaba pintando a alguien. Como mucho, hacía de chófer o les daba una vuelta con la lancha a algunos acompañantes de los modelos.

»Tuvimos unas cuantas discusiones, le dije que en esas condiciones no quería seguir y Bob me prometió un dinero que nunca me pagó. De hecho, hay una cantidad pendiente de la que quiero hablar con Elena. Unos tres mil euros. Pero, en fin. No es el momento, lo entiendo.

Yo miraba a Warwick mientras hablaba y ¿qué veía? A un joven *hippie*, arrogante, quizás un poco irascible, pero... ¿capaz de matar?

—¿Cuándo ocurrió todo eso?

—A primeros de junio. Llevaba todo mayo sin verlo, desde esa noche de la bronca en el Mandrake. Supongo que Bob aprovechó eso para despacharme. Dijo que yo era un radical.

—¿Un radical?

—Mire, solo le diré que Aldrie y sus socios son gente muy oscura y se merecen que alguien se lo recuerde de vez en cuando. Yo estaba un poco borracho esa noche. Unos amigos activistas me habían contado cómo habían conseguido Aldrie y sus inversores aquel terreno para construir el club. Con sobornos y amenazas de por medio. Sabe de lo que le hablo, ¿verdad? Ese era un terreno protegido hasta hace solo dos años. Un lugar donde anidaban aves migratorias.

—Joder, así que eres un ecologista.

—Digamos que soy partidario de las causas perdidas.

—Así que empezaste a dar guerra con eso y Aldrie te mandó callar.

—Sí, y yo lo reté a que desmintiera lo que estaba diciendo. La cosa subió de tono. Vinieron sus gorilas. ¿Sabe el tipo de sicarios que contrata ese tío? Entonces nos revolvimos. Bob dijo que aquello era un abuso y también se calentó. Uno de esos gorilas lo empujó y Bob cayó hacia atrás encima de uno de los invitados de Aldrie, el señor Wells. Bueno, eso fue un poco ridículo. Se cayeron al suelo y Wells perdió las gafas, aunque Bob se las intentó devolver, pero entonces uno de esos sicarios lo cogió del cuello. Y terminamos de patitas en la calle.

«Wells —pensé yo—. Esa es la familia que vive en Rigoda. Pero ¿no dijo Charlie que eran socios de Aldrie? ¿Son esos socios oscuros de los que habla Warwick?»

—Y Bob jamás volvió al Mandrake —continuó el chico—. Desde esa noche creo que lo tachó de su lista, aunque Aldrie le envió un par de invitaciones. Lo sé porque incluso Carmela, la novia de Nick, trató de interceder. Pero la cosa nunca se solucionó.

La mención de Carmela hizo que me removiera sobre el taburete.

—¿Conociste a Carmela Triano?

—Sí, era una tía popular por el pueblo y estaba como para mojar pan, ¿sabe? Bob la trajo en marzo por la casa. Hizo algunos bocetos con ella. Bueno, y algo más. —Se rio—. Bob no desaprovechaba una ocasión para profundizar en sus modelos. Con su otra brocha, ya me entiende.

—Claro como el agua de un manantial.

—En fin. Se hicieron muy amigos. Una semana después de la pelea la encontré en Villa Laghia charlando con Bob. Supongo que ella trataba de que su novio y el viejo hicieran las paces.

—¿Crees que Bob estaba colgado por ella?

—¿Enamorado? No. Ardlan era demasiado inteligente para eso. Pero se llevaban bien. Eran amigos. Eso se lo puedo decir. Ella solía visitarlo a menudo. Supongo que fue un golpe para él encontrarla muerta. Quizás eso le deprimió, si ustedes dicen que estaba raro...

Estuve tentado de hablarle del cuadro de Carmela, pero decidí guardar silencio al respecto.

—¿Estabas por el pueblo cuando ocurrió?

—¿La muerte de Carmela? Sí. Fue un caso sonado. La teoría oficial es que se metió a nadar al mar, quizá para quitarse la peonza que llevaba.

—La teoría oficial, y ¿hay otra?

Farrell sonrió.

—Bueno, hay varias. Teniendo una playa de arena a solo cincuenta metros, ¿quién iba a caminar descalzo sobre unas piedras? Aunque lo cierto es que estaba borracha, pudo hacerlo. Quién sabe. Pudo ser un accidente, o alguien pudo accidentarla. Hubo alguien que dijo haber oído voces ahí abajo, en la playa de chalupas de Chiasano. —Señaló a un lugar más adelante, en unos pilotes oscuros.

—Un accidente raro..., como el de Bob —dije yo.

—Y que lo diga —dijo Warwick.

Entonces el chico alzó su dedo índice como si fuera a sacar algo a colación, pero noté que se reprimía y se mordía la lengua.

Una pareja de turistas se nos había acercado. El hombre, un sajón de casi dos metros, le preguntó a Warwick si les podría hacer un retrato. Vi el símbolo del dólar dibujarse en las pupilas del chaval.

—El suyo está listo, Harvey —dijo mostrándome un boceto superficial de mi rostro. Joder, si ese era yo, había empeorado mucho más de lo que mi espejo se atrevía a sugerirme todas las mañanas en Roma—. Si no le importa, podríamos hablar en otro momento.

—Claro —dije levantándome del taburete, aunque me hubiera gustado saber qué era lo que estaba a punto de decirme.

¿Acaso él también tenía una teoría no oficial sobre la muerte de Ardlan?

6

Esa tarde incineramos a Bob en Salerno. El tanatorio Campuccio Fili resultó estar en una nave industrial en lo alto de un barrio de las afueras. Un edificio de hormigón sin personalidad, ni alma, ni aroma. Noté que esto desconcertaba a Elena. Realmente, aquel sitio entre naves industriales era una especie de pequeño agravio a la memoria de Bob.

Nos condujeron a una sala con un cristal, y al otro lado estaba el ataúd de madera clara. Cerrado, claro. Supongo que ni el más cuidadoso maquillaje post mórtem iba a disimular el destrozo de su cabeza, por no hablar de todas esas cosas desagradables que les pasan a los cuerpos una vez muertos. No, era mucho mejor recordarlo sonriente, en una de sus últimas fotografías que Stelia había hecho colocar junto al ataúd.

Allí había un hombre sentado, esperando. Era Mike Hatton, y lo cierto es que al verlo sentí un escalofrío otra vez. Era tan parecido a Bob que podría pasar por el fantasma del difunto.

—¡Mike! —dijo Elena lanzándose a sus brazos. Y no pudo

evitar una lágrima—. Stelia, Mark, Tom, os presentó a Mike Hatton. Un gran amigo de mis padres.

—Hola —dije estrechándole la mano—. El otro día lo vi salir del hotel Salerno. Me pareció estar viendo un fantasma.

Eso le hizo reír.

—Nos pasaba muy a menudo, créeme. La gente siempre pensaba que éramos mellizos. Incluso las chicas —dijo guiñándole un ojo a Elena—, en fin. Es mejor que venga a este acto íntimo y no a la gran recepción de Rosellini, así nadie se asustará. Gracias por llamarme e invitarme, Elena.

El maestro de ceremonias, un tipo trajeado y con la cara perfecta para ese trabajo, nos indicó que era el momento de rezar una oración o decir unas palabras. Stelia estaba muy emocionada. Intentó leer un poema pero le fue imposible. Elena y ella quedaron abrazadas. Mark tampoco tenía pinta de poder abrir la boca y yo solo supe decir: «Adiós, Bob.»

Fue Hatton el único que dio un paso al frente y le dedicó un bello y breve discurso de despedida:

—Fuiste un hombre valiente, Bob Ardlan. Surcaste la vida con decisión y cogiste lo que era tuyo. Siempre te respetaré por eso, amigo. Buen viaje.

Entonces se hizo el silencio. A una señal del oficiante, el operario que permanecía semiescondido al otro lado del cristal apretó un botón. El ataúd comenzó a deslizarse sobre una rampa mecánica en dirección al crematorio, y de verdad, fue el momento en el que todos nos dimos cuenta de que Bob desaparecía para siempre.

Salimos de aquel absurdo lugar consternados y tristes. Mark dijo que conocía un buen sitio en Salerno para tomar una copa tranquila y allí fuimos.

Mike animó un poco el ambiente contando anécdotas graciosas suyas y de Bob a lo largo y ancho del mundo. Habían oído silbar las balas sobre sus cabezas en más de una ocasión, y pese a lo que Elena nos había contado que ocurrió entre ellos dos, fue él quien se encargó de ensalzar el espíritu heroico de Bob. A mí me entusiasmaron las historias de Mike, pero Stelia y Mark no parecían tan alucinados.

—¿Es verdad que ustedes estuvieron juntos en Qabembe?

—Sí —dijo Mike—, pero yo no recuerdo nada de esos dos o tres días. Deliraba por el dengue. Bob me arrastró a través de la selva. Me montó en un camión y me llevó a un hospital. El después famoso hospital de Qabembe, por sus cuadros.

Mike recordó que los tiempos estaban cambiando en su revista cuando regresaron de Angola. Una nueva ejecutiva estaba más interesada en aumentar los beneficios que en mostrar las historias reales de la guerra; por eso, los últimos reportajes de Bob y Mike cada vez eran más difíciles de encajar. Aquel sobre los niños de Qabembe nunca fue publicado.

—Querían caras bonitas y nada de masacres. Bueno, Bob decidió mandarlo todo a la mierda y se puso a pintar. Yo duré cuatro años más, antes de que también me agotara. Empecé a escribir libros y me he podido mantener a flote con ello.

Después del almuerzo rompimos filas. Mike regresaba a Roma esa misma tarde y yo lo acompañé hasta la estación de trenes. Allí Elena y él se despidieron emotivamente. Después Mike me estrechó la mano y me dijo que cuando estuviera por Roma lo llamase para tomar una cerveza y seguir con aquellos viejos cuentos. Le pedí su teléfono, pero él iba con prisa y dijo:

—Búscame en la guía. ¡Salgo en las *Pagine Bianche*!

De regreso a Tremonte, dejé a Mark en el pueblo y a Elena en Villa Laghia. Stelia me pidió que le hiciera de taxista hasta Laura Ville y al llegar me invitó a una copa. Pensé que podía terminar el día con un buen *gin-tonic* y acepté.

Había un par de escritores sentados fuera, fumando y disfrutando del atardecer con unas tazas de café. Stelia me los presentó y después tomamos asiento en una mesita un poco alejada, en lo alto de un terreno inclinado lleno de olivos y con unas vistas preciosas del Tirreno.

—Me ha dicho Elena que ayer conociste a Nick Aldrie.

—Sí, un pimpollo. Un macarra con estilo, diría yo. Bueno, al menos nos contó la historia de esa famosa pelea con Bob. Al parecer, él no la comenzó, fue su ayudante de estudio, un tal Warwick.

—¡Warwick! —exclamó Stelia—. ¡Cómo no!

—Lo he conocido esta mañana. Parece que ronda por el pueblo desde hace un año. Fue el asistente de estudio de Bob hasta que él lo despidió. Según él, porque tuvieron conflictos.

—Eso es una verdad a medias. Bob empezó a sospechar que él metía mano en la caja.

—¿Robaba?

—Ese chico se metía en todos los problemas imaginables. Hacía de todo menos trabajar, y ya sabes cómo era Bob con el dinero. Tenía fajos de billetes en los cajones. Acusó a Warwick y este acusó a la limpiadora, que a su vez lo acusó a él. Se montó un lío de mil demonios. Yo estaba por Tremonte en esas fechas y recuerdo que Bob estaba muy disgustado.

—Pues Warwick afirma que Bob le ha dejado una cantidad pendiente. Tres mil euros de nada.

—¿Qué? —Stelia casi escupe la bebida del susto—. Se

quiere aprovechar de la muerte de Bob, pero ¡qué hijo de la gran puta! Avisa a Elena para que no le suelte ni un céntimo.

Nos interrumpió entonces uno de los escritores residentes, que no era capaz de encontrar algún utensilio para hacer la cena. Stelia se levantó un instante a ayudarle y yo aproveché para ir a vaciar mi vejiga. Los seguí hasta la casa y entramos por la cocina. Joder, no me extrañó que ese chaval no encontrase algo allí: aquello parecía un campo de batalla.

—Al fondo del pasillo —me indicó Stelia.

El pasillo no mejoraba: pilas de libros, papeles, ceniceros, botellas vacías. Algo exagerado, de veras. Mientras sacaba mi colita y regaba la taza del baño observé una colección de peces de plástico, sirenas de cerámica barata y conchas de mar, y me encontré pensando que la pobre Stelia quizás había desarrollado un pequeño síndrome de Diógenes.

Al salir, pude oír que Stelia discutía con el escritor. Creo que lo estaba abroncando por haberse olvidado de comprar salsa de tomate o algo así, de modo que decidí no interrumpir. Había un salón a la derecha y entré en él. Entonces, mientras me colaba allí, detecté un cuadro magnífico colocado sobre la chimenea. Era un Ardlan clarísimo. Reconocí en él a una Stelia Moon sonriente, con un codo apoyado sobre una mesa en la que Bob había pintado una máquina de escribir y la mano sujetando su melena. En la otra mano, un cigarrillo. Supuse, porque Stelia aparecía mucho más joven y delgada, que el cuadro debía de tener un par de décadas.

La discusión por el tomate se alargó cinco minutos, que yo utilicé en salir de allí, mezclar otro *gin-tonic* y encenderme un pitillo. Stelia apareció un poco acalorada.

—Joder, son como putos chiquillos. ¿Sabes lo que me ha

dicho? Que él es un huésped y que no debería encargarse de nada. ¡Joder! ¡Por lo que pagan, debería ponerlos a limpiar!

Viendo el estado caótico de la casa, pensé que eso sería un altísimo precio a pagar.

—No sabía que tuvieras un Ardlan —dije cambiando de tema.

—Oh, sí —dijo Stelia sentándose—. Sí, claro. ¿No lo sabías? Bob me retrató gratis. Fue una forma de disculparse por romperme el corazón.

Acompañó esa frase con una carcajada.

—¿Tú y Bob? —pregunté yo—. ¿Tuvisteis algo?

—Una noche —dijo riéndose—. Bebimos más de la cuenta y, bueno, supongo que no había otra por allí. Pero al día siguiente había desaparecido de mi cama. Así era el cabrito de él.

Noté cierta amargura en Stelia. La amargura de una persona enamorada.

—Volvamos al asunto. ¿Qué tenemos hasta el momento? Una víctima con varios enemigos, para empezar. Está claro que Bob tenía enemigos. A Warwick habría que preguntarle dónde estuvo el sábado pasado. Y ese Nick, también...

—¿Y tú? —pregunté yo.

Stelia prorrumpió en una carcajada.

—¿Lo dices en serio, querido?

—Bueno, espero que no te moleste la pregunta.

—Creo que vas a molestar a mucha gente si empiezas a acusarlos de asesinar a sus amigos.

—Lo siento, Stelia. Te pido disculpas, pero...

—Estaba en mi casa —dijo ella zanjando el asunto—. Escribiendo. Ese idiota del tomate puede dar fe de ello.

Noté que los pómulos de Stelia se coloreaban un poco, como si tener que dar esas explicaciones le hubiera avergonzado. De todas formas, no pensaba disculparme dos veces.

—Visto que ya estoy libre de cargos, ¿confiarás en mí para que te ayude?

—¿Ayudarme?

—En tu investigación, claro.

—Yo no estoy investigando nada. ¡Joder, no sabría ni cómo hacerlo!

—Pues vas bastante bien, por el momento. De entrada, estás elaborando una lista de las personas que podrían tener motivos para matar a Bob. El *dramatis personae.* Es el requisito inicial de un buen quién-lo-hizo.

—¿Un quién-qué?

—Veamos, por ahora tenemos a Mark Heargraves, el marchante cuyo contrato estaba en peligro. A Nick Aldrie, enamorado de Carmela Triano y sin coartada la noche de su muerte. A Warwick Farrell, un quiero y no puedo que veía en Bob una buena fuente de ingresos... ¿Quién más?

Yo estuve a punto de decir algo, pero Stelia seguía elucubrando en voz alta.

—Mañana vendrá mucha gente al funeral. Será una buena oportunidad para elaborar esa lista mucho mejor, dejar caer algunas preguntas... Sí, todo esto me recuerda a la segunda novela de Laura Morgan, *Boda mortal,* ¿la leíste? Joder, realmente podría sacar un libro de esta historia. Un buen libro... ¡Pero debemos tener cuidado!

—¿Cuidado?

Entonces, Stelia perdió la mirada en el horizonte. Por un momento dejé de ver sus ojos y solo vi el cielo de la noche reflejado en sus pequeñas gafitas redondas.

—Si alguien mató a Bob porque estaba metiendo las narices en el asunto de Carmela, ¿qué pasará cuando se entere de que nosotros estamos haciendo lo mismo?

7

Salí de casa de Stelia ya de noche. Un poco borracho después de tres copas, fumando y escuchando a Chet Baker mientras contemplaba el Tirreno, negro y azul, salpicado con las luces de algunos barquitos de pesca nocturna.

La carretera que bajaba desde Laura Ville era un verdadero infierno de curvas muy malas, sin protecciones y con tramos muy estrechos. En algunos momentos no había siquiera línea divisoria de carriles, por lo que iba concentrado en conducir y apenas vi a aquel vehículo acercarse.

Lo único que recuerdo con certeza es su velocidad. Aquellos dos faros que aparecieron de la nada se me pegaron en cuestión de segundos.

—Vale, colega, adelanta cuando quieras.

Tenía los focos mal calibrados o las largas puestas, y era un coche alto. Un todoterreno o similar. Un vehículo de acero negro con una delantera que recordaba a un monstruo enseñando sus dientes antes de morderte. Me imaginé a una ricachona a bordo de él, de regreso de un fatigoso día de compras o de visitar a alguna amiga en Sorrento, acelerando porque tenía ganas de llegar a su mansión de la colina y darse un largo baño en su *jacuzzi*. O quizá lo conducía algún famoso de los muchos que vivían por allí. Con prisas para llegar a alguna fiesta. Sin ganas de esperar a un tipo que iba despacito con su Ford del año de Maricastaña.

«Bueno, querido —pensé bajando la ventanilla y haciendo un gesto con la mano—. Adelántame de una puta vez y déjame escuchar a Chet.»

Quien por cierto empezaba a cantar *It's always you*.

Hice un par de gestos más con la mano, animando al todoterreno a que metiera la directa. La carretera se las traía, pero perdió un par de buenísimas oportunidades y eso me hizo enfadar. Pisé el freno.

—Joder, es que me vas a obligar a mandarte a tomar por...

Y entonces ese coche hizo algo imprevisto. Me embistió. Joder, como si le hubiera importado una mierda mi reducción de velocidad. Sencillamente noté un golpetazo y todo mi cuerpo se incrustó en el asiento.

—¡Pero qué coño!

Llegaba otra curva, esta bastante cerrada. Era seguir recto y salir volando al mar. Y el jodido no se despegaba de mí. Yo agarré el volante con ambas manos y aceleré con una marcha corta para contener al motor. El otro parecía dispuesto a lanzarme por la curva y de hecho comenzó a adelantarme en ese momento. Era una puta locura kamikaze, pero la curva que nos venía encima era tan jodida que ni siquiera solté el volante para dar un bocinazo de aviso a quien pudiera estar subiendo en sentido contrario.

Llegamos a la curva casi en paralelo. La carrocería de ese malnacido estaba pegada a mi ventanilla y no podía ver nada. Entonces entendí claramente que me iba a sacar de la calzada.

Él empezó a cerrarse y yo pisé el freno en seco. Era una malísima idea en plena curva, pero no me quedaba otra.

Mi Ford giró como la manecilla de un reloj y salió coleando contra el borde del acantilado. Me salí de la calzada y me vi cayendo por ese maldito barranco y matándome allí mismo. Joder, ni siquiera pude abrir la boca para gritar. Solo pisaba el freno y preparaba mi cuerpo para un golpe tremendo...

En los dos segundos que tardé en frenar escuché la gravilla y las piedras golpeando contra los bajos. Ni siquiera me importó lo que hacía el otro, que debió de desaparecer a toda velocidad carretera abajo. Mi pie se había quedado clavado en el freno y estuvo así al menos durante medio minuto en el que ni siquiera me moví por miedo a que un ligero tambaleo pudiera mover el coche y hacerlo caer.

Una moto se paró a mi lado y me hizo reaccionar. Una pareja de chicos saltaron y vinieron a socorrerme. Solté el pedal de freno y noté que la pierna se me había quedado agarrotada por esa presión. Eché el freno de mano y me apeé todavía con un susto de primera en el cuerpo.

—¡Lo hemos visto! —dijo uno de ellos—. Veníamos subiendo y lo hemos visto claramente. El tipo casi lo mata.

—¿Habéis podido verle la matrícula?

—No —dijo—, pero creo que era un Land Rover.

El otro le contradijo y opinó que era un Hummer. O quizás un GMC americano grande. Solo se pusieron de acuerdo en una cosa: el color del vehículo era negro.

—¿Quiere que llamemos a la policía? Aunque ese tipo debe de estar ya en Nápoles, a la velocidad que iba.

Les di las gracias, pero rechacé la idea. Entre otras cosas, porque no estaba seguro de que mi nivel de alcohol en sangre fuese precisamente legal.

—Pues si lo hubiera querido matar, no lo habría hecho mejor, señor —dijo uno de ellos antes de despedirse.

Todavía temblando me acerqué al borde del barranco. Mi rueda había quedado parada a dos centímetros exactos de la caída.

Abajo había veinte o treinta metros terminados en unas rocas. Una muerte segura.

Villa Laghia estaba a oscuras cuando llegué. Elena estaba dormida. Todavía tenía el mal trago en el cuerpo, pero no quise despertarla. Suficiente tenía ella como para escuchar otra historia trágica.

Me senté en la cocina y abrí una botella de vino. Racionalicé el episodio como un accidente. Joder, esto es el sur de Italia. Es lo más normal que te puede pasar, ¿no? Quizás incluso yo lo había provocado sin darme cuenta.

Pero ¿y si no? ¿Y si ese tipo hubiera intentado matarme realmente?

¿Quizá Stelia tenía razón? ¿Quizás estábamos hurgando donde no debíamos?

Esas ideas revolotearon en mi cabeza como pájaros encerrados en una caja. Nada tenía sentido. ¿Por qué querrían matarme a mí? ¿Qué importancia podría tener yo?

Meneé la cabeza como si fuera un Telesketch y con eso pudiera borrar mis pensamientos. «Deja de montarte teorías, Harvey. O mejor dicho, deja de pensar en las teorías de Stelia.»

Me acabé la copa de vino y me fui a la cama. Al pasar por la habitación de Elena me pareció escuchar un sollozo, o una voz murmurando muy bajo.

Me rendí sobre mi colchón.

8

Al día siguiente se celebraba el homenaje a Bob Ardlan. El clima cambió esa tarde, como si también el cielo quisiera ponerse de luto. Un viento frío atrajo algunas nubes a la costa. Las gaviotas planeaban extrañadas sobre los lomos de Monte Perusso y la prensa matutina predecía una tormenta de verano para esa noche. Rayos y truenos para decir adiós a Bob Ardlan.

Salimos de Villa Laghia en mi Ford. Yo vestido con uno de mis trajes de tocar, Elena, con las cenizas de su padre, Mark y Stelia, rumbo a la Casa Rossa.

Stelia nos avisó de que Franco le había llamado temprano para advertirla de que «habría prensa y mucha gente» y que fuéramos directos a la entrada principal.

Incluso después de ese aviso, solo cuando enfilamos el camino de servicio de la Casa Rossa, nos dimos cuenta de la magnitud que había tomado el evento de despedida a Bob. Un policía local trataba de ordenar un caos de coches aparcados en la pequeña carretera de acceso, entre los cuales había un par de vehículos oficiales. Una hilera de taxis y limusinas peregrinaban despacio hasta la entrada, donde se apeaban las personalidades de turno y eran retratadas por una docena de fotorreporteros y cámaras de televisión. Era un jodido circo y me dieron ganas de preguntarle a Mark cuánta gente había incluido en la lista de invitados.

Stelia volvió a indicarme que siguiera recto. El policía nos hizo un gesto para que nos detuviéramos pero ella le habló rápidamente en italiano y seguimos adelante, hasta un par de grandes verjas de hierro que estaban custodiadas por dos guardias de seguridad. Uno de ellos, un tipo vestido enteramente de negro y cuyo rostro parecía una especie de careta superpuesta a unos ojos quizá demasiado grandes, me dio un par de golpes en la ventanilla.

—¿Adónde van? Deben aparcar fuera.

Stelia, que iba de copiloto, se asomó enfadada:

—Soy Stelia Moon, amiga de Franco y traigo a Elena Ardlan. Abra la puerta inmediatamente.

El tipo nos sondeó con esos ojos quietos, como los de un tiburón. Detectó a Elena y a Mark en el asiento de atrás e hizo una llamada a través de un pequeño transmisor. Mientras tanto, los fotógrafos ya se habían encaramado a los lados del coche.

—*Fuori!* —les gritó Stelia—. Un poco de respeto, por favor. *Fuori!*

Al cabo de unos segundos las puertas mecánicas comenzaron a abrirse y el tipo de los ojos de tiburón hizo un gesto para que entráramos.

—¿Quién era ese tío? —pregunté tan pronto como atravesamos la verja—. Da escalofríos.

—Logan. El experto en seguridad de Franco. A mí me parece un maldito asesino a sueldo, pero, en fin, supongo que cumple su propósito de asustar a los ladrones.

«Al menos conmigo lo ha conseguido», pensé.

Franco Rosellini estaba ya esperándonos en la explanada de la entrada principal, junto con Tania y dos miembros de su servicio. Se abrazó a Elena y la acompañó al interior de un espléndido vestíbulo, hasta un salón-bar donde nos ofreció una copa.

—Esperaremos a que todo el mundo esté sentado para empezar —dijo.

A través de una puerta de cristal vimos el jardín de la finca. Una inmensa carpa de color blanco protegía del sol a un centenar de personas que iban tomando asiento en las sillas dispuestas para ello. Un cuarteto de cámara tocaba la archifamosa aria de la *Suite número 3* de Bach junto a un espectacular retrato del fallecido en cuyo pie se leía: «Bob Ardlan. 1951-2016». Una veintena de ramos y coronas de flores arropaban la fotografía.

Franco le preguntó a Elena si querría colocar la urna en un podio que tenían reservado. Ella dijo que «suponía que eso estaba bien» y dejó que uno de los mozos de Rosellini se encargara.

—Hablaré yo en primer lugar —dijo Franco— y después te invitaré a subir.

—Estoy muy nerviosa —respondió Elena—, no sé si voy a ser capaz de..., yo...

Stelia y yo la animamos a tomar un trago. Un chupito de whisky le iba a fundir un poco los nervios. Lo hizo. Después yo lie unos cigarrillos y fumamos mientras observábamos cómo aquel espectacular montaje se iba llenando de gente. Elena, un poco más animada, se deshizo en agradecimientos a Franco. Al cabo de veinte minutos, todas las sillas estaban ocupadas exceptuando la primera fila. La orquesta tocó una versión lenta y oscura de *Bridge over troubled water* y salimos a ocupar aquella primera fila.

No hubo aplausos, claro, pero la aparición de Elena provocó un elocuente silencio entre los asistentes. Algunas manos le acariciaron la espalda cuando tomó asiento, pero ella estaba aún tan nerviosa que apenas fue capaz de volverse para dar las gracias.

Franco inició la ceremonia con un pequeño discurso de agradecimiento «a todas las personas que han acudido tan rápidamente, desde puntos tan lejanos, a decir adiós a este amigo y maestro», y después dedicó quince minutos a ensalzar al amigo y artista al que había tenido la fortuna de acompañar durante su última década de vida. Habló de la carrera de Bob, de la importancia de su obra y de su temperamento «genial, difícil, pero siempre decidido y valiente».

Le llegó el turno a Elena y yo pensaba que ella no iba a poder hacerlo, pero me equivocaba. Se levantó como un resorte y se acercó al micrófono con elegancia, muy despacio. Dedicó una bonita sonrisa a todo el mundo, al tiempo que un trueno muy lejano retumbaba en el horizonte.

—Quiero unirme, para empezar, al agradecimiento de Franco por vuestra presencia aquí. Es emocionante ver a tanta gente reunida para decir adiós a mi padre. Os doy las gracias de corazón, de verdad. Me consuela vuestra presencia.

Alguien aplaudió, pero enseguida se detuvo.

—Yo quería haber escrito algo mucho mejor para este momento..., pero estos días han sido difíciles, como podéis imaginaros. Todavía sigo sorprendida, casi incrédula, por esta repentina forma de irse de mi padre. Se ha ido sin dar demasiadas explicaciones. Bueno, era su estilo, ¿no?

Elena sonrió y provocó un murmullo. Unas respetuosas carcajadas.

—Bueno, ahí va —dijo extendiendo un papel sobre el atril y aclarándose un poco la voz antes de leer—: Papá, mi experiencia como hija tuya no fue perfecta. ¿Para qué engañarnos? Tuvimos una época muy mala, terriblemente mala. Te odiaba mucho por haber dejado a mamá, te negué y llegué incluso a decirte que no quería que me llamaras hija tuya nunca más.

«Un buen principio —pensé—. Directo a la mandíbula.»

Creo que tenía la piel de gallina y no era el único.

—Pero esa época estuvo rodeada de otras dos —continuó Elena—, dos épocas muy buenas. Quiero acordarme de ellas a través de dos momentos. El primero es una playa, mucho más fría que estas del sur de Italia. Tú tenías ¿treinta y dos años?, y eras mi héroe. ¡Yo tenía un padre reportero de guerra! Hacía fotos que ocupaban las portadas de revistas y se jugaba la vida entre disparos. Mamá se pasaba las noches llorando cuando te marchabas, pero siempre me prometía que volverías. Y lo hacías. Y una de esas veces nos fuimos a acampar a Cornualles, un fin de semana. Y creo que fue el fin de semana más perfecto que nuestra familia jamás tuvo. A pesar de que hacía un tiempo horrible, fuimos tan felices aquella vez... Sobre todo porque tú y mamá os queríais. Jugamos con una cometa. Compramos un pez que después nadie sabía cocinar. Fue perfecto.

Elena hizo una pausa. La voz le había empezado a temblar, pero aguantaba las lágrimas. No como Stelia, que lloraba a mi lado como una Magdalena.

—Y el otro momento, al otro extremo de la vida, fue aquí, en Tremonte. Habías superado tu pequeño infierno, y creo que yo también. Y aparecí por aquí un verano de la mano de un hombre fantástico, Tom, y tú te volcaste en nosotros. Dijiste que nada era tan importante, que te habías equivocado tanto..., me dijiste que querías recuperar mi respeto. Y era cierto: Yo había dejado de respetarte. Pero me gustó saber que lo sabías. Que venías humildemente a construir algo nuevo, a mi lado. Y lo construimos, papá. Durante estos diez años conseguimos enmendar muchas cosas. Y ahora que te has ido, pienso que he tenido una suerte inmensa de haberlo podido hacer. No me hubiera gustado perderte antes. Bueno, no me ha gustado perderte ahora. Pero al menos sé que nosotros estábamos en paz.

La orquesta comenzó a tocar una versión de *Across the Universe* muy lenta y oscura, perfectamente llevada para un funeral. Elena volvió a mi lado y besé su mejilla.

—Bien hecho, chica.

Una multitud quiso arropar a Elena en cuanto se rompieron filas. Francesca y su marido Luigi —el que descubrió el cadáver de Bob— fueron los primeros en aparecer, llenos de lágrimas. Luego se acercó el adjunto de la embajada británica y un par de altos cargos del Gobierno que enseguida se volatilizaron en el aire. Reconocí también a Sam Jackson, uno de los mejores pintores americanos del momento, con una preciosa mujer asiática. Elena estrechaba todas aquellas manos sin poder moverse de la silla, flanqueada por Stelia y Mark. Pensé en hacer algo útil y les pregunté si querían beber algo.

Había una barra en la terraza principal. Por encima de los camareros, a lo lejos, en el horizonte, vi un frente nuboso oscuro acercándose. El viento, templado, agitaba unas lilas silvestres en la pared del acantilado. La tormenta llegaría por la noche, pensé. Menos mal, porque si se ponía a llover en ese momento tendríamos que salir corriendo.

Mientras esperaba una bandeja de copas de blanco de *pepella,* me fijé en las piezas de arte que nos rodeaban. Esculturas de divinidades romanas. Preciosas taraceas de mosaicos. Mi olfato de guía me decía que no era ninguna calderilla lo que Franco tenía allí, repartido como los enanitos de un jardín.

A mi regreso, Elena seguía atareada con la multitud de personas que seguían saludándola. Los primos segundos de Cornualles, un galerista de Londres, dos viejos amigos de Bob..., incluso el cura del pueblo. Le hice llegar una copa y después me quedé sentado con Stelia, unos cuantos bancos detrás de Elena, bebiendo el vino blanco y mirando aquel desfile que parecía no tener fin.

—¿De dónde ha salido toda esta gente? —pregunté.

—La mitad de la lista es de Franco —dijo Stelia—, pero Mark también tuvo mano. Ya sabes cómo son estas cosas. Incluso un funeral es un momento para hacer *networking.* Bueno, de hecho, es de los mejores.

—Dios, pues parece una boda griega. Creo que voy a tener que sacar a Elena de aquí antes de que le explote la cabeza. La conozco y sé lo mucho que la abruma el personal.

Le di un sorbo al vino y seguí observando distraídamente hasta que detecté un par de caras conocidas a nuestra derecha. Medio escondida entre un par de grandes ánforas decorativas, vi a Tania Rosellini, quien parecía no haber comprendido la diferencia entre vestirse de luto o ponerse un trapito negro. A su lado, charlando con unas Ray-Ban nuevas y un cigarrillo en la mano, el tipo no era otro que Warwick Farrell.

Pellizqué a Stelia para que se fijara. Los dos jovencitos

fumaban con una copa en la mano y parecían mantener una conversación con cierta tensión.

—¡Oh! —dijo arrugando el ceño—, no sé cómo tiene las narices de presentarse.

Los observamos en silencio. Warwick y Tania eran más o menos de la misma edad y era de suponer que congeniaban, pero a mí me daba la sensación de que estaban teniendo una especie de pequeña discusión.

—¿Crees que esos dos...?

—Pues más le vale no acercarse demasiado —me cortó Stelia—. Mira a tu izquierda un segundo, con disimulo.

Allí, con un grupito de gente que solo podían ser el *avantgarde* del cine italiano, estaba Franco Rosellini, envuelto su gran corpachón en un traje negro. En esos momentos no atendía a su conversación, sino que sus ojos estaban apuntando directamente al par de ánforas donde se escondían su mujer y Warwick Farrell. Creo que si hubiera tenido un vaso entre los dedos en ese momento, el cristal habría estallado en mil pedazos.

—He leído por ahí que debe de tener algún que otro problemilla con los celos, ¿no?

—¡Ja!, ¿y quién no lo tiene?

Bebimos un poco más. La brisa fresca de la pretormenta era como un bálsamo.

—Todo el mundo. Pero solo algunos intentan solucionarlos con las manos.

—¿Lo dices por el artículo del *Vanity Fair*? —dijo Stelia—. Es una manipulación de Olivia y sus abogados.

—¿Así que no es verdad que la pegara?

—Franco es una gran persona —respondió Stelia— y un amigo excepcional. Pero supongo que todos llevamos un pequeño demonio dentro, Tom. Algo que nos supera. En el caso de Franco, son sus celos. Su inseguridad. Es un hombre genial y el éxito ha atraído auténticas bellezas a su lado. Mujeres que en otras circunstancias quizá ni siquiera hubieran reparado en él.

«En eso ya había caído —pensé—. Es lo que en el lenguaje masculino llamamos "una tía de otra liga".»

Y hablando de eso, Warwick y Tania pegaban bastante.

—Quizás haya habido algún plato roto, algún tirón de brazos... —seguía diciendo Stelia—, pero Franco no es un maltratador, estoy segura. Olivia puso esa denuncia para sacarle todo lo que pudiera. Y vaya si lo consiguió. Una casita en las colinas de Malibú y un montón de dinero. Y se puede decir que también echó a Franco de América por una temporada. En Hollywood son más blancos que el papa.

—No tenía ni idea.

—Son cosas que no se dicen, Tom. Como cuando pillan a un cura mirando demasiado a los niños del colegio. Lo mandan a las misiones y punto.

Iba a comentar algo cuando, en ese momento, vimos a Franco dejar su conversación y dirigirse directamente a Tania y Warwick.

—Oh, oh, problemas.

Tragué saliva. Stelia dejó su bolso a un lado y se preparó para ponerse en pie. Ahora ya no parecía tan segura del temple de su amigo. Franco tardó medio minuto en esquivar a la gente y las sillas que lo separaban de su mujer y Warwick. Cuando llegó hasta ellos dos..., bueno, ¿cómo describirlo? ¿Conocéis el chiste del elefante paracaidista que cae en una tienda de panderetas? Cogió a Tania de la mano, le marcó un beso (o la marcó con un beso) y después empezó a hablarle.

Resultó evidente y patético. La estampa de un hombre que es presa de sus celos.

Stelia tendría que haber estado ciega para no verlo.

—Es que Tania... —dijo—, precisamente Tania, es como intentar apagar el fuego con gasolina.

Me quedé observando a Franco. Toda su actitud resultaba grotesca, pero también henchida de violencia. Un tipo grande con dos buenas manos, inseguro y agresivo. Joder, por mucho que Stelia quisiera proteger a su amigo, tenía todas las malditas papeletas de ser alguien que podría actuar violentamente y por impulso... ¿hasta el punto de matar?

Warwick Farrell aguantó el papelón un largo minuto antes de buscar alguna disculpa (¿irse a mear?) para dejar al matrimonio con sus asuntos. Lo seguí con la mirada mientras desfilaba por detrás de la carpa en dirección a la casa. Pensé que sería una oportunidad de oro para hablar un poco con él. El día anterior, cuando aquellos turistas nos habían interrumpido, sentí que tenía algo que decir al respecto de la muerte de Bob.

Me levanté y eché a andar en aquella dirección. Warwick había doblado una esquina y yo me apresuré tras él. Entonces lo vi caminando al borde de una piscina y colarse en la casa por el salón donde antes nos habíamos tomado una copa.

Parecía conocer el camino perfectamente.

9

En el salón una docena de personas estaban sentadas a la barra o en los sofás. Había un Steinway de media cola en un rincón, y un tío sentado intentando seguir la música de la orquesta con un dedo, mientras que con la otra mano sujetaba un cóctel. Una chimenea circular, de esas que flotan en el medio de las estancias, servía también de banco para un grupo de chicos y chicas. Parecían de la edad de Warwick, pero él no estaba con ellos. Al pasar les oí hablar de la tormenta que se esperaba para la noche.

—Si estás nadando en el mar y cae un rayo cerca, ¿te podría matar?

—No lo sé —dijo el otro—, no sé nada de rayos, pero yo no me la jugaría, guapa.

Warwick no estaba en el salón, y aquel lugar tenía una sola puerta abierta de par en par. Salí por ella y desemboqué en un pasillo. Uno de sus extremos regresaba al jardín y el otro conectaba con un salón. Había un *stand* con la palabra «Pinacoteca» a un lado. Bueno, enfilé los pies hacia allí.

Un gran salón, dividido con algunos tabiques móviles, donde se exponían lienzos. Era un museo. Un museo privado con sus celadores y sus cámaras de seguridad. Cosas de esas que solo se te ocurren cuando eres asquerosamente rico. Bueno, cuando entraba me pegué de frente con un pequeño Picasso. «Pertenece a un pequeño período previo a la época de Gósol», pensé con mi verborrea de guía de arte. Pero era verdad. Era una joya.

Habría una veintena de curiosos, pero ninguno era Warwick. Yo seguí paseando y cruzándome con un Van Eyck y dos absolutas joyas del Renacimiento que podían ser Navarros. Finalmente, la estrella del día era la *Columna del hambre número XII*.

La Solitaria, como era conocida en los círculos artísticos. La última que Ardlan pintó.

Era la *Columna* con menos personajes. Solo cuatro. El niño alto, los gemelos y el chico de la sonrisa grotesca. Una sonrisa que era como el tajo de un machete en su cara. Había incluso una leyenda sobre el vasto espacio vacío (y negro) que rodeaba a las cuatro figuras. Decían que el resto de los niños había «saltado» del cuadro para quemar el estudio de Ardlan aquella noche. Era una leyenda que, según algunas fuentes, tenía su origen en los propios comentarios que Bob hizo tras el accidente.

Recorrí el pequeño laberinto sin encontrar al chaval, pero justo al doblar la última esquina vi el acceso a otra galería. Entonces, al asomarme, vi a Warwick al fondo. Se había puesto a hablar por teléfono y se movía con todo el desparpajo del mundo, como si fuera el dueño de la Casa Rossa.

Decidí seguir con mi interpretación del invitado perdido y me acerqué a él. La galería desembocaba en el exterior, en el lado opuesto de la casa. Vi a Warwick salir por allí, bajar unas escaleras y torcer hacia la derecha. ¿Adónde iba?

Había una especie de laberinto inglés construido en forma de terraza, con senderos que subían y bajaban, bancos para descansar y estatuillas de piedra. En lo alto comenzaba un bosquecillo de coníferas parecido al que rodeaba el estudio de Bob. A los lados había otras dependencias: una pista de tenis y una vivienda independiente. Me pareció que Warwick se habría metido por el pequeño laberinto.

Entonces, mientras comenzaba a bajar las escaleras, noté una mano cayendo sobre mi hombro.

—¿Señor?

Era Logan, aquel tipo de aspecto siniestro que nos había chequeado a la entrada. Bueno, para los que leyeron *El extraño caso del doctor Jekyll y míster Hyde:* ¿recordáis cuando Urton describe a Hyde diciendo que no había «nada raro en su rostro» pero que aun así le parecía repugnante? Pues en ese momento yo sentí lo mismo mirando a Logan. Un tipo ligeramente más alto que yo (rozaría el metro noventa), de aspecto ario, casi albino y con una mirada desprovista de ningún calor o piedad.

Su mano seguía apoyada en mi hombro. Pesaba.

—Esta zona es privada —dijo—. ¿Se ha perdido?

Yo iba a decir que estaba siguiendo a Warwick, pero nunca fui un chivato.

—Sí, creo que me he perdido.

—Entonces, permita que le acompañe —dijo él tomándome del brazo.

Noté sus dedos presionando con fuerza. No era un gesto amable.

Al regresar al jardín principal apenas pude disfrutar de contarle mi aventura a nadie. Stelia estaba entretenida con un italiano que era como una mala copia de Clark Gable. Elena ni siquiera estaba ya sentada en la misma silla. La vi charlando con un matrimonio. En cuanto me vio, me hizo un gesto para que me acercara.

—Tom Harvey, estos son los Wells: Ruth, Rebecca y Alexander. Unos buenos amigos de papá.

«Los Wells —pensé mientras estrechaba sus manos—. La familia que vive en Rigoda.»

Alexander era un hombre de unos cincuenta. Rubio y delgado, al estilo centroeuropeo. Había un elemento en él que resultaba intrigante: unas grandes gafas de color marrón que ocupaban casi todo su rostro. Me hicieron pensar que tendría alguna afección en la vista. No obstante, encontró mi mano a la primera y la apretó con decisión.

—Bob nos había hablado de usted en alguna ocasión. Siento mucho su pérdida —dijo—. Le presento a mi mujer Rebecca y a mi hija Ruth.

Rebecca era ligeramente más mayor que Alexander, eso estaba claro de un vistazo. Aunque era una mujer cuya belleza solo había decaído ligeramente. Tenía un porte aristocrático.

—Elena nos ha dicho que pronto actuará usted en el Mandrake —dijo la señora Wells—. Debe saber que somos grandes fans del jazz.

—Además de que tenemos parte en el negocio —bromeó Alexander Wells.

—Bueno, voy a hacer un concierto de prueba y ya se verá —dije yo.

—Pues no deje de avisarnos el día de su prueba. Iremos allí a apoyarle, ¿verdad, Ruth?

Esta era una chica de unos dieciocho años. Todo en ella

era frágil como una porcelana. Su piel pálida. Sus ojos profundos, inteligentes. Un aura de enfermedad o de flaqueza flotaba sobre ella. Incluso su vestido de tonos apagados no hacía sino realzar esa impresión.

Le di la mano y ella me miró con curiosidad.

—¿Qué instrumento toca, señor Harvey?

—Saxo tenor.

—Oh. ¿A quién prefiere: Coltrane o Getz?

Sonreí por la sorpresa. ¿En serio que una chavalita de su edad conocía las diferencias entre Getz y Trane?

—Soy más de Coltrane —dije.

Ella sonrió.

—Bueno, era un genio —dijo—. Stan era un gran técnico y un estilista, pero jamás inventó un lenguaje. Trane lo hizo.

—Oh, vamos, Ruth —dijo el padre entonces—. No agobies a Tom con tu fanatismo. Discúlpela, Tom. Es que Ruth es una sabelotodo del jazz.

—No hay por qué disculparse. Es un placer que una chica tan joven esté tan bien informada. Sorprendente. Y estoy de acuerdo, hay tres dioses en el mundo del saxo: Coleman Hawkins, Lester Young y Coltrane. Los demás, Dexter Gordon, Sonny Rollins o el mismísimo Getz fueron gigantes, pero los verdaderos grandes pasos se los debemos a los tres.

—Bean, Prez y Trane —dijo Ruth citando los alias con los que la sagrada trinidad del saxo era conocida—. Ahora sí que tengo ganas de oírle tocar.

—Sorprendente —repetí.

Ella sonrió de una manera especial. Si no fuera vanidad masculina, habría dicho que me lanzaba una miradita de esas.

—¿Ahora te dedicas a enamorar a chavalitas de dieciocho años, Harvey?

Los Wells acababan de despedirse y, por fin, Elena y yo estábamos a solas por primera vez.

—Pues para ser una chavalita, sabe un buen montón de cosas. Ojalá todas las adolescentes se interesaran tanto por el jazz. Yo me moriría un poco menos de hambre.

—He oído que no sale mucho de casa, creo que tiene una enfermedad respiratoria o algo por el estilo.

—¿Y el padre? Por esas gafas, diría que es ciego.

—Visión reducida por un accidente o algo del estilo. Pero es uno de los tíos más ricos de por aquí. Por cierto, ellos son los que viven en esa playa del cuadro, Rigoda.

—Lo sabía, Masi me lo dijo.

—Oye, Tom —dijo entonces Elena—, ¿podrías sacarme de aquí sin que nos vea nadie? Creo que ya he cumplido, y además hay algo que quiero hacer, a solas...

No sé lo que dice la etiqueta sobre funerales, pero no iba a cuestionar una petición de ese estilo. Elena quería largarse y supuse que todo el mundo comprendería que la hija única de Bob Ardlan decidiera desaparecer a la francesa.

Nos escabullimos por la parte delantera de la casa y montamos en mi coche. No pude evitar fijarme en otros dos que había aparcados cerca. Uno era un deportivo pequeño, de color amarillo. El otro era un gran Hummer de color negro.

—¿De quién es ese mastodonte? —le pregunté a uno de los hombres que custodiaban la entrada de la Casa Rossa.

—El Camaro es de Tania Rosellini.

—¿Y el grande?

—¿El Hummer? Del señor Rosellini.

Me quedé mirándolo por un instante; un monstruo de

acero negro igual que el que me había sacado de la carretera el día anterior. Una pena que ni yo ni aquellos chicos de la Vespa se hubieran podido fijar en nada más que el color y el tamaño.

Pero era una casualidad bastante inquietante que Roselliñi tuviera un gran coche negro.

10

Un viento frío y extraño desplazaba las nubes en el cielo cuando arrancamos la *Riva Tritone* y salimos al mar esa tarde. A lo lejos habían comenzado los rayos y se veían largas columnas de lluvia que pronto llegarían a la costa. Yo recordé esa duda que había escuchado en el salón de Rosellini: ¿puede un rayo matarte si da en el agua? Decidí no alejarme demasiado de la costa.

—Bueno —dijo Elena—. ¿Aquí?

—Aquí estará bien.

Elena abrió la urna y se quedó un instante callada. Después la inclinó a favor del viento y la agitó: una gran cantidad de ceniza empezó a surgir de aquel cacharro, como un hechizo, el viento elevaba parte de aquello y lo arremolinaba ante nuestros ojos. El espectáculo, acompañado de los rayos y los truenos de fondo fue estremecedor. Era como si esas cenizas no quisieran tocar el mar. Por un instante temí que el viento cambiara y Bob terminara lloviendo sobre nosotros.

—Ahora sí. Adiós, papá —dijo ella en un susurro.

Nos quedamos un rato allí, fumando en silencio y balanceados por las olas que cada vez llegaban con más fuerza.

—¿Te acuerdas de aquella barquita de Linden? —dije entonces.

Elena se echó a reír. Recordar nuestra «primera vez» en aquella barquita del lago de Holanda..., bueno, reconozco que me había salido por la tangente.

—Por favor, Tom. ¿A qué viene eso ahora?

—Bueno, estamos en una barca. Me he acordado.

—Oh, Dios, Tom. Si fue terrible. Casi te rompes una pierna.

—Y aun así, posiblemente el mejor polvo de mi adolescencia.

—Si tú lo dices... Yo recuerdo con más afecto el del día siguiente.

—Dirás los del día siguiente.

Fue durante mis dos semanas en Europa, en el campamento de jazz para principiantes. En aquellos tiempos ya había decidido consagrarme al camino duro y emprender una vida como músico (con toda la oposición de mi padre, quien, no obstante, me ayudó económicamente a financiar ese verano).

Elena, una inglesa veraneando en Nimega con su tía, era la hija de un importante pintor (no-sé-qué de unas *Columnas de hambre*) y en su casa las cosas no iban bien. No iban nada bien. Recuerdo que lo primero que dijo de su padre es que era «un cabrito sin sentimientos».

Pero, por culpa de mi billete de vuelta cerrado, nuestro idilio veraniego fue algo así como Danny y Sandy en *Grease*. Al día siguiente nos lo pasamos metidos en su tienda de campaña.

—Divina juventud. No paramos ni para almorzar, ¿te acuerdas?

—Yo me hubiera casado contigo ese mismo día.

—Sí, lo sé. Algo me dijiste en tu carta...

Mi carta. Mi estúpida carta de amor del mes siguiente.

—Oh, Dios. Te espanté. Recuerdo tan bien tu respuesta: aquella frase en la que decías que «te costaba entender cómo alguien puede enamorarse tan rápido». Pero era verdad.

—Digamos que si no fuera porque todo resultaba absolutamente romántico y halagador, habría dicho que eras un poco psicópata. Además, yo no estaba preparada para eso, Tom. Mis padres acababan de divorciarse, mi madre tenía cáncer..., ese año no estaba para corazoncitos. Y además, tú eras demasiado apasionado, Tom. Nadie se enamora así de nadie.

—¿Por qué siempre te ha costado creer eso? Cada uno es de una manera —dije yo—. Mira Forrest Gump con Jenny. Hay hombres que se enamoran una vez y para siempre.

Elena se rio.

—Harvey, cállate.

—Me callo pero... ¡qué poco romántica eres, Elena!

Ella se había quedado mirándome de esa manera en la que a veces me miraba.

—¿Qué pasa?

—Nada, estaba pensando.

—¿En qué?

—Que es cierto: hay algo de Forrest en ti.

Nos reímos y justo en ese instante empezó a chispear sobre nuestras cabezas.

Llegamos al embarcadero antes de que la lluvia y el viento arreciasen de verdad. Amarré la embarcación y salimos corriendo escaleras arriba cuando los primeros truenos rompían el cielo.

Yo me serví un whisky con las primeras gotas de lluvia sonando en el tejado. Elena fue a revisar el buzón. Regresó con un sobre.

—Tienes correo. Alguien lo ha metido por debajo de la puerta.

Un sobre de papel color manila donde se leía «Harvey», escrito con un rotulador negro.

—¿Para mí? Vaya…, hay muy poca gente que sepa que estoy en esta dirección.

—Quizá sea de tu nueva admiradora —bromeó Elena—: la friki del jazz.

Se echó una risotada y se marchó a su habitación a hacer la maleta. Al día siguiente emprendería su viaje a Londres con Mark para leer el testamento de Bob y hacer un montón de gestiones que requerían su firma.

Abrí la solapa de aquel sobre y encontré una sola cosa en su interior. La saqué y la coloqué sobre la mesa, ante mis ojos. Era una fotografía en blanco y negro del tamaño de medio folio. En ella aparecía una mujer a la que alguien había recortado los ojos con unas tijeras. En sus huecos se veía el color de la mesa que había debajo.

Era Elena.

Me quedé quieto ante aquel horrible mensaje, congelado por el terror. La foto era de no hacía mucho tiempo, un retrato del día de su boda. Pero ¿quién había hecho tal cosa? Y ¿qué significaban los ojos recortados?

Bueno, muchas veces la respuesta es obvia. Eso significaba muerte. Amenaza. Dolor.

Le di la vuelta y descubrí algo: en la parte trasera, escrito con letras mayúsculas, se leía lo siguiente:

NO LLAME A LA POLICÍA, NI SE LO CUENTE A NADIE. BOB COMETIÓ ESE ERROR. ENCUÉNTRESE CONMIGO EN EL VIEJO MONASTERIO, ESTA NOCHE A LA 1:00. VENGA SOLO.

11

La tormenta había tocado tierra. En un lugar del mundo tan poco acostumbrado al mal clima, eso era como un pequeño apocalipsis en sí mismo. La casa crujía por todos los costados. Ráfagas de lluvia acribillaban los cristales.

Las dos horas siguientes fueron eternas. Una horrible duda. Hablar con Elena de aquello o llamar a la policía..., pero la carta era explícita en las dos prohibiciones. Y aquella frase de Stelia, que aún resonaba en mi mente: «Si alguien mató a Bob porque estaba metiendo las narices en el asunto de Carmela, ¿qué pasará cuando se entere de que nosotros estamos haciendo lo mismo?»

¿Podía ser una trampa?

Cerca de la medianoche, Elena apareció por el salón, lista para irse a dormir.

—Mañana salimos muy temprano, así que no te despertaré. Francesca tiene órdenes para cocinar cada día, y Luigi cuidará del jardín y las provisiones. No debes preocuparte por nada. Tómatelo como unas vacaciones y céntrate en tus tocatas del Mandrake.

—Ok.

—¿Qué decía la carta?

—¿La carta? Ah..., nada —dije.

—¿Nada?

—Bueno, sí. Era de Charles: el repertorio —dije—. No te imaginas lo organizadito que es.

Ella se estaba recogiendo el pelo mientras me miraba.

—¿Qué vais a tocar? Podéis ensayar en casa si queréis.

—Bueno, un montón de estándares, ya sabes. Y nada de ensayos: es de cobardes.

—Espero que lo de Londres sea auténticamente corto y me dé tiempo a volver —dijo ella.

Se arrodilló sobre el sofá y me dio un beso en la frente.

—Buenas noches, Tom. Y gracias por todo. Me ha venido muy bien escapar del funeral esta tarde.

—De nada, Elena. Buenas noches.

En algún reloj de Villa Laghia sonaron las doce y me di cuenta de que ya había tomado una decisión: iría.

Media hora más tarde pasé junto a la puerta de Elena y escuché su lenta respiración. Dormía. Después fui a la cocina y me armé con el mejor cuchillo que encontré: un modelo *psycho killer* de unos veinte centímetros de hoja con el que probablemente Francesca despiezara el pescado. Bueno, solo esperaba no clavármelo a mí mismo.

La lluvia había parado un poco, pero el viento era como un fantasma silbante cuando salí. Fuera, la mesa del jardín se había volcado y las sillas rodaban. Apreté mis dedos alrededor del cuchillo y me dirigí al estudio.

El estudio estaba a oscuras, sus ventanales eran como ojos

de una gran calavera cuyos dientes eran los ventanucos del sótano. Pasé de largo hasta el bosquecillo de coníferas. La Vía Láctea resplandecía entre las negras nubes. ¿Dónde estaba la luna? A mi alrededor todo parecía cubierto de tinta negra y pensé que cualquiera podría estar observándome avanzar entre las raíces. Me concentré en respirar, sobre todo respirar, porque me había entrado una especie de asma nerviosa.

Llegué al muro. Desde allí podía distinguir la obra alta del monasterio, el campanario con las ojivas, como un monstruo de color pardo. Todo estaba en silencio. ¿Llegaba quizá demasiado pronto? Daba igual.

Salté aquel murete sin dificultades, después me puse a andar por ese terreno extraño. Bajo la luz de la noche, las ruinas de la vieja abadía parecían un osario. El esqueleto de un monstruo prehistórico.

El solar estaba rodeado de escombros y pilas de material de construcción. Un gran cartel en italiano avisaba: LUGAR PELIGROSO. NO PASAR SIN PROTECCIÓN.

Y una calavera negra indicaba PERICOLO DI MORTE.

Fue uno de esos momentos en los que piensas: «Pero qué coño hago yo aquí.»

«¿De veras estás a punto de entrar ahí? ¿Por qué no te das la vuelta y te largas?»

Uno de los antiguos arcos de la fachada conectaba con un transepto del templo. No había puertas, ¿para qué? Allí no había más que piedras y unos altísimos andamios acoplados a las paredes y los contrafuertes, supuse que como sostenes. El Gobierno no tenía dinero para arreglar aquello, pero tampoco quería que se viniera abajo.

Crucé bajo el arco y me encontré en el interior, aunque las estrellas y las nubes seguían sobre mi cabeza. Ahora ya era imposible disimular mi presencia, así que me quedé quieto al llegar al crucero. Supuse que quien me había citado ya me habría visto.

—¿Hola? Ya estoy aquí.

El viento empujó las nubes y reveló la luna por un instante, que iluminó con su toque de plata los capiteles y las hornacinas vacías, aunque casi todo quedaba oculto en las penumbras de los andamios.

—¡Hola!

Hola... la... a.

El corazón me iba cada vez más rápido. ¿Y si todo era una broma? ¿O una manera de alejarme de la casa? Bueno, miré el reloj. Aún quedaban quince minutos para la 1:00. En realidad, había llegado demasiado pronto. Pero en ese momento oí unos pasos por el ábside y vi una luz encenderse y apagarse un par de veces desde la base del espacio donde una vez estuvo el retablo. ¿Una linterna?

—¿Quién está ahí? —exclamé—. No me moveré hasta que se muestre.

—Soy yo —dijo una voz—, acérquese, no tema.

Mi disco duro estaba un poco pesado a esas horas de la noche, pero no tardé en relacionar aquel acento rápidamente.

—¿Warwick?

El muchacho apareció por entre las sombras de uno de aquellos andamios, envuelto en una especie de gabán negro, como si quisiera ponerse en situación y parecer uno de los antiguos monjes del lugar. Debo admitir que verlo me relajó un poco. Era como ponerle rostro a un diablo.

—Vale. Supongo que tienes una excelente explicación para este jueguecito —dije.

Él parecía alerta, o eso al menos percibí por sus movimientos. Miraba a un lado y al otro, como cerciorándose de que estuviéramos solos.

—Oye, he venido solo, ¿de acuerdo?

—¿Para qué es eso? —dijo enfocando mi cuchillo con la linterna.

—¿Tú qué crees? —repliqué—. Tampoco iba a venir como un cerdo al matadero.

Pareció unir las piezas en su cabeza. Se peinó su tupé de gallo de corral e hizo un gesto de asentimiento.

—¿Tiene un cigarrillo? A mí se me han acabado.

El petulante Warwick Farrell que había conocido día atrás había cambiado. Era como si se le hubiera caído la máscara. Bueno, ahora sabríamos por qué. Subí los dos escalones del altar y me acerqué a él. La luz de su linterna, que había dejado encendida en el suelo, desveló una mochila apoyada en el suelo.

—¿Te vas a alguna parte?

—Sí —respondió él—, me largo una temporada. Oiga, me vendría muy bien el cigarrillo, en serio.

El viento arreciaba sobre nuestras cabezas y silbaba al cortarse contra los altos muros del viejo monasterio. Lie un cigarrillo para él y otro para mí. Lo observé cuando la llama del mechero iluminó su cara. Estaba nervioso. Alerta.

—Bueno, Warwick, ahora cuéntame a qué viene todo esto —dije sacando el sobre que llevaba doblado en el bolsillo—. ¿Qué significa esta foto de Elena?

Él dio una calada y soltó una flecha de humo que se elevó entre los muros.

—¿Para qué me perseguía hoy, Tom? En la casa de Franco Rosellini.

—Ah, o sea que me has visto.

—Sí. Y también cómo el gorila de Rosellini le cazaba.

—Bueno, quería hablar contigo. El otro día, en la Marina, me pareció que hacías un gesto extraño cuando mencioné mis dudas sobre la muerte de Bob.

—Bien. Pues eso es correcto. Mire, tengo cierta información, incluida la foto, pero antes de hablar de nada, ya le dije que Bob me debía pasta...

—Tres mil euros —dije—. ¿De eso se trata todo? Habla y, si merece la pena lo que me vas a contar, no creo que haya problemas en devolverte ese dinero.

Bueno, estaba claro que Warwick iba a por lo que iba, pero pensé que debíamos llegar hasta el final.

Entonces uno de esos andamios dio un golpe contra un muro. Warwick hizo un brusco aspaviento.

—¿Ha venido solo? ¿Seguro?

—Ya te he dicho que sí. He dejado a Elena dormida en su habitación. Y no he llamado a nadie. Tal y como decías en tu... nota. Terminemos cuanto antes. Este sitio no es precisamente seguro y menos con este viento.

Warwick dio una rápida calada.

—El dinero lo necesitaría esta misma noche. ¿Podrá juntarlo?

—Joder, tío. Primero habla y veremos lo que puedo hacer.

—De acuerdo —empezó a decir—. Esa foto es algo que encontré, junto con otras cosas. Bob estaba asustado. Alguien lo amenazaba. Me pidió que le consiguiera un revólver. ¿Lo encontraron?

—¿El revólver? —dije yo—. Sí, estaba en su estudio.

—Bob me pidió que se lo comprara en Nápoles. Tengo unos amigos que saben dónde encontrar esas cosas. Costó un buen dinero, que por cierto Bob...

—Vale ya con el dinero —protesté—. ¿Por qué quería Bob un arma?

—Se lo he dicho. Estaba asustado. Alguien lo había amenazado. Nunca me dijo quién era, pero tenía algo que ver con Carmela. Y ahora sé quién era. Y también que la muerte de Bob no fue un accidente.

—Ok, Warwick, sigue. Todavía no me has dicho nada que valga la pena.

Otro ruido, y joder, esta vez hasta yo me asusté. Warwick se dio la vuelta y apuntó con la linterna a lo alto. Los andamios vibraban por la furia del vendaval.

—Venga, acelera.

El chaval había empezado a respirar muy rápido. Dio un par de caladas al cigarrillo.

—Yo encontré algo. —Se tropezó con su propia lengua—. No iba buscando precisamente eso, pero encontré algo muy gordo que Bob tenía escondido.

—Ve más despacio. ¿Dónde?

Otro ruido. Warwick apuntó con su linterna otra vez.

—¿Quién está ahí? —gritó.

—Tranquilo, tío. Es el viento, ¿vale? Habla.

—Mire, ellos son capaces de matar, ¿sabe? Conocen las formas de hacerlo sin dejar rastro. Bob tenía una prueba. Por eso creo que lo mataron a él también. Bueno, él había descubierto algo. Ahora ese algo lo tengo yo. Le diré dónde está en cuanto vea el dinero.

El chaval estaba cada vez más nervioso. Lo cierto es que la tormenta agitaba todos aquellos andamios de metal como un sonajero y yo comenzaba a inquietarme.

—Vale. Te prometo que el dinero no es un problema. Elena es rica ahora, ¿entiendes? Salgamos de aquí. Iremos a la casa, despertaremos a Elena y hablaremos de todo esto tranquilamente.

—Me parece una buena idea. Vamos.

Warwick echó a andar en dirección hacia la salida y justo entonces escuchamos un nuevo ruido, como si una cosa muy grande hubiera comenzado a moverse. Una especie de lamento metálico que iba más allá de los chasquidos y vibraciones que podría causar aquella tormenta.

—¡Corre! —dije empujándolo.

Pero antes de que pudiéramos reaccionar, algo se movió rápidamente a un lado. Fue como si una grandísima raqueta de tenis comenzara a cortar el aire. ¡Zaaaaaammm!

Algo se nos venía encima, pero ni siquiera sabíamos qué. En aquel momento me pareció que era un muro entero, ni siquiera pudimos esquivarlo. Recuerdo la sensación de que algo aplastaba mi pie, como si fuera plastilina, y un tremendo golpe en mi hombro. Un ruido terrible de barras de metal estallando y destrozándose contra el suelo y elevando una nube de humo en la que Warwick se perdió, así como la luz de su linterna.

Aturdido, pensaba que el monasterio se derrumbaba y traté de pensar. Me arrastré con los codos, atacado por el pánico, dolorido, pero tenía un pie atrapado en una especie de trampa.

Después de aquel estruendo, el ruido cesó. Ahora se oían barras de metal rodando por el suelo y los quejidos de una persona.

—¡Warwick!

El chico estaba a dos metros de mí. Dijo algo como «mamá». Me acerqué. La barra de uno de los andamios le había aplastado el pecho. El golpe le había hecho escupir sangre que ahora se derramaba por su boca. Su garganta emitía sonidos roncos. Eran estertores de muerte.

—Warwick, ¿quién?

El chico sonrió de una forma un tanto grotesca, con las comisuras de los labios llenas de sangre.

Después su respiración se paró en seco y se hizo un gran silencio. Un silencio mortal.

Grité en la oscuridad y puedo recordar dos cosas que llegaron a mis oídos como toda respuesta. El eco de mi lamento y unos pasos muy rápidos, huyendo al otro lado del muro.

EPISODIO III

EL INVESTIGADOR PACIENTE

1

A la una del mediodía del día siguiente los periódicos ya se hacían eco de la desgracia.

Un joven irlandés muere aplastado por un andamio en las ruinas de un monasterio en Tremonte.

Hombre muere en un desafortunado accidente en las ruinas medievales de Tremonte. El viento como causa probable.

Accidente mortal en las ruinas de un monasterio. Un muerto y un herido leve.

Ahora la pregunta era: ¿qué hacían esos dos tipos, a la una de la madrugada, en un monasterio declarado en ruinas?

Aquella madrugada Stelia Moon volvió a ser el receptáculo de las peores noticias, principalmente porque Elena siempre desconectaba su teléfono para irse a la cama. Cuando me respondió, medio dormida a la una y media de la madrugada, yo debía de estar en *shock*. ¿Qué le dije exactamente? «Stelia, soy Tom... Creo que Warwick Farrell está muerto, y si no está muerto está gravemente herido, envía una ambulancia a las ruinas del monasterio cisterciense, por favor, es urgente.» Después, creo que me desvanecí.

Abrí los ojos en una ambulancia. Un detective —que no era Masi— se esforzaba en hablar un inglés muy malo hasta que le hice entender que mi italiano era potable. «¿Qué le ha pasado al chico?», fue lo primero que pregunté.

—*È morto, signore Harvey.* ¿Qué hacían ustedes allí?

—Quiero hablar con Luca Masi.

En el servicio de urgencias de Campolongo me desvistieron y se encontraron con un surtido de contusiones, aunque ninguna era grave. Bueno, me hicieron todo tipo de radiografías. Pies, piernas, tórax, incluso un *book* sobre mi cerebro. Resultó que tenía un metatarsiano agrietado y un golpe de puta madre en el hombro, pero nada más.

—Ha tenido usted bastante suerte, señor Harvey —indicó una doctora—. Digamos que si esos andamios eran como una gigantesca raqueta, usted quedó a salvo en uno de sus agujeros.

Al parecer, Warwick había muerto por un grave traumatismo en el tórax. Aquella barra de hierro le había roto la caja torácica como un martillo cascaría una nuez seca.

El resto de la noche dormí el sueño de los justos con la morfina. Me desperté en una habitación soleada y recuerdo que Elena estaba allí sentada; intenté decirle algo pero alguien volvió a inyectarme un suero. Entre tanto, tuve sueños terribles que eran aún más terribles cuando me despertaba y me daba cuenta de que todo era verdad. Ese muchacho asustado, los ruidos del andamio, y de repente aquella carga negra y mortal cayéndonos encima... Abría los ojos de pronto, gritando, y allí estaba de nuevo. Solo y vivo.

Alrededor del mediodía, empecé a estar un poco más despejado. El efecto de las medicinas se apagó y el dolor resurgió con nitidez. Elena no estaba, pero alguien —después supe que Mark Heargraves andaba por allí— había dejado en mi mesilla una *tablet* abierta por las webs de los periódicos que describían el episodio del monasterio. Los leí. Solo *La Gazetta del Giorno* llegaba a identificarme:

El hombre herido es Tom Harvey, norteamericano de 35 años y amigo íntimo de la señorita Elena Ardlan, hija del recientemente fallecido Bob Ardlan, cuya villa es aledaña al escenario del accidente. El derrumbe del andamio le provocó contusiones de carácter leve, de las cuales se recupera en el hospital de Campolongo, en Salerno.

La policía ha acordonado las ruinas y está realizando una inspección en profundidad. La empresa contratada para su mantenimiento asegura que había señales «claras y suficientes» sobre la peligrosidad del lugar. Se ignora la razón por la que los dos hombres ignoraron estas advertencias y fueron a reunirse allí en plena noche.

Mientras estaba leyendo apareció una cara conocida por la puerta. El detective Luca Masi. Campeón del estilo.

—Señor Harvey..., me alegro de verle.

—Yo también a usted.

Ese día vestía de blanco, tocado con un fular rosa al cuello. ¿Quién coño iba a hacer caso a un poli que parecía un maniquí de Loewe? Masi echó un vistazo a mi pie, enyesado y elevado en un colgador, después vino a sentarse a mi lado.

—¿Quiere algo? ¿Agua? ¿Unos chocolates? Bien, si no le importa, le he pedido a Elena que se quede fuera. Me gustaría charlar un instante con usted.

—¿Se supone que debería estar presente mi abogado?

—¿Tiene usted un abogado? —preguntó él medio sonriendo.

—No, pero bueno, es lo que se suele hacer, ¿no?

—Si lo desea, podemos hacerlo de manera más formal. Con abogados, en comisaría..., pensé que no haría falta.

—De acuerdo, en realidad no tengo nada que ocultar. Anoche recibí un mensaje anónimo. Debe de estar en alguna parte, quizás en el bolsillo trasero de mis pantalones, o quizá se haya perdido en esas ruinas. No lo recuerdo. Me pedía que me reuniera con alguien en el monasterio a la una de la madrugada. Ese alguien resultó ser Warwick Farrell.

Masi no llegó a sentarse. Fue al armario de la habitación y allí encontró una bolsa de plástico. Mi ropa estaba cubierta de polvo y rota por mil sitios. Masi extrajo el sobre y la fotografía del interior. La observó en silencio y después volteó el papel para leer el mensaje.

—«No hable con nadie ni llame a la policía.» Exactamente lo que usted hizo, ¿no?

—Sí.

—Supongo que es una reacción normal ante la foto de su exmujer con los ojos agujereados. Pero ¿qué relación tenía usted con Warwick?

Le expliqué a Masi cómo había llegado a saber —por Charlie— que Warwick fue el asistente de estudio de Bob durante unos meses, y también que él provocó aquella pelea con Nick Aldrie en el Mandrake. Después de saber esto, había ido a buscarlo una mañana al paseo marítimo.

—Hablamos sobre la muerte de Carmela y la de Bob, dos accidentes extraños. Ya entonces me pareció que el muchacho sabía algo más, y no me equivoqué: anoche, antes de morir, Warwick Farrell me lo confirmó: existe una conspiración y esas dos muertes están conectadas. No fueron accidentes, Masi, como quizá tampoco fuera un accidente lo que ocurrió con el andamio. Creo que escuché los pasos de una persona alejándose.

—Oh —dijo Masi levantando las manos—, de acuerdo, Tom, un poco más despacio. Voy a grabar su declaración, si no le importa. Explique exactamente, y en orden, cómo transcurrió la noche pasada.

Masi puso su *smartphone* junto a mi almohada y activó una grabación de voz. Entonces yo hice el relato. Hablé de lo nervioso que estaba el chico, de su mochila y de cómo pensaba desaparecer de Tremonte una temporada. Quería el dinero que, según él, Ardlan le había dejado a deber. También mencioné el revólver que había comprado a través de unos contactos en Nápoles.

—Sí —dijo Masi—, eso encaja: el revólver era robado y Ardlan no tenía ninguna licencia de armas. Lo hemos comprobado.

—Al parecer, Bob estaba asustado por unas amenazas, eso es lo que me dijo Warwick. Esa foto de Elena sin ojos era algo que encontró, junto con la prueba.

—¿Qué prueba?

Recordé en voz alta aquellas palabras exactas:

—«No iba buscando precisamente eso, pero encontré algo muy gordo que Bob tenía escondido», eso me dijo Warwick.

—¿Qué pudo ser ese algo tan gordo, Harvey?

—No lo sé. Fue todo muy rápido, y digamos que el muchacho no tenía el don de la concisión. Además, me pareció que quería asegurarse de que yo le pagara el dinero anoche. Entonces yo le convencí para ir a Villa Laghia a charlar tranquilamente... Antes de que pudiéramos dar un paso fuera de allí, aquello se nos vino encima.

—O sea, que Warwick nunca llegó a decirle lo que sabía.

—No. Pero según él, era la clave de todo. Lo que mató a Carmela. Y también dijo que «ellos» eran capaces de matar, que... —Estrujé mi cabeza para recordar y todavía podía ver a Warwick, en la oscuridad, diciendo—: «Conocen las formas de matar sin dejar rastro.»

—Y ¿dice usted que escuchó unos pasos?

—No estoy del todo seguro. Estaba en el suelo, aturdido por el golpe, y el viento azotaba fuerte fuera. Pero oí algo como pasos golpeando las tablas del andamio a toda velocidad. Como si alguien saliera corriendo de allí.

En ese instante le sonó el teléfono a Masi. Sin ni siquiera levantarse, cogió la llamada y dijo un montón de *sì, sì, sì* y *capisco, capisco*, después colgó y se quedó mirándome un rato:

—Volvamos atrás un instante, a esa charla en la Marina. ¿Qué fue exactamente lo que le contó a Farrell sobre sus teorías?

Cerré los ojos para concentrarme y traté de recordar cada detalle.

—Yo le estaba preguntando a Warwick sobre la muerte de Carmela. Él me dijo que era una cosa extraña y sin sentido. Entonces le insinué que la muerte de Bob quizá también fuera un accidente raro y él se sonrió y estuvo a punto de decir algo, pero en ese momento aparecieron unos turistas que querían un retrato. Me quedé con ganas de hablar con él y, de hecho, ayer mismo intenté entablar conversación durante el funeral de Bob en la finca de Franco Rosellini, pero el chico se escurrió por la casa...

Masi se quedó un instante callado, como pensativo.

—Acaba de llamarme el sargento Pucci. La Científica ha hecho un rápido examen de huellas y resulta que eran las de Farrell las que faltaban por identificar en la puerta del estudio. Están debajo de las suyas y encima de las de Ardlan, en ese orden.

—¿Qué quiere decir?

—Sencillo: que Warwick había entrado en el estudio de Ardlan tras la muerte de Bob y antes que usted.

—O sea que la rotura de aquel cristal de la puerta...

—Exacto. Posiblemente Warwick conocía el código de la alarma, o bien estaba desactivada. El caso es que Warwick había allanado el estudio de Ardlan unos días antes. Quizá viera la oportunidad de sustraer algo valioso. Aunque me parece que ya es tarde para interrogarle.

El teléfono volvió a sonarle a Masi, pero esta vez no lo cogió.

—Hay algo más que debemos contemplar, Harvey. Algo sobre Farrell que usted no sabe: no era la primera vez que intentaba conseguir dinero de formas un tanto oscuras.

—¿Tenía antecedentes?

—Tenía todo un historial en Irlanda del Norte. Pequeños chantajes a compañeros del instituto. Incluso a su propio padre, que era industrial. Lo había echado de casa por esa razón.

—¿Había chantajeado a su padre? ¿Cómo es que han sabido eso tan rápido?

—Verá, Harvey. Lo cierto es que ya llevábamos un tiempo investigando a Farrell por otra razón. El chaval estaba bajo sospecha de hacer ciertos recados para personas de Monte Perusso.

—¿Recados?

—Drogas, Tom. Sabemos que en la mitad de esas fincas se consumen drogas de todo tipo. Desde inocentes porros hasta drogas sintéticas... Y, por supuesto, si hay drogas, hay alguien que las transporta. Estábamos investigando a Warwick. Ya sabíamos que era un camello, pero íbamos detrás del pez gordo que le pasaba la mercancía. Nunca lo encontramos.

—Pero ¿qué tiene que ver eso con mi asunto?

Masi se acarició la calva y sonrió.

—Lo que quiero decirle es: ¿y si Warwick estuviese metido en problemas y se hubiese sacado esa historia de la manga para conseguir un dinero rápido?

—¿Inventarse semejante lío con esa foto de Elena?

—Al chico no le faltaba imaginación precisamente. Y usted le dio la premisa al confiarle sus teorías sobre la muerte de Bob y Carmela. En fin. Pudo verlo a usted como la víctima perfecta para un engaño. Se monta esa historia de las amenazas a Elena, cuya foto puede que hubiera sustraído del estudio de Bob. Entonces le envía ese anónimo y piensa que usted caerá rápidamente en su trampa. Tres mil euros son un buen parche para ponerse a flote una temporada. Seguramente planeaba sacarle el dinero en efectivo y prometer que la pista le llegaría al día siguiente, cuando él estuviera bien lejos.

Tengo que admitir que aquella teoría me golpeó como un puñetazo en la mandíbula, sobre todo porque era factible.

—¿No le parece extraño que Warwick no llegara a decirle nada? Ni un nombre, nada. Solo le prometió la prueba cuando tuviera el dinero. Si yo fuera a hacer un negocio de ese tipo, le daría algún tipo de adelanto, ¿no?

—Puede que tenga razón; en todo caso, ¿han echado un vistazo a su mochila? Quizá todo esté ahí dentro.

—Los forenses llevan con ella desde esta madrugada. Warwick solo llevaba un pasaporte, cien euros en metálico, ropa y un pequeño alijo de pastillas cosido al forro de la mochila. Suponemos que planeaba venderlas durante su viaje. Nada más. Aunque la brigada informática está investigando su teléfono.

—¿Y el andamio?

—Hay peritos tomando huellas y sacando fotografías desde la mañana. Tienen orden de trabajar a fondo. Resulta que el padre de Farrell es un hombre importante en su país. La embajada ha llamado al comisario jefe y el comisario jefe nos ha puesto el pie en la cabeza. Se espera que la prensa británica se nos eche encima y no quieren cagadas.

»De acuerdo, entonces. Tendré lista su declaración transcrita para mañana. Mientras tanto, quizá publiquemos una nota de prensa, pero no tengo ni idea de cómo explicar lo sucedido. Por el momento, quizá digamos que Farrell había ido a reclamar una deuda contraída con Ardlan en el pasado.

—¿En un monasterio a la una de la madrugada?

—¿Qué quiere que le diga? Es mejor tener una historia antes de que la prensa se invente una.

—Pero ¿es que ha descartado totalmente la teoría de una conspiración? Primero Carmela, después Bob y ahora Warwick. Todos muertos en accidentes dudosos. ¿No le parece una casualidad demasiado perversa?

Masi masticó aquello en silencio.

—¿Qué quiere que le diga, Harvey? Sí, lo admito: es raro,

rarísimo. Es cierto que alguien pudo seguir a Warwick hasta allí, subir por el lado opuesto del muro y empujar aquel andamio, pero ¿no habría formas más fáciles de acabar con él?

—No, si lo que el asesino quería era que pareciese un accidente. Y además, era una manera de acabar con nosotros dos de un plumazo.

—¿Usted?

—Bueno..., si la historia de Warwick era algo más que un cuento, el asesino podría temer que yo me convirtiera en el recipiente de ese testigo, esa prueba incriminatoria que ya ha matado a tres personas. Sería mejor acabar conmigo también. De hecho...

Recordé aquel coche que casi me saca de la carretera días atrás.

«Conocen las formas de matar sin dejar rastro...»

—Le garantizo que habrá una investigación, Tom —dijo Masi—. Y por esa misma razón, tengo que pedirle que no abandone Tremonte en las siguientes semanas. Informaré sobre esos pasos que usted dice haber oído. Rastrearemos todos esos andamios uno a uno en busca de alguna huella. Y en cuanto a la historia de Warwick, parece que todo orbita alrededor de esa «prueba» que no tiene ni forma, ni peso, ni color. No hay mucho más que hacer si no aparece. ¿Entiende lo que le digo?

Masi salió y entró una enfermera con el almuerzo. Media hora más tarde aparecieron Stelia y Elena con flores y chucherías. Al parecer, ya habían hablado con el detective y estaban al tanto de todo.

—Deberías estar en Londres... Gracias por quedarte.

—Vamos, Tom, ¡pues claro! Oye, ese anónimo... ¿Acaso era aquel sobre manila que alguien coló anoche bajo la puerta de nuestra casa?

—Sí. Pensaba que había disimulado mejor.

—Digamos que nunca ganarás un Oscar como actor. Anoche se te había caído la sangre a los pies después de abrir el sobre. En realidad, pensé que ya me lo confesarías cuando volviera de Londres.

—¿Has visto la foto?

—Sí. Es un retrato que papá me hizo la semana en la que me casé con Sam. Había dos copias de esa foto. Una está en París, en mi casa, la otra, en un álbum de papá. Quizás el chico la sacó de allí. Masi nos ha contado lo de sus huellas en la puerta del estudio. También su idea de que todo era un montaje para chuparnos la sangre.

Me quedé un segundo en silencio. Parecía que a Elena le cuadraba la teoría del Warwick estafador.

—¿Tú qué opinas, Stelia?

Nuestra amiga se había sentado en el colchón de la otra cama, que estaba vacía. Había abierto la caja de chocolates y se había llevado uno a la boca.

—El chico tenía un historial de granuja de baja estofa, sí, pero lo cierto es que Bob compró ese revólver de forma ilegal. ¿Para qué? Quizá quería protegerse de algo. Eso está claro.

Elena estaba sentada en el butacón de los visitantes. Cruzó las piernas nerviosamente.

—Pero ¿por qué no me avisó a mí? A fin de cuentas, yo parezco ser el objeto de la amenaza.

—Quizá no quería preocuparte —dije yo.

—O quizá los anónimos eran una forma de decirle: «Mantén tu boca cerrada» —continuó Stelia—. Si es que la historia de Farrell es cierta, y tu padre había descubierto algo...

Se hizo un silencio.

—Lo siento, pero todo eso me parece demasiado fantasioso —dijo Elena—. Papá había sufrido un robo el año pasado. Alguien entró en su estudio y se llevó un retrato. Por eso montó el sistema de alarma. Quizás el revólver era otra medida de seguridad. Todo lo demás, esta historia de la conspiración... es como una novela. Si papá sabía algo o estaba en peligro, ¿por qué no se largó de aquí?, ¿por qué no se lo confió a nadie? ¿Se quedó aquí esperando a que alguien lo matara? No tiene demasiado sentido.

—No, realmente no tiene mucho sentido —dije—, o al menos tiene un sentido que ahora no podemos ver.

—Yo creo que Warwick estaba jugando con nuestros sentimientos y nuestras dudas... Y aunque me apena lo ocurrido, me parece que el chaval se había ganado su reputación. Vagaba por Europa desde hacía años, haciendo chanchullos para sobrevivir. Aquí en Tremonte repartía drogas a domicilio. Vamos, un cuadro.

—Eso es así, pero os puedo asegurar algo —dije—: a menos que Warwick fuera un actor excelente, anoche estaba asustado. Era como si supiera que lo estaban siguiendo. Quizá sí que intentó chantajear a alguien...

—¡Eso es! —dijo Stelia, como si se le hubiera ocurrido una idea brillante.

—¿El qué? —preguntamos Elena y yo casi al tiempo.

—Puede que intentara chantajear al asesino. Pero quizá se dio cuenta de que se había metido en un lío demasiado grande y por eso quería largarse.

Aquello encajaba.

—Podía querer largarse por otras mil razones —dijo Elena entonces—. Masi te ha dicho que el chico estaba metido en salsas muy espesas... ¿Qué clase de persona sabe dónde comprar un revólver ilegal? Esa gente siempre está rodeada de problemas.

En ese instante pensé que Elena se resistía demasiado a creer en la teoría de la conspiración. ¿Quizá porque era demasiado dura de tragar? Ya es suficiente con que tu padre haya muerto como para enterarte de que quizás alguien lo mató.

—En cualquier caso, hay algo que quiero comprobar —dije—. Warwick me dijo que había encontrado algo que Bob tenía escondido. Parece que la fotografía estaba allí también. ¿Elena, te suena que tu padre tuviera alguna caja fuerte o algo por el estilo?

—No, al menos que yo sepa. Y tampoco hemos encontrado nada estos días, y eso que hemos rastreado la casa en busca del teléfono.

—¿Sigue sin aparecer?

—Quizá se lo llevaron las olas —dijo Stelia.

Elena se levantó.

—De todas formas, hemos seguido el consejo de Masi y nos hemos puesto en contacto con la compañía de teléfonos. Nos darán todo el registro de llamadas de papá durante los últimos meses. Quizás eso pueda arrojar algo de luz..., aunque me temo que no será el caso.

Me dieron el alta esa misma tarde. Tendría que llevar el pie con un vendaje de tensoplast durante quince días, y tomar analgésicos, pero por lo demás estaba listo para largarme de allí.

Elena había venido en el coche de Bob, un Mercedes de color crema que había estado aparcado fuera de Villa Laghia todo ese tiempo. Condujo ella y yo iba en silencio, como si tuviera miedo de abrir la boca y terminar hablando de ese tema otra vez.

Entonces llegamos a Monte Perusso y tomamos aquella carretera que también conectaba con Laura Ville. La misma en la que yo había tenido un accidente unos días atrás. Aquel accidente, a la luz de los nuevos acontecimientos, cobraba un sentido siniestro que me hizo revolverme en el asiento.

—¿Puedes parar un segundo? —le dije a Elena—. Creo que me estoy mareando.

Elena frenó junto a una vieja torre en ruinas en Monte Perusso. Había un banquito entre los olivos, en la falda de la colina, en el que los caminantes se solían sentar a descansar y ver el final del día. Ella me ayudó a llegar hasta él.

—¿Mejor?

—Un poco.

El sol se acercaba al horizonte y el cielo estaba cubierto de una redecilla de nubes muy finas que se iban tiñendo de un color tornasolado.

—Escucha, Elena. Sé que todo esto es un asunto feo y amargo, pero tenemos que contemplar la posibilidad de que haya ocurrido un asesinato.

—¿Que alguien mató a mi padre? ¿Te refieres a eso?

—Puede ser. Incluso que ese asesino todavía ronde por aquí, buscando eso que Warwick tenía. Que tu padre tenía.

Ella se quedó callada, con los ojos puestos en el océano.

—Tom, ¿recuerdas cuando murió tu padre?

—Bastante bien —respondí.

—¿Recuerdas cómo os afectó aquello?

Claro que lo recordaba. Mi madre se negó a aceptarlo durante el primer día. Ni siquiera quería entrar al dormitorio para verlo. Sencillamente estaba en estado de *shock*, sentada en la cocina y diciéndole a todo el mundo que hicieran el favor de llamar a un buen médico que pudiera despertar a mi padre. Mi hermana y yo, deshechos, pensamos que quizás había perdido el norte.

—Tu madre también empezó a decir que faltaba dinero, ¿no? Que los bancos se habían quedado con cosas.

—Sí. Mamá dijo que había más dinero en alguna parte. Papá llevaba todas sus cuentas él solo, sin abogados ni asesores. Ninguno sabíamos nada, realmente.

—¿Y qué pasó?

—Tuvimos que olvidarlo. No había pruebas de que ese dinero existiera. El psicólogo dijo que era una reacción propia de la ansiedad.

—Exacto. Y esto ¿no te resulta familiar? Toda esta teoría de la conspiración de Stelia y tuya.

—Pero...

Ella no me dejó hablar.

—Le he pedido a Stelia que, por favor, aparque el tema. Ahora te pido a ti lo mismo. Sencillamente, es demasiado doloroso oírlo una y otra vez. Si papá descubrió algo, o fue asesinado, no quiero saber nada a menos que haya una prueba sólida. Y la policía, expertos que se dedican a ello todos los días del año, ha dicho que no hay nada.

—De acuerdo —admití—, no volveré a tocar este tema.

—No solo eso... Por tu propia salud, Tom, prométeme que te dedicarás a curarte, a tomar el sol. Ensaya y toca en el Mandrake. Dile a Francesca que te enseñe a hacer pizzas, ¿no es lo que siempre has querido? Por favor, yo necesito que al menos tú y la casa estéis en paz. Lo necesito, Tom. Al menos durante unos días.

—Prometido —dije—. ¿Cuándo te vas a Londres?

—Creo que por el momento no me moveré. El viaje a Londres puede esperar, y tú también necesitas que te cuiden.

—Yo sé cuidarme.

Pero ella insistió en que pospondría el viaje dos o tres días. En el fondo me hacía feliz que sintiera el impulso de estar a mi lado.

Lo que ninguno de los dos sabíamos es que ella iba a cambiar de opinión en menos de cuarenta y cinco minutos.

2

Volvíamos conduciendo ya de noche, con los faros encendidos, cuando enfilamos la carretera de entrada a Villa Laghia. Y allí parecía que alguien había montado un parque de atracciones. Una veintena de personas en la puerta bloqueaba las aceras. Tres o cuatro focos encendidos apuntando con toda su potencia al muro de la villa. Gente hablando por sus teléfonos. Había incluso un tipo sirviendo cafés de un termo.

Todo lo que se nos ocurrió decir fue: «¿Qué coño ha pasado?»

—Espera —le dije a Elena—, frena el coche.

Ella lo hizo. Estábamos a unos quince metros de aquella marabunta y algunos de aquellos *paparazzi* ya se habían percatado de nuestra presencia.

—Llamaré a Mark, quizás él sepa de qué va todo esto.

Sacó el teléfono de su bolso y descubrió que tenía un montón de llamadas perdidas. Stelia. Mark. Incluso su ex, Sam. Y además de eso, unos cuantos números que no conocía.

—Lo he tenido en modo silencio toda la tarde y no me he enterado de nada. ¿Qué habrá pasado?

—Pues creo que vamos a enterarnos muy pronto.

Alguien golpeó en el cristal del Mercedes: una chica rubia con una sonrisa muy bonita y un traje de chaqueta y falda muy corta.

—¿Tom? ¿Tom Harvey? ¡Y es Elena Ardlan también!

Casi como un reflejo, bajé la ventanilla. Mientras lo hacía, me di cuenta de que había un tipo con una cámara allí fuera. Nos encañonó con un foco de luz. La chica metió el micrófono en el habitáculo y casi me lo hace comer.

—¿Qué puede decirnos sobre la muerte de Warwick Farrell? ¿Es verdad que hay sospechas de que se trata de un asesinato premeditado? ¿Es cierto que Farrell poseía una información misteriosa sobre Bob Ardlan? ¿Puede usted confirmar que...?

Elena ni siquiera le dio tiempo a terminar esa última frase. Soltó el freno, pisó el acelerador y enfiló directamente hacia la muchedumbre que había comenzado a subir la cuesta como un batallón de zombis.

—¡Elena, pero qué haces!

—Apartarlos —dijo ella mientras apretaba la bocina con la mano.

La recua de periodistas, cámaras y guapos presentadores de televisión se echaron a un lado asustados, gritando e insultándonos en varios acentos de inglés e italiano. Vi las furgonetas de varios medios británicos y estadounidenses. Joder, la prensa había caído sobre nosotros y yo me preguntaba quién coño había hecho saltar la liebre.

Elena salió del Mercedes a toda prisa, lo rodeó y vino a abrirme la puerta. Mientras tanto, los periodistas se habían recobrado del susto y se arremolinaban en torno a nosotros.

—¡Señorita Ardlan, señorita Ardlan, señor Harvey...!

¿Son ciertos los rumores de que pudo existir un crimen? Señor Harvey, ¿qué fue lo que aquel muchacho le dijo antes de morir?

Elena me ayudó a apearme mientras una ráfaga de flashes nos acribillaba por todas partes. Abrimos la verja y nos colamos en el interior de la casa.

Solo cuando estuvimos a salvo dentro, otra vez, al unísono, exclamamos:

—¡Pero qué coño ha pasado!

Al menos, Villa Laghia nos recibió en silencio. Elena se apresuró a correr las cortinas del salón y las habitaciones y yo inspeccioné el jardín desde la terraza. Parecía que esos ávidos vampiros chupanoticias no se habían atrevido a saltar la valla de la propiedad. Luego vi que Elena respondía una llamada de teléfono. Pude entender que se trataba de Heargraves.

—Estamos en Villa Laghia y esto está lleno de periodistas. Están hablando de un asesinato. ¿Qué es lo que pasa?

Mark debió de indicarle algo y Elena me hizo un gesto para que la siguiera al salón. Allí buscó entre los almohadones y dio con el mando a distancia del televisor. Después me lo pasó.

—¿Puedes buscar SKY o BBC? Mark dice que lo están poniendo ahora mismo.

Pasé algunos canales hasta que di con la clásica estampa del presentador encorbatado en un estudio de televisión posmoderno. El tercio inferior de la pantalla mostraba una pregunta: «¿Un asesinato disimulado como un accidente?»

Se puede decir que algo huele terriblemente mal en la muerte de Warwick Farrell, el tercero de los hijos del empresario Ted Farrell, anoche en una villa de Salerno, propiedad del también recientemente fallecido Bob Ardlan.

Las versiones sobre su muerte se contradicen incluso dentro de la misma policía. Mientras esta mañana los medios locales hablaban de un «allanamiento que terminó en tragedia», esta misma tarde se filtraban nuevos datos que indican que Farrell pudo haber intentado hacer chantaje a la familia del famoso pintor, para quien el joven norirlandés había trabajado una temporada como aprendiz. A todo este pequeño embrollo hay que añadir las circunstancias, cuando menos extraordinarias, de su accidente.

Nuevas filtraciones indican que Warwick Farrell aseguraba conocer detalles reveladores sobre la muerte de Bob Ardlan. Estos detalles asociarían el suicidio del pintor con una bella modelo, Carmela Triano, con la que Bob Ardlan habría mantenido relaciones sexuales en el pasado. La modelo había aparecido ahogada en una playa cercana durante ese verano.

—¡Pero es todo mentira! —gritó Elena—. ¿Cómo pueden decir semejantes mentiras?

—La verdad o la mentira no importan en estos casos —reflexioné en voz alta—, la prensa está escribiendo su propia historia y la gente solo lee titulares.

Sonó el timbre. Mark acababa de llegar en un taxi y nos explicó que había logrado atravesar la barrera de periodistas sin decir palabra. En cuanto entró, nos atrincheramos los tres en la terraza de Villa Laghia.

—Los medios tienen olfato y han olido una noticia. Es su

trabajo y no podemos oponernos a ello, pero hay que intentar que todo esto no juegue en nuestra contra. Tom, ¿qué hay de cierto en la historia del chantaje?

—Esa es una teoría de Masi y no se trata de un chantaje, sino de una estafa, si queremos llamarlo de alguna forma. Warwick apareció diciendo que tenía cierta información importante sobre la muerte de Bob. Antes de desvelar nada más, aquel andamio nos cayó encima.

—Dicen que el chico estaba planeando largarse.

—Correcto. Me pidió tres mil euros a cambio de la información. Aseguraba que Bob se los debía.

—Eso es falso, créeme. Bob estuvo a punto de denunciarlo por hurto.

—He oído hablar de eso.

—Para mí está muy claro, y las huellas en el estudio no dejan lugar a dudas. Emitiremos una nota de prensa en la que lamentamos la muerte del chico, pero dejaremos muy claro que había abusado de la confianza de Bob, y que más tarde hizo un intento deshonesto por conseguir un dinero que no merecía. Elena, espero que esto te parezca lo correcto.

Elena asintió en silencio. Estaba como ida.

«Por supuesto —pensé—, debe de estar aturdida. Súmale este montón de periodistas al marrón que ya tenía encima.»

No obstante, no pude evitar sentir una vibración extraña respecto a Mark. Estaba claro que quería proteger la imagen de Ardlan a toda costa, pero ¿quién coño le había puesto la medalla de *sheriff*?

Continuó diciendo que gestionarían el asunto desde Londres.

—Había pensado en posponer el viaje —dijo Elena— hasta que Tom se recupere un poco.

Mark se quedó un tanto contrariado por esa respuesta, pero pudo reaccionar con una sonrisa.

—Claro, por supuesto. Aunque opino que es un error, querida. Ahora mismo la prensa está rabiosa por conseguir una imagen tuya y ponerla en sus titulares. ¿Has visto todas esas cámaras de ahí fuera?

—Estoy de acuerdo —opiné—. Si ya tenéis el viaje organizado, es mejor que lo hagas: es un gran momento para desaparecer de aquí.

Elena dijo que lo pensaría, pero los acontecimientos se iban a disparar. Al cabo de cinco minutos, Mark recibió una llamada telefónica. Alguien le avisó para que sintonizara la RAI 1.

Era la grabación de nuestra abrupta llegada esa noche a Villa Laghia. El Mercedes de Bob, conducido por Elena, acelerando y apartando a los periodistas como si fueran moscas. Y Elena saliendo del coche a toda velocidad, con la actitud de un *bulldozer*. El subtítulo decía:

Elena Ardlan intenta disolver violentamente a los periodistas.

—Mierda —dijo Elena.

—Esto no nos favorece —dijo Mark.

Y era verdad. Aunque no tuviéramos nada que ocultar, la prensa comenzaba a dibujar su propia historia. Y como todas las historias jugosas, se trataba de una bien oscura.

Finalmente, Elena cedió en cuanto al viaje y dijo que deseaba irse a dormir. En vez de su habitación, eligió el dormitorio de Bob para evitar las ventanas que podían estar vigiladas por los *paparazzi*. Mark también se quedaría a pasar la noche. Al día siguiente, Luigi, el marido de Francesca, los conduciría a Salerno a bordo del *Elena*, de forma que no tendrían que vérselas con los periodistas.

Yo me había pasado la tarde durmiendo, por lo que no tenía demasiado sueño. Y como a Mark todavía le quedaba algo de tabaco en su pipa, ocurrió que nos quedamos a solas en la mesa del jardín. Era una ocasión de oro para sacar cierta conversación que venía queriendo mantener desde el día anterior.

—Oye, Mark, ¿puedo hacerte una pregunta un poco delicada?

—Oh, depende, chico. ¿De qué se trata?

—Bueno, verás. Desde que he empezado a rascar en la historia de Bob, parece que no dejo de sacar cera. La historia de Carmela, ahora Warwick y la supuesta conexión de Bob con todo eso... Y también hay un rumor sobre ti.

—¿Sobre mí?

—Sí. ¿Iba todo bien entre Bob y tú últimamente? Me refiero a lo profesional.

Noté el efecto que le hacía la pregunta, y no fue nada bueno. Su rostro me observó desde la oscuridad y pude distinguir el fuego de su mirada.

—¿No crees que estás siendo un poco entrometido, Tom? ¿A qué vienen estas preguntas? ¿Eres el nuevo detective de la familia?

—No te quiero molestar, Mark, pero he oído algún rumor de que Bob..., bueno, de que habíais tenido algún que otro problema. Él estaba pensando en romper vuestro contrato.

—¿Quién ha dicho semejante cosa?

—Me temo que no puedo desvelar eso.

—¿Stelia? —dijo de pronto.

Y yo no pude evitar un gesto delator.

—Sí, ¡claro que ha sido esa vieja cotilla, no hace falta que me respondas! Y sé perfectamente a qué se refiere.

»Verás... En todas las relaciones marchante-artista hay momentos, ¿vale? Arriba y abajo. Y es verdad: hace unos meses Bob y yo tuvimos un enfrentamiento. Él nunca se hacía cargo de nada. No miraba sus cuentas, decía que sí a todo. Yo tengo poderes para firmar en su nombre, precisamente porque él ni siquiera se dignaba venir a Londres a hacerse cargo de ciertas cosas. "Hace mucho frío en Inglaterra", solía decir. Así que hace unos meses le comenté ciertas ideas de inversión y él las aceptó.

»Después una cosa salió mal y se enfadó conmigo. Sé que se lo contó a Stelia, porque ella tiene el pico de oro y anduvo echando pestes sobre mí. Tenemos muchos amigos en común, ¿sabes? Incluso le sugirió cambiar de marchante. Ella misma contactó a Tanmoy Chaterij, el representante de Sam Jackson. Pero resulta que Tanmoy vino a verme a Londres, preocupado, diciendo que Stelia andaba metiendo cizaña sobre mi persona. Joder, la tía debía de pensar que era el ombligo del mundo. Siempre quería ser la amiga importante de Bob, ¿sabes? Tenía ese complejo de "esposa" de Bob.

Eso encajaba con lo que Stelia me había contado. Incluso lo del complejo de «esposa».

—Bueno, eso puede ser. Pero supongo que si Bob hubiera rescindido su contrato contigo, te habría hecho bastante daño, ¿no, Mark?

Él dio un par de chupadas a su pipa, pero esta se había agotado.

—No lo ocultaré: Bob era la gallina de los huevos de oro. Yo lo descubrí, eso no significa que me debiera ninguna lealtad, pero...

—Pero al final Bob no lo hizo, cambiar de marchante, ¿por qué?

—No lo sé. De un día para otro se le olvidó el asunto. Y yo no volví a recordárselo, claro. Así era él. Supongo que se dio cuenta de que en realidad no podía quejarse de las cosas que no quería controlar. Aunque hizo ese viaje a Londres del que no quiso contarme nada... pero yo lo descubrí por casualidad.

—¿Un viaje a Londres?

Mark asintió.

—Sí, una cosa repentina. A mediados de mayo de este año. Le llamé para hablar de un asunto y Francesca me dijo que el señor había salido con lo puesto a coger un avión. Ella había visto la reserva impresa en la cómoda de la entrada y sabía que había ido a Londres. Por eso me preocupé... Siempre que Bob venía a Londres me llamaba para cenar. Así que pensé que quizá Bob iba a reunirse con Chaterij y no me había dicho nada... Pero ¿en qué estáis pensando? ¿De verdad buscas sospechosos de la muerte de Bob?

—Dadas las circunstancias, no creo que sea ninguna locura.

—En ese caso, te diré dos cosas: la primera, la noche en que Bob murió yo estaba cenando en el club Winthorpe con dos amigos. Supongo que eso me excluye de la lista de sospechosos.

No dije nada.

—Y la segunda: pregúntale a Stelia por cierto préstamo que Bob le hizo para montar su residencia de artistas. Y también que te hable de la vez en la que amenazó a Bob con matarlo.

—¿Qué?

Mark sonrió diabólicamente.

—Vaya, veo que Stelia es muy buena contando secretos de los demás, pero no habla mucho de los suyos. Pregúntale por ese Ardlan que tiene en su casa, quizá saques algo interesante para tu investigación, Poirot.

Mark y Elena se habían retirado ya, pero yo era incapaz de dormir.

Estaba como los Beatles, en la noche de un día de perros. Hacía menos de veinticuatro horas había visto morir a un hombre, y yo mismo había recibido un buen zarpazo. Pero todos llevamos un laboratorio químico sobre los hombros, y el mío había estado segregando dosis de adrenalina, serotonina y Mantente-En-Pie-tonina toda la tarde hasta que al viejo doctor chiflado de mis glándulas se le debieron de acabar los trucos.

Me tumbé en el salón, a un brazo de distancia del tocadiscos, y desenfundé el *Stan Getz Plays* que yo mismo había regalado a Bob hacía años. Todavía podía leer la dedicatoria que había escrito en la carpeta: «Fue uno de mis primeros discos de jazz y es como regalar un trozo de mi hogar a alguien.»

Lo puse muy bajito y el sonido del saxofón tenor inundó el salón en *Stella by Starlight*, Norgran, 1955. El hombre que hizo que quisiera dedicarme al jazz. De niño, mi padre solía dormirme con ese disco y, de pronto, me acordé de una cosa que solía decirme:

«Tommy, eres un chico recto pero eres un poco holgazán;

a menos que algo consiga encender tu curiosidad, no te interesas por nada. Pero eso sí, si quieres algo te conviertes en un monstruito obsesivo. No paras hasta conseguirlo.»

Es cierto, de niño podía no comer nada en un día, pero a la noche me despertaría y devoraría seis manzanas. O me obsesionaría con aprender a tocar un saxofón. O me enamoraría de una chica inalcanzable. ¿También me estaba obsesionando con todo este asunto? ¿Estaba yendo quizá demasiado lejos? Daba igual la respuesta. Al día siguiente me despertaría y volvería a hincar el diente en la misma manzana. Lo sabía. Tenía que ocurrir algo verdaderamente gordo para desviar a Tom Harvey del objetivo que se marcaba. Y, por el momento, parecía que una muerte provocada en mi presencia no era suficiente.

La noche se me echó encima. Me sumergí en una galaxia en la que lo único tangible era el saxo de Stan.

En mi sueño, yo me despertaba en el sofá. Me rodeaba la noche, una luz de luna que se colaba por la ventana, un silencio atroz.

Me preguntaba si los periodistas estaban todavía acampados fuera, pero no podía ni siquiera moverme. Estaba congelado. Como esas veces en las que te despiertas dentro de un cuerpo muerto. No podía mover ni un dedo, solo mirar hacia delante. Al cuadro.

La *Columna del hambre Número Uno*.

Y de pronto, en él, algo comenzaba a moverse.

Los niños caminaban. Sí, caminaban hacia delante, como si el lienzo fuera la pantalla de un televisor y ellos estuvieran avanzando hacia la cámara. Entonces veía sus pequeñas manitas sobresalir por el marco, como si se estuvieran agarrando a él. Y saltaban fuera. Los oía caer en el suelo, como sapos en un día de lluvia.

Ahora tenían tres dimensiones. Eran seres de carne y hueso. Carne quemada, eso sí, y huesos agujereados por las balas. Avanzaban como arañas, rápidas, oscuras, por las sombras del salón y se apostaban a los lados de las ventanas. Podía ver sus siluetas recortadas. Cuerpos devastados. Doblados. A los que les faltaban extremidades.

Les gritaba, con mi poca fuerza, que se fueran, que me dejaran en paz.

Pero por toda respuesta, ellos comenzaban a acercarse. El chico alto, los gemelos, el chico sin boca, solo con una sonrisa eterna provocada por un machetazo. Llegaban hasta mí, y yo, tumbado e inmóvil, solo podía esperar lo que quisieran hacerme.

Recuerdo el olor a quemado que me rodeaba. Su pelo que parecía caramelo tostado y sus pequeñas manos, carbonizadas, que apenas dibujaban tres o cuatro dedos en el mejor de los casos.

Se quedaban quietos a mi alrededor, mirándome.

«¿Qué es lo que queréis?», preguntaba yo.

Ellos no respondían, no hubieran podido hacerlo sin tráquea, sin lengua. Pero parecían estar esperando algo de mí.

3

—Pero ¿crees que hubo un triángulo sexual entre Carmela, Warwick y Bob Ardlan? ¿Algo así como un juego dantesco que terminó en tragedia?

La presentadora del magacín matinal de la televisión era una de esas rubias platino con mil implantes. En la tertulia participaban, además, dos de esos rimbombantes invitados capaces de discutir sobre cualquier cosa: cambio climático, elecciones en Estados Unidos o el último escándalo sexual de una *celebrity*.

—Se rumorea que Bob Ardlan tenía una vida libertina, ¿sabes? Algunas modelos suyas han admitido que él solía intentarlo —dijo haciendo el gesto internacional de las comillas— después de sus largas sesiones de trabajo. No me extrañaría que esa pobre chica, Carmela Triano, hubiera caído víctima de esas atenciones.

—Entonces, ¿cuál es tu teoría, Carla?

—Yo creo que hay algo oscuro en todo esto. Quizá Bob

estaba de alguna manera relacionado con la muerte de esa chica, Warwick lo sabía y pudo intentar chantajear a la familia. Y, bueno, ese andamio fue realmente oportuno, ¿no?

—Oh, Dios mío, parece una novela de Agatha Christie. Creo que no teníamos un caso criminal tan excitante en Italia desde Amanda Knox.

—Cierto. ¿Y crees que la huida de Elena Ardlan puede tener algo que ver con todo esto?

—Clarísimo. Ella reaccionó de una manera tan violenta anoche, con los medios... Hay dos periodistas heridos porque tuvieron que tirarse al suelo. ¿No es la reacción de una persona acorralada? Yo creo que sí. Y lo que no entiendo es cómo la han dejado irse del país.

«Elena Ardlan abandona Tremonte por sorpresa», rezaba el titular a pie de pantalla.

Apagué el televisor. Ya fuera por los calmantes o por la tertulia, el estómago se me estaba revolviendo. Y eso que ni siquiera había desayunado.

Mark y Elena habían escapado de madrugada, a bordo de la lancha, pero un *paparazzo* del *Daily Mail* se los había cruzado por casualidad en el aeropuerto de Nápoles y las fotos habían llegado como el pan fresco de la mañana. A pesar de ello, la muchedumbre de periodistas seguía apostada junto a la verja de Villa Laghia. Quizás esperaban que sucediera algo más. Otro muerto sería genial.

A las once escuché ruido fuera. Vi que había algo de acción y sonó el timbre. Francesca corrió a abrir. Yo estaba tumbado en el sofá, con la pierna apoyada en un cojín bien grande y una jarra de limonada a un lado. Mi Selmer en el suelo. Había decidido aprovechar para ensayar un montón.

Escuché a Masi decir buenos días. Después apareció por el salón. Tenía cara de cabreado.

—¿Quiere limonada?

—Así que es verdad que se han marchado.

—Sí —respondí—, de madrugada. Nadie les dijo que debían quedarse. ¿Han hecho mal?

Masi respondió que eso dependía. Quería saber quién había sido el origen de la filtración a la prensa. Alguien —eso estaba claro— había contado a los periodistas la historia del anónimo de Farrell y su intento de estafa.

—He desayunado con un chorreo mayúsculo de mi jefe, Pucci, a quien le ha despertado el fiscal para echarle otro. ¿Quién ha sido?

—¿Por qué piensa que hemos sido nosotros, Masi? Quizá debería buscar usted entre su propia gente.

—Lo investigaré —prometió—, pero estoy bastante seguro de Pucci, que era el único que había tenido acceso a su declaración. Y a ninguno de los dos nos gusta que nos pisen el callo, ni por unos miles de euros.

Eso era cierto, pensé, ¿Qué poli se complicaría la existencia de esa manera? No había cosa que más le gustara a la prensa que buscar culpables y poner a los polis a bajar de un burro, sobre todo si se trataba de los polis de otro país.

Bueno, Masi me creyó solo a medias y me pidió por favor que fuéramos herméticos con los periodistas. Después sacó la declaración transcrita y me pidió que la revisara antes de firmarla, cosa que hice.

Se sirvió limonada y aceptó mi invitación a fumar.

—También he venido a decirle que tenemos algunos resultados de la investigación en el monasterio —dijo Masi—. Parece que hay algo raro en la manera en la que el andamio perdió sus sujeciones. Hay un perito de la empresa revisándolo ahora mismo. Es un detalle difícil de determinar.

—O sea, que volvemos a tener un extraño accidente entre manos.

Masi resopló, asintió con la cabeza.

—Bueno, en teoría yo no puedo preguntarle nada sobre el caso, se lo he prometido a Elena.

—¿Por qué se lo ha prometido?

—Ella dice que me estoy obsesionando con la idea de una conspiración. Me ha pedido que pare, que me relaje y que toque el saxo.

—¿Y lo hará?

—Pienso hacerlo, pero antes quiero hacerle una pregunta, si no le importa. Algo que se quedó en el tintero hace días.

Masi se rio.

—Va a enfadar usted a su *bella*... pero, en fin, dígame lo que quiere saber y yo le diré si puedo contárselo.

—Me gustaría saber cómo fue la investigación sobre la muerte de Carmela Triano. Me he enterado de que investigaron a Nick Aldrie, ¿verdad? ¿Hubo algún otro sospechoso?

Masi fumó y bebió limonada. Supongo que procesaba en su cabeza lo que debía contarme.

—Hubo una corta investigación, sí, solo porque había un par de cosas raras en todo el asunto. Ya le dije que el lugar de la aparición del cadáver no correspondía perfectamente con la lógica de las corrientes. A menos que Carmela hubiese nadado muchísimo mar adentro. O que alguien la hubiera llevado a bordo de un barco.

—O de un yate —dije yo—. Como el *Jamaica* de Aldrie.

—Es cierto que fuimos a interrogar a Aldrie. Se puso furioso y nos echó de su casa, pero después su abogado lo tranquilizó, hizo una declaración y todo estaba en orden. Veinte personas estaban con él cuando murió Carmela.

—Y ¿qué hay de ese coche que recogió a Carmela tras la fiesta? ¿Llegaron a saber algo al respecto?

—Vaya, veo que está usted investigando a fondo, Harvey. ¿No será cosa de esa escritora?

—Bueno, Stelia me ha contado todo eso de la fiesta —dije—, solo me gustaría poner todos los puntos sobre las íes.

—De acuerdo, no hay nada malo en decir lo que ya sabe todo el mundo. El coche nunca pudo ser identificado.

—¿Investigaron a alguien en la casa de Rosellini?

—Hicimos una buena ronda de preguntas. Varios invitados de la fiesta, el propio Rosellini... Nadie llegó a ver el coche o al conductor. Y por si le interesa, Bob Ardlan también fue investigado.

—¿Bob? Pero ¿estaba en la fiesta?

Masi negó con la cabeza.

—No, pero la mañana en la que encontramos el cadáver de Carmela..., bueno, podría decirse que Bob fue el sospechoso número uno durante unas horas.

Se me había empezado a secar el gaznate, pero por nada del mundo hubiera interrumpido a Masi en ese instante.

—Era el 22 de junio —continuó el detective—. La primera llamada de auxilio vino desde la casa de los Wells, en Rigoda. Enviamos una patrulla y una ambulancia. Cuando se estableció que la chica estaba muerta, se llamó al juez. Parecía un accidente. Se la llevaron al centro forense en Salerno. Y Bob llegó a la comisaría sobre las nueve de la mañana, algo así, fue entonces cuando lo vi por primera vez. Estaba fuera de sí. Su actitud... me resultó extraña.

—¿Extraña?

—Sé reconocer los estados de ánimo de las personas. El de Bob era de una intensa perturbación, rozaba la culpa, ¿sabe? Yo estaba con mi sargento, el detective Pucci, y nos miramos como diciendo: «Aquí hay algo más.» Por eso le retuvimos un rato. Queríamos hacerle un par de preguntas, ya sabe, pinchar el globo a ver qué salía.

—¿Y salió algo?

—Nada. Después apareció un abogado que su marchante había enviado y lo sacaron de allí..., pero si quiere que le sea honesto, Pucci y yo llegamos a pensar que había algo más. Era como si Bob estuviera demasiado desesperado por aquella muerte. Como si ocultara algo. Pero claro, eso no tenía demasiado sentido. La autopsia enseguida determinó que la chica había muerto en alta mar, ahogada, sobre las tres de la mañana... ¿Para qué iba a dar Bob la voz de alarma si hubiera tenido algo que ver?

Recordé que Stelia ya había mencionado aquella actitud de Bob al salir ese día de comisaría.

—¿Llegaron a comprobar su coartada?

—No tenía —dijo Masi limpiamente—, aseguró que había pasado la noche pintando. Nada más. Sin testigos. Pero como ya le digo, la autopsia hablaba de un ahogamiento. No había ningún indicio de...

—... violencia, no me lo diga.

—Exacto. Así que el otro día, cuando vi el cuadro en su estudio, lo primero que me vino a la cabeza fue eso: la idea de que Bob Ardlan quizá tuvo algo que ver con la muerte de esa chica. Quizá la culpabilidad lo llevó a...

—¿Suicidarse? Bueno, ahora es usted el que teje teorías siniestras, Masi.

Se rio.

—Otra pregunta. El teléfono de Carmela. ¿Es cierto que había desaparecido?

—Sí. Bueno, eso pudo deberse a un hurto ordinario. Algún chaval de Chiasano vería las ropas en la chalupa y encontraría el teléfono. Debía de ser uno bueno, así que..., en fin.

—Pero ¿no pudieron rastrear sus llamadas o algo?

—Lo hicimos. Tenía una tarjeta prepago muy reciente y su historial de llamadas era mínimo. Aldrie y Ruth Wells, principalmente. El resto pudieron ser mensajes, pero estaban encriptados. Imposibles de rastrear.

—¿Ruth Wells? ¿La hija de los Wells?

—Sí. Creo que Carmela había sido su profesora de italiano o algo así. Se habían hecho buenas amigas. Carmela la llamó el día anterior a su muerte, al parecer para verse.

—¿Tomaron declaración a Ruth?

—Ella fue la que insistió en declarar. Vino a la comisaría y me contó una extraña historia sobre unos sueños que había tenido sobre Carmela.

—¿Qué relevancia tenían esos sueños?

—Según ella, Carmela le había enviado un mensaje desde el más allá. La chica no está muy bien de salud, ¿sabe? Sus padres opinan que su muerte le afectó mucho. Tuvo que ir a un psicólogo.

Yo pensé en mis sueños de los últimos días.

—¿Qué más le dijo?

—Ruth aseguraba que había visto cómo mataban a Carmela. Ella, al parecer, se le había aparecido en sueños y le había mostrado el lugar... Pero, oiga, Harvey —dijo Masi mirándome, en un momento en que me había quedado con la boca abierta—, ¿no irá a tomarse nada de esto en serio, verdad?

4

El detective se marchó con mi declaración firmada y yo cogí el Selmer del suelo y toqué un rato más. Cosas del repertorio de estándares que planeaba tocar con Charlie, *Stars Fell on Alabama...*, mientras le daba vueltas a esa nueva conexión. Ruth Wells, amiga íntima de Carmela, la ve aparecer en sueños..., ¿sueños como los míos?

La parte racional de mi cabeza intentó zanjarlo todo:

«Por supuesto que no existen los sueños reveladores. Eso no pertenece al mundo racional y científico, al igual que los fantasmas o las cosas raras del más allá, ¿vale?»

Mientras, mi mente fantástica e infantil se reía:

«Qué cachondo, el tío. Dice que el sueño no era revelador. Que los fantasmas no existen. ¿Y cómo demonios explicas todo esto, pedazo de ingeniero cabeza cuadrada?»

Francesca cocinó *cavatelli alla pugliese* (esa pasta que parecen granos de café). Comí con un vaso de Piedirosso cilentano, engullí un par de pastillas y concilié una dulce siesta.

Después, a las cinco de la tarde escuché un pequeño alboroto en la puerta.

Al asomarme vi a Stelia Moon rodeada de periodistas en la entrada de la villa. Pensé en ir en su ayuda, pero ella no parecía tener demasiada prisa por apartarse de las cámaras.

—Acabamos de perder a un amigo, a un padre —dijo en un tono quizá demasiado grandilocuente—, y les ruego que respeten el dolor de esta familia. Si existe cualquier indicio de delito, tengan por seguro que la policía y el entorno de Bob serán transparentes con ustedes.

—¿Cree que la muerte de Warwick puede estar relacionada con el accidente de Ardlan?

—Si es que fue un accidente —dijo otra voz.

De nuevo Francesca se encargó de salir y abrir la puerta a Stelia. Yo estaba de pie, apoyado en un bastón y miraba por la ventana. Me pareció que Stelia estaba muy cómoda bajo toda aquella atención mediática.

—Díganos su nombre, por favor.

—Stelia Moon.

—¿No es usted la escritora?

—Exacto, querido.

—¿Piensa escribir algo sobre este caso?

—Quizá lo haga.

Me fijé que iba vestida para una boda y con tanto maquillaje que parecía una Nefertiti de los tiempos modernos. Estaba claro que nuestra querida escritora estaba dispuesta a aprovechar el *momentum* mediático a su favor.

—Tenemos que seguir hablando —me dijo cuando por fin se decidió a entrar en la casa—. Toda esa gente necesita una historia.

Estábamos en el salón, ella tomó asiento en un canapé. Tenía un gran aire de satisfacción.

—Esa —dije señalando a los periodistas— no es la gente a la que quiero contarle nada, Stelia.

Creo que ni me escuchó. Seguía relamiéndose de su gran aparición.

—¿Has visto que había una furgoneta de la CNN? Dios mío, esto se ha convertido en la noticia del final de verano. Realmente. Pero ¿qué tal va tu pie? ¿Te has recuperado ya? ¿Se sabe algo más sobre el accidente del monasterio?

¿Llegué a decírselo? Ni siquiera lo recordaba bien. Pero de pronto no me apetecía compartir nada más con ella.

—¿Has hablado con la prensa? —le solté sin pensarlo demasiado.

Ella enrojeció.

—Acabo de hacerlo, querido. ¿Es que no me has visto?

—No, me refiero a la historia del posible crimen. Alguien ha filtrado mi declaración y Masi asegura que no fue él. Y solo había una persona, además de Elena y yo, que sabía el asunto del anónimo.

—Encuentro esto bastante insultante, Tom. ¿No crees que te estás pasando un poco? Creía que estábamos juntos en esto.

Apareció Francesca ofreciendo alguna bebida. Stelia pidió un Campari. Después sacó una libreta de su bolso y un bolígrafo.

—¿Qué vas a hacer? —dije señalando su cuadernito.

—Solo estoy intentando reconstruir los hechos. Es fundamental recordar. Los detalles son importantes, tanto en las historias de detectives como en la vida real. ¿Qué fue exactamente lo que te dijo Warwick? ¿Bob tenía algo escondido, una prueba?

—Hablemos de otra cosa, por favor —le dije yo—. No tengo el cuerpo para repetir esa historia.

«Y en el fondo —pensaba—, he dejado de fiarme de ti.»

—Está bien. ¿De qué quieres hablar?

—De Mark —respondí.

Dejé que ese nombre surtiera su efecto, como una piedra lanzada al centro de un estanque.

Stelia se removió en el sofá. Llegó el Campari y bebió como si tuviera una sed enorme.

—Ayer estuve hablando con Mark sobre esos supuestos problemas que tenía con Bob. Lo que tú me mencionaste, ¿recuerdas? Bueno, resulta que es cierto, tuvieron problemas, pero Mark se explicó. Dijo que todo había sido un malentendido sobre unas inversiones. A cambio, me pidió que te preguntase algo sobre un préstamo. Y también sobre un cuadro y una amenaza de muerte. ¿Amenazaste a Bob con matarlo?

Stelia enrojeció. Enrojeció tanto que pensé que iba a explotar.

—Eso son asuntos personales entre Bob y yo, Tom —le dijo—. No tienes ningún derecho a preguntarme por ellos.

—Yo creo que sí, Stelia. El otro día, cuando hablábamos de motivos, te explayaste sobre los demás. ¿Qué hay de los tuyos?

Lo siguiente que ocurrió fue cuanto menos sorprendente. Stelia bebió de un trago su Campari. Después dejó caer el vaso sobre la mesa con una fuerza inusitada. Tanta que el vaso se hizo trizas, y el cristal que protegía la madera se rajó por la mitad.

—¡Era agua pasada y Mark lo sabe! —dijo con lágrimas en los ojos—. Solo te lo ha dicho para desacreditarme. Para desviar tu atención.

Yo me había quedado frío, mirando a esa mujer pequeña y gruesa que acababa de dejar salir un pequeño demonio. No podía dejar de observar la raja que había provocado en la mesa. Además, se había hecho un corte en la mano con el vaso. Llamé a Francesca y le dije que trajera un botiquín. Cuando lo hizo, me encargué de curarle la herida a Stelia.

Le temblaban las manos.

—Escucha, Tom. Lo siento..., lo siento mucho. Necesito cada euro que puedo ganar. Lo siento.

—Tranquila, Stelia. Primero haremos que dejes de sangrar.

—Hablé con la prensa. Fui yo. Vino un tipo del *Daily Mail*. Ofrecía unos cuantos miles..., pensé que no haría daño a nadie.

No hizo falta empujarla demasiado. Mientras le envolvía la mano en una venda ella siguió confesándose:

—Debo dinero. Tuve un problema con Hacienda. Vinieron a por mí, ¿sabes? Después de años, de pronto les debía un montón de pasta. Alguien me denunció, ¿sabes? No vivo en Alemania desde hace quince años, pero tengo algunas cuentas en el extranjero..., bueno, cometí el error de no declararlo todo —hablaba de forma inconexa—. Tuve que hipotecarlo todo y aun así... Laura Ville, la casa y los terrenos. Lo quieren. Vienen a por mí. Alguien me denunció, ¿sabes? Algún hijo de la gran puta me quiere ver caer.

—De acuerdo, Stelia, pero ¿es que no tienes más ingresos? ¿Y las novelas de Laura Morgan? Pensaba que eso daba un buen dinero.

—Dejaron de gustar. ¿Sabes lo que es perder el trabajo a los cincuenta? ¿Quedarte en la estacada? No, claro que no lo sabes. Los editores ya no quieren a una vieja gloria como yo. Los jóvenes escriben más rápido, tienen miles de fans en Twitter. ¡Yo ni siquiera entiendo para qué sirve! Recurrí a Bob antes de que se cumpliera uno de los plazos con el fisco.

Me prestó un dinero para salir a flote. Eso es todo. Me dijo que no me preocupara por ello, que se lo devolviera cuando pudiese. Pero Mark debió de enterarse. ¿No has notado que ese tío siempre ha querido apoderarse de la vida de Bob?

Asentí mientras le ponía un esparadrapo. «Vaya, parece que Mark y Stelia se acusan mutuamente de lo mismo», pensé.

—Y le envenenó la cabeza diciendo que yo era una caradura. Entonces, un día, Bob vino preguntando por el dinero. ¿Cuándo empezaría a pagarle? Pero todo era cosa de Mark. Yo le había acusado de una cosa y el contraatacó, ¿no lo ves? Bob era malísimo con el dinero. Un día de pronto le daba un arranque y quería saber cuánto tenía exactamente. Y ese día más valía que cuadrasen las cuentas.

Terminé el vendaje y Stelia ya iba por su segundo Campari.

—De acuerdo, Stelia. ¿Era mucho dinero?

—Cerca de trescientos mil.

—¿Trescientos mil euros? —dije intentando que no se me notara la sorpresa.

—¡Ya te digo que fue una catástrofe! Multas, recargos... Gané mucho dinero con la serie de Laura Morgan, pero me lo gasté en la casa. Cuando el fisco apareció, yo tenía las cuentas justas para llenar mi nevera... Desde hace años sobrevivo alquilando la casa a los escritores, y con esos talleres horribles en los que no hago más que leer novelas de un montón de *amateurs*. ¡Lo odio!

—Joder, trescientos mil... —me quedé titubeando—. ¿Por qué no vendiste el Ardlan?

Stelia se rio.

—Estaba a punto de hacerlo. Lo tenía reservado como una jubilación, pero si Bob hubiera seguido presionando...

Su frase se quedó en el aire.

—Vaya, parece que esto me convierte en sospechosa, ¿no? —Sonrió—. Maté a Bob porque así me libraría de mi deuda. ¿Eso es lo que piensas?

—Tenías una coartada, ¿no?

—No es verdad. No hay coartada. Pasé la noche jugando un solitario en mi ordenador. Esa es toda la verdad, Tom. El otro día no tuve fuerzas para decírtelo. Pero ¿me crees?

Yo estaba un poco atónito.

Ella se levantó, sacó un cigarrillo de su bolso y se dirigió a la puerta.

—¿Adónde vas, Stelia?

—Me marcho, Tom. Yo... creo que tú tienes razones para desconfiar, pero esto es demasiado incómodo ahora. Siento mucho haber filtrado la historia, siento mucho el daño que os haya podido hacer.

Intenté convencerla para que se quedase, pero ella estaba claramente alterada. Dio un último lingotazo antes de levantarse, un poco mareada, y salir a la calle. Esta vez no soltó ningún *speech* y desapareció entre las cabezas de los periodistas.

Pasé el resto de la tarde dormitando y tocando, dormitando y tocando, con el regusto de esa amarga conversación que había sostenido con Stelia. Por un lado, no podía evitar sentir lástima por aquella mujer a quien la vida había dado con el codo en el último minuto. Por otro lado, Stelia Moon tenía una gran razón para que Bob desapareciera del mapa. Y la fuerza necesaria, pensé, a juzgar por ese golpe que había rajado la mesa. Pero ¿habría sido capaz de ello?

Esa noche vino Charlie Wilson a cenar. Por supuesto, había oído todo aquel ruido sobre el accidente y me había escrito un par de mensajes para saber si necesitaba algo. Le dije que un rato de buena compañía era lo que mejor podía venirme en esos momentos.

Comimos los restos del pote de pasta y nos bebimos una botella de tinto. Después salimos a la terraza y Charlie elaboró un canuto de marihuana. Fumamos mirando la Vía Láctea y recordando los tiempos en Ámsterdam, Bélgica, París..., viajando allí donde tuvieras amigos músicos con un sofá libre. Organizando bolos y viviendo con poco dinero y sin preocupaciones. Yo me daba cuenta de que había gente como Charlie auténticamente despreocupada. Gente que era genuinamente libre y que no pensaba demasiado en el mañana. Yo, en cambio, había crecido en una familia «industriosa», ¿sabes lo que quiero decir? Un padre que siempre se había preocupado de ahorrar para que pudiéramos tener una cobertura en la vida. Supongo que algo de eso se me había pegado, esa preocupación tan «moderna» sobre el dinero, la pensión...

—Todo eso es una mierda —dijo Charlie—. Un día te mueres y tienes la cuenta del banco a rebosar de pasta, ¿para qué? Mira Ardlan. Ahora todo esto será para su hija... Oye, por cierto, tú y Elena tenéis una larga historia, ¿no?

—Sí. Hace mil años la conocí en un campamento de verano. Teníamos quince y dieciocho años y nos enrollamos, pero yo me quedé muy colgado. Después el destino quiso que volviéramos a encontrarnos en París. Esa vez no la dejé escapar y me hinqué de rodillas.

Charlie se rio.

—¿Y qué os pasó?

—Bueno..., no lo sé realmente. Ella se desenamoró, creo.

Un día dijo que no estaba segura de que lo nuestro fuese por el buen camino, ¿sabes? Y no había otro hombre ni nada por el estilo. Cinco años siendo bastante felices se acabaron así, de pronto.

—¿Quizá quería tener hijos? Ese suele ser el factor muchas veces. Ella quiere ser mamá y tú solo piensas en fútbol y en beber cerveza.

—No lo creo. Ella quería hacer su carrera en el arte y jamás vino presionando con el asunto. Bueno, después de eso tuvimos un par de recaídas, pero yo decidí alejarme. Hasta hoy.

—¿Y ahora? ¿Sois amigos-amigos o hay algo más?

«Buena pregunta, Charlie», pensé.

—Eso es lo que trato de averiguar yo también. Han pasado los años y en realidad ninguno de los dos hemos vuelto a tener una pareja sólida. Ella se casó con un franchute, pero duraron un año. Y yo, bueno, en fin..., volvería.

—Así que sigues colado por ella.

—Llevo media vida colado por esa chica. ¿Nunca has encontrado una mujer que sea, sencillamente, perfecta para ti?

—Oh, Dios, creo que me va a dar un ataque de azúcar. Pero oye, Tom, tengo que serte sincero en una cosa: creo que Aldrie está también en la carrera.

—¿Aldrie? No es el tipo de Elena —dije yo—. Es un tipo demasiado obvio. Un hombre de negocios... A Elena le van los artistas desesperados y difíciles.

—Pues para no ser su tipo, he oído que el año pasado los vieron juntos por el club.

—¿Juntos? ¿A qué te refieres con juntos?

—No lo sé, el otro día estábamos viendo las noticias y una de las camareras dijo que recordaba a Elena porque Aldrie la había invitado a cenar un par de noches en su mesa especial, ya sabes, rosas blancas, velas y champán.

—¿Cuándo?

—Antes de Navidad, pero no me preguntes mucho más. Solo es un cuchicheo, quizá no fuera nada importante.

Tras despedir a Charlie, recogí los platos y lo dejé todo apilado junto al fregadero. Después pinché algo de música y me tumbé en el sofá del salón. Esa noticia sobre Aldrie y Elena me había perturbado un poco. Elena ya me había dicho que lo conocía, pero nada de cenas románticas a la luz de las velas. ¿Quizá se le había olvidado la mejor parte de la historia? Además, podía recordar claramente la sensación de que ambos se miraban con auténtica atracción el otro día en el Mandrake.

Bueno, estuve allí removiéndome e incapaz de dormir, y mi cabeza insomne se dedicó a hacer un resumen del día: la visita de Masi y aquellas sospechas sobre Bob Ardlan; Stelia y su pequeña traición, el fisco...

Entonces recordé algo que Stelia había dicho durante su visita: «Los detalles son importantes... ¿Qué fue exactamente lo que te dijo Warwick? ¿Bob tenía algo escondido, una prueba?»

Ese era un detalle importante sobre el que tenía que volver. Podía ver a ese chico, en la penumbra del monasterio, diciendo aquellas palabras: «Yo encontré algo... No iba buscando precisamente eso, pero encontré algo muy gordo que Bob tenía escondido.»

Y mi cabeza regresó a un dato que Masi había dejado caer justo antes de la visita de Stelia: las huellas de Warwick habían aparecido en la puerta del estudio.

La suma de ambas informaciones se me apareció como una bombilla parpadeante encima de la cabeza: ¿y si el escondite al que Warwick se refería estaba en el estudio?

Aquello terminó de despertarme. Me puse en pie y pensé que era una hora como otra cualquiera para registrar el estudio de Bob.

5

A las dos de la madrugada mis pasos acallaban a las cigarras, pero había pájaros nocturnos que no me tenían ningún miedo. Desde las copas de los árboles, los autillos (considerados por los romanos como portadores de malos augurios) ululaban como si quisieran avisar de la presencia de un extraño. Y en el aire había una frecuencia rara, de estrellas, olas de mar y brisa templada.

A lo lejos, por encima de los árboles, se veía un resplandor de focos. El monasterio estaba iluminado desde la muerte de Warwick para facilitar la investigación de los peritos, y también para ayudar a los *carabinieri* a mantener alejados a los periodistas que —según se sabía— habían intentado colarse para hacer alguna foto del lugar.

Un cristalero venido desde Salerno había arreglado el destrozo de la puerta del estudio. Además, habían cambiado las cerraduras y el código de la alarma, pero Elena me había dejado el juego de llaves nuevo y el código escrito en el llavero. Todo muy seguro.

Lo primero que hice fue encender las luces de ambas plantas. Una reacción nerviosa ante aquella inquietante oscuridad, como si algo pudiera estar esperándome ahí dentro.

Después intenté organizar mi registro. ¿Qué buscaba? Una caja fuerte, un tablón suelto, algo que tuviera el suficiente espacio para esconder la dichosa prueba.

Empecé revisando el sótano. Registré primero los botelleros; pero además de unas cuantas buenas botellas, no parecían albergar nada del otro mundo. Intenté también mover alguno de esos grandes anaqueles, quizá con la esperanza de que la pared de ladrillos ocultase alguna pieza suelta, pero las viejas maderas parecían estar firmemente ancladas en el suelo, que por otra parte era de hormigón. Allí no podía ocultarse nada más grande que una cajetilla de tabaco.

Los seis ventanucos (tres en la fachada principal y tres en la posterior) también fueron objeto de mi exploración, ya que formaban una repisa de quince centímetros y en alguno de ellos Bob había dejado cosas como libros, paquetes de tabaco o incluso un pequeño tiesto con una flor muerta hacía mucho tiempo.

Finalmente, llegué a aquel gran armario de estanterías que ocupaba la pared del fondo. No tenía demasiadas esperanzas puestas en él, ya que las baldas eran de una profundidad escasa, y de un simple vistazo uno podía ver que no había más que libros, botellas y una confusión de trastos propia de un afectado por el síndrome de Diógenes. Bueno, me pasé cerca de media hora revolviéndolo todo sin mejores resultados.

Subí después a la primera planta y, ya un poco más aburrido, miré debajo de cada sofá, levanté las alfombras y aparté los muebles pegados en las paredes. Claro que había cosas escondidas: una infinidad de viejos y polvorientos objetos que el mismo Bob seguramente había olvidado allí por alguna razón.

Cansado y un poco desmotivado, me senté en un taburete frente al cuadro de Carmela. Fumé mientras la pintura me arrastraba hacia ella. Aquel bello cuerpo pálido, terso..., muerto. Después estaba la extraña casa de color rojo en lo alto del acantilado, sumida en unas brumas. La casa de los Wells.

¿Podía haber un significado en el cuadro? Algo, como un mensaje, una insinuación. Carmela muerta sobre la arena, mirando fijamente hacia delante. Sus manos medio hundidas... ¿Quizás era eso lo que Warwick encontró? ¿Esa era la prueba de la que hablaba? Estaba claro que estuvo en el estudio. Entró en busca de otra cosa, según me dijo. ¿Qué cosa?

Un ruido desvió mi atención entonces. Una especie de sonido mecánico como un *rr-siff-rr-siff*.

Ocurría fuera, en el terreno del estudio, y por un instante pensé en un aspersor. Pero sonaba extrañamente cerca, como si estuviera dentro.

Rr-siff-rr-siff.

Al girarme vi a alguien en la ventana. Había un tipo encaramado en la puta ventana, joder, y la sangre se me cayó hasta los pies. ¡Estaba sacando fotos del cuadro!

—¡Pero qué demonios! —grité.

Era un hombre con gafas y barba. Al verse pillado, sonrió e incluso saludó con la mano. Reconozco que esa tranquilidad suya me desarmó en los primeros instantes, los justos para que él pudiera decir algo en italiano, como si estuviera avisando a otra persona. Yo me levanté del taburete y me apresuré a la ventana, pero el *paparazzo* había desaparecido como por arte de magia. ¿Se habría lanzado al vacío? No. Al llegar allí descubrí los pies de una escalera apoyados junto a la fachada. Abajo, al pie de la casa, dos sombras salieron corriendo, entre risas, como si todo se tratase de una travesura.

Armado con el bastón, salí todo lo deprisa que pude hacia las escaleras. No sé qué pensaba hacer si los pillaba, ¿darles un palazo en la cabeza? ¿Exigirles la puta foto? El caso es que para cuando llegué afuera, con mi paso de tortuga y mi pie dolorido, allí no quedaba nadie. Solo la larga escalera que los intrusos habían decidido perder como un gambito a cambio de su foto.

—¡Esto es una propiedad privada! —grité mientras avanzaba en dirección al bosquecillo—. ¡Llamaré a la policía!

A cambio de mis gritos, el bosque me devolvió silencio. Solo al cabo de un minuto escuché el ruido de una moto arrancar en alguna parte y recordé lo que Masi me había dicho: por aquí discurre una de las carreteras de la montaña.

Saqué el teléfono móvil de mi pantalón y me dispuse a marcar el número de la policía. Les echaría a los perros encima, vaya que sí. Mientras esperaba a que descolgaran, observé el estudio, iluminado como una casa de muñecas en la noche. Entonces me di cuenta de algo que me hizo reaccionar. Algo extraño. O curioso. O escalofriante.

—Policía de Salerno, ¿dígame? —respondió una operadora.

—Yo..., verá... No es nada —dije—. Disculpe. Me he equivocado.

—¿Seguro, señor?

—Sí, sí, perdón..., quería llamar a Información.

Colgué y me quedé mirando el edificio. ¿Era posible? Me acerqué hasta el punto donde los *paparazzi* habían abandonado la escalera. Me agaché para observarlo mejor. Al final, pensé, la excursión al estudio iba a resultar productiva.

Como todos los grandes descubrimientos, aquello tuvo que ver con la suerte. Si el *paparazzo* no me hubiera hecho salir al exterior, en plena noche, antes de poder apagar todas las luces del estudio, entonces jamás lo habría visto.

Aquel ventanuco, el último de la fachada, estaba a oscuras, contrastando con los otros tres, que yo había registrado desde dentro y que tenían luz (porque la del sótano también se había quedado encendida). Y que yo recordara, el sótano era una única pieza. Entonces, ¿por qué había una parte de él a oscuras?

Me agaché y traté de mirar a través de él, y solo entonces me percaté de que estaba velado con una especie de cortina negra. Era algo que no se podría distinguir a la luz del día. Además de que la ventana era de cristal opaco.

Noté que se me erizaba el vello. Aquello solo podía significar una cosa.

Rodeé la casa todo lo rápido que pude, hasta situarme frente a la fachada contraria. Allí, el último ventanuco estaba también completamente a oscuras, aunque de alguna manera no me sorprendió en absoluto. Solo me quedaba hacer una comprobación más, y tardé un minuto en llegar a la bodega. Ni siquiera tuve que bajar todas las escaleras. Desde lo alto, conté los ventanucos de cada lado: tres.

Cuatro ventanucos desde fuera. Tres desde dentro. ¿Dónde quedaba el cuarto?

Bueno, eso era muy fácil de responder. Desde la primera vez que lo vi, había pensado lo torpe y forzado que resultaba ese armario de estanterías. Algo demasiado *bourgeois* para Bob, con sus estantes llenos de herramientas y cosas inútiles que podría haber almacenado en el cobertizo. Ahora por fin comprendía la razón de su extraña presencia. Era la pared necesaria para ocultar una habitación secreta.

Me acerqué y lo observé con cuidado, empezando por las juntas. No fue difícil detectar una sutil separación entre dos de los alféizares centrales, algo que no se reproducía en el resto del mueble, que parecía hecho sobre una pieza maciza. Había una pequeña línea vacía que dibujaba un rectángulo de más o menos la anchura de una puerta. Algo que no verías a menos que lo fueras buscando. Ahora solo quedaba encontrar la forma de abrir aquello.

Pensé que no debía de estar demasiado lejos del batiente. Empecé, con mucho tacto, a revisar los objetos que quedaban pegados a esa línea del alféizar. Fui apartando libros, cajas y otros enseres hasta que, en la estantería más baja del lado derecho, detecté un tomo que se resistió a moverse. Era un ejemplar de las *Ruinas y excavaciones de la Roma Antigua* de Rodolfo Lanciani.

«Muy apropiado», pensé.

El tomo falso no contenía páginas, por supuesto, era una pieza maciza de madera, encuadernada en cuero, con un alma de metal que debía de estar conectada al mecanismo de apertura. Tiré de él con suavidad y escuché el clic de una cerradura. Al mismo tiempo, el alféizar móvil se liberó y crujió sobre sus goznes.

Me puse en pie, tomé aire y empujé aquella puerta. Detrás, me esperaba una densa oscuridad.

«¿Cómo no lo habíamos pensado? —pensé cuando apreté un interruptor que había junto a la puerta—. ¿Cómo se nos pudo escapar a todos? Bob era fotógrafo antes que pintor.»

La luz negra o ultravioleta iluminó el espacio: un cuadrado de unos tres por cuatro metros. Una pequeña habitación que Bob se había encargado de mantener oculta y sumida en una completa oscuridad por una razón.

Era una sala de revelado.

Lo primero que vi fueron tanques de líquidos, una impresora y una serie de cables con fotografías colgadas. Bob llevaba en Villa Laghia desde el año 2000 más o menos, y por aquel entonces la fotografía digital aún no era tan buena, por lo que aún necesitaba una sala oscura para revelar sus negativos.

Me acerqué a una encimera donde había una ampliadora, cubetas con líquido, una cámara Nikon y un pequeño clasificador de útiles como lentes, filtros..., trozos de papel fotográfico velados, como si fueran errores de positivado. Y las pinzas, colgadas de una cuerda, indicaban que Bob había revelado un negativo recientemente...

Además, había otras cosas en un pequeño armario a la derecha, aunque lo más llamativo fue el cuadro.

Representaba a una mujer desnuda, pero esta no estaba muerta, sino muy muy viva.

La modelo aparecía despatarrada en un sofá (el mismo de ese sótano) y se estiraba un mechón de cabello mirándolo con coquetería. Era un retrato buenísimo y bastante caliente, como una buena foto de una chica *Playboy* de los cincuenta...

Me acerqué a él y lo observé en silencio con una sensación creciente de conocer a esa mujer.

Ese rostro joven, pícaro, que miraba con descaro hacia delante, orgullosa de su cuerpo, del poder de su belleza. Lo miré con detenimiento y, aunque solo la había visto un par de veces, me di cuenta de que no podía ser otra.

Era Tania Rosellini.

«Hola, señora Rosellini —pensé—. Estás muy pero que muy bien.»

Antes de que pudiera pararme a pensar en lo que aquel cuadro podría estar haciendo allí, detecté, justo debajo de él, un taco de fotografías apoyadas en la encimera. Las recogí. En ellas aparecía una chica morena, de ojos negros y cabello rizado que reconocí en el acto.

Carmela.

A Bob le gustaba estudiar a sus modelos en vivo y también mediante fotografías. Había unas cuantas de Carmela viva, en el estudio, riéndose y haciendo un poco el loco con un vestido. Pero después había otras. Sacadas en una playa. Y Carmela no estaba tan dinámica en estas últimas.

Eran retratos del cuerpo sin vida de Carmela Triano.

—Joder. Es ella... muerta.

Tomé una de las fotografías. El cadáver que las corrientes habían arrastrado esa mañana aparecía en una postura mucho menos poética que la del lienzo. Tumbada boca abajo, con la cara hundida en la arena y los brazos pegados a las caderas. Su cabello negro y rizado se extendía como una estrella de mar sobre la orilla. Era verdaderamente dantesco, sobre todo el hecho de que Bob se hubiera recreado en la imagen.

Bob Ardlan había retratado fosas comunes, fusilamientos, poblados bombardeados. No creo que fuese nada excepcional que le sacara dos o tres fotos a una chica ahogada. Pero era raro, frívolo y un tanto obsesivo. No pude evitar pensar en lo que Masi había dicho sobre el comportamiento de Bob en comisaría: con una perturbación extraña, que rozaba la culpabilidad.

«¿En qué coño estabas pensando, viejo Bob?»

Había otras fotos realizadas en la playa que no apuntaban al cadáver. Estas eran instantáneas que Bob había sacado a los alrededores: la cala, los acantilados, la casa en lo alto.

Una de ellas encuadraba la mansión de los Wells. Era una casa muy amplia, de dos plantas, y con ese color rosa salmón que Bob había recogido en su cuadro. Una pasarela de madera zigzagueaba desde la arena hasta su jardín frontal, protegido con algunos arbustos.

La siguiente foto se enfocaba en la terraza principal. Bob había ampliado la imagen y esta se veía ligeramente difuminada. El centro del retrato era una especie de sombra que sobresalía tras la balaustrada. Como un arbusto, o un pináculo...

«Espera un momento.»

Con un ligero tembleque, me acerqué a la gran lupa rectangular y coloqué la fotografía al otro lado de la lente.

No se trataba de ningún arbusto. Era una persona.

Una persona miraba hacia Bob, hacia la playa, hacia el cadáver de Carmela.

EPISODIO IV

SOLO. *HOME DELIVERY*

1

Rigoda era una concha de arena amarilla en la que se batía un mar azul cielo, pero que por alguna razón no atraía a tanta gente como las populosas playas de Tremonte. Quizás era su ubicación, que hacía necesario el coche. O la falta de servicios (bares, restaurantes, sombrillas), pero desde lo alto parecía una especie de paraíso olvidado. Como la playa de *El planeta de los simios* donde aparecía el busto de una malograda Estatua de la Libertad.

Las señales de desvío te conducían a un penacho de hierba que servía de aparcamiento para los que llegaban hasta allí en coche. Había un par de furgonetas con matrícula holandesa y un grupo de chavales tomándose un café y disfrutando de las vistas. Unas muchachitas con los pechos al aire me sonrieron y dijeron algo que no entendí. Yo saludé y ellos hicieron algún comentario gracioso. Lo cierto es que debía de resultar una imagen curiosa, en pantalón corto, con un pie vendado y un bastón.

Me acerqué al comienzo de aquel camino de grava que descendía hasta el mar. La casa de los Wells se veía desde arriba, con su pasarela de madera que la unía a la playa y una carretera que se curvaba en la colina hasta desembocar en la general, a unos mil metros de allí.

Me lie un cigarrillo, pensativo, mientras escuchaba a los holandeses (cuyo idioma yo chapurreaba) vacilando con la idea de que yo era un asesino en serie.

Bueno, podría empezar bajando a la playa y echando un vistazo de conjunto. Después llamaría a la puerta de los Wells y diría algo así como: «Hola, ¿se acuerdan de mí? Soy Tom Harvey, el saxofonista. Querría hablar con ustedes sobre la mañana en la que Carmela Triano apareció muerta en esta playa... y ya de paso, ¿les importa dejarme un instante con su hija Ruth? Hay algo sobre unos sueños sangrientos que me encantaría discutir con ella.»

Todo parecían malas ideas, comenzando por el hecho de estar allí, contraviniendo los deseos de Elena de apartarme de mis locas teorías. Pero ¿qué opinaría ella sobre el descubrimiento de la noche pasada? Aún no la había llamado para decírselo. En el fondo, temía enfadarla, darle la razón sobre «el obsesivo Tom y su nuevo juego». Decidí que sería mi secreto, ni siquiera Stelia debía saber que estaba llevando a cabo una investigación particular.

Así que esa mañana, bien temprano, había saltado de la cama y me había propuesto intentar hablar con dos personas: Ruth Wells y Tania Rosellini. La primera parecía haber soñado algo sobre la muerte de Carmela; la segunda aparecía desnuda en un retrato que Bob mantenía oculto en su sanctasanctórum.

Y todo esto parecía muy interesante.

A la playa se accedía por un camino de piedra bastante malo (otra razón para que el lugar no fuera exactamente popular), que además giraba dos o tres veces antes de aterrizar en la arena. Fui bajando con cuidado, apoyándome en el bastón y observando la casa, un edificio moderno, posiblemente de unos diez o quince años. A través de unos altos arbustos se adivinaba la esquina de una piscina.

Había unas pocas personas disfrutando de aquella primera hora de la mañana. Toallas con cuerpos que se tostaban como hamburguesas bajo aquel sol de septiembre.

La noche pasada había dedicado una hora a repasar aquellas fotografías de la habitación secreta, tratando de establecer qué podía significar que un hombre se dedicase a fotografiar un cadáver antes de avisar a la policía. ¿Quizá quería Bob asegurarse de algo? ¿O tan solo era el valor artístico, como modelo, de un cadáver frío?

Pensaba todo esto mientras iba calculando el punto en el que había aparecido el cadáver de Carmela. Cuando hube ganado más o menos la mitad del arenal, la casa de los Wells estaba a unos treinta metros de mí. Entonces vi una silueta andando por la pasarela.

Vestida con vaqueros y una amplia camisola blanca, armada con un parasol y un sombrero de paja que no eran suficientes para ocultar el color pálido y enfermizo de su piel, Ruth Wells se adentró en la playa y yo pensé: «Mi suerte no puede mejorar a partir de aquí.»

Ella inició su paseo en el mismo sentido en el que yo caminaba, de modo que todavía tardamos en encontrarnos. Cuando ella llegó al brazo de rocas que delimitaba la cala y se dio la vuelta, yo estaba a unos discretos quince metros, pero vi cómo su rostro se iluminaba con una sonrisa.

—¿Tom? Tom Harvey, ¿verdad?

Me aparté las Ray-Ban de los ojos y sonreí asintiendo.

—Ruth Wells, parece que nuestro destino era encontrarnos.

—¿De veras? —dijo ella como si no me creyera ni por un segundo—. ¿Qué hace? ¿Pasear? ¿Qué le ha pasado en el pie?

—Un accidente..., bueno...

—Ya lo sé —dijo ella cortándome—, ese asunto raro del monasterio. Está en todos los periódicos. Caminemos entonces.

No dije ni palabra. Me di la vuelta y seguimos andando por la orilla. Ruth tenía una sonrisa medio malvada en el rostro, como si fuera pensando en alguna travesura.

—Alex, mi padrastro, dice que el chico les chantajeó...

—¿Alexander es tu padrastro?

—Sí. Mi verdadero padre murió cuando yo era todavía una niña. De la misma enfermedad que yo tengo. Mamá conoció a Alex hace cinco años..., él es bastante más joven que ella.

—Vaya, siento lo de tu enfermedad.

—No crea, tiene sus cosas buenas. Un doctor les dijo a mis padres que el aire del mar le sentaría bien a mis pulmones. Y ahora vivimos en el sur de Italia. Mis amigas de Zúrich se mueren de envidia.

—¿Y funciona? Me refiero al mar.

—No lo sé. Mi enfermedad se ha aliviado un poco, pero puede ser debido a otras cosas. Tengo épocas buenas, regulares y horribles. En fin, hablemos de lo que le ha traído a usted hasta aquí, Tom.

—¿Qué me ha traído?

—Sí, he leído la prensa y he visto todos esos programas de

la tele. Los que relacionan a Warwick, Bob y Carmela. Y usted no tiene pinta de haber venido a darse un baño, ¿no? Ha venido a ver la playa donde murió Carmela, ¿no es cierto?

«Vaya con la chica lista», pensé.

Nos cruzamos con otra pareja —dos fantásticos cuerpos que nada tenían que ver con un hombre cojo y una jovencita con ropa hasta el cuello—, hicimos un silencio y después tomé la iniciativa. Joder, a fin de cuentas eso era lo que había ido a hacer allí.

—No querría remover un mal recuerdo —dije—. He oído que tenías una buena relación con Carmela.

—Bueno, mis padres me han prohibido hablar de este tema —dijo ella—. Y mi psicólogo también, dicen que es contraproducente. Pero si usted jura que no se lo dirá a nadie...

—Tienes mi palabra, Ruth.

La chica echó un vistazo a sus espaldas.

—Carmela y yo éramos amigas —dijo endureciendo su rostro—. Supongo que las dos éramos unas frikis y por eso congeniamos. Aunque ella era una chica de bandera, pero en el fondo era una incomprendida, un alma demasiado libre para este pueblo de catetos en el que había nacido. En otra época la habrían quemado por bruja, ¿sabe?, y nunca mejor dicho, porque era un poco bruja realmente.

Pensé que se refería a que Carmela era un poco díscola (después entendí que me equivocaba) y le pregunté cómo se habían conocido.

—Mis padres quieren que tenga siempre alguien a mi lado. Ellos viajan mucho y se quieren asegurar de que no me olvido de tomar una sola pastilla. Cuando nos mudamos a Tremonte, las pocas enfermeras e institutrices de la zona estaban ocupadas, así que un día apareció Carmela, que chapurreaba inglés, lo había aprendido viendo películas. Era guapísima y muy abierta, aunque a mi madre no le gustaban sus tatuajes, pero era lo más potable que habían podido encontrar en meses, de manera que la contrataron. A mí me flipaba porque, de alguna manera, me recordaba a Amy Winehouse. Además, fue la única persona que, tras saber lo de mi enfermedad, se negó a tratarme con lástima. Desde el primer día me dijo que ella me veía bien. «No me das ninguna lástima, muchacha, no vas a morirte, al menos mientras esté yo delante.» Así era ella.

»Rápidamente se convirtió en algo así como una hermana mayor. Me decía que teníamos que viajar juntas, irnos las dos a Nueva York y vivir en un apartamento mientras ella conseguía un papel como actriz. ¿Conoce a Franco Rosellini?

—Sí —dije.

—Bueno, Franco le había hecho una prueba a Carmela. La iba a incluir en una de sus películas.

—Vaya, eso es toda una noticia.

—Sí, ella estaba tan ilusionada con eso... Y mis padres estaban más o menos contentos, aunque siempre con una mosca detrás de la oreja. Oían las cosas que se contaban de Carmela. Las fiestas, los hombres..., se acostaba con hombres mayores que ella. Eso se oía por todas partes. Pero ¿y qué? Ella lo trataba con naturalidad. Decía que le gustaban los hombres que sabían comportarse. ¿Qué puede haber de malo en ello? Me decía que era lo mejor para una primera vez, ¿sabe, Tom?

Ruth me clavó sus ojos. Yo miré al suelo y no dije ni palabra.

—El caso es que en algún momento mis padres debieron de empezar a pensar en despedirla y se inventaron cualquier excusa. La primera trifulca fue con el espiritismo. Carmela creía en esas cosas..., hablar con los muertos y cosas por el estilo. Un día nos cazaron haciendo una sesión de *ouija*... Mamá se puso echa un basilisco, pero papá le restó importancia. Dijo que eran tonterías que se hacían de niño. Pero la siguiente vez..., en fin, papá dice que la pilló robando. Yo nunca me he creído una palabra.

—¿Robando?

—Sí. Y es horrible porque todo sucedió ese día... Papá apareció y tuvieron una discusión. Dijo que tenía una grabación suya, ¿sabe? Había instalado cámaras en la casa y aseguraba que la había visto robar algo. Tuvieron una discusión muy fuerte y Carmela se fue sin despedirse de mí. Iba a una fiesta esa noche, me había dicho. Y yo pensé que la podría llamar al día siguiente para intentar volver a vernos, pero eso jamás ocurrió. Esa fue la noche en que Carmela murió ahogada.

Una ola más grande que las demás me mojó los zapatos.

—¿No cree que todo es muy raro? Todas esas muertes en un mismo verano. Mamá dice que no es ninguna casualidad.

—Puede ser...

Entonces Ruth se me acercó y casi susurrando dijo:

—Yo nunca lo he creído. Lo del accidente. Yo sé que Carmela fue asesinada, Tom.

—¿De veras? ¿Cómo?

—Lo soñé. Carmela siempre bromeaba con que tenía esos poderes para hablar con los muertos... Pues creo que los usó para enviarme un mensaje, Tom. Un mensaje en forma de sueño.

Noté que la sangre se me caía a los talones. Ruth seguía hablando y su voz se había convertido en algo remoto. Algo que sonaba detrás de un pitido...

—En mi sueño, Carmela sabía que alguien la perseguía. Estaba asustada..., caminando por la Marina en dirección a su casa. Una sombra se iba agazapando a sus espaldas. ¿Conoce los pilotes que hay bajo la arcada? Carmela bajaba ahí pensando que se podría esconder, pero había alguien esperándola. La atrapaban y la hacían dormir. Después alguien la llevaba en una chalupa... y la sumergían en el mar.

»Tuve ese sueño dos días después de su muerte e insistí en ir a declarar, pero nadie me tomó en serio. Alex contrató a un psicólogo que me dijo que estaba "bajo una gran tensión".

Nos habíamos detenido en un punto de la orilla. El mar lavaba la arena como si fuera un suelo brillante y nuestras figuras se reflejaban en esa superficie.

Decidí enfocar el hecho desde otro ángulo.

—A la mañana siguiente, cuando Bob Ardlan encontró a Carmela, ¿fue a vuestra casa a pedir auxilio?

—No lo sé. Todo ocurrió muy pronto, de madrugada, y yo estaba dormida. Logan debió de ser uno de los primeros que habló con Bob.

—¿Logan? ¿Te refieres a un tipo con aspecto tenebroso que ahora trabaja en la casa de Rosellini?

—Sí. El mismo. Antes trabajó en nuestra finca. Es una especie de detective o policía retirado que ahora se dedica a organizar la seguridad de las mansiones. Papá lo contrató para montar nuestro sistema y estuvo una temporada por aquí.

—Qué curioso —dije casi sin poder controlarlo. Pero el aire del mar se llevó mi susurro.

Habíamos llegado a uno de los extremos de la playa y dimos la vuelta. Y como si la dirección de nuestros pasos marcase también la de nuestra conversación, ahí giró todo. De pronto Ruth me soltó y se separó un poco. A lo lejos, vimos a Alexander Wells caminando en nuestra dirección.

—¡Quédese a comer!

—No quisiera molestar.

—No molesta, Harvey, por favor. Será todo un honor.

Alexander Wells, que vestía ropa de tenis, iba sin sus gafas marrones. Me fijé en una pequeña cicatriz en la comisura de su ojo derecho. Realmente le confería un aspecto extraño y entendí que quizá por eso se cubría con las gafas. Él notó mi mirada y sonrió.

—Un accidente de moto, hace muchos, muchos años..., por eso no quiero ni oír hablar de ellas —dijo mirando a Ruth.

—Solo quiero una Vespa —respondió ella—, o algo que ande y no necesite chófer.

—¡Dígaselo usted, Tom! Las carreteras del sur de Italia no son seguras ni para el conductor más avezado.

«Y que lo diga», pensé yo.

Cogimos la pasarela de madera y caminamos hasta la casa. Allí, Rebecca Wells, también vestida de tenis, se relajaba bajo una sombrilla a rayas mientras una doncella le servía un aperitivo.

Una mujer de mediana edad esperaba a Ruth para sus clases de italiano. Supuse que esa profesora gris y de aspecto aburrido era la sustituta de Carmela. Ruth intentó saltarse la clase sin éxito y nos despedimos hasta el almuerzo.

Era la misma terraza que Bob Ardlan había retratado aquella mañana del 22 de junio. Aquella en la que una silueta (¿Logan?) debió de ver a Bob fotografiando el cadáver de

Carmela. Todo esto me sumía en un nuevo montón de preguntas, pero mientras tanto, Rebecca Wells tenía algo que aclarar respecto a Warwick Farrell.

—Ese chico era problemático, diga lo que diga su padre. ¿Lo ha visto hablar en la BBC? Ha puesto en duda que la policía italiana esté capacitada para llevar la investigación y no acepta el resultado del análisis de huellas. Verdaderamente lamentable, aunque en el fondo inspira lástima. No es más que un padre destrozado intentando limpiar la reputación de su hijo, ¿no cree? Por cierto, ¿sigue su casa rodeada de periodistas?

—No —dije—. Esta mañana se habían tomado un descanso. Creo que la huida de Elena los ha desmotivado.

Además de eso, de madrugada había dejado un mensaje a Masi para informarle de la intrusión de los *paparazzi* en el jardín de Villa Laghia. Quizá la policía había tenido algo que ver.

Había una jarra de té helado pero no había cenicero. Bebí un sorbo y pedí uno. La sirvienta de los Wells, una mujer de color, se apresuró a traerlo.

Rebecca Wells seguía a lo suyo:

—A ese tal Warwick lo conocimos a la vez que Bob, una noche mientras cenábamos con Nick Aldrie en el Mandrake. Se habían sentado a la mesa de al lado y el chico estaba un poco borracho. Empezó a soltar un discurso comunista, por lo menos. Parece que estos hijos de buena familia siempre se esfuerzan en contrarrestar su posición con ideales obreros.

—He oído la historia. Esa fue la pelea en la que Bob terminó metido.

—Exacto —dijo Rebecca—. Y tengo que decir que Ardlan se comportó como un caballero. Ayudó a Alex a levantarse cuando lo derribó, y le recogió las gafas, mientras ese muchacho seguía lanzando sus proclamas.

—Warwick me habló de ello. Decía no-sé-qué de los terrenos del Mandrake.

Lo dejé caer poniendo cara de tonto. A ver qué pasaba...

—Ecologistas —dijo Wells suspirando—, quieren su valle bien verde, pero no renuncian a sus coches ni a volar en avión. Son todos una panda de hipócritas... y, en fin, es cierto que hubo algunos problemas con la adquisición del terreno. Pero es todo perfectamente legal.

—¿Así que usted es dueño del Mandrake?

—Digamos que mi fondo de inversión ha participado. Nos dedicamos a la hostelería y los servicios en el sur de Europa: España, Croacia, Italia. El Mandrake es uno más de nuestros clubs VIP.

—Entonces, Aldrie es una especie de empleado suyo, ¿no?

—Nick es una punta de lanza. Un conseguidor... de los mejores. Aunque ahora está muy encaprichado con el Mandrake —dijo Alexander sonriendo—. Creo que debemos buscarle un nuevo destino antes de que se enamore de este sitio definitivamente... o de alguna italiana.

Se acercaba la hora del almuerzo y con el paseo se me había abierto el apetito. Rebecca Wells me hizo un par de preguntas sobre mis hábitos alimenticios (básicamente, si era vegetariano), se disculpó un instante para ir a hablar con la doncella y elegir un menú.

Nos quedamos Alexander y yo a solas.

—Este verano se está alargando de forma inusual, ¿sabe? —dijo Wells—. En septiembre normalmente empieza a decaer el pueblo, pero este año hay tanta gente como en julio.

Aunque lo cierto es que es el mejor tiempo en Salerno. Las noches empiezan a refrescar y se puede dormir mejor. ¿Piensan quedarse para el otoño?

—Aún no lo sé —dije yo—. En realidad, solo soy un invitado en la casa de Elena. Supongo que me largaré en cuanto acabe la temporada.

—¿Y Elena? ¿Sabe si ella piensa quedarse en Tremonte?

—Lo ignoro.

—Claro. Verá..., voy a aprovecharme de esta conversación con usted. Nunca me atrevería a plantearle esto a Elena en persona, pero usted es un buen amigo de ella y sé que sabrá comprenderme. He oído que existe una posibilidad de que ella ponga en venta la propiedad. Quizá solo sea un rumor, pero si fuera algo más que eso me haría usted un grandísimo favor comunicándole mi deseo de ser el primero en realizar una oferta.

La verdad es que aquello me pilló absolutamente por sorpresa.

—¿Quiere comprar Villa Laghia?

—¿Le sorprende?

—Diría que esto no es una chabolita precisamente.

—Rigoda es maravillosa, pero está demasiado alejada de todo. Aldrie la consiguió a un buen precio y entonces no comprendimos la razón, pero este aislamiento pesa. A Rebecca mucho más que a mí. Está lejos del puerto, lejos del pueblo..., y esa playa siempre está llena de gente extravagante. Por no hablar de lo que usted ya sabe que ocurrió y cómo eso nos ha afectado a nivel familiar. Digamos que no es agradable levantarse todos los días y que la vista te recuerde algo tan terrible.

«Pues Villa Laghia no es precisamente un lugar libre de recuerdos escabrosos», pensé yo.

—Si veo la ocasión lo haré, cuente con ello.

—Gracias, Harvey. Espero poder compensárselo de alguna forma.

—De hecho... —dije—, hay algo que puede hacer desde ya mismo para compensármelo. ¿Podría hacerle un par de preguntas?

—¿Un par de preguntas? Claro.

—Bueno, verá, señor Wells. Se trata de ese asunto que usted ha mencionado: Carmela Triano, y de cómo apareció frente a su casa el día 22 de junio.

No pude apreciar bien la reacción de Wells, principalmente por aquellas grandes gafas oscuras que habían vuelto a velar sus ojos, pero noté de inmediato que mi frase lo congelaba.

—¿Ha estado hablando con Ruth de ello?

Yo tuve que mentir en honor a mi juramento.

—Gracias. Le ruego que evite charlar con Ruth sobre ese asunto. Ella..., digamos que ya tuvo suficiente. Solo han pasado un par de meses y ha comenzado a estabilizarse justo ahora. En fin, ¿qué quiere saber? Fue todo una terrible desgracia. La chica, muerta sobre la arena. Bob Ardlan fuera de sí.

—¿Quién fue la primera persona que habló con Bob esa mañana?

Yo lo sabía: Logan, pero no podía admitir que Ruth me lo había contado.

—Logan, ese tipo de la seguridad —dijo Wells—. Debió de ver a Bob Ardlan corriendo por el camino de la playa y ese cuerpo en la arena, así que fue a enterarse de lo que pasaba a ese aparcamiento. Bob hablaba con unos franceses y Logan cogió el teléfono y llamó a la policía.

—¿Ese Logan es el mismo que ahora trabaja para Rosellini?

—Sí. Aldrie me lo recomendó. Yo solo necesitaba que instalase un par de cámaras y algunas alarmas, pero él se ofreció como vigilante. Es una persona extraña. No era del gusto de Rebecca. Y para serle sincero, tampoco del mío. Así que le dimos la carta de libertad. Ahora, como usted dice, trabaja para el director de cine.

—¿Y Carmela también trabajó para ustedes?

Eso pilló desprevenido a Wells.

—¿Cómo sabe eso?

—Por el detective Masi. Me dijo que era una especie de institutriz.

—Bueno, sí. Fue un pequeño gran error. En Suiza habíamos tenido una institutriz profesional, educada en una academia, ¿sabe? Y cuando llegamos aquí realmente nos dimos cuenta de que tal cosa sería cuando menos imposible. Era lo mejor que pasó por esta puerta. Hablaba un buen inglés y a Ruth le cayó muy bien, supongo que no queríamos ver..., que no quisimos ver lo evidente.

—¿Y qué era lo evidente?

Wells se llevó la mano a su fino cabello de color miel y se lo mesó mientras pensaba algo tras sus gafas.

—¿No se ha dado cuenta de lo especial que es Ruth?

—Es muy inteligente.

—Es casi un genio según los test, pero eso, sumado a su salud, le ha producido un pequeño trastorno obsesivo-compulsivo. En Suiza tuvo problemas por ello. También se echó una Gran Amiga a la que empezó a perseguir. Le decía que viajarían juntas a sitios. Que nada las separaría. Pero cuando esa chica empezó a rechazar a Ruth..., la decepción casi la mata. La sumió en una depresión.

—¿Y eso le pasó también con Carmela?

—Sí. Nos dimos cuenta de que la historia se repetía. De que Ruth había encontrado una nueva Gran Amiga. Es un síndrome, una patología descrita, ¿sabe? Pero la terapia pasa por normalizar las relaciones. Y Dios sabe que lo intentamos. A mí la chica me caía bien en cierto modo, y además sabía lo de su relación con Aldrie, cosa que valoraba desde un punto de vista meramente laboral, ¿entiende? No quiero ser un dolor de cabeza para mis empleados. Pero, al final, tuvimos que despedirla. Ella hizo cosas completamente inaceptables.

—¿Puedo preguntarle el qué?

—Jugaban a cosas, ¿sabe? Carmela le decía a Ruth que no debía temer a la muerte, que ella podría hablar con ella incluso muerta. Esto lo oyó Rebecca a través de una puerta, en cierta ocasión. Y después estuvo el asunto del robo... Una de esas cámaras que Logan había instalado la pilló metiendo mano en los cajones de mi escritorio, encontró unos cuantos billetes, nada importante. Pero me enfrenté a ella y la eché. Fue la misma maldita tarde en la que..., en fin. —Alexander Wells hizo una pausa para tomar aire, como si le estuviera costando decirme aquello—. Esa noche, Carmela murió ahogada y Ruth llegó a decir que yo tenía la culpa.

Dejamos el tema en cuanto Rebecca volvió a la mesa y no volvimos a tocarlo en toda la tarde. Después tuvimos un almuerzo excelente y Ruth se nos unió. Vino a sentarse justo a mi lado y casi me monopolizó por completo hablando de sus discos favoritos de jazz.

Reconozco que ahora su cercanía me resultaba un tanto peligrosa y notaba la mirada de Alexander sobre nosotros. Por eso, en cuanto terminé el postre, puse una excusa muy tonta para largarme. Ella me acompañó hasta la puerta.

—Cuento los minutos para su concierto en el Mandrake, Tom.

—Gracias, Ruth. Espero que te guste.

—Seguro. Cuando alguien me gusta, todo lo que hace me gusta —respondió ella mirándome con una sonrisa.

Salí caminando por la carretera. En dirección a mi coche. No me hacía falta volverme para saber que Ruth me estaba siguiendo con la mirada desde la verja de su casa.

2

De regreso a mi coche, había unas cuantas llamadas perdidas y mensajes en mi teléfono. El primero era de Elena, desde Londres. Me preguntaba por mi pie, por la casa, por los *paparazzi*. «Londres bien. Muchos abogados y firmas, pero vamos cerrando temas. Creo que podré volar a Salerno esta misma tarde.»

Respondí con un mensaje plano: «Todo OK por aquí, el pie mejora. El sol ayuda. ¡Te espero esta noche!»

El siguiente mensaje era de mi hermana Deirdre:

«Hola, Tom. ¿Estás bien? Mamá ha leído la noticia en el periódico. ¡Bob Ardlan!, y también la de un Harvey norteamericano metido en líos en el sur de Italia. ¡Llámanos en cuanto tengas un minuto!»

Había otros dos mensajes de amigos de Roma preguntando por lo mismo, si ese Tom Harvey que la prensa relacionaba con la *rendez-vous* nocturna se trataba del mismo tipo que tocaba el saxo en su bar; bueno, decidí empezar por tranquilizar a Deirdre y a mamá. No llamaba mucho a casa, así que me podía permitir el lujo de hablar diez minutos desde mi teléfono, mientras me fumaba un cigarrillo, miraba el mar, y a las alegres holandesas leyendo revistas junto a su furgoneta.

Deirdre y mamá estaban en ese momento haciendo compras en Danbury, nuestro pequeño hogar entre bosques y lagos en el sur de Connecticut. Les confirmé que sí, que yo era el tipo de los periódicos. Que lo que contaban las noticias había sucedido y que presencié la muerte del chico, aunque ahora todo había pasado y yo estaba perfectamente. «¿Pero es verdad eso del chantaje? ¿Os enviaba anónimos? Oh, Dios, es verdaderamente terrorífico.» Bueno, no había razones para preocupar a mis chicas más de la cuenta. Dije que eran habladurías de la prensa y me atuve a la teoría de que Farrell era un granujilla de medio pelo. Cuando uno está lejos de casa lo mejor es ceñirse al estilo «Todo va bien. Todo está en orden. He crecido un centímetro y he engordado un poco».

—Y ya está bien de hablar de mí. ¿Cómo demonios estáis vosotras?

Mamá se encontraba bien. Había regresado de Florida con una nueva idea: dar rienda suelta a su sueño de ser actriz en una compañía de teatro local. También me dijo que soñaba con papá; el mismo sueño cada noche desde hacía un mes. Papá cogía un autobús y ella decidía no ir con él. Lloraba, pero por alguna razón ella pensaba que era lo mejor. Mi hermana Deirdre opinaba que eso significaba que estaba superando el duelo. Que su cerebro representaba todo esto para dejarle ir.

Deirdre era la hermana mayor de libro. La chica bien que decidió casarse, tener hijos y vivir a dos calles de su madre. No obstante, esa vida pequeña no le restaba ni un gramo de cordura e inteligencia, sobre todo en los asuntos del corazón. Me preguntó por Elena. O mejor dicho, fue al grano sobre lo que yo hacía en la casa de Elena.

—¿Qué hay de extraño en que una amiga te pida ayuda?

—Tom, Elena no es una amiga. Es la mujer que te ha roto el corazón dos veces. Y no me sorprendería que pudiera rompértelo una vez más. No estaremos hablando de una Elena Parte III, ¿verdad?

Deirdre era mi principal confesora en mis conflictos sentimentales desde que tenía doce años y me enamoré de mi profesora de español. Hacía años, cuando después de un concierto en París volví a encontrarme con Elena, corrí a llamar a Deirdre para contárselo: «*Hey*, hermanita, ¡no te lo vas a creer! Acabo de encontrarme con aquella chica que conocí en Holanda, Elena Ardlan, ¡ocho años más tarde sigue igual de guapa o más! ¿Te lo puedes creer?»

«Elena Parte II», así lo llamó ella. Y cuando nos casamos, en su discurso, dijo que éramos como John Cusack y Kate Beckinsale en *Serendipity,* dos personas que parecían destinadas a reencontrarse. «¿Cuántas posibilidades hay de que un chaval de Connecticut conozca a una inglesa en Holanda, pasen ocho años y vuelvan a encontrarse una noche en París? ¡En París!»

—Dicen que a la tercera va la vencida —dije yo.

—¿Estás hablando en serio? ¿Ha pasado algo que deba saber?

Supuse que me estaba preguntando si nos habíamos acostado ya. Dije que no. Nada. Pero...

—¿Por qué no iba a funcionar? Hemos crecido, tenemos la vida más clara. Y creo que ninguno hemos encontrado a otra pareja mejor. Elena lo intentó con aquel idiota. Yo he estado con algunas mujeres... Y los dos seguimos solos y nos llevamos mejor que nunca. ¿Por qué no intentarlo? Es la edad de reproducirse. Que tus hijos tengan unos primitos en Europa.

—Ten cuidado, Tommy. Lo pasaste mal con dieciocho, lo

pasaste mal con treinta y tres... Intenta no emocionarte demasiado. Ella quizá no es la mujer que tú ves.

—¿Qué quieres decir?

—Siempre has sido una persona obsesiva. Te concentras en algo y no quieres saber nada más. Y Elena es quizá la mayor obsesión de tu vida. Has construido a una Elena que tal vez no se corresponda con la realidad.

Yo pensé que mi hermana lo decía para protegerme, pero me llamó la atención que tanto Charlie como ella hubieran comentado algo parecido.

Lo demás fueron anécdotas de sus polluelos y un rayón que su marido había hecho en el coche nuevo. Una encantadora rutina de la que una vez yo había huido, pero que ahora quizás añoraba un poco.

«Pero, Harvey, ¿de verdad quieres tener una casita, dos chavales y un perro con la lengua fuera; segar la hierba los domingos y freír hamburguesas en el jardín? Creo que te morirías en menos de un mes.»

Colgué a mis queridas chicas y pensé en mi siguiente paso: Tania Rosellini. La aparición de ese cuadro escondido debía de tener una explicación, aunque yo ya estaba empezando a construir una teoría al respecto. Pero ¿cómo conseguiría hablar con ella? Viendo el carácter de Franco, aquello era como intentar acceder a la bella princesa del cuento, cuyo castillo está celosamente protegido por un dragón (en este caso, quizás un ogro fuera una figura mucho más apropiada).

Entonces mi teléfono volvió a sonar. Lo miré y me sorprendí: no me esperaba una llamada suya después de nuestra última conversación.

—¿Stelia?

—¿Tom? —Su voz sonaba como un sollozo. Me pareció que lo más probable es que estuviera borracha.

—Stelia, ¿estás bien?

—Sí..., solo quería llamarte antes de marchar. Me vuelvo a Alemania una temporada. Perdóname por lo del otro día. Por favor, no le cuentes nada a Elena. Yo... querría haber sido más sincera contigo.

—¿A qué te refieres?

—Al cuadro, Tom. El cuadro de Bob. Hay una última cosa que debo contarte. ¿Puedes venir ahora?

3

Laura Ville tenía las persianas echadas cuando llegué. Ahora que conocía la historia financiera de Stelia me di cuenta de que gran parte de aquel desbarajuste era posiblemente debido a las estrecheces que atravesaba la propietaria. Fijándote un poco, notabas que el jardín estaba asilvestrado y que la fachada llevaba años necesitando una nueva mano de pintura.

Aparqué frente a la puerta y fui a llamar al timbre, pero antes de hacerlo, vi a Stelia sentada en una de las sillas de plástico que daban a la falda de la montaña, quieta, mirando al mar, en el que comenzaba a pintarse un cuadro de colores vespertinos.

—¡Eh! —la llamé.

Ella no me oyó, así que salí caminando en su dirección.

Su cuerpo llenaba todo el espacio de aquella sillita de plástico. Su cabeza, tocada con un sombrero de ala, muy Truman Capote, estaba ligeramente ladeada, y mientras me iba acercando detecté un vaso grande que posiblemente había alojado un *gin-tonic*. Había un cenicero también, lleno de colillas, desde el que se elevaba una fina línea de humo.

—¿Stelia?

Sus cejas, ocultas bajo unas gafitas de sol redondeadas, ni se movieron. Tenía la boca ligeramente abierta, y de pronto el corazón me dio un vuelco.

—¡Stelia! —dije cogiéndola por los hombros—. ¡Dios mío!

En esos dos o tres segundos llegué a imaginármelo todo. Alguien se había vuelto a adelantar, igual que ocurrió con Warwick, y había envenenado su *gin-tonic*. O quizá si la movía un poco encontraría el agujero de un afilado punzón a la altura de su pecho...

—*Swaizzee!* —gritó Stelia al tiempo que se revolvía asustada.

Me aparté de un salto.

—¡Joder! Stelia, estás viva.

—Me he dormido —respondió ella rápidamente—. ¿Qué hora es? Dios mío, ¡mi avión!

—No son más de las siete, pero ¿cómo has podido dormirte? Hace apenas media hora que hemos hablado.

Ella se recompuso y le quiso dar un trago al vaso, pero se dio cuenta de que estaba vacío. Entonces sacó un cigarrillo blanco de su cajetilla y se dio fuego con su mechero de oro.

—Estas dos últimas noches no he pegado ojo... He tenido sueños extraños, y supongo que me he sentido como una puta mierda también. Os traicioné. No sé cómo pude ser tan idiota de dejarme engatusar... Lo siento, Tom. Lo siento muchísimo.

La mujer sollozó un poco.

—Está bien. Es agua pasada, Stelia. Por mi parte, estoy dispuesto a olvidarlo.

—¿Le has contado algo a Elena?

—No. Y ella no tiene por qué saber nada de esto. La prensa terminará olvidándolo todo y volveremos a la normalidad.

—Gracias, Tom, eres un gran chico. De verdad. Eres un amigo.

Estuve tentado a hablarle entonces de mi descubrimiento de la noche pasada. Quizás ella podría ayudarme a contactar con Tania..., pero dicen que una pierna rota está rota para siempre, y que a la confianza le pasa igual. Me callé.

—¿Quieres atizarte con algo? Me queda media botella de Tanqueray. Lo demás se lo han tragado las termitas. Esos malditos gorrones... ¡Los eché a todos!

—¿Has echado a los escritores?

Eso explicaría que no hubiera un alma por allí.

—Reconozco que estaba borracha, quizá me dejé llevar. Les dije que hicieran las maletas. No aguantaba ni un minuto más.

—Y ¿qué harás ahora?

—He decidido mandar los talleres a la mierda. La residencia de artistas. Todo. Voy a poner la casa en airbnb y dejar de ser la madre Teresa de todos esos *wannabes* de la literatura europea. Se acabó el chollo. Además, ninguno de esos vagos fue capaz de terminar una jodida novela mientras estaban aquí. Se pasaban el día tomando el sol y jodiendo entre ellos. Y si al menos alguno me jodiera a mí...

—Bueno... ¿Y te vas a Hamburgo?

—Primero a Hamburgo, unos días a casa de una amiga que conoce a un marchante y vamos a poner el Ardlan en venta. Necesito liquidez, ya lo sabes, y nuestra charla del otro día me hizo pensar en deshacerme de él. Después creo que volveré a Tremonte e intentaré escribir un libro. Quizás una historia de suspense basada en toda esta locura, ¿qué te parece? ¿Te gustaría ser mi personaje principal? Un guapo, larguirucho e incisivo saxofonista detective.

Me reí.

—¿Dónde tienes esa botella?

—Dentro. Pero ven conmigo; yo quería hablarte de otra cosa.

Se levantó, un poco tambaleante, y se encaminó a la casa con el vaso y el cigarrillo en la mano.

En el recibidor estaba su equipaje: una maleta y, apoyada junto a ella, una caja de madera de unas dimensiones especiales. Un largo rótulo en alemán decía: MUY FRÁGIL. PIEZA DE ARTE.

—Mark, ese viejo codicioso quería que te hablase del cuadro. Pues bien, en cierto modo no lo podría ocultar más tiempo.

Había un gran canuto de cartón apoyado en una pared. Lo abrió y extrajo una especie de póster. Lo llevó en volandas hasta una mesa que había en uno de los salones contiguos.

—Querido, ¿puedes apartar ese tiesto? —dijo extendiendo aquello sobre la mesa—. Así, ya está. Bueno..., esto es.

Se trataba de una gran lámina en blanco y negro. Una especie de fotografía muy oscura, en la que no obstante se distinguía una figura pintada. Una mujer obesa, rodeada de comida y botellas de vino, sentada en una mesa cuyo elemento principal era un tintero seco y muchas hojas de papel en blanco. La mujer tenía una expresión ceñuda, zafia. Vaya, no era lo que se dice un retrato amable.

Comprendí de dónde habría salido eso.

—Un lienzo doble. ¿Estaba escondido en tu retrato?

—Sí. Por cortesía de Bob.

Yo no alcanzaba a entender aquello. ¿Por qué Bob le haría semejante putada a una amiga?

—Hace un año —respondió ella—, cuando comencé a tener problemas de dinero, fui a hablar con Franco. Le pregunté si podía ayudarme a vender el cuadro. En esos días se acababa de vender una *Columna del hambre* en Christie's por casi dos millones de libras. Bueno, reconozco que eso hizo que me empezara a plantear liquidar mi Ardlan.

—Lo imagino.

—Franco lleva años invirtiendo en una importante colección de arte, tiene un perito que se encarga de verificar las piezas. Ya sabes que en este mundo, sobre todo en lo antiguo, hay un montón de falsificaciones. Pero el arte contemporáneo también se chequea. Así que me ofreció tasarlo con la ayuda de su técnico. El tipo le sacó una fotografía con rayos ultravioleta, es algo que se puede hacer con una cámara de fotos normal. Bueno, pues aquí mismo detectó algo: una capa extra de pintura debajo de la anterior. Así que lo enviamos a Roma y allí le hicieron un escáner en profundidad. Me enviaron esto —dijo señalando la radiografía— y me preguntaron si deseaba seguir adelante. Obviamente me quedé frita y dije que necesitaba tiempo.

»Mark estaba ese día en Villa Laghia y por eso sabe lo que ocurrió. Fui a casa de Bob hecha una furia, a pedirle explicaciones. Él reaccionó de una manera terrible, diciéndome que yo lo había obligado a pintar el maldito cuadro. Estaba allí sentado, con su camisa blanca y su perfecta dentadura, y me dice que llevaba años tirándole indirectas para conseguir un retrato. "¡Pues toma tu maldito retrato!", dijo, y me mandó al infierno. Entonces fue cuando yo..., bueno, estaba borracha, me lancé a por él. Lo cogí del cuello y le dije que lo mataría. Eso es lo que pasó, nada más. Me marché a mi casa. Bob y yo estuvimos una temporada sin hablarnos, y después ocurrió aquello, con la chica, Carmela, y eso provocó que nos reconciliáramos. A fin de cuentas, yo era la mejor amiga que Bob tenía. Además, yo le perdoné. Él sabía que yo le perdonaría todo.

Yo miraba la radiografía, aquella pintura en la que Bob se había explayado, como en el más duro insulto, sobre el cuerpo de Stelia. La retrataba como una holgazana. Como una mujer obscena y zafia. Honestamente, me preguntaba si alguien podía llegar a perdonar semejante agravio.

—Siempre has estado enamorada de Bob, ¿verdad, Stelia?

Vi cómo le temblaban los labios. De pronto, era como si hubiera tomado la droga de la verdad (bueno, un *gin-tonic* no quedaba tan lejos de eso).

—Éramos los dos mejores amigos, Tom. Como tú y Elena. Lo fuimos durante muchos años. Yo pensé que Bob seguía siendo el mismo, pero quizá cambió sin que yo me diera cuenta. No lo sé.

Me recordó las palabras de Deirdre: quizá Stelia también había idealizado demasiado a Bob.

—¿Y no llegaste a odiarle por esto?

—Lo hubiera matado —dijo apretando las manos—. ¿Eso es lo que quieres saber? Sí, lo hubiera matado. Bob era esa clase de hombres magnéticos. Cuando estás a su lado la vida fluye, es como una energía chispeante. Pero un día, de pronto, deciden que han tenido suficiente. Que ya basta. Que has dejado de ser interesante, o divertida, o yo qué sé... Y reconozco que necesitaba a Bob, y que lo odiaba por no necesitarme. Por vivir esa vida fantástica sin mí. ¡Él nunca necesitó a nadie!

Yo estaba sudando, joder. Hacía calor dentro y fuera de mi camisa. Tuve que hacerlo. Tuve que preguntarlo.

—¿Lo mataste, Stelia?

Stelia bajó la cabeza. Sonrió.

—Sí, Tom. Lo maté. En los últimos diez años, quizás unas veinte veces. Cada vez que alguien clavaba un puñal en mis novelas, era él, Bob, el que lanzaba el último suspiro. El que se desangraba en el silencio de una habitación. Pero nada más que eso. Solo eran pequeñas venganzas de mi imaginación.

Stelia recogió la fotografía y la devolvió a la caja. Después me preguntó la hora. Eran cerca de las siete y media de la tarde.

—Ahora debo irme, Tom. Tengo un vuelo que sale en dos horas.

Mientras ella llamaba a un taxi, yo me quedé observando la caja, pensando en todo el asunto de los cuadros dobles. Según me contó Mark, no era la primera vez que Bob la había liado con una de esas pequeñas bromas, pero, entonces, mientras Stelia chapurreaba su dirección en italiano a la operadora del radiotaxi, se me ocurrió una cosa.

Una de esas ideas que hacen que sientas un hormigueo por el cuello.

—¡Un segundo! —exclamé—. Espera un maldito segundo...

—¿Qué te pasa, cariño? —preguntó Stelia mientras regresaba al vestíbulo.

Yo estaba plantado frente a la caja de madera.

—Acabo de darme cuenta de algo.

—¿El qué?

—Los cuadros dobles, Stelia. Tom pintaba cuadros dobles como el tuyo. Mark me lo contó el mismo día en que apareció por Tremonte. Tú no eras la primera ni la última víctima de sus bromas. ¿Sabías que le hizo uno a Caroline Stein? Estuvieron a punto de ir a juicio, pero ella tampoco quiso que se publicara.

—Carolina Stein —murmuró Stelia divertidamente—. Sabía que Bob había hecho la misma jugarreta otras veces. Era lo que se rumoreaba.

—¿Cómo podemos sacar una foto de rayos X a un cuadro?

—¿A un cuadro? —De pronto vi cómo sus ojos se abrían de par en par—. ¡Al cuadro de Carmela, claro! ¿Crees que Bob pudo...?

—Dejarnos un mensaje. Eso es lo que era el cuadro a fin de cuentas: un mensaje que Bob dejaba como seguro. Tiene sentido si pensaba que su vida corría peligro. Cuando llevasen el cuadro a uno de esos peritos, con la reputación que precedía a Bob, seguramente lo analizaría con alguna de esas técnicas. Y, entonces, el mensaje oculto saldría a la luz.

—Dios mío, Tom. —A Stelia le temblaba la voz—. Puede que tengas razón.

—¿Has dicho que era algo fácil, verdad? Quizá yo mismo podría sacarle una foto esta tarde.

—No, no, verás. Hay una primera técnica, con luz ultravioleta. Necesitas una luz especial y un filtro para una cámara. Eso nos daría una primera pista de si hay algo oculto bajo la pintura.

—¿Y dónde consigo ese material?

—Puedes comprarlo en internet. Una luz negra y un filtro especial para el objetivo de una cámara. Pero creo que el perito de Franco dispone de ese material en su casa. Lo llamaré, le diré que...

—Espera —dije yo—. Es mejor que no le cuentes toda la historia.

Stelia ya había marcado el número, pero interrumpió la llamada.

—¿Y qué quieres que le diga?

—Invéntate algo, a fin de cuentas eres escritora. Pero no le hables del cuadro de Carmela.

—¡Ah! Había olvidado que Franco también está en tu lista. Hummm..., le diré que estás revisando algunas cosas antiguas que has encontrado en casa de Bob. De cara a una posible subasta. Yo qué sé. No creo que Franco sospeche nada.

—De acuerdo.

Stelia salió a la calle a hacer esa llamada y al mismo tiempo vimos llegar un taxi desde el fondo del camino. Ella se alejó un poco y vi cómo hablaba y gesticulaba durante un par de minutos. Mientras tanto, yo saqué su equipaje y ayudé al taxista a montar el lienzo en el asiento de atrás.

—Arreglado. Franco podrá recibirte esta tarde —dijo Stelia de regreso—. Yo te llamaré en cuanto me instale en Hamburgo. Esto está cobrando una intriga magnífica.

4

Entre Laura Ville y la Casa Rossa había tres kilómetros de estupendas curvas al borde del mar. Rocas, olivos y alguna que otra ruina de los tiempos de Tiberio. El atardecer se derramaba en el cielo como un vino rojo y extraño. Las luces de la costa, de los yates y los veleros parecían diamantes encendidos que vibraban bajo aquella cúpula negra que comenzaba a vislumbrarse en lo alto.

Al llegar a la entrada del *palazzo* observé una cámara de seguridad en una esquina, moviendo su ojo electrónico sobre mi coche. ¿Estaría Logan mirándome desde alguna oscura sala? Saludé con mi mejor sonrisa. Al cabo de unos segundos la verja hizo clic y comenzó a abrirse.

Conduje despacio por la senda que atravesaba el jardín principal y aparqué junto a un par de deportivos frente al portalón. El Hummer del otro día había desaparecido.

Había gente por allí, lo cual parecía una constante en la casa de los Rosellini. En una piscina cuyo borde llegaba hasta el mismo mirador detecté a cinco o seis personas, incluyendo algunas muchachas de buen ver. Se reían y soltaban frasecitas en italiano. ¿Serían actrices? Intenté escudriñar sus rostros en la distancia. ¿Sería Tania alguna de ellas?

Una doncella salió a recibirme en cuanto me apeé del coche. Tras confirmar que yo era míster Harvey, me pidió que la acompañara y yo la seguí por los pasillos, disfrutando de aquel uniforme que se le pegaba tan bien a la cintura.

Surcamos un recibidor de suelo ajedrezado y entramos en el salón donde nos habíamos tomado una copa el día del funeral de Bob. Una especie de hípster con unas gafas exageradamente gruesas estaba apoyado en el bar hablando por teléfono, muy malhumorado:

—Cuando te dicen mil son mil, ¡no diez mil! ¿Entiendes lo mismo que yo?, ¿hablamos el mismo idioma?

Al pasar por allí me echó un vistazo de arriba abajo; después, sin saludar siquiera, siguió montándole la bronca a quienquiera que fuese.

Pasamos por la galería que había tenido oportunidad de admirar durante el homenaje a Ardlan. Noté que había nuevos cuadros y algunas cajas (como la que Stelia acababa de llevarse a Hamburgo) abiertas. Un tipo, vestido como un *gentleman* inglés, le explicaba algo a una mujer bastante lozana que había decidido vestirse con algo casi absolutamente transparente y que repetía «*bello, bello, più bello...*», un poco borracha.

La bella flora y fauna del mundo del celuloide, pensé.

Franco Rosellini ocupaba el centro de un despacho imponente. Era como una caricatura. Un hombre grande vestido de negro, fumando un puro y tecleando en un pequeño portátil, en una sala gigante llena de dibujos, papeles, libros.

La doncella dijo: «Señor...», pero Rosellini debía de estar terminando un párrafo y ni siquiera levantó la vista para saludar. Dijo: «Siéntese», con la voz de un trueno, y yo lo hice, en una silla de piel de dromedario etíope o algo parecido.

Me fijé en que llevaba una tirita en un lado de la frente. ¿Una herida?

Me quedé allí callado, escuchando el repiqueteo de las teclas en el portátil de Rosellini, su fuerte respiración por la nariz y el chup-chup que hacía con los labios en su habano. Aquello seguramente era algún momento genial de la historia del cine, pero a mí me parecía que Rosellini solo pretendía impresionarme con la potencia de sus dedos. La clásica compensación fuerza-polla, como hubiera dicho Freud, o algo así.

Mis ojos se distrajeron por la ventana y observé una preciosa cancha de tenis de hierba. Después devolví la vista al interior del despacho, me fijé en un imponente retrato que colgaba justo a espaldas de mi anfitrión. Era un Ardlan. Un cuadro negro de cuyo centro surgía el rostro de Franco Rosellini como una gran luna malhumorada y gargantuesca. Entre un iluminado de Rembrandt y los hombres de traje de Francis Bacon.

—No hay nada debajo, por si se lo pregunta —dijo entonces Rosellini sin sacarse el puro de la boca.

Bajé la vista y me di cuenta de que el director había dejado de escribir y me miraba.

—¿Perdón?

Señaló el cuadro.

—Stelia me ha contado que usted lo sabe, lo de su doble lienzo. El mío no tiene trampas. El cabrón de Bob no se atrevió conmigo.

—Ah...

El director de las «tres mejores películas italianas de los 2000» (según *Variety*) se recostó en su butaca, que crujió un poco bajo su peso.

—¿Se ha marchado ya? ¿Stelia? —preguntó.

Asentí con la cabeza.

—Supongo que debe de estar a punto de coger su avión. Se iba a Hamburgo por una temporada. Ella...

Algo me interrumpió. Una cucaracha de color negro que yacía junto a su portátil comenzó a vibrar sobre la madera. Franco cogió el teléfono y escuchó durante cinco segundos, mientras negaba con la cabeza. Después pegó un grito:

—¡Llámalo y le dices que no es tu problema! Pero no vuelvas a molestarme a mí, ¡joder! —Y colgó—. Esto parece la puta guerra —dijo fumando de su puro—. Estamos preparando una nueva película. Ya sabe, la maldita producción.

Asentí como si supiera algo del tema.

—Volviendo al asunto del cuadro. Ha tenido que ser algo muy grave para que Stelia le hable de eso. Fue uno de los peores episodios de su vida. Llegó justo en un mal momento, cuando esos buitres del fisco se lanzaban sobre ella para desplumarla. Realmente fue un momento de mierda para descubrirlo... Oiga, pero ¿quiere beber algo?

Tenía un par de botellas ocultas en un armarito. Sacó dos vasos y los llenó de algo dorado.

—Es usted irlandés, ¿no? Entonces le irá el whisky.

—En realidad, soy de Connecticut —empecé a responder—, pero tengo un ancestro, mi tatarabuelo, que...

Franco no estaba demasiado atento; me puso el vaso en la mano y yo me callé.

—Mire, Harvey, se llama así, ¿verdad?, le diré algo sobre Bob. Nos conocimos cuando aún éramos aspirantes. Yo había rodado mi primera película, él acababa de vender su segundo cuadro importante... Stelia, que también comenzaba a despuntar con sus libros, lo invitó a Italia de vacaciones. Y nos hicimos «los tres amigos». ¿Conoce la película?

Di un sorbo al whisky. Joder, estaba bueno.

—Pero los años nos fueron volviendo seres cada vez más extraños. Obsesionados con nuestras carreras, egoístas, quizás incluso un tanto paranoicos sobre la amistad, ya que cuando uno consigue el éxito..., bueno, ya sabe, brotan ese montón de amigos de la nada. Pero nosotros lo éramos de verdad. Por eso jamás comprendí ese insulto de Bob a Stelia. Fue algo muy bajo. Retratarla así, con esa mezquindad... Stelia se volvió un poco loca. Realmente, Bob demostró bastante poco tacto.

—Tengo que estar de acuerdo con usted. Oiga, ¿qué es esto? —dije señalando el vaso—. Está de muerte.

—Clenhburran, Donegal. Producen cien botellas al año y mandan la mitad a Hollywood. Yo bebo un sorbo para trabajar: despierta la mejor parte de mi cabeza.

—No me extraña.

—Me ha dicho Stelia que quiere usted investigar unos cuadros de Bob. Saber si esconden alguna bromita, ¿no? Hablaré con Jean-Baptiste, mi perito, y le diré que lo acompañe al estudio. No le costará nada.

—¡Oh! Bueno, no querría molestar a su chico —dije intentando disimular—, bastará con que me preste un poco de material. Stelia dijo que con una lámpara y un filtro...

Franco le dio una buena calada al habano y la punta se encendió en una incandescencia.

—Comprendo..., quiere usted mantener sus asuntos en privado. Está bien, lo comprendo. Le pediré a Jean que le entregue lo que usted necesite, ¿está bien así?

—Eso sería perfecto, gracias.

—Bueno, y ahora un poco de *quid pro quo:* tendrá que contarme qué hay de verdad en toda esa historia de la que hablan los periódicos. Lo de Warwick Farrell y su chantaje. Usted fue la última persona que habló con él, ¿verdad?

—Coño, ya me estaba preguntando cómo es que me había recibido usted tan rápido.

Franco sonrió detrás de una densa nube de humo.

—Bueno, es más o menos cierto lo que dice la prensa: Farrell me envió esa extraña misiva, se citó conmigo en el monasterio y empezaba a contarme algo cuando le cayó todo aquello encima. Algo relacionado con la muerte de Bob... y la de Carmela Triano. Dijo que poseía un secreto, pero exigía dinero a cambio de contármelo.

—Eso es algo bastante probable viniendo de Warwick.

—¿Le pidió dinero a usted?

—Inflaba sus precios, por aquí lo sabía todo el mundo. Pero era el único que subía la montaña para traer las golosinas a mis amigos.

—Se refiere a...

—Droga, señor Harvey. Warwick era camello. Nos traía de todo. Lo camuflaba en su bicicleta, todo muy hípster. Pero ¿qué opina usted? ¿Cree que realmente Warwick descubrió algo oscuro en todas esas muertes?

Franco me observaba en silencio. Ahora yo tenía toda su atención y decidí jugar mis cartas con cuidado.

—Hay quien opina que el chaval estaba diciéndome lo que yo quería oír. Digamos que se pudo cocinar esa historia y tratar de vendérmela a cambio de dinero. Yo estuve hablándole de Carmela y de Bob un día antes. Por cierto, he oído que Carmela iba a participar en una de sus películas.

Franco arqueó sus cejas.

—¿Quién le ha dicho eso?

—Ruth Wells, que era su amiga.

Franco se quedó un largo rato mirándome y chupando su puro. Al cabo de este tiempo, me hizo un gesto para que me levantara de la silla.

—Venga conmigo, le enseñaré una cosa.

Obedecí; salimos del despacho y avanzamos por un pasillo que desembocaba en una gran puerta en forma de arco de ojiva. Allí dentro, una vez que las luces se encendieron, se desveló una sala de proyección. Una pantalla en blanco y unas seis filas de butacas.

—Siéntese —ordenó Franco de nuevo con su voz de trueno—. Póngase cómodo. Ahora entenderá...

Pensé que subiría a la cabina del proyector a montar alguna cinta, pero los tiempos habían cambiado un poco: ahora un iMac realizaba esa función. Franco sacó un teclado inalámbrico de alguna parte y navegó por una colección de carpetas interminable. Después apagó las luces de la sala y en la pantalla apareció la siguiente máscara en blanco y negro.

Carmela Triano. Prueba de cámara. 20 de mayo de 2016.

El resto del mundo se desvaneció y aquella chica apareció en pantalla, sentada en un taburete, junto a una barra que reconocí enseguida. Era el salón que acababa de atravesar esa tarde, donde el hípster melenudo echaba la bronca a alguien por teléfono.

Me di cuenta de que la veía «viva» por primera vez. El cuadro de Bob, sus fotos, mis sueños..., nada de eso me había permitido hacerme una idea de Carmela hasta ese momento.

La proyección continuaba. Carmela bebía de un vaso de agua, se recogía un mechón de pelo rizado y sonreía a la cámara con una especie de tímida ambición. De pronto había una terrible familiaridad en ella, como si ya la conociera. Como si yo la hubiera conocido antes.

—¿Cómo te llamas? —decía una voz al otro lado de la cámara—. Di tu nombre.

Ella respondía, demasiado tímida, tal vez: «Carmela.» «¿Qué vas a hacer?», continuaba el entrevistador, y ella anunciaba que leería un poema. Se reía, nerviosa, y después respiraba un par de veces y hacía una declamación. Forzada, mala. Parecía una actriz de colegio.

Franco quitó el volumen y en la pantalla Carmela Triano continuó leyendo su interminable poema entre espasmos y gestos un tanto exagerados.

—Le hicimos esta prueba de cámara en mayo —dijo desde alguna parte en la penumbra de la sala—. ¿Qué le parece?

—Bueno..., no es muy buena.

—Es malísima —remató Franco—. Traté de decírselo, pero ella, ya sabe, era joven. Estaba obcecada con su idea de ser actriz. Insistía en que podía mejorarlo. Dijo que iría a recibir clases de interpretación.

—¿Cree que eso hubiera cambiado algo?

—Lo dudo. La cámara no miente. Quizás hubiera conseguido algo, alguna vez, pero serían migajas, y con mucho esfuerzo. Yo intenté decirle que no merecía la pena.

—¿Puedo preguntarle cómo la conoció?

Repantingado en su butaca, el director echó una leve carcajada. Yo fruncí el ceño.

—Digamos que entró por la chimenea.

—Vaya, es usted un tipo con suerte.

—Tuvimos algo…, hace un año. Yo acababa de divorciarme de Olivia y estaba en Tremonte de paso; fui a una fiesta, precisamente en casa de Bob, y ella se me colgó del brazo. Después, cuando regresé de Estados Unidos, ella me pidió esta prueba de cámara. Y maldita sea, si hubiera sabido lo que le iba a pasar, no le habría dicho nada.

—¿Por qué lo dice?

—Porque la noche en que le di mi nota fue la última. ¿Entiende lo que quiero decir? Al día siguiente de decirle que posiblemente jamás llegaría a ser una actriz de primera, Carmela apareció ahogada en esa playa del este. Y por un instante llegué a pensar que…

—Un momento —le interrumpí—. ¿Esa era la noche de la famosa fiesta? ¿La del 21 de junio?

—Sí. La invité a la fiesta para decírselo, pensé que sería más llevadero. Normalmente no soy tan fino con nadie, pero Carmela era alguien especial… Llevaba días insistiendo en saber lo que opinábamos de su prueba. Le invité a una copa y la traje aquí. Se sentó ahí mismo —dijo señalando una butaca— y no acostumbro andarme con lindezas. Le dije lo que pensaba, sin miramientos. Ella se deprimió. Es un golpe que te digan algo así. Sé que es un golpe muy fuerte. Pero al cabo de un par de copas, se reactivó.

»Dijo que iba a ir a Roma a hacer una prueba para la Escuela de Interpretación Nacional. Yo conozco la escuela y sé que no es barata precisamente. Le pregunté de dónde iba a sacar el dinero. Ella respondió que tenía un mecenas, me dijo que estaba trabajando en un asunto y que a cambio iba a conseguir el dinero para ir a Roma.

—¿Un asunto?

—Ahí quedó la cosa. A veces es mejor no preguntar. Yo le

habría dicho que no se gastara el dinero, pero me callé. Entonces ella continuó con una frase muy rara: «Estoy jugando a los espías», eso fue lo que dijo. «Y eso requiere ser buena actriz, ¿sabes, Franco?»

—¿Jugando a los espías...?

—Se había bebido ya un par de copas, yo la había herido en su orgullo, por eso no hice demasiado caso. Pero al día siguiente, cuando oí la noticia de su muerte, todo eso me vino a la mente.

—¿Y no le dijo nada más?

—No. Salimos de aquí. Yo traté de ser amable, le dije que haríamos otra prueba en unos meses. Ella se perdió por la fiesta, estuvo hablando con gente por el salón, el jardín... Y después, dicen que alguien vino a buscarla. ¿Conoce la historia?

—Sí.

—En fin. En cuanto me enteré fue lo primero que me vino a la cabeza: ¿crees que esa chica se ha matado por tu culpa? En fin... No sería la primera vez que una actriz despechada lo intenta, al menos. Pero por alguna razón, no encajaba con Carmela.

Franco recibió otra llamada, y esta vez se levantó un instante y salió. Escuché su vozarrón enfadado resonando por las paredes de la galería.

—¡Ya te he dicho que no me llames para eso!

Me quedé solo en la sala de proyección y durante un largo minuto me dediqué a observar ese fotograma congelado de Carmela. ¿A qué asuntos se refería? ¿Quién era ese mecenas que iba a subvencionar su carrera como actriz?

Detecté el teclado inalámbrico apoyado en la butaca de Franco y lo cogí con la intención de volver a visionar la prueba.

Bueno, la historia es que cogí aquel teclado, que tenía una suerte de superficie táctil para manejar el ratón. Intenté encontrar el clásico panel de mandos de un reproductor de vídeo, pero aquello parecía no querer responder, así que empleé la vieja técnica de apretar todos los botones y esperar alguna reacción. Y la reacción no se hizo esperar. De pronto, la pantalla donde Carmela sonreía se minimizó y apareció el sistema de archivos del Mac. El archivo de la prueba de cámara de Carmela Triano se llamaba «Proba.C.Triano.May.2016.mov» y era el único archivo de vídeo de esa carpeta llamada «Carmela Triano», pero había algo más.

Me fijé que había otra carpeta. Algo con un nombre tan opaco como una letra: «X».

«¿Una letra X? —pensé—. Joder, no me jodas que estas son las cintas guarras de Carmela.»

Hice clic en la X y la carpeta se abrió. Ahí había un solitario archivo de formato .mov, o sea que era otro vídeo de Mac. El nombre era algo extraño, un conjunto de letras desordenadas de las que solo pude memorizar el principio: «CV32206...»

Dirigí el ratón hacia ese archivo e hice clic.

5

Al segundo siguiente un rectángulo negro ocupó la pantalla de la sala de proyección. Algo difuso, una especie de grabación realizada en plena noche y sin luz. Pero no me dio tiempo a nada más. De un golpe, las luces de la sala se apagaron. El iMac murió en un chasquido y pude escuchar el ruido de su ventilador desacelerando en el vacío. Era como si la toma general de la sala hubiera saltado por los aires. ¿Justo cuando me disponía a mirar aquel vídeo marcado con una X? Joder, ya era casualidad.

Me di la vuelta y miré a mi alrededor ¿Quizá Franco lo había visto todo desde alguna parte? Pero no estaba allí. En cambio, observé algo en el fondo de la sala. Un punto brillante de color rojo que seguía encendido a pesar de la desconexión eléctrica. Me levanté de la butaca y fui hasta allí con cuidado de no tropezarme con nada. Era un led del tamaño de una gota situado sobre una cámara de seguridad que me observaba con un ojo inerte e inquisidor.

Salí al pasillo, que estaba iluminado. ¿Entonces, solo habían cortado la luz de la sala? Alguien me había pillado husmeando en el ordenador de Franco y por eso había cortado la luz. ¿Logan, tal vez? ¿Me iban a colgar por los pulgares? Pero no había ni rastro de aquel tipo con cara de pescado muerto. En vez de eso, al doblar la primera esquina me topé con aquel tipo que había visto en la galería. El *gentleman* jovencito de pelo dorado y con cara de listo.

—¿Señor Harvey? —dijo con un inocultable acento francés—. Franco me ha pedido que le disculpe, tiene una llamada importante. Soy Jean-Baptiste, su perito. Me ha dicho que necesita usted cierto material...

Yo estaba todavía un poco desconcertado. Dije que sí y le hablé del filtro y la lámpara que necesitaba para hacer la foto a un cuadro. Jean-Baptiste me guio hasta la galería. Semiescondida en una esquina, había una puertecita que daba acceso a una pequeña oficina-taller donde, supuse, llevaba a cabo la verificación de lienzos y sus peritajes.

Le expliqué lo que necesitaba y JB sonrió al escucharme. Comentó que últimamente se había puesto de moda lo de mirar bajo los lienzos de Ardlan.

—Un estudio de fluorescencia con rayos UVA le servirá para detectar repintes y trabajo anterior, pero necesitará una prueba de rayos X para descubrir exactamente lo que hay debajo. Eso requerirá mover la obra. Por eso una inducción ultravioleta es lo mejor para empezar.

Rebuscó entre unas cajas de material y sacó una especie de lente que resultó ser un filtro ultravioleta. Me pareció haber visto algo parecido en la sala secreta de Bob.

También me entregó una linterna con forma de espada.

—Es una luz negra. Debe ser lo único que ilumine el lugar

cuando saque usted la foto, y debe hacer una apertura larga, de cinco a diez segundos. Si hay algo debajo, el tiempo de refracción dependerá del pigmento con el que esté realizado, pero si hay algo, lo verá.

Vale, me apunté todo eso en la cabeza y le di las gracias.

—¿Puedo ayudarle con algo más, señor? —me preguntó el joven cara-de-listo.

—Realmente, sí —dije yo—. ¿Sabe dónde puedo encontrar a Tania Rosellini?

El chico me dijo que buscaría a la doncella y me dijo que esperara en la galería. Al cabo de unos cinco minutos, justo cuando mis inquietos piececitos empezaban a querer investigar por sí mismos, vi aparecer, desde el fondo del pasillo, a la doncella de la cintura de avispa. Pero no iba sola. Logan, el hombre-pescado muerto, la acompañaba.

Se acercaron hasta mí con la gravedad de un paso fúnebre. Ella, su cara, era un retrato del miedo.

—La señora Rosellini está indispuesta —dijo nada más llegar.

Noté inmediatamente una especie de brillo extraño en sus ojos. Como si le costara tener que soltarme esa mentira.

—Lleva... —Miró de reojo a Logan—. Lleva un par de días mal del estómago. ¿Quiere dejarle algún mensaje?

—No —dije yo—, nada especial. Sé que era amiga de Warwick, solo quería darle mis condolencias. ¿Lo hará por mí?

—Lo haré, señor.

—Muchas gracias.

La doncella se marchó por donde había venido y yo me quedé a solas con Logan.

—Yo le acompañaré a la salida, señor Harvey —dijo extendiendo un brazo.

Llegamos al umbral. Fuera ya había oscurecido, pero hacía calor. Algunos de esos actores y actrices de la piscina se habían echado unas toallas al cuello y bebían algo junto a un coche que acababa de llegar.

—Oiga, Logan —dije volviéndome hacia él—, ¿podría hacerle una pregunta antes de irme? Usted trabajó para los Wells, en Rigoda, hasta hace unos meses, ¿verdad?

El tipo me escudriñó con sus ojos incoloros.

—Trabajé para los Wells hasta el pasado julio.

—Me consta que usted fue la primera persona que habló con Bob Ardlan esa mañana, después de que él encontrara el cadáver de Carmela.

—Es cierto.

—¿Puede contarme algo más? ¿Cómo ocurrió todo?

—Eso ya se lo conté a la policía —dijo él ásperamente.

—Sí, claro —dije—. Pero, oiga, ¿hubo algo raro esa mañana? ¿Algo que le llamara a usted la atención?

—¿Es usted un detective o algo así?

—No, solo me preguntaba...

—Mire —dijo él interrumpiéndome—, ¿puedo darle un consejo?: Es mejor que deje de husmear en las cosas de los demás, ¿entiende? ¿Sabe por qué se lo digo? A veces, uno mete el hocico en sitios y puede salir malparado.

Me quedé en silencio. Supuse que era él quien me había pillado hurgando en las películas de Franco. No obstante, aquel comentario me pareció desorbitado. Como si hubiera algo más que una simple advertencia. En aquellos ojos inertes, que jamás había visto pestañear, se podía leer una auténtica amenaza de algo violento.

Me di la vuelta, sin decir palabra, y salí mientras sentía la mirada de aquel hombre clavarse como un puñal en mi espalda. Pasé junto al grupito de jóvenes, me monté en el coche y arranqué suavemente. ¿Qué había en la maldita carpeta con la letra X? ¿Me había amenazado Logan realmente?

Y por si todos esos enigmas no fueran ya como diez toneladas de misterio sobre mi cabeza, algo más iba a ocurrir antes de que abandonara el recinto de la mansión.

Había enfilado el tramo final del sendero cuando, mientras atravesaba una densa arboleda, vi a esa doncella de cintura de avispa aparecer de la nada. Estaba medio escondida entre los pinos, y las luces de mi coche iluminaron el blanco delantal de su uniforme. Me hizo un extraño gesto. Frené y bajé la ventanilla del copiloto.

—¿Qué ocurre?

—La *signora* no se encuentra enferma, ni indispuesta. Era todo mentira.

Yo miré por el retrovisor. Temía que Logan pudiera vernos.

—¿Qué es lo que pasa? Hable.

—Aquí no —dijo la chica entregándome un papel—. Tome, envíe un mensaje a este número y seguiremos en contacto. Es urgente que ustedes dos se vean. Hay algo que ella debe decirle. Algo horrible que están intentando ocultar.

—Yo...

—Pero ahora siga, nadie debe saber nada. ¡Váyase!

EPISODIO V

EL EXTRAÑO CASO
DE UN HOMBRE CELOSO

1

Hubo un punto, en el camino de regreso, en el que sentí que debía parar. Sencillamente: sentí que, si no paraba, perdería el control del coche y saldría volando por ese negro acantilado de mi derecha. Era como si la línea blanca y desdibujada de mi derecha fuese el hilo de una tela de araña en cuyo extremo esperaba agazapada una hembra de ocho patas llena de veneno y de hambre. Era tocarla y morir.

Supongo que sufría un ataque de pánico.

Un pequeño mirador apareció muy oportunamente; uno de esos que tienen un par de bancos para achucharse y un telescopio a monedas. Aparqué y salí del coche con un cigarrillo en los labios. Me senté y cerré los ojos, y dejé que la brisa de la noche me peinara. ¿Qué demonios estaba haciendo? ¿Dónde estaba metiéndome?

En lo alto, la silueta negra y poderosa de Monte Perusso aparecía abotonada de luces, como un gigante vestido con un frac. Un monstruo devorador de carne cuyos huesos eran las casas blancas de Chiasano, que parecía un osario bajo aquella media luna.

Los ojos de Logan y su amenaza repicaban en mi cabeza. La película secreta que alguien había impedido que yo viera. El mensaje a la desesperada de Tania Rosellini. ¿Quizá me estaba acercando demasiado a la boca de ese dragón dormido?

Saqué aquel trozo de papel de mi bolsillo. Había un número de móvil italiano escrito en él. Lo leí, pero aún estaba a tiempo de olvidarlo. Si estrujaba ese papel y lo lanzaba contra el viento posiblemente se perdería en la negrura.

Cerré mi puño. Cerré los ojos.

El sonido de una fiesta lejana me hizo abrirlos. Abajo, en el mar, un yate navegaba despacio con todas las luces encendidas. Una pequeña multitud bailaba en la cubierta y los ecos de la música reverberaban en la noche.

Noté que mi teléfono vibraba en el bolsillo. Lo saqué y vi que tenía dos mensajes en la bandeja de entrada. El que acababa de llegar era de Paul Hitchman, desde Roma:

Hey, Tom. ¿Sigues de vacaciones en Salerno? Tengo lo que podrían ser buenas noticias. He encontrado otro sitio en el Trastévere. El Blackie Club. Están buscando una banda para los viernes noche, pero sería cuestión de empezar la semana que viene. Pagan a 100 euros por cabeza y nos prometen una temporada entera, al menos hasta la primavera que viene.

El segundo era de Barbara Scavo, de la agencia Roma Tours:

Hola, *caro*. Tengo dos grupos americanos interesados en la ruta de la Galería Borghese y los Museos Vaticanos.

Alguien preguntó por un tal Harvey de Connecticut. ¿Fenómeno fan? ¿Puedo cerrar un par de fechas contigo? Dime algo muy pronto. Sabes que eres el mejor.

Aquellos dos mensajes tuvieron un efecto extraño en mí. Eran como dos misivas de otro mundo. Dos ecos de una vida que, de pronto, echaba de menos con cierta melancolía. Roma, las noches de jazz y los grupos de turistas. Mi vida, a fin de cuentas, aunque fuese una mierda mediocre. ¿O me había olvidado de ella? Llegar a Tremonte, el *shock* por la muerte de Bob y la reaparición de la Más Bella Elena De Todas Las Elenas habían conseguido perturbarme. Aquel misterio. Carmela. El lujo de Villa Laghia y la pequeña gran oportunidad en el Mandrake. Todo eso había tejido una suerte de rápida telaraña a mi alrededor. Como el canto de las sirenas, Tremonte me había atrapado en sus entrañas. Pero ¿no era todo quizás una gran mentira?

«Esto no es tu maldito problema, Tom. Rompe ese papel, móntate en tu coche y lárgate cagando leches de este sitio. Vuélvete a Roma, compra un billete y visita a tu madre y a tu hermana. Olvídate de Elena, olvídate de Tremonte y de esta vida que no te pertenece a fin de cuentas.»

—Lo haré —me dije—, pero antes terminaré con esto.

Me levanté y escribí un mensaje a ese número del papel:

Tengo que devolverle algo. Escríbame para concertar una cita. Tom.

La entrada de Villa Laghia estaba despejada cuando llegué esa noche. Las furgonetas de la televisión se habían ido y, si quedaba algún periodista interesado en la casa, quizá se había tomado un descanso para ir a cenar.

Nada más entrar por la puerta me encontré el equipaje de Elena en el vestíbulo. Con toda la animación del día, me había olvidado de que ella regresaba esa noche.

—¿Elena?

En el jardín había una botella de vino abierta sobre la mesa y dos copas. Me imaginé que se trataría de Mark. Habrían vuelto de Londres esa misma tarde... Pero ¿dónde estaban? Entonces escuché unas voces más allá de las escaleras que conectaban la casa con el estudio.

—¿Hola?

—¡Tom! —dijo ella apareciendo por detrás de unos arbustos.

Justo a su espalda surgió Nick Aldrie.

—Hola, Harvey —saludó—. ¿Cómo está?

—Sorprendido —dije.

Miré a Elena fijamente, ardiendo de celos.

—¿Cuándo has llegado?

—El avión ha aterrizado a las ocho, Nick me llamó y se ofreció a traerme.

«Yo podía haberte ido a buscar», pensé. Y parece que Elena me leyó el pensamiento.

—No te quería obligar a salir, tal y como tienes el pie..., pero ¿dónde estabas?

—Yo..., bueno, ya me conoces. No aguanto en casa. He salido a dar una vuelta con el coche. ¿Y vosotros?

La pregunta era una jodida indiscreción, pero reconozco que no pude aguantarme. Nick y Elena se miraron con una sonrisa de complicidad que no hizo más que hundirme aún más.

—Nick ha venido a ver el cuadro —dijo Elena entonces.

—¿El cuadro?

—El de Carmela —respondió Nick—. Elena me habló de él el otro día y le pedí que me lo enseñara. Es fantástico. Terrible y fantástico.

Me mordí la lengua para no decir nada realmente fuera de tono.

—Siento mucho lo que le ocurrió. He oído que ella y usted eran novios.

Aldrie bajó la mirada.

—No habíamos hecho más que empezar a vernos, en realidad...

—En fin —interrumpió Elena—, Nick ya se iba.

—Sí —respondió él—. Espero que se recupere del pie, Harvey. Por cierto, mañana saldremos a navegar. Si le apetece, está invitado.

—No lo sé —respondí—. Me mareo un poco en los barcos.

Nick se acercó a Elena y le plantó un beso en la mejilla. Se despidieron hasta el día siguiente.

Cinco minutos después Elena y yo estábamos en el jardín. Yo no había podido aguantar ni siquiera ese rato para sacar el tema.

—¿Poner las cartas boca arriba? —dijo Elena—. ¿Qué cartas?

—Aldrie y tú.

—Nick y yo somos buenos amigos, Tom. Nada más.

—¿Buenos amigos o buenos buenos amigos? Creo que es obvio que él va a por ti. Y entre vosotros hay una tensión que se puede cortar con navaja... ¿Tuvisteis algo?

Ella sonrió hastiada, como si mis celos fuesen una pesada carga que debía soportar.

—Bueno, si quieres la verdad... Nick y yo tuvimos una historia.

—¿Una historia?

—Un *affaire*. ¿Cómo quieres llamarlo? Fue cosa de un par de días. Ya veo que necesitas saberlo. Te morirás de una sobredosis de imaginación si no te lo cuento.

—Exacto.

—El año pasado, en octubre, pasé una semana en Tremonte. Acababa de romper con Sam y en París las cosas no iban del todo bien con la galería. No había visto a papá en todo el verano, así que decidí aceptar su invitación y venir un par de semanas. Cuando llegué, papá dijo que tenía la cara más pálida y triste del mundo. «Hay que hacer algo urgente.» Ya sabes cómo era. Así que dejó de trabajar y salíamos con la lancha todas las mañanas, íbamos a Capri a comprar ropa, a la playa... y por la noche íbamos al Mandrake. Cenábamos langosta y una botella de Moët cada noche, y no me dejaba volver a casa hasta que no hubiéramos bailado por lo menos una vez.

—Y no me lo digas: Nick te sacó a bailar.

—No seas idiota, ya lo conocía de antes. Nos había invitado a cenar en un par de ocasiones, incluyendo a Sam, cuando pasábamos las vacaciones aquí. Pero jamás habíamos llegado a entablar una conversación. Y entonces sucedió. Una de esas noches, mientras papá estaba charlando con algunos amigos, él apareció a mi lado. Nos pusimos a hablar. Y lo cierto es que no hubiera dado un céntimo por él al primer vistazo, pero resultó tener una conversación apasionante. Y después, es cierto, bailamos.

—Y una cosa llevó a la otra...

—Un par de noches y una cena a la luz de las velas. Nada más. Después regresé a París y él se las arregló para enviarme unas flores a la galería. Yo intenté ser lo más fría posible. No quería empezar una nueva relación un mes después de divorciarme.

—¿Y ahora?

—Ahora, ¿qué? Es un hombre agradable, está siendo muy sensible conmigo y no ha intentado absolutamente nada. Hace solo dos meses perdió a su novia... Creo que él tampoco tiene ninguna intención de empezar algo nuevo. Solo algo de compañía interesante, Tom. Charlar de la vida y de las cosas bellas. ¿Tan difícil es encajar eso para ti?

Yo me quedé callado pensando: «Sí, es muy difícil de comprender. Eres una mujer preciosa, elegante y ahora, además, millonaria. Pero, bueno, intentaré imaginar que Nick es una especie de monje asexuado que solo quiere estar contigo por tu intelecto. No me lo creo ni por un instante, pero no pienso admitirlo tampoco.»

—¿Qué tal te ha ido en Londres? —dije para cambiar de tema—. ¿Y Mark?

—Se quedó cerrando algunos asuntos. La Tate está organizando una retrospectiva de la obra de papá. Y esta noche iba a cenar con un tipo del MoMA. Ya sabes, ahora hay mucha gente interesada. Ah, por cierto, leímos el testamento y tengo algo parecido a una buena noticia para ti, Tom. Papá de verdad te tenía en gran estima. Eres la única persona que nombraba en su testamento.

—¿Bob me nombró?

—Sí, te ha legado un cuadro suyo del fondo de retratos de Londres. Es una obra pequeña pero muy interesante.

Yo me quedé patitieso. Esa noticia era como ganar la lotería.

—No sé qué decir.

—No digas nada, Tom. Sencillamente disfrútalo. Por supuesto, Mark ha dicho que si te interesa puede gestionar una venta para ti. Quizá necesites el dinero más que un cuadro de Bob Ardlan.

—Bueno..., ahora no puedo tomar esa decisión.

—Claro, lo comprendo, en fin... ¿Quieres un vino? La botella está exquisita y es la noche perfecta para acabarla.

Asentí y ella se llevó la copa de Nick y trajo una nueva. Yo aún tenía una extraña combinación de sensaciones en el estómago. Mi ansiedad, mis celos y ahora una pizca de alegría material porque quizá mis problemas económicos se habían resuelto para una buena temporada (o definitivamente). Pensé en si debía hablarle a Elena de los acontecimientos del día. Eso me recordó que debía transmitirle el mensaje de Wells sobre la casa.

—¿Has pensado algo sobre Villa Laghia? —dije tras catar el vino—. Hoy me he encontrado con Alexander Wells; dice que estaría interesado en hacerte una oferta si decides venderla.

—Lo sé. Nick me lo ha dejado caer también..., pero no necesito el dinero. Y todavía no estoy lista para desprenderme de nada de papá. Creo que dejaré pasar un tiempo. Aunque tengo claro que no quiero vivir aquí. Esto es demasiado pequeño, y ya sabes, soy una niña criada en una gran ciudad. Necesito el ruido.

—Claro.

—¿Y dónde te has encontrado a Wells? —preguntó ella entonces.

Me di cuenta de que mentir sería un error, pero la verdad requería un montón de explicaciones. Pensé que no podía seguir ocultando ciertas cosas.

—Elena, creo que hay algo importante que debo decirte. Sé que me pediste que no siguiera investigando, pero ayer encontré algo de pura casualidad. Es en el estudio... y creo que debo mostrártelo.

Ella arqueó las cejas sorprendida y preocupada al mismo tiempo.

—¿Qué quieres decir?

—Ven —dije levantándome de la silla—. Te mostraré algo.

Elena se levantó con el vaso en las manos.

—Tengo la sensación de que esto no me va a gustar.

Era su casa, a fin de cuentas. ¿Cómo podría obviar el descubrimiento que había hecho? Pero lo cierto es que entrar en aquella habitación secreta supuso un varapalo para Elena. Ella ya había enterrado a su padre, había ejecutado su testamento y estaba preparada para pasar página, y ver las fotografías de Carmela Triano muerta en la playa no ayudaba precisamente a seguir adelante.

Estuvimos sentados en la sala de revelado bebiendo de las copas que nos habíamos llenado, sin hacer otra cosa que mirar todo aquello. El cuadro de Tania Rosellini no había sido ninguna sorpresa para Elena, pero las fotos de Carmela la habían perturbado sobremanera.

—¿Alguna vez has pensado que nunca conociste a tu padre del todo? —dijo ella entonces—. Yo siempre he tenido esa sensación.

Yo pensé en mi padre. Cuando murió, entramos en su

despacho por primera vez en... ¿toda su vida? Abrimos cajones que solo él había abierto. Yo temía encontrarme algo oscuro... Incluso la carta de una amante del pasado.

—Sé lo que sientes. Pero todo esto tiene una explicación. Seguro.

Elena permanecía en silencio, con la mirada congelada en aquellas fotos.

—Pero ¿qué pretendía? ¿Pintar su última gran obra antes de tirarse por el balcón? Dios mío, esto es asqueroso.

—Hay algo inexplicable en todo esto, Elena. Tu padre no era así.

—Llevo quince años viniendo a esta casa y papá no me habló ni una sola vez de este lugar. ¿Te refieres a eso? ¿Por qué creó este escondite?

—Puede que ya estuviera hecho. Anoche cuando lo encontré me fijé en la obra que une la estantería con la pared, parece viejísima, como si la habitación secreta fuese algo de los tiempos en que se construyó la casa. Y todo el mundo tiene secretos..., supongo.

Entonces me fijé en la cámara Nikon y la caja con accesorios. Me di cuenta de que uno de ellos era un filtro UV como el que Jean-Baptiste me había prestado.

—Hay algo más —dije—, pero necesito tu permiso para hacerlo.

—¿El qué?

—Quiero hacerle una foto al cuadro de Carmela. Una foto con rayos UVA.

—¿Qué?

—Tu padre solía hacer lienzos dobles. ¿Sabes lo que son?

—Sí, era una de las señas de identidad de papá. Desde hace años todo el mundo que se compraba un Ardlan lo radiografiaba. Era como una especie de broma..., lo que se suele llamar «un huevo de Pascua».

—Le hizo uno a Stelia. Uno bastante horrible.

—¿De veras?

—Y Stelia lo amenazó de muerte. Mark me lo contó hace un par de noches, luego hablé con ella. Creo que Stelia siempre estuvo enamorada de tu padre, y él tuvo ese detalle, un tanto mezquino, porque pensó que Stelia iba detrás de un Ardlan, a cualquier precio.

—Mi padre podía ser así de idiota —dijo Elena—, eso te lo aseguro.

—El caso es que hablando de ese asunto se me ocurrió que deberíamos revisar el *Réquiem*. ¿Podría haber dejado algo escrito ahí debajo?

—Vale, de acuerdo. Pero necesitarás material para eso.

—Tengo todo lo necesario.

—Muy bien —dijo Elena poniéndose en pie—. ¡Ya sabía yo que tu cabeza no iba a poder estarse tranquila! ¡Hagámoslo!

—¿Ahora?

—Sí. Ahora mismo. Quiero terminar con esto, Tom. De una maldita vez por todas.

2

Media hora más tarde habíamos preparado el escenario de nuestro experimento particular. La lámpara UVA estaba enchufada a un concentrador que había cerca del caballete. Al encenderla, el extremo norte del estudio quedó regado por una intensidad violácea, de esas que te blanquean los dientes y hacen que tu camisa brille por lugares inesperados.

—Sujétala cerca del cuadro —le pedí a Elena.

Como si fuera una princesa Leia armada con su espada láser, Elena apuntó al cuadro de Carmela Triano con la lámpara. El lienzo reaccionó a la luz. De pronto era como si aquel cuerpo se hubiese transformado, como el mágico retrato de Dorian Gray. Decenas de sombras y manchas lo recubrían ahora confiriéndole un aspecto terrible. Era como si Carmela se estuviera pudriendo en ese lienzo.

—Una química especial... Blanco plomo, quizá.

Yo estaba terminando de sujetar la Nikon a un trípode improvisado en un caballete. Antes de eso le había acoplado el filtro de rayos ultravioleta que debería detectar los repintes ocultos bajo la superficie, si es que había alguno.

Usando un celo industrial, acoplé la cámara a una peque-ña bandeja de madera, a una altura que consideré suficiente, y ya estaba listo. Ajusté el disparo programado a 20 segundos y una apertura de 10, no quería que mi pulso pudiera desvirtuar la prueba. Además, para estar del todo seguro, programé una secuencia de cuatro disparos.

—Listo —dije tras probar el enfoque.

—Vamos allá.

Algo, una pequeña corriente de aire fresco, me erizó la piel de la nuca cuando apreté el botón. La cámara emitió un goteo de suaves pitidos mientras hacía su cuenta atrás y Elena y yo esperamos en silencio.

Carmela, muerta y descompuesta sobre la arena, esperaba también, y me di cuenta de que algo en el fondo de sus ojos brillaba de una forma especial, tétrica, bajo la luz de la lámpara.

Clic. Clic. Clic. Clic.

Fueron cuarenta segundos pero duraron toda una eternidad. El leve zumbido de la lámpara y el sonido de los mecanismos que se encargaban de abrir el obturador y cerrarlo cada diez segundos. Era como una tensión perfecta. Incluso Elena, en su escepticismo, parecía tener los pelos de punta.

Cuando cesó el ruido, dejamos pasar otros treinta segundos. La cámara se había quedado en completo silencio.

—Supongo que ya está —dije.

Me temblaba el pulso cuando despegué la Nikon de la bandeja. Finalmente la tuve entre las manos y apreté el botón de reproducción para visualizar las fotos en la pantalla posterior de la cámara.

—¿Se ve algo? —dijo Elena acercándose y poniéndose a mi lado.

Lo que vimos entonces nos pareció una especie de error. De pronto, no había cuadro sino un garabato fosforescente, tanto que tuve que navegar adelante y atrás para asegurarme de que se trataba de las fotografías del lienzo de Ardlan. Pero definitivamente aquellas eran las cuatro fotografías que yo acababa de sacar. ¿Qué demonios había pasado?

Aquel error grotesco era algo sutil, un color que se confundía al entrar en contacto con los colores que representaban la piel de la muchacha. Intenté ampliar la imagen con el control de la cámara y eso desveló algo: realmente el cuadro estaba ahí, oscuro, casi bajo una marca de agua sobre la que predominaban aquellos manchones de color brillante. Siete grandes cúmulos de color.

—Espera —dijo Elena—, juega con el contraste. Creo que veo algo.

Modifiqué los valores y las seis figuras tomaron una forma más nítida. Eran letras. Formaban... ¿una palabra?

«Dios —pensé—. El nombre del asesino. Está aquí. Lo hemos encontrado.»

—¿Tú puedes distinguirlo?

—Yo no. Está demasiado borroso.

—Repitamos el experimento —dijo Elena—, pero esta vez con una apertura menor, para evitar que se sature.

Repetimos el proceso y el nuevo resultado era mucho mejor. Los contornos de aquellas sombras se habían perfilado gracias al tiempo menor de exposición y ahora podía verse algo más. Joder..., se podían seguir aquellas siluetas y descifrar lo que contenían. Bueno, y me había equivocado en una cosa. Exceptuando la primera, una «R», los siguientes símbolos no eran letras, sino números. Elena vino con un lapicero y un papel y los fuimos escribiendo uno a uno:

Eso era todo. Ahí estaban los seis manchones del cuadro, ahora transformados en aquella inexplicable secuencia.

—¿Sabes lo que puede significar?

—Ni idea. ¿Una matrícula?

—¿De qué país?

—Eso sería fácil de investigar en Google, pero parece demasiado sencilla para ser una matrícula moderna. Me parece una referencia..., algo así.

—Lo único que está claro es que tu padre lo puso ahí a propósito. Está completamente centrado en el lienzo.

—Papá a veces reutilizaba lienzos. Hacía pruebas, mira ese, por ejemplo —dijo Elena señalando uno donde Bob había realizado una serie de pruebas de color y borrones—. Pero es realmente inquietante que en este..., precisamente en este...

—Erre nueve tres seis tres tres —dije leyendo y releyendo la fotografía— es algo. La combinación de una caja fuerte.

—No hay cajas fuertes en la casa.

—¿En Londres? ¿Tu padre tenía más casas?

—No. Vendió su apartamento y estudio después del incendio. Su lista de propiedades se reducía a Villa Laghia, el almacén de Londres gestionado por Mark, su coche y su lancha. Nada más. Papá se dedicaba a gastar su fortuna viviendo. No le gustaba acumular cosas. Ya sabes cómo era.

—Quizás haya una caja fuerte en ese almacén o algo parecido.

—Le preguntaré a Mark. Mañana le enviaré esta fotografía, quizás él sepa de qué va el asunto.

Excitado por aquel descubrimiento, resistí a mi cansancio durante otras dos horas, frente al ordenador portátil de Elena, buscando en la red. R93633 podía ser una matrícula de algunos países tan improbables como Serbia. También podía atender al formato de etiquetado de contenedores de leche de vaca en los Alpes suizos. Incluso jugué con el número 936. ¿Múltiplos de tres? ¿El prefijo de un teléfono? Resultó ser el código de los teléfonos de Tejas. Joder, eso no tenía ningún sentido. Terminé dormido con el ordenador en el vientre.

Al día siguiente bien temprano, Elena se puso en contacto con Mark para consultarle acerca de una combinación, palabra o clave que pudiera relacionarse con «R 9 3 6 3 3».

—No tiene ni idea —me dijo al terminar la llamada—. Dice que las referencias de los cuadros del almacén son mucho más largas. Además, ninguna caja fuerte tiene letras en su combinación. Me ha sugerido que revise sus posiciones bancarias. Y también tenemos una lista de llamadas realizadas con su teléfono, pero no cree que encontremos nada. Para Mark, eso puede ser sencillamente una casualidad. Un lienzo que papá utilizó para alguna cosa y después pintó encima.

—Venga ya. Esos números han aparecido en el centro del cuadro. Y no en cualquier cuadro: es el retrato que no terminó de una muchacha muerta a la que además había sacado unas extrañas fotos.

—Estoy de acuerdo —dijo Elena—, pero piensa una cosa, Tom: si papá hubiera querido dejar un mensaje, ¿no sería más fácil escribir una palabra que todo el mundo pudiera entender? El nombre del asesino..., lo que fuera.

—Tiene que haber una razón —dije yo—. Anda, pásame la lista de llamadas. Empezaré con eso.

Elena dijo que ella revisaría los movimientos en las cuentas bancarias de Bob. Aunque quizá no lo iba a admitir, yo estaba seguro de que aquel descubrimiento doble —la sala secreta y el extraño número oculto bajo el cuadro— habían conseguido convencerla de que había algo más en todo el asunto. A fin de cuentas, ¿no venía todo eso a demostrar que Warwick había dicho la verdad? El escondite de Bob que él había mencionado era real y allí debajo había algo que Warwick reconoció como una prueba contra alguien.

Mi análisis de las llamadas de Bob me llevó a la conclusión de que en los dos últimos meses no había usado demasiado el teléfono. Agosto estaba casi en blanco, exceptuando dos llamadas a Mark y Elena. Septiembre era otra página casi vacía, a excepción de mi teléfono, que aparecía fatalmente asociado a su última llamada, a las 21:43 del sábado 8 de septiembre.

«De modo que realmente fue la última —pensé—. Tal y como siempre había pensado.»

Antes que eso, en julio, junio..., había llamadas a números italianos. El móvil de Stelia aparecía un par de veces, y Elena me ayudó a identificar también el de Franco Rosellini. Un tercer número que aparecía en junio coincidía con el que la doncella de Tania me había entregado la tarde anterior. O sea, que Bob había llamado a Tania unas cuantas veces.

En mayo había unas cuantas llamadas a Warwick y a la propia Elena, y antes —entre enero y abril—, Bob había tenido mucha más actividad, con unas treinta llamadas al mes. Una de ellas, en enero, era a un número italiano terminado en 633, las mismas últimas cifras que el mensaje del cuadro, así que llamé.

Me respondió un tipo en un italiano vertiginoso.

—Hola, ¿con quién hablo?

—¿No debería usted saberlo? —refunfuñó el hombre.

—Bueno..., perdone..., es que he visto este número en mi agenda y...

—Es la carnicería San Tuzzo, ¿quería encargar algo?

—¿Una carnicería? —pregunté un poco desilusionado—. Ah..., no, gracias. Soy vegetariano.

Colgué y miré a Elena. Se estaba riendo detrás de su ordenador.

Terminé con el informe y apunté todos aquellos números que no habíamos podido identificar con la agenda de Elena. Después envié un *email* para Mark y Stelia, con la esperanza de que ellos pudieran ayudarnos a asociarlos con conocidos comunes.

—¿Has encontrado algo? —preguntó cuando, al cabo de una hora, me levanté y le propuse un café.

—Bueno..., la única conclusión que saco es que tu padre comenzó a aislarse en mayo. Al menos, telefónicamente.

—¿Qué llamadas hizo el 18 de mayo? —preguntó.

—¿El 18 de mayo? Espera, lo miraré, ¿por qué?

—Hay una cosa curiosa en los movimientos del banco. El 18 de mayo papá almorzó en Londres, en un restaurante llamado Gueuleton. Una cuenta de cuarenta libras. No pagó el hotel, pero hay un cargo por una reserva de la British Airways justo un día antes. Además, hay unos cuantos cargos de taxis, tanto de Salerno como de Londres. O sea que viajó a Londres de improviso, solo para un día.

—Espera..., creo que Mark mencionó eso —dije yo—. Él pensaba que Bob había ido a Londres a reunirse con Tanmoy no-sé-qué.

—Chaterij —dijo Elena—, el marchante de Sam Jackson.

—Sí, Stelia les puso en contacto. Bob debía de estar un poco hasta la médula de Mark.

—Lo de papá iba por rachas. Cuando Mark negociaba bien, se olvidaba de él, pero si le hacía perder dinero..., en fin. Le pasaba lo que a todas las personas desordenadas. Era impulsivo.

—El 18 de mayo tu padre no llamó a nadie.

—Curioso. Espera, llamaré a Francesca.

Elena hizo venir a la asistenta, que en ese momento estaba en la cocina preparando el almuerzo.

—Francesca, ¿recuerda usted que mi padre viajara a Londres el pasado mes de mayo?

—*Aspetta, fammi pensare...* Eso queda muy lejos ahora —dijo con las manos dentro de la masa—. ¡Pero sí! ¡Sí lo recuerdo! Fue una cosa extraña. Salió de madrugada sin dejar ni una nota, y volvió a la noche. Al día siguiente vi una taza de café en el fregadero y lo busqué por la casa... sin encontrarlo. Estaba un poco preocupada, así que me atreví a ir a su estudio. Llamé un par de veces a la puerta y entré..., estaba abierta, ¿sabe? Y allí dentro olía a tabaco, pero el señor no estaba por ningún lado.

Elena y yo nos miramos. Pensábamos lo mismo: ¿la habitación secreta?

—Después apareció a media tarde, con aspecto agotado, sin afeitar. Me pidió que le hiciera algo de comer. Estaba como ido. Yo me despedí al anochecer y él ni siquiera me respondió. Estaba sentado ahí fuera, mirando al infinito. Luigi me dijo que pensaba que había perdido la cabeza.

—Francesca, ¿le dice algo este número? —dije mostrándole un papel con el extrano R 9 3 6 3 3.

La sirvienta se acercó y lo miró con el ceño fruncido.

—No..., ¿qué es?

Seguimos trabajando a la sombra del limonero, intentando ordenar las piezas del puzle. Bob había viajado a Londres a mediados de mayo. A su regreso se sumergió en un estado de perturbación que lo aislaría del mundo durante los meses siguientes.

—Creo que tendríamos que saber lo que hizo tu padre en Londres ese día. ¿Se reunió con alguien?

—Eso será bastante difícil de descubrir. Aunque haré unas llamadas. Empezaré por Tanmoy... Quizá papá fue a organizar sus asuntos.

—Bueno..., tienes el nombre del restaurante, ¿no?

—Gueuleton, parece francés.

Saqué mi teléfono móvil y abrí la aplicación de mapas. Introduje la palabra «Gueuleton» seguida por «Londres». Por una vez tuvimos suerte: un único resultado sin ambigüedades.

Al mostrarle a Elena la ubicación del restaurante ella palideció un poco.

—Es Bermondsey, nuestro antiguo barrio —dijo—. Papá almorzó frente a su antiguo estudio..., el que ardió.

3

A media mañana vimos el *Jamaica* fondeando frente a Villa Laghia. Hizo sonar su bocina y Elena apareció en la terraza. Llevaba una pamela de paja, gafas de sol y se había puesto el bikini debajo de unos pantalones cortos. Mientras saludaba con la mano la observé: estaba sencillamente arrebatadora.

—Vamos —dijo—, el aire del mar le sentará bien a tu pie.

—Vete sola. No quiero ir de carabina —gruñí.

—No digas bobadas. ¿Has estado en Procida? A motor no se tarda nada.

Aunque no me apetecía una soberana mierda, acepté por puro orgullo. Me puse un bañador y una toalla al hombro y bajamos al pantalán, donde nos esperaba el mozo de Nick Aldrie a bordo de una chalupa.

El *Jamaica* era un yate de tamaño medio con las exquisiteces de esa clase de embarcaciones. Abordamos la nave por unas gradas en su popa, con la ayuda del mozo, y Aldrie nos recibió detrás de unas gafas de sol, vestido con ropa veraniega y blanca. En la mesa, además de unos ejemplares del *Money* y

Fortune, nos esperaba un desayuno a base de *champagne, croissants* y fruta. Después me enteré que a esto lo llamaban *high tea,* aunque yo hubiera utilizado esa expresión para otra cosa.

Aldrie nos presentó a un par de amigos, Jean-Luc y Auryn, que estaban de paso por Tremonte, también a bordo de un velero, pero ese día les tocaba descansar. Tomamos el *high tea* y hablamos un poco mientras poníamos rumbo a Positano. Jean-Luc debía de ser medio aristócrata, y Auryn había trabajado de modelo o algo parecido, pero ahora tenía un negocio *on-line* de ropa. A ellos les interesó mucho que Elena fuera la hija de Bob Ardlan. No solo por el morbo de las últimas noticias, sino porque el padre de Jean-Luc debía de poseer algún Ardlan.

—Dicen que las *Columnas del hambre* ya ni siquiera tienen precio. Ten cuidado, no sea que el Gobierno considere alguna tesoro nacional.

Convertirse en tesoro nacional significaba que una pieza de arte no podía abandonar los límites geográficos de un país, lo que reducía ampliamente sus posibilidades de venta. Pero Elena descartaba que esto pudiera ocurrirle a su padre. «Es demasiado contemporáneo», dijo.

Como siempre, el tema del jazz terminó saliendo a la palestra, esta vez elegantemente traído de la mano de Aldrie, quien esa mañana parecía dispuesto a ser mi amigo. Mi bolo en el Mandrake tendría lugar en un par de noches y me preguntó qué planeábamos tocar. Yo mencioné una lista que incluía Sonny Rollins, Dexter Gordon, Trane y Monk.

—Los viejos buenos clásicos —dijo Jean-Luc—. ¿Y no tiene música propia?

La otra eterna pregunta. Le hablé de MI disco (el disco

The Velvet Echoes, Satellite Records, 2007), que había graba-
do hacía por lo menos diez años. Omití contar que, después
de una década vendiéndolo de concierto en concierto, todavía tenía ocho cajas llenas en mi apartamento de Roma. Y así,
mientras les hablaba de referencias y formas musicales, disi-
mulaba el hecho de que mi historia no era muy diferente a la
de muchos otros músicos: grabas un disco cuando crees que
te vas a comer el mundo, después empiezas a dar bolos y un
día te das cuenta de que, sencillamente, necesitas tocar para
comer. Y no precisamente el mundo, sino unos *noodles.* Y ese
segundo disco se retrasa hasta que, finalmente, jamás ocurre.
Para entonces ya estás metido en la rueda del hámster, demasiado rápido como para poder salirte.

Aunque pensé que ahora, con el regalo de Bob, podía darle una vuelta al asunto. ¿Por cuánto dinero podría liquidar
ese cuadro? ¿Quizá podría volver a grabar algo? ¿Intentarlo
de nuevo con mi propia música? O quizás invertir en un negocio. Un bar de jazz..., la mejor manera de seguir siendo pobre, pero al menos podría tocar y beber cuando quisiera.

Surcamos la Bocca Piccola y pasamos Capri de largo. A
mí me hubiera apetecido bañarme en la Grotta Azzurra, pero
supuse que eso no era suficientemente *cool,* al menos a esas
horas del día, cuando las hordas de turistas copaban el lugar
con sus barqueros-cantantes de ópera. Navegamos por el
golfo de Nápoles, con el Vesubio de fondo, como un gran
gigante que nos observara. Aún restaban un par de horas de
viaje y llegamos a ese punto de la navegación en el que todo se
convierte en algo aburrido: sentarse o tumbarse en la cubierta, comer, beber, tomar el sol y hablar de cosas entretenidas e
interesantes... a poder ser.

Mientras Elena se enfrascaba en una charla sobre la Unión

Europea con Jean-Luc (un tema que sorprendentemente les atraía), yo pensé en disfrutar de la brisa marina y dormir un poco al sol. La noche anterior había vuelto a ser demasiado corta. Me busqué una hamaca en la proa y cerré los ojos un rato. Aquel número volvió a aparecer en mi cabeza como una sobreimpresión.

R 9 3 6 3 3

9+3+6+3+3 = 24 ¿horas del día?

33 de junio del 93. ¿Y la R?

Un Renault 9 - matrícula 3633... ¡Bah!

¿Qué intentabas decirnos, Bob? ¿Intentabas decirnos algo?

Cuando desperté, estábamos ya en los alrededores de Marina Grande, el puerto principal de Procida. Me saludó la belleza de ese anfiteatro de casas de color pastel apiladas, con la cúpula de una iglesia coronando la ciudad. Pensé que fondearíamos en el pueblo y daríamos el clásico paseo, pero el yate continuaba sin intención de atracar. Escuché a Aldrie hablando con Elena por encima de mi cabeza, en la cabina del timón. Le explicaba la historia de la isla, de sus barrios, llamados *grancie*, y su torre de vigilancia defensiva en lo alto de Marina Corricella, como un perfecto e interesante anfitrión. Después rodeamos la isla hasta toparnos con un islote en forma de media luna, completamente verde y sin una sola casa. Era Vivara. Fondeamos frente a una pequeña cala de agua increíblemente clara, a los pies de una de esas paredes verdes que parecían salidas de una película sobre el Jurásico.

—Tonni irá en busca del almuerzo —anunció Aldrie—. Mientras tanto, podemos abrir el apetito con un baño. Si alguien lo desea, tengo gafas de buceo...

Jean-Luc, Auryn y Elena se lanzaron de cabeza en aquella agua maravillosa. Había muchos peces y vegetación, pero también un precioso fondo de arena blanca. Yo me habría lanzado, pero todavía me notaba el pie un poco magullado y además jamás he sido un nadador demasiado hábil.

Aldrie, que también se había quedado a bordo, apareció a mi lado.

—¿No va a bañarse? —le pregunté—. Yo me puedo quedar guardando el castillo.

—No, prefiero hacerle compañía, Harvey. Nunca hemos hablado demasiado y me parece usted un tipo interesante.

—¿De veras?

—Sí. Elena me ha hablado mucho de usted. ¿Es verdad que iba para ingeniero?

—Joder..., sí. ¿Qué más le ha contado?

—Que es un tipo brillante. Estudiante de matrícula de honor en el instituto; buen deportista e hijo de un ingeniero de motores navales de Connecticut que intentó enseñarle la profesión. Pero al parecer usted se obcecó en ser artista. Dejó sus estudios de ingeniería para dedicarse al jazz, algo que solo ha conseguido en parte. Arregla sus finanzas haciendo trabajillos como guía de arte en Italia, donde reside desde hace un año y medio, después de haber vivido en Ámsterdam y París.

—Un buen resumen de mi vida —dije.

—Una vida interesante.

—Depende de cómo se mire. La suya parece bastante divertida. Yates, amigos, clubes de jazz... ¿qué quiere que le diga?

Aldrie se rio.

—No me creerá usted, pero no es tan interesante. Vivo para mi trabajo e intento divertirme todo lo que puedo. Pero envidio las existencias sencillas, como la suya. Sin compromisos, ni presiones... Ah, ¡solo el jazz!

Eso de la existencia sencilla me sonó un poco a existencia de mierda, pero Aldrie era de esa gente que las suelta con una sonrisa y siempre cuela. Por lo demás, hablaba como el clásico tipo bien asentado que en realidad ve las vidas del resto de la gente como simples anécdotas divertidas. No, definitivamente, me caía gordo Nick Aldrie.

—Entre nosotros, y sin que salga de aquí: planeo dejarlo todo por una temporada. Quiero navegar durante un año. El Caribe, Sudamérica..., ¿qué le parece?

—¿Qué me va a parecer? Suena bien.

—Pero no quiero ir solo, ¿sabe, Tom? Querría disfrutar de ese viaje con alguien... ¿Cree que Elena aceptaría si la invito?

Reconozco que me quedé frito al oír aquello.

«Enciéndete el cigarro. Respira. Respira...»

—No lo sé... —dije—, inténtelo. ¿Por qué me lo pregunta a mí?

—Ustedes son buenos amigos, ¿no? ¿O hay algo más?

Ella estaba nadando en ese momento frente a la proa. Sacó la cabeza y nos saludó. Los dos reaccionamos rápidamente levantando nuestras manos.

—¿Por qué no va y se lo pregunta a ella? —le dije—. No me van estos cuchicheos.

—Pero ¿usted sigue sintiendo algo por ella?

—Mire, Nick, ya que lo pregunta: sí. Elena me gusta. Me lleva gustando toda la vida. Y si ella quisiera, volvería a casarme. ¿Contento?

—No se enfade, Tom, solo quería informarme —dijo él con una sonrisa—. Saber cuáles son mis oportunidades en la carrera.

—¡Ah! ¿Es que ve esto como una carrera?

—Digamos que sí. Elena es una mujer bella, inteligente, elegante y ahora además es millonaria. ¿Sabe cuántos hombres la desearán? Hay que tener una estrategia. Las cosas bellas son difíciles de conseguir, ¿no? Pero usted parece tener una buena carta.

«Y este es el hombre elegante y adulto que quería tener una relación de amistad blanca y pura. ¡Ja!»

—Creo que se le ha olvidado una cosa: Elena es una mujer. Lo digo por si estaba pensando meterla en una caja y ponerle un precio.

—Oh, vamos... —Rio él—. Ya entiende lo que quiero decir.

—Pues no —respondí.

Extendió su mano como para hacer las paces, pero yo hice como que miraba para otro lado. Noté que Aldrie resoplaba enfadado. Mejor.

—Cambiemos de tema. Había otra cosa que quería preguntarle, Tom. Wells me dijo que usted estuvo por la casa de la playa el otro día —dijo Aldrie— haciendo preguntas sobre Carmela Triano. ¿Es verdad?

—Sí. Es cierto.

—¿Me puede explicar el motivo? Ya sabe por qué lo pregunto.

El tono amistoso de la conversación había terminado, y Aldrie no parecía dispuesto a quedarse sin una explicación. Decidí jugar el juego. A fin de cuentas, era una oportunidad de profundizar en el asunto.

—Ya ha visto el cuadro. Dicen que Bob estaba perturbado desde el día en que Carmela murió. El caso es que la sola existencia de ese cuadro es algo que me hizo pensar. Quería saber si la muerte de esa chica pudo tener algo que ver con el final de Bob.

—¿Está llevando a cabo una investigación?

—Puede decirse que estoy recomponiendo una historia con muchos agujeros.

—¿Y piensa que la muerte de Carmela también tiene un agujero?

—Se rumorea que las cosas no encajaban. El lugar donde apareció su cuerpo. Las corrientes marinas. También sé que usted fue interrogado al respecto.

Aldrie miró a los lados. Seguíamos solos en la cubierta. Auryn y Jean-Luc estaban en la cala persiguiéndose el uno al otro entre risas. Elena flotaba con los brazos abiertos, tomando el sol en silencio.

—La policía vino a mi casa de malas maneras. Me acusaron, dijeron que sabían que nos habíamos peleado. ¿Sabe lo que es ser acusado de algo así el mismo día en que te enteras de que tu chica ha muerto? Los saqué a patadas y me llevaron al cuartelillo. Yo quería ponerles una denuncia, pero mi abogado dijo que era mejor dejarlo correr. Además, enseguida se estableció que no había ni un solo indicio de agresión.

»Pero déjeme que le diga algo —continuó diciendo—. Yo tampoco me creí la historia del accidente. Carmela era hija de un pescador y nadaba en esa playa desde que tenía tres años. Yo la había visto saltar por la borda y hacer quinientos metros en menos de diez minutos. Nadaba como una sirena.

—¿Y no presionó para que hubiera una investigación?

—Hice todo lo que pude. Incluso le pedí a Alexander que intercediera por mí. Pero era verano. La gente se ahoga. Una chica como Carmela no le importaba a nadie. Y su familia debió de pedir que no se revolviera en su vida..., ya sabe que tenía su fama. No obstante, puse aquellos carteles para intentar encontrar su teléfono.

—Así que fue usted el que buscaba el teléfono.

—Sí. Y no me arrepentí lo suficiente de hacerlo.

—¿Por qué lo dice?

—Por los mensajes que llegaron al *email*. Eran horribles, la mayoría. Gente insultando a Carmela, llamándola zorra, borracha, puta de los ricos..., diciendo que se merecía ese final. Pero hubo uno especialmente siniestro. Una cuenta de correo falsa que decía ser alguien del pueblo que había recuperado el teléfono de Carmela. No quería entregarlo por miedo a que sus huellas estuvieran en él y le pudieran acusar de algo. Pero aseguraba que podía decirme con quién había hablado Carmela por última vez antes de morir.

—¿Cómo?

—Sí, dijo que había borrado el teléfono pero antes había leído la lista de llamadas y sus mensajes, como para saber a quién podía pertenecer aquello. El último mensaje de Carmela fue a las once de la noche del sábado 21 de junio.

«Las once de la noche —pensé—. ¿Estaba Carmela todavía en la fiesta de Franco?»

—Vamos, Nick.

—Se lo voy a decir, pero le sugiero que lo mantenga en secreto. O que lo olvide... La policía me dijo lo mismo. Esa cuenta de *email* solo se había utilizado para enviar el mensaje que yo recibí. Posiblemente mentía.

—Pero, dígame, ¿qué nombre le dieron?

Nick miró una vez más a Elena, que había comenzado a nadar otra vez. A lo lejos vimos la chalupa de Tonni regresando con el almuerzo.

—El último mensaje que Carmela jamás envió fue a Bob Ardlan.

Tras el almuerzo, fondeamos en Marina Grande de Procida. Hacía una buena tarde y dimos un paseo por el puerto y las callejuelas, llenas de tiendas peculiares y señoras sentadas al fresco en sus sillas de cocina. Yo intentaba mostrarme amigable, simpático, tranquilo..., sin conseguirlo. Aldrie, por el contrario, animó el paseo con un montón de historias divertidas mientras yo me recluía en un silencio triste y preocupado.

—¿Te pasa algo? —me preguntó Elena en un momento en que Jean-Luc había entrado a una galería y preguntaba el precio de unos cuadros pequeños—. Antes Nick y tú habéis tenido una buena conversación. ¿Ha pasado algo?

Con su ojo clínico, Elena ya se había dado cuenta de que mi humor se había ensombrecido a la vuelta de su baño en el mar.

—No... —respondí—, todo está bien.

—Esta noche saldremos a cenar al puerto. Jean-Luc ha insistido en que vengas. Les has caído muy bien. Dicen que incluso se quedarán una noche más para ver tu actuación.

—Vaya, me alegro.

En el viaje de vuelta nos entretuvimos poniendo música y jugando con el sistema de luces del *Jamaica*. Aldrie nos señaló un yate que estaba fondeado frente a Capri y aseguró que era el de J. K. Rowling, la autora de *Harry Potter*. Dijo que alguna vez había cenado en el Mandrake, y Elena le pidió que por favor-por favor-por favor la avisara si volvía a aparecer por allí. Nick se lo prometió y me lanzó una mirada como diciendo: «Dos puntos, colega.»

Yo cada vez odiaba más a ese tío.

El *Jamaica* llegó frente Villa Laghia cuando un gran sol anaranjado se disponía a hundirse en el horizonte y las primeras estrellas aparecían en lo alto. Una brisa perfumada prometía una noche agradable para cenar en la Marina, pero pensar en compartir un minuto más con Nick Aldrie era superior a mis fuerzas.

Supongo que quizá me hubiera terminado convenciendo de no ser por el mensaje que recibí en el teléfono justo cuando iba a darme una ducha yo también.

Esa misma mañana había guardado ese con el nombre de «Tania R.».

Nos vemos esta medianoche en el cementerio de Chiasano. Venga solo y traiga el cuadro.

4

El cementerio de Chiasano estaba situado en un apartado rincón en las faldas del Monte Perusso. Era un lugar popular por sus bellas estatuas del siglo XVIII que decoraban las tumbas de antiguos hombres notables de la zona. Tanto que había conseguido hacerse un hueco entre las atracciones turísticas de Tremonte, o al menos en la lista de las más escabrosas.

Cinco minutos antes de medianoche aparqué mi tartana junto al muro. Desde allí había una vista impresionante de la costa, que a esas horas solo disfrutaban los santos, vírgenes y ángeles, que, en actitud piadosa, se elevaban sobre el muro montados en sus pilastras. Una media luna casi perfecta se encargaba de iluminar con plata aquellas viejas piedras.

Estuve un rato fumando dentro del coche, pensando en mil y una teorías sobre lo que Tania querría contarme. Había conseguido engañar a Elena con una disculpa barata sobre mi pie («Me ha empezado a doler, creo que me quedaré descansando. Diviértete.») y ella se había marchado en lancha a Tremonte, bella en un vestido corto y negro.

El reloj marcó la medianoche y por allí no pasaba un alma.

Me apeé y di un pequeño paseo adelante y atrás por el camino. Había una finca a unos quinientos metros, totalmente a oscuras. «¿Y si todo esto fuera una maldita encerrona?»

A las doce y cuatro empecé a ponerme nervioso. Subí los escalones de piedra y miré a través de la verja del cementerio. Una cadena sujetaba las jambas de la puerta, no tenía candado.

—¡Tania! —susurré un par de veces—. ¿Estás por ahí?

El viento ululaba por encima del muro, moviendo unos cipreses y unos pinos que crecían junto a una de las paredes, y el cementerio parecía muy quieto y tranquilo. ¿Quizá Tania habría dejado algo para mí ahí dentro?

Deshice el pequeño nudo de la cadena y me quedé con ella en las manos. La verja se abrió invitándome a entrar. Miré a un lado y al otro.

«Por lo menos, no se ven andamios —pensé—. Ni nada que se pueda caer sobre mi cabeza..., excepto esas estatuas.»

El recinto era un cuadrado de unos cincuenta metros por cincuenta dividido en dos partes. Las nuevas lápidas estaban a la derecha, todas con nuevos y relucientes mármoles. La zona de la izquierda la ocupaba la parte vieja. Lápidas centenarias con sus nombres medio borrados y una veintena de estatuas que se elevaban sobre columnas de diferentes alturas, como un bosque de árboles muertos, en cuyas copas brotaban aquellas imágenes de vírgenes piadosas, santos de mirada perdida y ángeles que arrancaban las almas del barro mortal para llevarlas, como suaves sedas, hacia el cielo estrellado de aquella noche.

Me lie otro cigarrillo y me puse a caminar entre aquellas viejas piedras esperando alguna señal de Tania. De entre todas las cosas en las que iba pensando, me vino a la mente la imagen de mi padre.

La culpa fue del cementerio, o quizá de Aldrie, que me lo había traído a la cabeza cuando contó aquel resumen de mi vida. En cualquier caso, me puse a pensar en él: Grant Harvey, el ingeniero de motores navales de Connecticut que siempre iba como un pincel, repeinado, afeitado y perfectamente pulido con un ligero toque a Old Spice. Un hombre como los que se fabricaban en 1950. Era como si siempre estuviera caminando dos pasos por detrás de mí, con un ligero gesto de preocupación en la frente. «Tom, ¿cuándo te vas a quitar esas ideas de la cabeza? Busca algo que se te dé bien y dedícate a fondo a ello, con toda tu alma. Tienes una buena cabeza, hijo mío... ¿Por qué la tiras a la basura con ese maldito jazz?»

Me había dolido oír aquella «corta historia de la vida de Tom Harvey», quizá porque era cierta: si me miraba al espejo, ¿qué había sido yo durante los últimos cuatro años? Un tipo perdido vagando sin rumbo en un *tour* infinito por Ámsterdam, París, Roma... ¿Acaso eran otra cosa que escondites? Lugares donde no debía dar cuentas a nadie de nada, donde podía ser Tom Harvey, el perdedor, o Tom Harvey, el tío al que el futuro le importa una verdadera mierda. O Tom Harvey, una medianía del jazz que iba acercándose a los cuarenta sin otra ocupación mejor que tocar en restaurantes y guiar manadas de turistas armado con un paraguas.

«El arte es para cuatro luminarias, hijo. Búscate un trabajo y una buena chica.»

Una virgen envuelta en lágrimas me encontró llorando a mí también. Miré a un lado y al otro, pero no había un alma. Los hombres no lloran, pero a veces Tom Harvey necesitaba echar un par de mocos y amansar sus nervios.

—Toooom...

Aquello me pareció el viento. Giré la cabeza y vi algo entre las lápidas. ¿Qué era? Una sombra. Quieta. Había alguien allí mirándome.

—¿Tania? —dije—. ¿Eres tú? Soy Tom.

Mi voz sonaba pequeña, minúscula en la noche. Estiré el cuello intentando avistar la verja. ¿Había llegado algún coche? No había oído ningún motor, ni notado las luces de ningún vehículo, aunque había estado tan abstraído en mis pensamientos que eso también podría haber pasado.

Avancé hacia esas lápidas. Las largas sombras de los santos se proyectaban allí creando rincones de absoluta oscuridad.

—Tania —volví a susurrar—. ¿Eres tú? Soy Tom. He venido solo.

Un nuevo ruido hizo que girara mi cuello noventa grados, a uno de aquellos relucientes mármoles negros que parecían alabastros egipcios.

—Tom Harrrrrv... Toooooom.

Había otras dos siluetas allí, plantadas en medio del sendero. Joder. Dos niños cogidos de la mano.

—¡Eh!

Si digo que no recuerdo bien los siguientes acontecimientos alguien puede pensar que exagero. Pero así fue. Dicen que te quedas blanco cuando ves un muerto. También dicen que es debido a que tu sangre se ha ido a inflar tus piernas para que corras más rápido. Pero yo estaba sintiendo algo. Algo más allá de mi propio cuerpo. Llegué incluso a pensar que mi cigarrillo contenía algo más que tabaco, ¿estaba flipando?

—¿Qué queréis?

Escuché unas risas a mi espalda. Allí estaba el chico más alto. Lo juro. Entre las lápidas. En esa negrura que lo hacía casi invisible, pero allí estaba.

—Tráelo. Tom. Tráelo.

El viento se llevó aquellas palabras susurrantes y la silueta se fundió en la oscuridad y escuché un correteo casi propio de un duende. Esas pisadas sonaban reales en el césped. Y después escuché un ruido de piedras, justo detrás de una de las lápidas nuevas que había a mi lado.

—¡Eh! —dije saltando a su alrededor, con toda la intención de pillar a aquellos gamberros.

Pero no había nadie. En cambio, la luz de la luna iluminaba las letras de la lápida recién colocada.

Carmela Triano

13-07-1989 - 22-06-2016

El siseo de cipreses y de los pinos fue a más, como si un brujo estuviera azuzándolos en una especie de mantra. Miré la lápida y después centré la mirada en los ojos de la preciosa estatua que la decoraba. Una virgen joven. Me observaba con las cuencas de sus ojos en negro. De pronto, eran otra vez los ojos, o la falta de ellos, los que intentaban decirme algo.

Me rodeaba una oscuridad tenebrosa. Era un cosmos helado y solitario, y supe que ese era el lugar donde estaba Carmela. Lo supe, de alguna manera, mientras aquella intensa oscuridad me rozó por un momento eterno, como una ráfaga de viento frío que te envuelve y te arranca un jadeo antes de que puedas ni siquiera articular palabra. Me quedé electrizado por aquel instante y no podría decir con ninguna certeza cuánto tiempo estuve allí, de pie, mirando esa lápida, pero lo cierto es que cuando oí la voz que me llamaba («Harvey»)..., sonó lejos («¿Tom?»), muy lejos...

Como si la tierra me hubiera tragado y ahora Tom Harvey estuviese también dos metros bajo el suelo.

—¡Harvey! ¡Harvey!

Fui lentamente despertándome de aquella especie de trance.

—Harvey, ¿está ahí dentro?

Abrí los ojos en algún momento. ¿Qué había pasado? ¿Me había dormido y había soñado?

—¡Harvey!

Me di la vuelta, miré hacia atrás y vi una silueta recortada contra la verja de la entrada. La voz volvió a llamarme y la reconocí. Era Tania Rosellini.

Me acerqué hasta ella como un sonámbulo.

—Harvey, ¿qué hace ahí dentro?

—Volverme loco —respondí con alivio—, menos mal que ha llegado...

5

Tania llevaba el pelo recogido en una coleta y vestía con ropa deportiva. La verdad es que por primera vez la veía sin maquillaje y me pareció una chavalita de diecisiete años.

—Lo siento. He tardado más de lo que pensaba en llegar —dijo Tania señalando una bicicleta amarilla que había apoyado en un lateral de mi coche.

Yo aún estaba un poco estupefacto por ese juego de sombras y ruidos que había presenciado al otro lado del muro. Bajamos los escalones muy despacio y entonces me fijé en la bicicleta.

—Me suena esa bici —dije yo recordando aquel accidente en la Piazza Georgina hacía ya casi una semana—. ¿No era de Warwick?

Tania sonrió.

—Sí. Fue su regalo de despedida.

La invité a entrar en mi coche. Ella no parecía muy convencida.

—Yo preferiría hablar aquí —dijo—. ¿Le importa?

—Mire, Tania, he venido solo, tal y como me pidió. A las

doce de la noche en un maldito cementerio, dos días después de otra cita en la que alguien casi me aplasta la cabeza. Creo que puedo poner ciertas condiciones, ¿no le parece?

Tania parecía asustada. Me preguntó si podría transportar su bicicleta en el coche y le dije que sí. Abrí el portón trasero, le quité una rueda a la bici de Warwick y la metí en el maletero.

—¿Y el cuadro?

—Está en un lugar seguro —le dije—, pero la llevaré allí cuando me lo haya explicado todo.

—¡De nuevo un lugar seguro! —dijo ella suspirando—. Lo mismo que me dijo Warwick. Está bien, podríamos tomar una copa —propuso Tania entrando en el coche. El aroma de un perfume muy caro lo invadió todo—. Conozco un bar en Positano...

—Bueno, la verdad es que preferiría ir al grano ahora mismo. Aunque puedo conducir hacia allí.

—De acuerdo —dijo ella—. Para empezar, Franco no debe saber nada. ¿Me puedo fiar de usted?

—Tiene mi palabra.

—Ok. Entre nosotros, estoy planeando largarme de aquí. Volver a California. Voy a divorciarme y él no debe saber nada.

Murmuré un «joder, madre mía» o algo así, pero no dije nada más.

—¿Qué le ha pasado?

—Franco me pegó —siguió diciendo con una voz que juntaba la furia con un sollozo—. El muy hijo de puta me dio un puñetazo en la tripa. Y también me hizo esto.

Noté que se giraba para enseñarme su pómulo, pero con la poca luz yo no era capaz de ver nada, aunque me imaginé que ahí habría un buen moretón.

—Por eso me ha encerrado en casa. Me ha dicho que es mejor que no salga a la calle. Con el asunto de Bob y Warwick, algunos *paparazzi* siguen rondando por el pueblo como buitres, a ver si cae algo. Y ya sabrá que Franco tiene mala reputación.

—Algo había leído... —dije yo—, así que es cierto.

—Tan cierto como que uno y uno son dos —dijo Tania—. Y yo no lo había querido creer, aunque ya me lo habían advertido. Olivia, su exmujer, me envió un mensaje, pero no la creí. En fin. Pensé que todo era fruto de la envidia. Y es cierto que Franco es un tío un poco agresivo, ¿sabe? A veces pegaba un grito. Otras veces era un empujoncito, un pellizco quizá demasiado fuerte en el trasero. Pero nunca lo del otro día.

—¿Qué pasó?

—¿Recuerda la ceremonia por Bob? Todo parecía ir bien, pero al atardecer, cuando la mayoría de la gente ya se había ido, Franco estaba muy alterado. Últimamente está nervioso, las cosas no van bien con la película. Les falta dinero... En fin, resultó que me pilló citándome con Warwick y eso debió de ser la gota que colmó el vaso.

»Estaba fuera de sí. Empezó a preguntarme dónde había estado, qué habíamos hecho, si nos acostábamos juntos. Yo le dije que se relajara. Le dije "relájate, Franco" y eso fue el detonante. Me cogió de un brazo y me hizo daño. Daño de verdad, ¿sabe? Me lo dobló, el muy hijo de puta. Y, bueno, yo no me chupo el maldito dedo. Le pegué en el tobillo, un patadón.

—Bien hecho.

—No lo sé. Una da para lo que da y Franco se encendió. Me soltó un puñetazo en la tripa y me dobló en dos. Después me puso contra un aparador y, bueno..., intentó...

Levanté la mano para indicarle que no hacía falta seguir, pero ella parecía querer contarlo

—Intentó hacérmelo allí mismo. Pero el tío no es precisamente hábil, y además justo en ese instante, Lucía, la doncella, entró.

—Su mensajera.

—Sí. Joder, y doy gracias a Dios de que ella estuviera en la casa. Se hizo la tonta, pero lo estaba oyendo todo al otro lado de la puerta. Es una gran chica. Franco le gritó que saliera y yo aproveché para darle con el marco de una foto en la cara.

«Eso explica la herida en la cara de Franco», pensé.

—Corrí a protegerme debajo de la cama. Franco es demasiado gordo para colarse en ese hueco, así que me quedé allí metida hasta que desistió. Después me insultó durante un rato. Y me amenazó. Dijo que me mataría si volvía a verme hablar con Warwick o con cualquier hombre. Que podía hacerlo. Que sabía hacerlo. Y se largó.

«¿Que sabía hacerlo?»

—Yo estuve allí quieta, sin moverme, llorando durante una hora por lo menos. Después apareció Lucía y me ayudó a salir. Me tranquilizó y me dijo que llamaríamos a la policía, pero yo no lo hice. No me fío un pelo de la justicia italiana. Pienso que le darán la razón a él, toda una estrella nacional que además está a punto de rodar una película en Italia. A la fiesta vino el ministro de Cultura, ¿sabe? ¿Entiende lo que quiero decir?

—Lo entiendo. Yo haría lo mismo.

Aquello pareció consolar un poco a Tania.

—Llamé a Los Ángeles. Hablé con Olivia y ella me ha puesto en contacto con su abogado. Planeo sacarle hasta la última gota de sangre a ese hijo de puta, pero debo jugar a un juego, y escapar sin que Franco lo sepa. Temo que pueda matarme.

—¿Cree que podría llegar a eso?

—No lo ha visto enfadado, Tom. Se le nubla la vista. Se vuelve literalmente loco.

Me imaginé por un instante a ese gigantón desbocado como un ogro. La visión daba miedo.

—¿Qué pasó después?

—Franco se fue de la casa, según me dijo Lucía, pero debió de salir caminando porque no faltaba ningún coche. Regresó de madrugada y trató de hablar conmigo. Estaba manso como una oveja, se había relajado. Dijo que necesitaba hablarme. Me prometió que saldría en la película. Me pidió que le perdonara. Estaba llorando.

»Daba verdadera lástima. Tanta que me levanté de la cama y me arrastré hasta la puerta, pero resistí. Recordé que había intentado violarme. Recordé su rostro. Tengo la suerte de no ser demasiado piadosa.

—La tiene, ciertamente.

«Franco desapareció más o menos a la misma hora en la que sucedió lo del monasterio, la misma noche en la que agredió a Tania por los celos que Warwick le había provocado... Esto se pone muy negro para Rosellini.»

—Oiga, ¿de verdad que no quiere tomarse una copa? —dijo Tania—. A mí me vendría tan bien...

—Vale. Iremos a Positano.

—¿Conoce el Music on The Rocks?

—Sí, pero la llevaré a un sitio mejor.

Eso pareció tener un efecto positivo en su ansiedad. Llegué a la primera desviación de la *strada statale* 163 y giré hacia la derecha, junto a una señal viaria que tenía indicaciones incluso para Palermo. El Tirreno apareció como una larga manta azul oscuro. En el horizonte asomaban las luces de algún barco.

—Hábleme del cuadro —le dije—. ¿Por qué tanto secreto con él?

—Bueno, ¿no está claro? Ni Bob ni yo queríamos que Franco se enterara…, ya sabe.

—¿Usted y Bob tuvieron algo?

—Fue una locura, y además todavía no conocía a Franco y sus malditos celos. En abril fuimos a una fiesta. Una cata a ciegas en la bodega de un amigo de Franco. Estábamos allí con los antifaces puestos y escuché la voz de Bob susurrarme al oído… Me dijo que le encantaría pintarme, pero que debía guardar el secreto. Reconozco que a mí me encantó la idea. Era un Ardlan, y además algo un poco ilegal…, todo aquello de citarse a medianoche en su estudio, quitarse la ropa y dejar que un hombre te pinte desnuda. Era lo más divertido que me había ocurrido desde que llegué a este maldito sitio.

»Así que posé un par de noches y después Bob me dijo que lo terminaría solo. Me prometió que entonces me lo entregaría. Y yo le pregunté si podía enviármelo a California, ¿sabe? Si Franco veía eso se pondría como loco, sobre todo después de lo que le pasó con Olivia.

—¿Olivia, la exmujer de Franco? ¿Qué tiene ella que ver?

—Pues que Olivia se lio con Bob, ¿no lo sabía?

—Es la primera noticia que tengo.

—Franco es un artista fascinante, pero como amante…, dejémoslo en que es como quedarse siempre con hambre. Y Bob tenía esa especie de imán. Charlabas un minuto con él y notabas que empezaba a desvestirte con la imaginación. Y era una sensación agradable. Creo que Olivia y Bob tuvieron un *affaire* bastante largo del que Franco apenas llegó a enterarse. El pobre Franco, con todo su poder y sus *groupies,* solo llega a adivinar ciertas cosas. Acusó a Bob, acusó a Olivia, pero jamás pudo probar nada.

—El caso es que Franco odiaba a Bob sutilmente. Supongo que él representaba algo que Franco jamás conseguirá, ni con toda la fama y el dinero del mundo: ser atractivo. Y Bob no tenía piedad. Usaba su don a conciencia.

—¿También lo usó con usted?

—Nos acostamos un par de veces, pero no lo llamaría infidelidad: fue algo casi terapéutico. Eso de posar para un tío tan maniático genera mucha tensión. Al final, sacó una botella de vino, se relajó y, bueno, yo todavía estaba desnuda...

—Pero Bob no llegó a entregarle la obra. ¿Por qué?

—Dijo que no estaba terminado y que había empezado otro cuadro, pero que tuviera paciencia... Joder, y entonces va y se muere.

—Así que le entró el pánico y mandó a Warwick a recuperarlo.

—Sí, pensé que el cuadro saldría a la luz y que Franco uniría las piezas rápidamente. Warwick y yo éramos amigos, él me traía cosas..., ya sabe, golosinas para la noche, y yo sabía que él había trabajado para Bob. Le conté mi problema y se ofreció a hacerlo, a encontrar el cuadro por mí. Me dijo que conocía la clave de la alarma. Y que se imaginaba el lugar donde Bob lo habría escondido. Pero después nada resultó tan fácil.

—¿Por qué?

—En primer lugar, ustedes casi le pillaron. Elena y usted aparecieron por allí y tuvo que ocultarse en aquel escondite. Y entonces encontró el cuadro, pero también había otra cosa.

—¿Qué?

—No me lo dijo. Solo que era algo bien gordo y que apuntaba a una persona cercana a Bob. Dijo que pensaba sacarse un dineral..., al menos eso pensaba durante la ceremonia. Pero más tarde tenía otra cara. Estaba asustado.

—¿Ustedes dos se citaron después de la ceremonia?

—Sí. Sobre las ocho. Me mandó un mensaje para que nos viéramos fuera de la casa, en un bosquecillo que hay no muy lejos de ese monasterio donde pasó todo. Estaba bastante asustado, nervioso o lo que fuera. Me dijo que había metido la pata. Había llamado a esa persona intentando chantajearle, pero le habían amenazado con borrarlo del mapa. Entonces me dijo que se largaría del pueblo esa misma noche, pero que antes iría a intentar negociar con alguien. Supongo que ese alguien era usted.

—Sí. Warwick me pidió tres mil euros a cambio de esa supuesta prueba.

—Bueno —dijo Tania—, pues le va a salir más barato que eso.

A mí casi se me va el volante de las manos.

—¿Tiene la prueba?

—No exactamente —dijo Tania—, pero cuando Warwick se despidió me dejó su bicicleta y las llaves de su estudio en Chiasano. Me dijo que alguien me llamaría en una semana y que ese alguien tendría mi cuadro. A cambio, yo debía entregarle algo. Supongo que las llaves. Warwick le diría dónde tenía que buscar. ¿Lo hizo?

—No —respondí—, pero al menos sabemos que lo guardó en su estudio. ¡Estamos realmente cerca!

Llegamos a Positano y entramos por la Strada Cancele. Como siempre, la pequeña ciudadela estaba encendida y con mucha gente en las calles y en la playa. Aparqué junto al

Franco's en lo alto del acantilado y nos sentamos en la mejor mesa. Un camarero vino con las tradicionales aceitunas verdes y una ración de patatas. Pedimos un negroni y un Long Island Tea.

Mientras llegaban las bebidas, Tania aprovechó para entregarme las llaves del estudio de Warwick y darme la dirección. El 152 de la Strada San Geronimo. Yo conocía esa calle, una larga cuesta arriba que comenzaba en el mismo puerto.

—Es una de las últimas casas de Chiasano. Un barrio apestoso —dijo desvelando, de alguna manera, que lo conocía—. Warwick no vivía allí porque no hay luz ni agua... pero creo que pagaba un alquiler muy bajo.

—Creo que iré esta misma noche —dije.

Llegó el camarero y eso hizo que guardásemos un obvio silencio. El hombre, percatándose, puso las copas en la mesa y desapareció.

—Escuche, Tom, yo... no quiero verme involucrada en nada, ¿entiende? Solo quiero salir de aquí cuanto antes. Largarme a mi maldita casa y no volver a saber nada de Italia ni de ese ogro asqueroso. Pero necesito que me ayude con el cuadro. No puedo llevármelo a la casa. ¿Puede usted enviarlo a una dirección de California?

Noté su mano posarse en mi muslo y avanzar sugerentemente por él.

—¿Será tan amable de ayudarme, Tom? —dijo mirándome fijamente—. Yo haré lo que haga falta..., ¿sabe? Estoy dispuesta.

Detuve su mano y miré esos bonitos ojos verdes.

—De hecho, hay una cosa —dije— que quiero pedirle a cambio.

Bebí un trago del negroni y le dije a Tania lo que tenía que hacer por mí.

6

Una hora más tarde dejé a Tania en un camino oscuro en los aledaños de la Casa Rossa. Aquella rubia compleja y superficial había conseguido preocupar a mi corazoncito.

—¿Seguro que va a volver a entrar ahí?

—Sí. Lucía está esperándome para abrir la puerta. Y Franco no debe de sospechar nada todavía.

—¿Y ese tal Logan? Tiene cámaras por todas partes.

—Sí, pero lo tenemos estudiado. No se preocupe, Tom. Y recuerde, el cuadro. ¿Vale?

Se lo prometí. Lo enviaría al día siguiente a más tardar, y ella me dio un dulce beso en la frente. Por un momento, tuve un temor sobre ella. Como si al entrar de nuevo en esa mansión fuera a perderse para siempre, igual que esas sombras que me habían asustado en el cementerio de Chiasano.

Salí de allí con la bicicleta de Warwick en el maletero y las llaves de un estudio que debía encontrar en Chiasano. El lugar donde Warwick habría escondido aquella prueba incriminatoria. Supongo que de haber vivido para recibir los tres mil euros, Warwick me habría explicado exactamente dónde buscarla. Ahora tendría que apañármelas yo solo.

Eran las tres y media cuando llegué a lo alto de San Geronimo de Chiasano, en la parte en la que el pueblo había dejado de crecer. El núcleo urbano como tal se disipaba a esas alturas, y la carretera se convertía en un sendero de gravilla donde se sucedían esqueletos de hormigón sin terminar y huertos improvisados en los solares derruidos.

Era imposible distinguir los números de los portales en aquella oscuridad sin farolas, así que aparqué y seguí andando. Al acercarme a la primera casa leí el 110. La numeración de las calles era ascendente desde el puerto, así que continué subiendo entre aquellas casas sin luces, donde apenas se veía vida a esas horas.

122. 126. 130... Casi al mismo tiempo, a unos treinta metros, detecté una vieja casa de dos plantas rodeada de un murete bajo. Era un sitio mugriento pero con alma. Mi instinto me dijo que ese debía ser el estudio de Warwick.

Una placa azul, pegada en una de las columnas que sujetaban la cancela, rezaba el número 152. La empujé y me adentré en un jardín asilvestrado y oscuro, repleto de basura y maleza que crecía por todas partes, devorando un conjunto de mesa y silla de metal sobre la que aún quedaba un cenicero lleno de colillas. Caminé hasta la puerta y saqué el llavero que Tania me había entregado. Había solo un par de llaves y elegí la más pequeña, que parecía coincidir con la cerradura.

La vieja puerta crujió al abrirse como en una mala peli de fantasmas. Por alguna razón, vino a mi mente la imagen de Warwick. ¿Iba a aparecer por allí otro espectro? Una masa encefálica palpitante y los ojos fuera de su sitio susurrando: «Noooo pueeeedeeee entrar.»

El interior olía a cerrado y también a pintura seca. Óleo,

como en el estudio de Bob. Encendí la linterna de mi teléfono y alumbré mi alrededor. Un recibidor pequeño de paredes desnudas, escaleras hacia arriba, un pasillo hacia el fondo. Me pregunté si la familia de Warwick sabría de la existencia de ese lugar, ya que nadie parecía haber pasado por allí recientemente. Todo estaba tal y como una persona desordenada lo habría dejado al marcharse, sin pensar que jamás volvería a pisarlo con vida.

Decidí empezar mi registro por la planta baja. Avancé en línea recta hasta desembocar en una cocina alicatada con pequeñas baldosas blancas. Sobre una encimera de granito vi una fila de botellas de cerveza. No había nevera y en el fregadero había dos vasos que olían a alcohol y un cenicero sucio. Se ve que Warwick iba allí solo a pintar y quién sabe a qué más.

Regresé al vestíbulo pasando por delante de dos puertas que resultaron ser las de dos habitaciones. Una estaba llena de trastos y la otra había sido dispuesta como un dormitorio bastante minimalista. Entré en este, que solo tenía un colchón en el suelo, un flexo a modo de luz de noche y un póster gigantesco de *La persistencia de la memoria* de Salvador Dalí. Levanté el colchón y encontré una tira de preservativos y una bolsita con marihuana. Había también un par de libros: las partes cuarta y quinta de *Juego de tronos*. Warwick era otro que se había muerto esperando el siguiente libro de la serie.

Subí las estrechas escaleras y noté que el aroma a pintura iba *in crescendo*. Al llegar arriba, descubrí la razón. Allí era donde Warwick tenía su estudio propiamente dicho. En una especie de antesala había lienzos apilados en las paredes. Mezcla de estilos abstractos sin demasiado sentido. Olas, cubos, relojes y loros, sería un buen resumen. Atravesé el umbral de la gran habitación, y nada más hacerlo, me quedé quieto, sin respiración.

Había tres personas quietas en medio de la habitación.

—¡Eh! ¿Quién es?

Mi corazón dejó de funcionar al menos durante los cuatro segundos que tardé en atreverme a levantar la mano y apuntar a aquellas siluetas con la luz de mi teléfono.

El inquietante rostro sin rasgos de un maniquí me saludó.

—¡Joder! —dije recobrando el pulso.

Los otros dos estaban quietos, a los lados, en una extraña pose. En cuanto mis ojos salieron de su visión túnel y observaron un poco alrededor, detecté un caballete sujetando un lienzo con un boceto a carboncillo. En él aparecían los tres maniquíes llevando una especie de bandera. Warwick no había hecho más que empezarlo.

El estudio era un salón de techos altos, cortinones y una bonita chimenea. Había un par de sofás de color borgoña repletos de libros y papeles desperdigados. Tarros de pinceles y sábanas que contenían pruebas de color. Una botella de vino con una vela encajada en el extremo... Pensé que Warwick había querido reproducir los estereotipos del artista maldito, en todo menos en la calidad de su obra. Por mucho que bebas vino o cagues en un orinal, no es tan fácil pintar como Van Gogh.

Me fijé entonces en una especie de buró que ocupaba la esquina opuesta del salón, junto a una de esas ventanas veladas por cortinas. Era, después del sofá, el único mueble con cierta prestancia y me di cuenta de que tenía todos los cajones abiertos.

Me acerqué a él haciendo crujir las maderas del suelo. El

mueble estaba pegado a una de las ventanas. Tomé uno de los extremos del cortinón y lo descorrí para dejar entrar algo de luz. Entonces, casi de reojo, me di cuenta de que había algo ahí detrás. Una sombra.

—¡Eh!

Al principio llegué incluso a sonreír pensando que otro maniquí había conseguido asustarme. Pero entonces sentí que esa sombra estaba dotada de vida. Se movía.

Todo ocurrió en cuestión de segundos. Hice un quiebro y me volví hacia la ventana justo cuando «eso» comenzaba a aproximarse. Luego noté un fuerte empujón que me proyectó sobre el escritorio de los cajones abiertos, con tal fuerza que me tumbó sobre él.

Mi cerebelo se tomó uno o dos segundos para evaluar aquella situación. Daba igual quién fuera o lo que se propusiera hacerme. Ahora tenía que devolver el golpe con toda la fuerza de la que fuera capaz y ponerme a salvo. Así que lancé una patada con toda mi alma. Pero «aquello» —que ahora se movía rápidamente hacia mi izquierda— se adelantó a mis intenciones y se escurrió por mi flanco. Venía hacia mi cabeza.

¿Quién era? ¿Qué era?

Lancé una mano y traté de parar el impacto. No era ningún fantasma. No era Warwick Farrell, con su cabeza semiaplastada. Ni Carmela Triano, desnuda como una sirena espectral. No, joder, «eso» llevaba ropa. Ropa oscura, como la que se pondría un ladrón, y en las décimas de segundo que lo tuve agarrado también sentí su fuerza. Me golpeó en el brazo con un par de nudillos y consiguió arrancarme un grito y liberarse.

«Otra vez el saco de las ostias, Tom.»

—¡Eh! ¡Quieto! —grité.

Entonces noté aquellas dos manos rodeando mi cuello.

Dos manos bien fuertes a través de unos finos guantes cuyo aroma a cuero pude distinguir. Bueno, tuve la inspiración de coger lo primero que me venía a mano, que resultó ser una especie de cenicero, o un trofeo, y lanzárselo a la cara. Creo que le acerté de alguna forma, porque sus manos se soltaron un instante, y yo aproveché el *momentum* para revolverme y tratar de escapar.

Caí como un gato, con las cuatro patas en el suelo; me había escapado de su pinza, pero ahora me había quedado sin defensas. Esa sombra lo aprovechó: me soltó una potente patada en el pecho que me dejó sin aire y me hizo volcarme de espaldas. Joder, me dejé caer contra un lado del escritorio, dolorido, mientras veía esa silueta andar hacia la salida.

—Gerrrrgglll —ni siquiera pude juntar el aire suficiente para decir nada.

Estuve unos diez segundos buscando mi aliento mientras escuchaba el clarísimo sonido de aquellos pasos por las escaleras. Bajaba tranquilo. ¿Adónde iba? Yo estaba desarmado, sin aire... Podría ir a buscar una cuerda y colgarme si quería.

Tenía que hacer algo.

Me arrastré hasta una pared y saqué mi móvil. Rápidamente abrí la lista de contactos y empecé a bajar por los nombres. A, B, C... hasta la M. Allí encontré a «Masi», pero en ese instante escuché los pasos por la planta baja. ¿Venía a por mí?

Apreté el botón de llamada sin mirar. Después me llevé el teléfono al oído y esperé los tonos. Uno, dos, tres...

—¡Harvey! ¿Cómo está?

Fue como un *glitch*, una de esas incongruencias que te hacen plantearte si estás soñando o si realmente está pasando. La voz de Masi había cambiado. De su sonido ligeramente ronco y barítono, había pasado a una tonalidad grave y bien proyectada. Por no decir que Masi tenía ahora un perfecto acento londinense.

Era Mark Heargraves.

—sMkkrkrj —dije.

—¿Harvey? No le oigo bien...

Separé el teléfono de mi oreja y miré la pantalla: ahí se leía el nombre del contacto con el que hablaba y decía: «Mark H.»

«Masi» era el contacto que quedaba justo encima, pensé, dándome cuenta del error. Mark seguía hablando pero yo le colgué y me disponía a reintentar la llamada cuando escuché la puerta principal abrirse y cerrarse.

El tipo había salido de la casa. Huía.

Con la garganta aún cerrada por el susto y el dolor encogiéndome el pecho, logré ponerme en pie y acercarme a la ventana. Miré a través del cristal.

Entonces lo pude ver con bastante claridad, mientras corría en dirección a una de las casas a medio construir. Iba vestido con un pasamontañas, pero distinguí una silueta alta y fornida. Yo volví a mi teléfono y esta vez me aseguré de marcar el número correcto.

7

Masi y un coche patrulla llegaron en media hora, seguidos de una ambulancia. Entraron a la casa dando el «alto» con linternas y pistolas. Me encontraron en el suelo del estudio de la primera planta, respirando con dificultad y con una botella en la mano. La había cogido en previsión de que ese tipo volviera.

Después de comprobar que no tenía heridas de gravedad, me ayudaron a bajar las escaleras y me sentaron en la ambulancia. Yo trataba de hablar. Le expliqué a Masi que un hombre había salido huyendo y le indiqué la dirección. El detective mandó a cuatro agentes a rastrear los edificios aledaños, mientras los enfermeros me pedían que me tranquilizase y les describiese mi dolor. Echaron un vistazo y la enfermera encontró unos moretones en el cuello.

—Ha estado a punto de romperle la tráquea —me dijo.

Una vez que hube recuperado la capacidad de hablar, y con un calmante de por medio, Masi me tomó una declaración completa. Un inminente amanecer pintaba el cielo de azules metálicos mientras yo, sentado al borde la ambulancia, describía al tipo que me había topado en la casa lo mejor que pude:

—Alto, fuerte y bastante profesional.

—¿Qué quiere decir con «profesional»?

—No sé..., no es que tenga mucha experiencia en peleas, pero ese tipo se movía con mucha soltura. Iba vestido enteramente de negro, como un *ninja*. Y llevaba guantes.

—Entendido —dijo Masi anotando algo—. Y ahora explíqueme qué hacía usted aquí, Tom.

Le conté mi cita con Tania Rosellini, su historia sobre Warwick y las llaves del estudio. Tuve que hacer un esfuerzo por no hablar de los malos tratos, puesto que Tania me había pedido discreción al respecto.

—Warwick le entregó las llaves del estudio a Tania para que me las diera a cambio del dinero. Así que la prueba sigue ahí dentro, a menos que ese tipo se la haya llevado.

—Vamos a registrar la casa —dijo Masi—, ahora quédese tranquilo tumbado en esa camilla. Le llevaremos a Campolongo para una revisión en profundidad. Joder, Tom, lleva una semana de escándalo.

Llegamos a Campolongo con el sol del nuevo día y el canto de los pájaros. En la recepción de Urgencias olía a café de máquina. Había caras de sueño y enfermeros al final de su turno, pero algunos me reconocieron como el tipo de los periódicos que solo hacía unos días había aparecido por allí junto con un cadáver.

Supuse que la prensa no tardaría en aparecer por el hospital y empecé a pensar en las implicaciones de mi relato. Tenía que proteger a Tania hasta que ella pudiera salir de la Casa Rossa. Intenté advertir a Masi, pero él se había esfumado dejándome al cargo de un jovencísimo poli. Entre tanto, me condujeron a la sala de radiografías y me hicieron fotos de la cabeza. Todo estaba en orden, dentro de lo que cabe. Una contusión en el pecho que tardaría en dejar de doler e intento de estrangulamiento.

Después me aparcaron en una habitación muy parecida a la de unos días atrás. El hospital se iba despertando por la mañana. Enfermeras, visitas... Sobre las ocho recibí la llamada de Elena. Yo había esperado para ponerla al día, pero ella se adelantó.

—¡Tom! ¡Otra vez! ¿Estás bien?

—Solo han sido un par de golpes —dije intentando tranquilizarla—. Tuve un encontronazo con alguien.

—Masi me ha dicho que tuviste una pelea en Chiasano. ¿Qué hacías allí?

«¿Una pelea en Chiasano? Joder, eso lo hacía parecer un poco vulgar», pensé.

La noche anterior, cuando Elena se fue al puerto a cenar con Aldrie y sus amigos, yo le había dicho que me quedaría en casa descansando. Supongo que estaba alucinada sabiendo que esa madrugada yo había aparecido en uno de los barrios «malos» del pueblo, pegándome con un tipo.

—Es una larga historia, Elena. Mejor te la cuento en persona.

—Voy para allí inmediatamente.

—No, no hace falta, de veras. Creo que me van a dar el alta en cuanto pase el médico. Solo me han traído por si las moscas, pero estoy perfectamente.

—Vale —dijo ella—, te estaré esperando en casa. Pero si no has vuelto para el mediodía, saldré a buscarte.

—Tranquila —le dije—, esta noche tengo un concierto, ¿recuerdas? Y no pienso faltar.

Apareció Masi con el otro inspector, Pucci, y me pusieron al día. El juez de guardia de Salerno había dictado una orden de registro en el estudio de Warwick. La Científica se había desplegado desde las siete de la mañana y ya habían encontrado varias muestras de cabellos en la zona de la pelea, y algunas huellas muy recientes (aunque yo recordé que aquel tipo llevaba unos finos guantes de cuero).

Por otro lado, un *carabiniere* había dado con un tablón suelto en uno de los dos dormitorios de la planta baja. Debajo del mismo, Warwick Farrell escondía un pequeño alijo de drogas.

—Pastillas, ácido, cocaína y cannabis..., un buen surtido.

—¿Nada más?

—Si se refiere a su prueba, nada. Tampoco sabemos lo que estamos buscando, Harvey. ¿Tiene alguna idea de lo que puede ser?

—No —dije—, quizás una foto. Un cuadro..., algo que incrimine claramente a alguna de las personas que se relacionaban con Bob. Eso es al menos lo que dijo Warwick. Hay una clave: R93633. No sé si puede ser importante, pero páseles el mensaje a sus hombres.

Masi apuntó aquello extrañado, pero sin hacer más comentarios.

Después me explicó que la casa pertenecía a un jubilado alemán dueño de una serie de propiedades y solares en el pueblo. Al parecer, se la alquilaba a Warwick por un precio ridículo, sin luz, sin agua y en negro.

—El tipo vive en Düsseldorf y suponemos que ni habrá leído las noticias sobre su inquilino. Eso explica por qué nadie sabía de la existencia de ese lugar. Nadie menos usted y Tania.

—Y el asesino —añadí.

—Bueno, aún no sabemos si es «el asesino» —dijo mirando a Pucci— o un ladrón que buscaba el alijo de Warwick. Lo cual sería más sencillo de explicar.

Yo suspiré. De nuevo volvíamos a «la teoría más sencilla».

—En cualquier caso, el juez quiere verlos a los dos. A Tania y a usted, esta misma mañana.

—¿Tania? Déjenla. Ella no tiene nada que ver.

—Bueno, las cosas han cambiado un poco —dijo Masi.

Pucci se adelantó. Era un hombre menos elegante y más terrenal que su colega. Un poli de la vieja guardia.

—Mire, señor, debe saber que el caso había dado un giro importante ayer noche, antes incluso de su *rendez-vous* nocturno: la Científica ha determinado que la muerte de Warwick Farrell no fue accidental.

—¿Y cómo suponen que lo mataron?

—Alguien rompió los anclajes del andamio que lo mató. No hay huellas, pero fue una maniobra intencionada, no es posible que fuera obra del viento.

—Eso era lo que suponía.

—Iremos esta tarde al tribunal, de completo incógnito. Después de la filtración de la semana pasada, el juez ha ordenado un riguroso secreto respecto al caso. No quiere ni oír hablar de la prensa, al menos hasta que tenga un sospechoso. No queremos un Amanda Knox aquí en Salerno.

—La imagen es lo primero, ¿no?

—Bien dicho —replicó Masi—. El padre de Warwick es un pez gordo y sabemos que cargará con todo lo que tiene para encontrar un culpable. Dicho lo cual, es bastante inconveniente que usted haya aparecido en su estudio esta noche, Harvey. No ayudará con el asunto.

—¿Ayudar?

—Bueno..., *caro*. ¿Aún no lo comprende? Usted es la última persona que vio a Warwick con vida en aquel monasterio. Eso le convierte automáticamente en sospechoso.

Me requisaron el teléfono. Masi dijo que avisaría a Elena en mi nombre de que me llevaban al juzgado, pero que querían asegurarse de que la historia no volvía a filtrarse. De hecho, alguien del hospital ya había avisado a los periodistas de que «un tipo bastante parecido al exyerno de Bob Ardlan» había aparecido allí esa noche escoltado por los *carabinieri*, según dijo Pucci. Estaban en el vestíbulo y tuvimos que utilizar un sótano y salir por uno de los garajes para personal en un coche con lunas tintadas.

De pronto, todo había comenzado a dar vueltas. ¿Sospechoso yo? Era ridículo. Tan ridículo que me entraban ganas de reírme. Pero ¿acaso no encontrarían mis huellas por todas partes? No podía evitar pensar en aquel famoso caso de Amanda Knox y los tres años que aquella chica estadounidense pasó en la cárcel por culpa de unas pruebas de ADN mal realizadas. El padre de Warwick contrataría a los mejores abogados del mundo y, con la prensa de su lado, conseguirían meterme entre rejas. Joder..., incluso pagarían a algún gorila presidiario para que me diera palizas regulares; o para obligarme a recoger la jaboneta en las duchas.

Media hora más tarde entrábamos por la puerta de los tribunales de Salerno. Recorrimos un elegante y alto pasillo de paredes empaneladas hasta un despacho donde nos esperaba el juez Enricco Bonifaci (según se leía en una placa) acompañado de una secretaria de cincuenta años por lo menos. Era de esos hombres grandes, con unas gafas rectangulares y una expresión de estar cansado de todo. Alzó la mirada y me examinó. Era como si fuese capaz de ver el crimen en tus entrañas, como una radiografía.

—Siéntese. ¿No ha venido con un abogado?

—Yo... no pensaba que necesitara uno.

Los ojos del juez brillaron como diciendo: «Don creí-que y don pensé-que.»

—Bien, en fin, procedamos con las declaraciones y después veremos.

Masi leyó las dos declaraciones. Primero la de la noche en el monasterio, y después la de la última noche, en la que explicaba por qué había ido a registrar el estudio de Warwick.

El juez Bonifaci dijo que tenía unas cuestiones sobre el primer episodio con Warwick:

—¿Informó a alguien más de que iba a reunirse con Farrell en el monasterio?

Negué con la cabeza.

—¿Vio personas o vehículos extraños en los alrededores de la casa esa noche? ¿Se disponía usted a comprar algún tipo de sustancia ilegal?

—No. No. ¡No!

—Alguien rompió unos anclajes de seguridad. Es una operación que debería haber producido algún ruido. ¿Escuchó algo mientras estaba allí?

—Oímos ruidos —afirmé—, pero entonces pensamos que podrían deberse al viento que hacía vibrar los andamios.

—Bien... —dijo Bonifaci mirando unos papeles con las gafas de leer en la mano—, veamos, la muerte de Farrell acaeció a la 1:20 de la madrugada aproximadamente. En su anónimo le citaba a la 1:00. ¿Llegó usted a esa hora o antes?

—Llegué unos minutos antes de la una.

—¿Tiene algún testigo que corrobore que usted salió a esa hora de la casa?

—Elena, mi exmujer, estuvo conmigo hasta la medianoche. Luego se fue a dormir.

—Entonces, entre las doce y la una, ¿qué hizo usted?

—Esperar... —dije— y comerme las uñas de la ansiedad. ¿Qué hubiese hecho usted?

—Llamar a la policía, señor Harvey. Inmediatamente.

Bonifaci se calló durante un largo minuto. Leía y me miraba, y volvía a leer. Su mirada me recordó a la de un gran sapo milenario. Era una mirada pesada, acostumbrada a enviar a gente a la cárcel por muchos años, sin un pestañeo.

Me sentí muy pequeño. Muy muy muy pequeño e indefenso.

—Bien —dijo después—, pasemos a lo acontecido anoche. ¿Qué relación tiene usted con la señora Rosellini?

—La conocí hace diez días, cuando llegué a Tremonte. Después de eso no había vuelto a hablar con ella hasta la noche pasada.

—Ella se citó con usted, ¿para qué?

Le expliqué todo el asunto del cuadro, el intento de chantaje de Warwick y su idea de intercambiar una prueba por dinero. Tania habría quedado al cargo de las llaves del estudio, que debía entregarme cuando Warwick le diera una señal.

El juez escuchaba todo esto impertérrito, como si por dentro estuviera pensando que mejor que una cárcel, yo necesitaba un buen psiquiátrico. Pero yo avanzaba en mi historia convencido. Hablé del cuadro de Carmela. De Bob Ardlan y su mensaje oculto: R93633. Del revólver y su estado de perturbación. De la sala secreta en la que Warwick habría podido encontrar una prueba incriminatoria. Pensaba que dudar en ese momento podría resultar incluso peligroso, aunque omití algunas partes del relato, como las fotografías de la playa o los malos tratos de Tania.

Cuando terminé, se hizo un hondo silencio en la sala. En ese mismo instante sonó un interfono y la secretaria contestó. Entendí que la «*signora* Rosellini había llegado» y tragué saliva.

—De acuerdo —dijo Bonifaci—, tiene usted una historia tremenda entre las manos, Harvey. La verdad es que todo encaja elegantemente, de no ser porque no hay una maldita prueba de nada. ¿Puede aportar algo para sostener su historia?

—Tania —dije—, ella les contará lo mismo: Warwick mencionó la existencia de una prueba.

—Pero Warwick pudo mentir. Inventarse una historia. O quizá realmente intentó chantajearles a ustedes...

—¿A nosotros?

—Sí, señor. Yo también puedo utilizar mi imaginación y proponer una teoría: Warwick conocía algún trapo sucio sobre Bob Ardlan y quería chantajearles con ello. Entonces usted y Elena Ardlan planean su asesinato esa misma noche; se adelantan a la hora de la cita, rompen los anclajes y cuando Warwick aparece, usted deja caer los andamios sobre él. ¿Qué le parece?

—Bueno..., absurdo.

Masi carraspeó a mi espalda. Supongo que nadie le respondía así al señor juez desde hacía tiempo.

—Señor Tom Harvey de Connecticut, ahora se marchará, pero queda usted a disposición del fiscal y de cualquier requerimiento que la policía le haga. Le ordeno que no abandone el país en los siguientes días y no es una invitación, sino un decreto judicial. Por otro lado, no puedo ni voy a pasar por alto el hecho de que usted ha irrumpido en una propiedad ajena sin permiso. Admito como atenuante el hecho de que usted mismo llamase a la policía para informar de ello, por lo cual le impondré una sanción leve: una multa.

Recibí la noticia con alivio, incluso sonreí, pero Bonifaci parecía no haber terminado.

—Esto quizá tenga repercusiones en su visado en Italia. Hay una posibilidad de que le sea suspendida la renovación. ¿Cuándo expira?

—En diciembre.

—Bien, entonces hay tiempo para que la Científica termine las pesquisas necesarias sin conflictos. Ahora es libre de irse.

Aquello me cayó como una bomba en la cabeza. Ni siquiera pude reaccionar. Bonifaci dijo algo en italiano y Masi me levantó por la axila.

—Vamos, Tom.

Al salir del despacho me encontré de frente a Tania. Llevaba unas grandes gafas de sol posiblemente para disimular su moretón. La flanqueaban dos hombres de traje que parecían abogados.

—Tania —le dije acercándome—, siento que...

Ella entró al despacho sin dirigirme la palabra.

8

El mundo acababa de caérseme encima pero esa noche tenía un concierto. Masi se ofreció a llevarme hasta el Mandrake, pero le dije que necesitaba pasar por Villa Laghia para darme una ducha, coger mi Selmer y ponerme un traje.

—¿Está seguro de que puede tocar?

—Nunca he dejado tirado a ningún músico y no voy a empezar esta noche. Pero ahora necesito un trago. ¿Puede parar en algún sitio?

Masi desvió el coche en un sitio a las afueras de Salerno, cerca de un pueblo llamado Agropoli. Había una tasca de carretera con un par de sombrillas de Coca-Cola y un grupo de abuelos echando un dominó.

—Espero que tenga suerte con el visado. De verdad. Estudiaré si puedo hacer algo por ayudarle. No creo que se merezca ese castigo por una tontería.

—En realidad, quizá fuera hora de largarme de Italia —le dije—. Llevo años encallado en Roma. Quizá pruebe otro país; dicen que el jazz está resurgiendo en Polonia.

—¿Polonia? Pero, Harvey —dijo Masi estremeciéndose—, hace un frío de tres pares de pelotas en Polonia. ¿Y Elena?

—No sé si tengo algo que hacer con ella. Nick Aldrie anda a la caza y es un cazador mucho más interesante. Rico, rodeado de amigos, con un futuro excelente... Yo, bueno, soy un despojo.

—Está usted deprimido, Harvey. Eso es todo. Dese un poco de tiempo. Cúrese las heridas.

«Las heridas...» Eso me hizo volver a pensar en el episodio de la noche anterior, y en mi atacante.

—Oiga, Masi, sobre el tipo que me atacó...

—Por favor, Tom. Déjelo.

—No, espere un instante. ¿No han encontrado ningún rastro de sangre? Le aticé con un cenicero.

—Ya nos contó todo eso, ¿recuerda? No había nada de sangre, aunque encontramos huellas en el estudio y en ese buró. Las están analizando. Por su descripción, podría ser un sicario de los narcos napolitanos. Warwick tenía un buen contacto allí. Sabemos que iba a Nápoles una vez al mes. Un chaval irlandés con su mochila sucia y sus zapatos desastrados era el camello perfecto. Quizá se enteraron de que había muerto y querían recuperar el alijo.

—Era alto —repetí pensativo, sin hacer demasiado caso a las mundanas teorías sobre el narco.

«¿Qué tipos altos he conocido en Tremonte? —pensé—. Franco... es demasiado gordo, al igual que Mark, quien por cierto está en Londres. Nick Aldrie da el tipo, pero ayer por la noche estaba cenando con Elena en la Marina. ¿Quién queda?»

—¡Logan!

Masi me miró con algo de cansancio.

—¿Paul Logan?

—Sí, el guarda de seguridad de Franco. ¿Lo conoce? ¿Sabía que antes trabajó para los Wells?

—Sí. Fue él quien llamó al número de emergencias la mañana en que se encontró a Carmela. ¿Por qué cree que pudo ser él?

—No lo sé..., llevaba el rostro oculto con un pasamontañas o algo parecido, pero es alto, fibroso y tiene pinta de romperte el cuello sin pestañear. Además, se dedica a eso, ¿no?

Masi masticó esta idea en silencio.

—¿Qué sabe de él? —le pregunté.

—Lleva años por el pueblo. Fue policía en Inglaterra y antes tuvo una carrera como militar. Es el clásico hueso duro que sabe lo que hace y lo cobra a buen precio. Tiene buena reputación entre los millonarios de Monte Perusso. Hace tres años evitó un asalto en un domicilio. Mató a un ladrón de un disparo.

—Logan, joder..., creo que pudo ser él. Y, bueno, eso encajaría con el Hummer que casi me mata hace una semana.

—¿Que casi le mata?

—No les conté nada porque pensaba que había sido un accidente sin más. Pero ahora todo va cobrando sentido. Yo iba conduciendo cuando un coche me golpeó por detrás. Después me adelantó en una curva y me hizo perder el control... Casi salgo volando por el acantilado. No lo pude ver bien, pero creo que era un Hummer como el de Franco Rosellini.

—¿Y piensa que Logan lo conducía?

—Ya no sé qué pensar. Pero tienen que interrogarle. Sencillamente, fíjense si tiene alguna marca de una herida reciente en la cara. Creo que llegué a golpearle con al cenicero.

Masi bebió de su botellín de Nastro Azzurro en silencio, pensativo.

—Comprobaremos dónde estaba anoche a la hora del incidente. Si no puede aclararlo, le pediremos que se dé una vuelta por comisaría. ¿Se queda más tranquilo?

De vuelta a Tremonte, Masi me devolvió mi teléfono con la condición de que mantuviera la historia en secreto.

—Anoche sufrió usted un intento de robo mientras paseaba por un barrio poco recomendable de Chiasano. ¿Podrá aprendérselo de memoria?

—Lo intentaré.

—Ok. Sea buen chico y quizás el juez será compasivo con usted.

Llegamos a Villa Laghia y la casa estaba vacía. La *Riva Tritone* faltaba en el embarcadero, por lo que supuse que Elena ya se habría ido al Mandrake con sus nuevos amigos. Masi estaba fuera, fumando al fresco. Después de ponerme un traje y preparar el Selmer, aproveché para mirar mis mensajes. Tenía seis llamadas perdidas de Charlie y dos SMS:

Tío, he oído que anoche te zumbaron, ¿crees que podrás tocar?

Elena está aquí y dice que vendrás, pero estaría más tranquilo si me enviases una señal de que estás vivo.

Respondí a toda velocidad:

Estoy vivo y voy para allá. Vete afinando esos timbales.

El siguiente mensaje era de Elena, muy reciente:

Tommy, ha venido un montón de gente a verte, pero ha corrido el rumor de que anoche te atracaron y que estás en el hospital. Masi me ha dicho que llegarías a tiempo, pero Nick está preocupado. Dice que puede buscar un músico para reemplazarte si lo necesitas.

A lo que respondí:

Estoy vistiéndome ya. Dile a Nick que no se preocupe: voy para allá.

Finalmente, casi recién llegado, había un último mensaje de Tania:

Estoy al tanto de lo sucedido. Gracias por no hablar de mi ojo. El plan sigue en pie. Creo que podré hacerlo esta noche.

EPISODIO VI

GOING DOWN

1

Nada más poner el pie en el vestíbulo del Mandrake noté un montón de miradas y gente que me señalaba. Desde una mesa sonaron aplausos y, de pronto, un montón de flashes comenzaron a acribillarme.

—¡Harvey! ¡Tom Harvey! —dijo un tipo sonriente que se acercó corriendo—. ¿Es verdad que anoche se enfrentó a un hombre en el estudio de Warwick Farrell? ¿Estaba allí investigando algo?

Yo iba cojeando, con un traje negro y mi Selmer metido en el maletón. Apenas pude hacer otra cosa que quedarme congelado. Masi reaccionó más rápido: me cogió del codo y apartó al periodista con suavidad. A otros dos que venían con las mismas intenciones les hizo un gesto que bastó para detenerlos.

—Solo queremos hacer nuestro trabajo —protestó uno de ellos, bien joven.

—Este hombre ha venido a dar un concierto —dijo Masi—. Compórtense o pediré que los echen a la calle.

El club estaba a rebosar esa noche. Las mesas que circundaban el escenario ya se habían ocupado con clientes que disfrutaban de su cena o de una buena copa. Enseguida avisté unas manos que me saludaban desde una mesa. Reconocí a Elena, a la guapa Auryn y su novio Jean-Luc. Junto a ellos también reconocí a los Wells: Rebecca, Alex y la pálida Ruth. No había ni rastro de Aldrie.

Elena se levantó y me interceptó antes de que llegara hasta ellos. Llevaba un vestido azul oscuro que se le pegaba al cuerpo y el pelo suelto. De pronto, toda aquella mierda de día se convirtió en algo bonito.

—¡Tom!

Su preciosa sonrisa fue como la más cálida de las bienvenidas. Dejé mi saxo en el suelo y la abracé. Olía a un perfume profundo y extraño. Su cabello era como una caricia y sus pequeños pechos, al apretarse contra mi cuerpo, lograron que me encendiera. Solo quería quedarme allí para siempre.

—Elena. Te necesito tanto.

Creo que Masi desapareció y yo permanecí abrazado a ella un rato. Le di un beso en el cuello. Reconozco que fue un desvarío.

—Por favor, Tom..., está todo el mundo mirándonos.

—¿Y qué importa? —dije—. Debo de estar loco por esperar tanto. Ese tío me pudo haber matado, ¿sabes?

Y mis labios buscaron los suyos. Pero antes de que pudieran encontrarlos, su mano estaba sobre mi pecho, frenándome.

—Tom..., no puedo besarte —dijo Elena.

—¿No? ¿Por qué?

—Porque no es apropiado.

Estaba claramente avergonzada, pero yo ya no tenía freno. Me envalentoné:

—¿Sabes algo, Elena? Llevo diez días aguantándome una cosa. ¿Puedo decírtela ahora?

Aún la tenía cogida por la cintura, ella se quedó quieta.

—Quiero que lo volvamos a intentar. Tú y yo. ¿Qué te parece? Quizá tu padre tenía razón y es lo que siempre debimos hacer: dejarnos de tantas dudas y construir algo juntos. Ya está. Ya lo he dicho. Eso es lo que quiero.

Elena bajó la mirada y hubo unos treinta segundos en que pensé que había acertado de pleno. Que Elena me diría que sí, que nos besaríamos y todo se arreglaría allí mismo y para siempre.

Pero mi fantasía comenzó a joderse cuando ella alzó la vista y tenía los labios apretados.

—Verás, Tom. Le he dicho que sí a Nick.

—¿Que sí qué?

—Me iré de viaje con él. Sé que te lo ha contado, me lo propuso anoche... Yo creo que me vendrá bien, escapar de todo esto.

Fue como una gota de limón agriando un dulce de leche. El mundo, a mi alrededor, se convirtió en un carrusel de voces, música y farolitos encendidos en mesitas donde las caras eran como máscaras que se reían de mí.

—¿Me estás diciendo que...?

—Jean-Luc y Auryn vendrán también —se adelantó a decir ella— y otros amigos. Podríamos vernos en algún punto del viaje. ¿Qué te parece? En La Habana, por ejemplo.

—Tú y Nick —dije—. Así que era cierto...

—Ahora necesito algo nuevo, que me ayude a olvidar. Un amigo, Tom..., alguien diferente.

—Tú y Nick... —dije soltándola—, no me lo puedo creer. ¡Lo idiota que he sido! Estaba claro desde el primer momento.

—No has sido idiota. Viniste a ayudarme, Tom. Te llamé porque necesitaba a alguien familiar a mi lado. No tengo hermanos, no me queda nadie cercano, fuiste la primera persona en la que pensé, Tom. Eres como un...

—... ¿hermano?

—Eres mi mejor amigo, Tom Harvey.

—Pero yo no quiero ser tu amigo, Elena Ardlan. Quiero casarme contigo.

Ella se recogió el pelo nerviosamente.

—Yo no estoy preparada para casarme con nadie, Tom.

Entonces notamos una presencia a nuestro lado. Alguien se había parado justo a dos pasos de nosotros. Yo ni siquiera me volví. Estaba mirando a Elena fijamente. Me sentía estafado, utilizado... ¿Por qué no me dijo la verdad al principio? ¿Por qué estuvo jugando a dos bandas desde el primer momento? ¡Y pensar que fui yo quien la invitó a cenar en el Mandrake! ¡La llevé directamente a los brazos de Aldrie!

—¡Tom! Dios mío, qué aventura. ¿Cómo está?

Era Rebecca Wells. Se había levantado y había venido a sacarnos de allí. Me di cuenta de que quizás estábamos llamando la atención, en mitad del club, con todos aquellos *paparazzi* sacándonos fotos... Yo tenía una lágrima en el borde del ojo. De pronto me había quedado sin palabras. Gracias a Dios que en ese instante vi a Charlie Wilson en el escenario.

—Se hace tarde —dije cogiendo mi Selmer—. Debo tocar.

A partir de ese momento, la noche fue una larga cuesta abajo. Intenté sobreponerme, pero el golpe era brutal y había dado justo en el plexo solar. Le di a un par de cervezas mientras Charlie, Ricardo y yo probábamos el sonido y discutíamos el orden de los temas. Después, me puse a tono con un *jäger* y Charlie bromeó sobre ello: «Cuidado con el frasco, Harvey.» Yo me subí dos cervezas y otro *jäger* al escenario. Ni siquiera me acordé de los calmantes que había tomado al salir del tribunal de Salerno esa tarde.

En el momento en que noté los focos sobre mi cabeza fue como un mal sueño. Como una de esas pesadillas infantiles en las que de pronto estás deambulando por tu colegio vestido solo con unos calzoncillos.

Allí estaba Elena, desgarrándome las tripas por tercera vez. Elena Ardlan Parte III, como había dicho Deirdre. Pues claro... Ahora menos que nunca necesitaba un perdedor como yo. Era millonaria y tenía nuevos amigos. Jean-Luc, Auryn, J. K. Rowling... ¿Por qué elegiría a un cabeza de chorlito que conducía turistas armado con un paraguas? A ella la esperaba La Habana. El Caribe. Las cenas a la luz de las velas y las noches de estrellas...

—¿Listo, Harvey?

Quise decírselo a Charlie, prevenirle: «No creo que hoy vaya a ser una noche fantástica, estoy de capa caída», pero decidí tragármelo todo, incluidas un par de cervezas más. La americana me asaba de calor. Mis pies se cocían dentro de mis zapatos y las manos me sudaban. Charlie lanzó las baquetas contra el aro y arrancó, con un preciso redoble, los compases de *Moment's Notice;* Ricardo, como un resorte, comenzó a mover sus largos dedos por las cuatro cuerdas del contrabajo. Yo me coloqué la boquilla en los labios. El sabor del metal y la madera. El cielo azul oscuro y una luna gigantesca plantada en medio, como una moneda.

Llené el estómago de aire y miré hacia la mesa de Elena y Nick. La luz de los focos me impedía verlos. Empujé el aire hacia arriba, llené la boca como una bolsa y pulsé. El saxo emitió un sonido ronco, no llegó a encontrar la nota. De pronto había perdido el hilo. ¿Estábamos en fa? Miré hacia atrás y Charlie sonreía con esa clásica sonrisa de músico que significa «Qué coño haces».

Joder, me había quedado en blanco.

—Eh, *ragazzo*, ¿necesitas sacar las partituras? —susurró Ricardo.

Terminamos aquello de alguna manera, y el aplauso fue templado. Después empezamos *Stars Fell on Alabama*, y esta, al menos, la empecé en el tono. Me seguía doliendo todo el cuerpo y estaba bañado en sudor, pero al menos empezaba a meterme en el papel.

Comencé a encadenar frases cada vez mejores —no hay como un buen dolor de corazón para hacer música— y algunos de esos *paparazzi* se apostaron en primera fila y me sacaron fotos. Supongo que nadie les podía impedir hacer eso y, bueno, yo cerré los ojos y seguí tocando aquella triste y amarga melodía que se ajustaba tan bien a mis emociones de la noche.

Me iría. Supongo que lo decidí en ese mismo instante. Me largaría de Tremonte al día siguiente, bien temprano, y volvería a Roma, a mi escondrijo, donde me lamería las heridas a la espera de que los jueces decidieran si me daban una patada en el culo y me plantaban en la frontera. Pensé en llamar a Stelia y pedirle asilo artístico en Hamburgo. Tenía algunos amigos allí y podría subsistir de alguna manera hasta que se me ocurriera otro destino.

Y, pensando en Stelia, recordé el *dramatis personae* que ella había mencionado muy al principio. ¿Cómo se resolvía todo el embrollo? Quizá no se resolviera. Quizá no había nada que resolver. Puede que mi juego de detective no hubiera sido más que otro frívolo entretenimiento en mi extraño verano.

Stelia, la morosa enamorada casi hasta la enfermedad de Bob Ardlan.

Franco, el maltratador inseguro.

Tania, la chica florero.

Mark, el marchante corrupto.

Nick, el oscuro seductor.

Ruth Wells, la amiga obsesionada con Carmela, sus padres quizá tan sobreprotectores.

¿Alguien más? Pero ¿y si todo había sido en realidad más sencillo?

Carmela se ahogó por accidente y Bob se trastornó. Quizá nadie puede escapar del todo de sus fantasmas, y Bob terminó decidiendo que era el momento de acabar. ¿Me llamó para decirme que cuidara de su hija?

Y, entonces, no había asesinatos, ni conspiración. Salvo Warwick, que murió a manos de sus socios napolitanos, quienes casi me rompen la cabeza. La explicación más sencilla es la más probable, ¿no?

Cuando terminé, después de un silencio, se produjo una salva de atronadores aplausos. La cara sonriente de Ricardo fue lo primero que vi al darme la vuelta.

—Bien, bien, míster Harvey. Va a ser verdad que sabe tocar.

Y Charlie, desde la batería: «¡Te dije que el tío era bueno!»

Surcamos la medianoche y el local cambió de tono. Los postres daban paso a las botellas de *prosecco* en sus hieleras. Las mesas se llenaban de cócteles multicolores. Hicimos un buen resto de repertorio y terminamos con el divertido fraseo de *Hymn Of The Orient*.

Estaba sudado y un poco mareado cuando bajé del escenario. Charlie vino con una botella y unos vasos, y acepté, aunque ya iba bastante cargado.

—Ricardo nos ha invitado a una fiesta —dijo. Era en casa de unos artistas y había un piano—. Podríamos tocar por las birras, ¿no?

Yo estaba cansado y dolorido, pero aquel plan era mucho mejor que quedarme allí torturándome con la visión de Elena en su vestido azul, tan bella, y ahora tan inalcanzable. Además, había decidido que me largaría de Tremonte al día siguiente. Quizá ni siquiera dijera adiós. Dejaría una nota y punto.

—¿Tom?

Estaba limpiando la boquilla cuando esa voz dulce y delicada apareció por detrás. Era esa muchacha. Ruth Wells.

—Hola, ¿cómo estás?

—Has tocado maravillosamente, Tom. Nick me ha dicho que tienes un disco a la venta.

«Nick intentando que me gane la vida...», pensé.

—No llevo ninguno aquí. Pero me encargaré de que te llegue uno, Ruth. Dejaré uno en tu casa antes de irme.

—¿Es que te vas a marchar?

—Sí..., creo que me volveré a Roma —dije—. Ya he terminado lo que tenía que hacer aquí.

—Pues yo venía a decirte que también me marcho una temporada. Vuelvo a Suiza con mi madre, para un tratamiento. Quizá pasemos un par de meses allí. —Puso una mueca de tristeza—. O sea, que no volveremos a vernos...

—No digas eso, Ruth. La vida da muchas vueltas.

—Quizás algún día te busque en Roma —dijo ella—. Cuando yo cumpla veinticinco, ¿cuántos tendrás tú?

Yo me reí. La miré fijamente y pensé en lo que su padre me había dicho sobre el síndrome del Gran Amigo. Me pareció un montón de paparruchas. La cabeza de esa chica estaba más sana que la de todos nosotros juntos.

—Cuando tú tengas veinticinco, yo seré un cuarentón lamentable. Seguro que encuentras mejores candidatos, Ruth.

Ella sonrió.

—Ojalá alguno sea como tú.

Se acercó y me dio un beso en la mejilla.

—Estás ardiendo, ¿te encuentras bien?

—Me habrá subido un poco la fiebre...

—Oh, vamos —dijo cogiéndome del brazo—, mi madre tiene aspirinas. Y seguro que también quiere despedirse.

Yo me resistí un poco. Nick había aparecido en la mesa de los Wells. Estaba de espaldas, hablando con Elena y sus nuevos amigos.

—Lo siento, pero prefiero no acercarme... —dije mirándolos—. Hoy es un mal día.

—Es por ese viaje de Elena y Nick, ¿verdad? —dijo Ruth—. Se lo ha contado hoy a mi padre. No le ha hecho mucha gracia, la verdad. Creo que papá planeaba enviarlo a montar un hotel a Croacia.

—Sí...

Justo entonces vi que Nick se levantaba para saludar a un cliente. En ese momento distinguí una especie de tirita de color blanco que llevaba cruzada en la frente.

Noté que se me caía el alma a los pies.

—¿Qué le ha pasado a Nick en la frente? —le pregunté a Ruth.

—¡Ah, eso! Debió de golpearse con algo anoche. En el *Jamaica*.

—¿Un golpe?

Algo comenzó a burbujear en mi estómago. Ni siquiera le dije una palabra más a Ruth. Para cuando quise darme cuenta, había cruzado la pista de baile y estaba frente a la mesa donde los Wells, Elena, Nick y sus amigos tomaban unos cócteles tras la cena.

Nick había vuelto a sentarse, yo me acerqué muy despacio por detrás y noté las miradas de Jean-Luc, Alexander Wells y Rebecca. Ella dijo algo, pero sonó como el eco de una galaxia lejana.

—Aldrie —dije, y me di cuenta de que mi voz estaba temblando—, póngase en pie.

Oí mi propia voz, torpe y pastosa. Tres *jäger*, seis cervezas y unos cuantos calmantes tenían la culpa. Me sentí mareado y me sostuve en el respaldo de la silla.

—¿Qué dice?

—Póngase en pie, le he dicho.

—Tom —dijo Elena—, por favor... estás...

—¡Aldrie! —grité—. Haga lo que le digo.

Se hizo un silencio en aquella mesa y en las de alrededor. Noté los ojos atónitos de todos sobre mí. Jean-Luc y Auryn me miraban como a un loco. Wells, detrás de sus gafas oscuras, se rascaba la barbilla. Elena, girada sobre su silla...

Nick Aldrie hizo un gesto con los hombros, como si quisiera tener la fiesta en paz. Se puso en pie y me encaró con una mirada encendida.

—Ya está. ¿Puedo volver a sentarme?

Era, en efecto, un poco más alto que yo y fuerte. Sin darme cuenta, llevé el dedo índice hasta su herida. Mi mano temblaba.

—¿Qué está haciendo, Tom? —preguntó Nick.

—¿Cómo se hizo esta herida?

Entonces noté que alguien me agarraba por detrás. Era Luca Masi. Yo pensaba que se habría marchado, pero aún seguía por el bar.

—¿Qué hace, Tom? —susurró.

—Tom, por favor... —dijo Elena.

Me importaba una mierda todo. Aldrie y yo nos mirábamos fijamente.

—Dígame cómo se hizo esta herida.

—¿Y a usted qué le importa, Harvey? Oiga, está borracho. ¿Ha cobrado ya? ¿Por qué no se larga?

Algo dentro de mí, una carga muy profunda, estalló en ese momento. Lancé mi mano a esa camisa de hilo fino y la estrujé con fuerza.

—¡Este es el tipo que me atacó anoche, Masi! Y posiblemente es el asesino que buscamos.

Aldrie me cogió la mano y la retorció para quitársela de encima. Masi no pudo evitar que yo utilizara mi otra mano para empujarlo. Bueno, Aldrie no se esperaba eso y lo pillé con los pies cruzados. Se derrumbó sobre la mesa y Alexander Wells tuvo que apartarse para que no lo aplastara a él.

Elena gritó. Rebecca Wells se tapó los ojos con las manos y Jean-Luc se levantó para apartar a Auryn.

—¡Masi, saque a este idiota del bar! —gritó Aldrie—. O lo harán mis hombres.

Todo el club estaba mirándonos. Los *paparazzi* no perdieron ocasión de inmortalizar el momento. Notamos unos cuantos flashes y los clientes de las mesas cercanas levantándose en previsión de que la pelea fuera a más.

Pero, finalmente, nos quedamos Aldrie y yo, frente a frente, sujetos por Jean-Luc y Masi respectivamente.

—Ayer golpeé a mi agresor con un cenicero —dije—. Creo que le pude dar justo en ese sitio. ¡Que explique cómo se hirió!

—Está completamente loco —murmuró Auryn.

—Bueno —dijo Masi—. ¿Puede responder de todas maneras, Aldrie? ¿Cómo se hizo la herida?

—La herida me la hice al regresar de la cena —explicó Nick intentando mantener la voz tranquila—. Me golpeé con el marco de la escotilla del *Jamaica*. ¿Están contentos?

—¿A qué hora fue eso? —preguntó Masi.

—Sobre las dos y media, creo.

—¿Tiene algún testigo que lo corrobore?

Entonces vi cómo los ojos de Aldrie miraban hacia Elena.

—Sí.

Elena se levantó. Me miró con fiereza y dijo:

—Yo estaba con él. Estuve toda la noche con él.

Si cogieras todas las humillaciones y frustraciones de tu vida y las pusieras juntas en un solo minuto, ¿cómo te sentirías? Creo que yo no estaba muy lejos de poder responder a esa incógnita con precisión.

Masi me sacó de allí y me montó en su coche. Me ofreció un cigarrillo y fumamos en silencio, sin decir nada. Menos mal que yo estaba borracho y el dolor parecía un poco amortiguado. Pero sabía que al día siguiente, cuando abriera los ojos, iba a sentirme como una magnífica puta mierda.

—¿Adónde quiere que le lleve? —preguntó Masi—. Si no le apetece volver a Villa Laghia, tengo un sofá bastante bueno.

—Me largaría esta misma noche, pero ahora no puedo

conducir. Quizás eche una cabezada y salga pronto por la mañana..., no quiero seguir aquí ni un minuto más.

—Lo entiendo, Harvey. Vaya, las cosas no le están saliendo precisamente bien.

En ese momento le sonó el móvil. Se lo sacó de la chaqueta y miró la pantalla.

—Es Pucci —dijo—. Un segundo. *Pronto?*

Al principio no presté mucha atención a su charla, pero noté que algo iba mal cuando Masi exclamó «¿Qué?» y arrancó el coche antes de terminar la llamada.

—Póngase el cinturón —me dijo después.

—¿Qué es lo que pasa?

—Es Tania Rosellini —dijo—. Ha sufrido un accidente y está entre la vida y la muerte.

2

Masi condujo a buena velocidad por las carreteras de Monte Perusso. Era una noche de luna llena y los pequeños olivos y las rocas de aquel paraje proyectaban sombras extrañas, como las de un público silencioso que aguardara el desenlace de un buen drama.

La carretera era una estrecha y retorcida lengua de asfalto, pero a pesar de eso nos adelantaron algunos coches y motos de una forma un tanto salvaje. Adónde coño iban era algo que me podía imaginar. Al ir acercándonos al perímetro de la casa, comprobé que eran periodistas.

Había una animación parecida a la que se formó frente a Villa Laghia tras la muerte de Warwick. No tanta, pero se veía que la cosa aún estaba cociéndose. Llegamos a la vez que un pequeño Fiat, del que saltaron, como dos liebres, un par de chavales con sus cámaras. Parecía una secuencia de *La dolce vita* de Fellini. Los vampiros que habían sido atraídos por la sangre del caso Farrell parecían haber estado dormitando en alguna oscura habitación del hotel Salerno y ahora volvían a aparecer.

Tres *carabinieri* contenían toda esa expectación junto a la fastuosa entrada de la Casa Rossa. Masi sacó la placa y nos abrieron la puerta mientras la luz de los flashes regaba el coche.

Había una ambulancia aparcada frente a la casa y mucha más gente por allí. Bueno, siempre había gente en aquella maldita casa. Masi me dijo que me quedara en el coche.

—Ni de coña —respondí—. Si le ha pasado algo a Tania, creo que yo también tengo derecho a estar aquí.

—Pues estese callado.

Una docena de personas estaban congregadas en el salón que había frente a la piscina. Tomaban copas y hablaban muy bajo mientras en la otra esquina reconocí al sargento Pucci, junto a otro policía, hablando con alguien, posiblemente tomando declaración a Jean-Baptiste, el perito de Franco.

Y yo me empecé a preparar para lo peor.

Masi me invitó a sentarme. Después se acercó a Pucci y se puso hablar con sus colegas. Mientras tanto, reconocí al hípster gruñón de las gafas de pasta tomándose algo en la barra. Me levanté y me acerqué a él.

—Aún no se sabe nada —dijo cuando le pregunté—. Solo que Tania está malherida.

—¿Malherida?

—Está grave. Creo que se la van a llevar de un momento a otro.

—Pero ¿qué ha pasado?

—No lo sabemos. Ha debido de caerse por las escaleras... Perdone —dijo atendiendo el teléfono.

«Tania, que se ha caído», pensé yo. Me senté en el taburete. Había una botella de vodka y una jarra de zumo de naranja recién hecho. Me preparé un trago mientras esperaba a

Masi, que tardó solo cinco minutos en venir a por mí. Me dijo que lo acompañara a una pequeña salita. Allí estaba Pucci sentado.

—Bien —dijo—, al parecer Lucía Castro, la doncella, lo vio todo. Fue ella la que llamó a la policía. Asegura que Franco le había dado una paliza y que la tiró por las escaleras. También ha mencionado su nombre, Tom. Dice que hay algo que usted debe contarnos.

—¿Cómo?

—Franco pilló a Tania en la sala de proyección. Parece ser que Lucía estaba vigilando para protegerla, pero les salió mal. Estaban intentando robar algo por encargo suyo, Tom. ¿Qué tiene que decir al respecto?

Masi me miraba con un «De qué coño va todo esto, Harvey» escrito en la cara.

—Vale, de acuerdo —dije sorbiendo mi vodka—, ya les conté la historia del cuadro. Pero había un detalle que omití.

—Pues inténtelo otra vez sin omitir nada —dijo Pucci.

—Tania me dijo que estaba planeando largarse a L.A., abandonar a Franco porque él la había pegado. Franco la tenía medio secuestrada en la casa, con ayuda de Logan, y tuvo que escaparse de noche para citarse conmigo.

Pucci dio una especie de patada al aire, mostrando su enfado.

—¿Usted sabía eso esta tarde y no lo mencionó ante el juez?

—Tania me pidió que guardara silencio —dije yo—. Ella no se fiaba de la justicia italiana y además ya tenía un abogado listo en América. Supongo que iba a por su trozo del pastel. Pero, en fin, ella quería pedirme que le enviase el cuadro a California y le prometí hacerlo, y a cambio le pedí un favor.

—Joder, Tom —dijo Masi—. ¡Todo esto debería haberlo contado antes!

—Bueno..., pues lo cuento ahora, ¿qué quiere?

—En fin, prosiga. ¿Qué favor le pidió a Tania?

—Vale... Ahora prepárense para una historia rara. Hace cuatro días estuve aquí, charlando con Franco Rosellini. Yo había venido por otra razón, pero terminamos en su pequeña sala de proyección, viendo una prueba de cámara que Carmela Triano había hecho para él.

—¡Otra vez Carmela!

Hice un gesto con los hombros: «¿Qué culpa tengo yo de que Carmela esté en todas partes?»

—Hubo un momento en el que me quedé a solas y casi sin querer encontré un archivo que me llamó la atención: una película dentro de una carpeta titulada con la letra X. Estaba junto a la prueba de cámara de Carmela, así que pensé que ambas estarían relacionadas. Pero antes de que pudiera ver nada, ese tipo, Logan, me cortó la luz. Me pareció intrigante y por eso le pedí a Tania que me hiciera el favor de investigarlo por mí.

—Como un intercambio —dijo Masi tratando de seguirme—. Tú le devolvías el cuadro y ella veía la película.

—Exacto —respondí—. Le dije que tuviera cuidado con la cámara de seguridad que había en la sala de proyección, pero supongo que no hizo caso. ¿Le han tomado ya declaración a Logan?

—Aún no.

—Bueno, sea como sea, puedo suponer que Franco pilló a Tania viendo esa película. O hurgando en su ordenador. Yo qué sé.

—Está bien, Tom —dijo Masi—. Ahora vamos a tener una charla con la doncella, ¿de acuerdo?

Pasamos de una sala a otra, y a otra más, y vimos una camilla rodando por el pasillo. Dos enfermeros la empujaban en dirección a la puerta principal. En ella se llevaban a Tania Rosellini. Sentí el inevitable impulso de acercarme. Aunque Masi me cogió de la manga, yo me solté.

—¡Tania! —dije corriendo hacia ella.

Los camilleros no detuvieron su marcha y me pidieron que me apartara, pero me acerqué lo justo para ver que la chica tenía la cara hecha un jodido poema y respiraba con ayuda de una máquina.

—No puede hablar —me dijo el camillero—. Apártese, le he dicho.

La cogí de la mano y vi que sus ojos se dirigían a mí.

—¡Lo siento mucho, Tania!

—Venga por aquí —dijo Pucci cuando por fin dejé marchar la camilla.

Entramos en una pequeña sala que no debía de quedar muy lejos del despacho de Franco Rosellini, según recordaba. Allí, junto con una mujer-policía, encontramos sentada a Lucía, la bella doncella de los Rosellini, con la nariz roja y el regazo lleno de pañuelitos de papel. También, en la otra esquina de la habitación, estaba Logan. Imperturbable, fumándose un cigarrillo y con las piernas cruzadas. Frío como una puta langosta. A mí se me erizó el cabello al verlo, aunque me fijé en que no tenía ninguna marca de herida en el rostro.

—Veamos —comenzó a decir Pucci—. Parece que el señor Harvey tiene una información interesante que aportar. ¿Tom, puede contar lo que nos acaba de referir ahí fuera?

Lo hice. Hablé de mi conversación con Tania, los malos

tratos de Franco y el estado de incomunicación en el que Tania aseguró estar los últimos días. Logan lanzó una larga flecha de humo.

—¿Qué dice a esto, Logan? ¿Es cierto que mantenían a Tania secuestrada?

—Oiga, pero ¿de qué habla? Me dedico a la seguridad, no a secuestrar gente. Franco me pidió que me enterase bien de los movimientos de su mujer. La seguí en un par de ocasiones y me enteré de algunas cosas. Básicamente, que se lo pasaba muy bien con ese tal Warwick, y también de que estaba planeando meterle un mordisco a través de un abogado en Los Ángeles. Bueno, si me lo pregunta, yo también me enfadaría al enterarme de ambas cosas.

—Le dio una paliza e intentó violarla —dije yo entonces—. ¿Le parece normal?

—Yo no me meto en las riñas de un matrimonio, y usted no debería haberlo hecho tampoco, Harvey. Mire las consecuencias. Le pidió a Tania que hurgase en una propiedad privada. ¿No es eso un delito?

—Ya hablaremos más tarde de lo que es un delito y lo que no —dijo Pucci—. Señor Logan, usted estaba al cargo de las cámaras de seguridad. ¿Vio a Tania Rosellini entrando en la sala de proyección?

—Sí, y avisé al señor Rosellini. Tenía órdenes explícitas de hacerlo. La sala de proyección es uno de los lugares sensibles de la casa.

—¿Y qué pasó después?

—Franco fue allí y le pidió algunas explicaciones. Después subieron al dormitorio. Creo que ella le insultó y él le dio un par de tortazos. Yo no oí nada más. Creo que ella salió corriendo y se tropezó...

—¡Es mentira, hijo de la grandísima puta! —gritó Lucía—. Franco la empujó. ¡Quería matarla!

—Bueno —dijo Masi—, será muy fácil ver eso, ¿no? Para algo tienen ustedes todas esas cámaras de seguridad...

Cinco minutos más tarde apareció un agente de la Científica vestido enteramente de blanco. Habló con Pucci y Masi en un italiano bastante rápido que no logré entender, pero era algo referido a las cámaras. Después Pucci prosiguió:

—Han contabilizado un total de trece cámaras. Cinco exteriores y ocho interiores. Una de ellas apunta a las escaleras, Logan. Ahora acompáñenos. Vamos a revisar las grabaciones de esa cámara.

Logan murmuró algo como una maldición y se marchó con Pucci y un *carabiniere*. Yo me quedé con Masi.

—¿Qué hacemos ahora? —dije.

—Poca cosa —respondió—. Rezar para que ese Logan no haya sido más rápido y haya borrado la grabación. Es un perro fiel y bastante listo. Además, los abogados de Franco van a tardar cinco minutos en echarnos a todos de la casa. En realidad, solo podemos tomar huellas, declaraciones y largarnos de aquí.

—¿Va a quedar así la cosa? —protesté.

—Solo queda esperar a la grabación. O a que Tania despierte y declare. Hasta entonces, es la palabra de Franco contra la de la doncella, que además solo oyó el grito de Tania. No vio nada. *Merda* —suspiró Masi—. Ese hijo de la gran ramera se va a salir con la suya.

—¿Cree que Tania puede...?

—¿Morir? Espero que no, pero ha frenado la caída con los dientes, ¿sabe?

Señaló la gran escalera de mármol que se desplegaba como una gran lengua por el majestuoso vestíbulo. Había focos apuntando a sus escalones y un reguero de gotas —o mejor dicho, goterones— de sangre marcados también con una serie de papeles en los que había números.

—Un empujón —dijo Masi—. ¿Qué le parece, Tom? Un empujón mortal.

—¿Ahora me va a venir usted con conspiraciones, Masi?

Él sonrió sin decir nada, pero yo sabía lo que estaba pensando: ahora quedaban más claras las posibles motivaciones de Franco Rosellini. Primero mata a Bob porque hace un retrato erótico de su mujer. Después se entera de lo de Warwick y lo hace plastilina. Y ahora utiliza la misma violencia para... ¿asesinar a Tania?

Estábamos de vuelta en la barra del salón cuando nos abordó un tipo trajeado que reconocí: era uno de los abogados que había acompañado a Tania esa tarde en el tribunal de Salerno.

—¿Es usted Tom Harvey? —dijo.

—Sí.

—El señor Rosellini ha insistido en verle. Quiere decirle algo.

—No creo que eso sea apropiado —dijo Masi.

—Ha dicho que es muy importante. Quiere mostrarles algo. ¡Ah!, y también pidió que viniera un policía.

Reconozco que me temblaban las piernas cuando entré en el despacho de Franco. Él estaba allí, vestido con un chándal de color gris y el pelo revuelto, como si alguien acabara de sacarlo de la cama. Lo flanqueaban dos tipos tan grandes como él, embutidos en dos trajes brillantes y con gordos nudos en sus corbatas de mil euros por lo menos.

Noté su mirada sobre mí mientras entraba por la puerta. El hombre estaba deshecho, envuelto en lágrimas. Un gigante desmoronado sobre sí mismo.

—Aquí está el señor Harvey. El Gran Traidor...

Uno de sus abogados intentó apaciguarlo, pero, aun así, soltó otro par de tacos mientras me sentaba. Yo tragué saliva. Vi la botella de Clenhburran completamente vacía sobre la mesa.

—Señor Harvey —comenzó a decir uno de los abogados—, el señor Rosellini quiere comunicarle...

—Dejaos de bobadas —le interrumpió Franco—. Por favor, dejaos de bobadas. ¿Sabe una cosa, Harvey? Las mujeres son peligrosas. Son tan inteligentes que uno no puede... ni imaginar... Olivia me hundió económicamente, se quedó con la mitad de mi vida. Mi trabajo, todo lo que he creado, en manos de una furcia. Y Tania iba a hacer lo mismo. Usted lo sabía, ¿no?

—Pero eso no le da a usted derecho a... —empecé a decir.

Franco hizo un gesto con la mano.

—No quiero discutir nada de eso. No le he traído aquí para hablar de bobadas, quiero que me responda a una pregunta. Sea sincero y yo le corresponderé.

—De acuerdo —dije—, pregunte.

—He oído que Tania se reunió con usted. Algo de un cuadro que Bob le había pintado, ¿no es cierto?

—Sí.

—Y ella se había acostado con Bob. ¿Eso también es cierto?

Yo me quedé en silencio. ¿Qué implicaciones tendría aquello para Tania?

Miré a Masi, dubitativo.

—Diga la verdad, Tom, es lo mejor.

—Bueno —empecé a decir—, Tania me confesó que había tenido un *affaire* con Bob, sí.

Franco recibió la noticia en completo silencio. Sacó un habano de una caja y lo acarició un rato. Después lo estrujó entre los dedos.

—¿Sabe que Bob también tuvo una aventura con Olivia? Yo me enteré en Estados Unidos, cuando ella decidió abandonarme. Me dijo que Bob y ella habían follado a mis espaldas durante meses. Incluso en esta casa, cuando yo no estaba.

—¿Y por eso mató a Bob? —pregunté entonces.

El abogado situado a la derecha de Franco advirtió a su cliente que no respondiera. No obstante, Franco le volvió a mandar callar.

—No maté a Bob, joder. Yo no soy ningún asesino. Y si piensan que tuve algo que ver con lo de Warwick, también van equivocados. Aunque le hubiera dado la paliza de su vida a ese puto enclenque. Y me alegro que le cayese ese andamio en la cabeza..., pero no fui yo. No, pero en cuanto a Carmela —y aquí sonrió— tengo una ligera idea de quién la mató. —Aquello nos pilló desprevenidos a todos—. Quiero que se lo diga a Elena —continuó Franco—. No es nada personal contra ella. De hecho, lo que llevo ocultando meses ha sido por ella, no por su padre. Pero Bob se merece esto... Le perdoné por Olivia y él dijo que se arrepentía, pero volvió a hacerlo. El maldito robamujeres de Bob Ardlan. Bueno, pues ahora tendrá su merecido, aunque sea después de muerto.

—¿De qué está hablando, Franco?

—Hablo de contar la verdad sobre Bob. —Y se puso en pie—. Detective, si hacen el favor, me gustaría mostrarles a todos una película.

Franco nos guio hasta la sala de proyección y nos invitó a

sentarnos. Después encendió el iMac y le vimos mover el ratón y navegar por unas cuantas carpetas donde almacenaba material rodado. Hasta que llegó a «2016 / actores / pruebas de cámara / Carmela Triano».

Y la famosa subcarpeta con la letra X.

—Esto era lo que Tania había venido a buscar —dijo Franco mientras hacía clic en el archivo «CV32206_00_06»—. Lo que usted le pidió, ¿no, Tom?

Entonces la imagen ocupó toda la pantalla.

—Disfruten de la película.

3

Se apagaron las luces y sobre la pantalla se proyectó una imagen que comenzó siendo negra. Era lo que yo había logrado ver en aquella ocasión, mientras hurgaba en el ordenador de Franco Rosellini, pero al cabo de unos segundos la negrura se disolvía y la pantalla nos presentaba un plano fijo.

Era una toma estática de un lugar para todos conocido: la entrada de la Casa Rossa. Al pie del plano se veía una sobreimpresión.

21-junio-2016, 23:56:01

El reloj seguía adelante y yo tardé exactamente diez segundos en darme cuenta de lo que estaba viendo, aunque Franco se adelantó a explicarlo en voz alta:

—Es la cámara de seguridad de la entrada de esta casa. Logan acababa de instalarla esa misma semana, la del 21 de junio pasado. ¿Les suena la fecha?

—Nos suena —dije yo—. Es la noche de su fiesta. La última noche de Carmela Triano.

—Correcto —dijo Franco.

Una mujer en un vestido de noche acompañada de un hombre llegó hasta la puerta y esperaron a que la verja se abriese. Después entraron, alegres, rumbo a la fiesta. La secuencia volvió a detenerse por un instante.

—Lo importante viene ahora —dijo Franco—. ¡Atención!

Entonces la cámara se giró para enfocar un coche que se acercaba a la verja. Era un descapotable de color claro, y no me hizo falta ni ver la matrícula para saberlo: era el Mercedes color crema de Bob Ardlan.

Mientras se acercaba al objetivo, pudimos distinguirle a él mismo al volante, puesto que conducía sin la capota. Era su rostro, claramente, el que capturaba la cámara. Vestido con una americana blanca y una camisa oscura.

—¡Ardlan! —dije yo.

—Mintió —dijo Masi.

La cámara se había quedado fija sobre el coche. Ardlan sacaba un teléfono y hacía una corta llamada. Después maniobraba delante de la puerta, tranquilamente. Yo sentí algo raro al verlo. ¿Había envejecido tanto? Siempre había llevado el pelo perfectamente peinado, pero esa noche recordaba un poco a Christopher Lloyd en el papel de Doc en *Regreso al futuro*. Bueno, estuvo allí cerca de un minuto, esperando en silencio, hasta que se vio una sombra aparecer por el lateral del plano. Una delgada y estilizada silueta de mujer. Carmela Triano, reconocible por su pelo rizado. Vimos el escote infinito de su espalda avanzar en la noche hasta el coche de Bob y sentarse en el asiento del copiloto.

Masi se había puesto las dos manos por sombrero. A mí me entraron unas terribles ganas de fumar. O de gritar y salir corriendo.

Carmela se lanzaba al pecho de Bob, en un saludo fraternal o algo parecido. Se daban un breve beso en los labios y entonces ella sacaba un objeto de su bolso. Un teléfono móvil. Al menos, es lo que podíamos suponer, pues a distancia y en aquella penumbra solo alcanzábamos a ver un rectángulo de luz surgiendo de sus manos.

Sin saber que estaban siendo grabados, Carmela mostraba algo a Bob. Imposible distinguir de qué se trataba, pero Bob al verlo se quedaba quieto. Golpeaba el volante un par de veces y, ahora, de manera muy clara, le espetaba algo a Carmela. Le estaba gritando. Discutían. ¿Por qué?

La escena duraba algo menos de veinte segundos. Ella hacía un amago de apearse, pero Bob la cogía de la muñeca y tiraba hacia dentro con fuerza. Carmela volvía al asiento. En su rostro podía verse un atisbo de mal genio, de tristeza, de desesperación. El Mercedes arrancaba y salía de allí a toda velocidad. El plano volvía a quedarse en la más absoluta soledad.

Media hora más tarde estábamos fuera, sentados en el jardín. Pucci había aparecido por el despacho de Franco nada más terminar de ver aquel vídeo por tercera vez. Dijo que saliéramos todos de allí.

—Hay una grabación de los hechos. Franco empujó a Tania escaleras abajo. De hecho, la llevó hasta allí a puñetazos y la empujó con alevosía. Vamos a detenerlo por intento de asesinato en primer grado.

Después le ordenó a Masi que me tomara declaración sobre mi conversación con Tania. Y que se asegurase de que esta vez no «me olvidaba» de ningún detalle.

La detención de Franco había provocado un tumulto en el salón, por lo que el detective y yo habíamos salido al jardín. Ninguno de los dos teníamos demasiadas ganas de hacer los deberes. ¿Qué importaba ya lo que Tania hubiera podido decirme? La grabación de Bob ya estaba almacenada en un USB que Masi se había guardado en la chaqueta.

—¿Qué hará con eso?

—Mostrárselo al juez, lógicamente. Es una nueva evidencia en el caso de Carmela.

—Pero ¿qué prueba esa grabación? —dije—. Bob Ardlan fue a recoger a Carmela esa noche. Tuvieron una pelea y después se fueron juntos. No significa que la matara.

—No, pero mintió en su declaración, Tom, ¿por qué?

A mí me hubiera gustado gritar, con todas mis fuerzas: «¡Esto no cambia nada! ¡Es imposible! ¿Para qué mataría Bob a Carmela?» Pero en el fondo era cierto: aquello era un indicio suficiente como para desviar todas las sospechas sobre Bob.

—¿Qué va a pasar a partir de ahora?

—Supongo que se reabrirá la investigación, aunque no sé por dónde demonios empezaremos. No creo que encontremos nada, pero estoy seguro de que el fiscal querrá hacer algo de cara a la galería. Puede que ordene exhumar el cadáver de Carmela. Y tendremos que registrar Villa Laghia en busca de pruebas.

—Joder... —dije yo.

E inmediatamente pensé en esas fotografías de Carmela que habíamos encontrado en la cámara secreta de Bob.

Masi debió de ver en mis ojos aquello que yo intentaba mantener dentro de mi boca.

—¿Hay algo más, Tom? ¿Algo que deba contarnos? Le

advierto que las cosas se pondrán feas a partir de ahora si sigue con sus «olvidos».

Yo seguía aún bajo los efectos de mi borrachera y de mi tristeza. Estuve tentado de lanzar mi capa y proteger por última vez aquellas extrañas fotografías, ahora si cabe más acusatorias que nunca. Pero eso podría meternos en problemas mucho peores. Ocultación de pruebas, complicidad...

—Verá —dije al fin—, encontramos unas fotografías. No creo que prueben nada, pero debe usted saberlo.

Y se lo conté.

4

El teléfono me despertó en un lugar extraño. La luz del día se colaba por una ventana y yo estaba en un salón desconocido, tumbado en un sofá. Era el apartamento de Charlie Cooper. La noche anterior, según el mundo se iba desmoronando, me llamó para decirme que se había enterado de todo. «Creo que no volverás a tocar en el Mandrake, tío, Aldrie estaba muy cabreado contigo. ¿Tienes un sitio donde quedarte?» Así que me fui a beber y llorar mis penas con mi viejo colega. Y ni siquiera recordaba cómo había llegado a ese sofá. Quizá Charlie me arrastró y me tiró allí como un despojo.

Mi móvil seguía sonando. Lo busqué en mis bolsillos, entre mi ropa, pero finalmente lo encontré en una de las juntas de los almohadones del sofá. Era Mark Heargraves.

—Acabo de llegar a Tremonte, Tom. ¿Dónde estás?

Se lo expliqué. Le dije que Elena y yo habíamos tenido una discusión muy fuerte la noche anterior.

—Joder —dijo Mark—. Pues vístete rápido y reúnete conmigo en el Salerno. Hay problemas.

—¿Qué problemas?

—¿Todavía no has visto los periódicos?

Colgué y miré la edición digital de *La Città*, según me indicó Mark. Dos noticias competían por ser el titular. La primera era la que yo me esperaba:

El cineasta Rosellini detenido por un intento de homicidio en primer grado.

Bajo el titular, un vídeo mostraba la salida de Franco Rosellini en un coche patrulla, sin esconder el rostro. Los flashes de las cámaras iluminaban su mirada perdida hacia delante.

Después, en un tamaño no muchísimo menor, se leía otra noticia. Esta era completamente inesperada para mí:

La detención de Rosellini revela por sorpresa una prueba que compromete a Bob Ardlan en la investigación por la muerte de una mujer en Tremonte.

Aquí también había un vídeo. El mismo que habíamos visto la noche anterior en la sala de proyección de Franco, pero ¿cómo demonios se había filtrado eso?

Era horrible. Y no solo en Italia. Todos los tabloides británicos y algunos periódicos serios se hacían eco de la noticia:

El vídeo ha sido filtrado esta medianoche en YouTube y ya cuenta con un millón de vistas.

Una nueva vuelta de tuerca en el embrollo Ardlan. ¿Pudo asesinar a su modelo?

La policía pide precaución. El material se ha puesto a disposición del fiscal de Salerno.

Al hilo de la detención de Rosellini, el editorial de *La Città* denunciaba «La impunidad de los hombres ricos de Monte Perusso» y exigía justicia para Carmela Triano: «Un caso que nunca fue debidamente investigado, quizá por la presión de esas importantes personalidades.»

Aquello me cayó como un hierro en la cabeza. Fue como un piano aplastándome. La resaca de la noche pasada y mi corazón roto se habían convertido en algo trivial comparado con la imagen del rostro de Tania hecho trizas. Y ahora desayunaba con ese vídeo.

Me sentí culpable, horriblemente culpable y estúpido. Por primera vez en todo este embrollo pensé que no debería haber pisado Tremonte jamás. Mi maldita curiosidad había conseguido reventarlo todo. Tania desfigurada... y Bob Ardlan públicamente retratado como un asesino. ¿Hubiera ocurrido algo de eso si yo no hubiera empezado a indagar?

El apartamento de Charlie estaba cerca de la Piazza Georgina y tardé apenas media hora en reunirme con Mark en el hotel Salerno. Estaba sentado, desayunando aprisa en la terraza.

—Hay que gestionar esto con cuidado —dijo nada más me hube sentado—. Llevo toda la mañana recibiendo llamadas de los museos y galeristas. Se han paralizado los planes para las retrospectivas. Todo el mundo quiere aclarar el asunto primero.

Me pareció obsceno que Mark estuviera pensando solo en sus negocios, pero no me sentía con fuerzas de mandarlo al carajo. Después de un ligero desayuno, llamó a un taxi y me convenció para subir a Villa Laghia, aunque yo iba literalmente temblando por el miedo a enfrentarme a Elena.

No era para menos.

Al llegar volvimos a encontrarnos a la prensa, pero supongo que ya nos habíamos acostumbrado a su presencia. Vi mi Ford aparcado y supuse que alguien de la policía se habría ocupado de conducirlo hasta Villa Laghia en algún momento. Además, había un coche patrulla.

Al entrar, nos encontramos a Masi y Elena en el salón, tomando café con todas las persianas bajadas. Elena estaba hecha un ovillo en una esquina del sofá, claramente deprimida. Me miró y no dijo ni palabra. Yo busqué a Aldrie con la mirada, pero no parecía estar allí. En cambio, vi a Luigi patrullando el jardín armado con un tridente. Supongo que temían que algún *paparazzo* intentara entrar en la casa ilegalmente.

—Siento mucho lo del vídeo, no fue culpa nuestra —fue lo primero que dijo Masi—. Lo filtró alguien desde la Casa Rossa, Logan o Franco, antes de mostrárnoslo.

Mark se sentó junto a Elena. Le preguntó cómo estaba.

—Deben hacer un comunicado en nombre de la policía, y pedir moderación. La prensa ha dado un veredicto erróneo. ¿Sabe cómo nos afecta eso? Están llamando asesino a Bob.

—En realidad —contestó Masi—, la prensa solo ha comentado lo que es visible para todos: Bob Ardlan mintió en un asunto de extrema gravedad. Y además han aparecido nuevas evidencias.

—¿Nuevas evidencias? —dijo Mark—. ¿De qué hablan?

—Unas fotografías que Bob hizo al cadáver de Carmela la misma mañana que la encontró.

—¿Cómo?

—Es correcto —me adelanté a decir—. Bob las guardaba en esa habitación secreta que descubrimos. Pensé que sería peor ocultarlas... —Miré a Elena. Tenía la mirada oscura y unas largas ojeras—. Lo siento mucho, Elena.

—¿Seguro, Tom? —dijo ella.

—Bueno, basta de peleas —dijo Masi—. Ya hemos tenido suficientes, ¿no creen?

Mark estaba pálido, supongo que veía el impacto negativo de la noticia en forma de devaluación de los Ardlan.

—Quiero ver esas fotografías. ¿Las tienen?

Masi señaló un sobre que había sobre la mesa. Mark lo abrió. Allí estaban las ocho extrañas fotos de Rigoda. La cara que iba poniendo (cada vez de una tonalidad diferente) parecía un espejo de la devaluación de las obras de Bob Ardlan.

—¿Para qué sacaría unas fotos así?

—No lo sabemos —dijo Masi—, pero esto, unido al vídeo, lo pone todo en contra para el señor Ardlan.

Elena se levantó entonces, con las manos puestas en las sienes, como si notase su cabeza a punto de reventar. Yo estuve tentado de dar un paso y acercarme a ella.

—Creo que lo importante es que todo se aclare cuanto antes —dijo Mark—. Masi, ¿qué necesitan ustedes de nosotros? ¿En qué podemos ayudarles?

—Tendríamos que efectuar un registro a fondo de la Villa. Quizá necesitemos algo más, se lo iré diciendo con el tiempo.

Un sonido repentino y brutal interrumpió a Masi en ese momento: uno de los cristales del salón reventó.

—¡Al suelo! —gritó.

Francesca gritó y Elena se echó las manos a los oídos. Una piedra rodó por el suelo.

Al mirar por la ventana, escuchamos unas voces en italiano gritando: «¡Asesinos! Fuera del pueblo.»

Masi y yo salimos a todo correr por la puerta. Una Vespa huía a toda velocidad cuesta arriba. Un par de muchachos nos hacía un gesto con el dedo.

—Ese editorial de *La Città* tiene a todo el mundo encendido —dijo Masi—. Esto se va a poner feo.

Entramos de nuevo al salón. Francesca barría el destrozo y Mark comenzó a recriminar a Masi su pasividad, pidió que disolvieran a la muchedumbre del otro lado del muro. Elena era presa de los nervios. Miraba toda la escena con los ojos abiertos de par en par.

De pronto dijo:

—Que se vaya todo el mundo.

—¿Qué?

—Marchaos todos. Ahora. Quiero estar sola.

—Pero Elena —dijo Mark—, justo ahora tú necesitas...

—Sé muy bien lo que necesito: largarme. Me vuelvo a París y venderé la casa en cuanto usted, Masi, me diga que es posible.

—¿Vas a vender Villa Laghia? —dijo Mark.

—Sí. Wells ha hecho una oferta y pienso vendérsela. Ahora más que nunca, este sitio me produce... náuseas. Y, ahora, como os digo, necesito estar sola en esta casa.

Se hizo un grave silencio. En realidad, nadie se hubiera esperado esa reacción. ¿Qué debíamos hacer?

—Bueno —dijo Mark—, no se diga más. Dejémosla a solas.

—Ah..., Tom —dijo Elena mirándome fijamente—, supongo que querrás recoger tus cosas.

Todo el mundo se quedó callado. Yo tragué saliva. Comprendía que Elena me odiara y comprendía que no había nada ya que pudiera hacer. Lo nuestro se había roto por los cuatro costados. Ya ni siquiera nos quedaba la amistad.

Hice el petate. Cogí mi Selmer y me dirigí a la puerta, donde Masi ya me esperaba. Elena estaba con los brazos cruzados, quieta y firme como era ella.

—Espero que puedas perdonarme algún día. No hice nada de esto para hacerte daño.

Ella se volvió y vi una lágrima surcar su bonita mejilla.

—Adiós, Tom.

Ya en la calle, Masi me entregó las llaves del Ford y me palmeó el hombro.

—No se preocupe. Es normal que ella reaccione así... Usted ha hecho lo correcto.

—Correcto o no, pienso que lo único que he hecho es ensuciarlo todo.

—Ha sacado a relucir la verdad —dijo Masi—, y la verdad, muchas veces, es la parte más horrible y sucia de cualquier historia.

Iba a meter el Selmer en el maletero pero me encontré la jodida bici de Warwick allí dentro. No tenía fuerzas para sacarla, así que la dejé donde estaba. Después arranqué y salí conduciendo muy despacio.

Tardé algo así como veinte minutos en llegar a la salida del pueblo. Frené en el arcén y miré hacia atrás.

No me di cuenta de que estaba llorando hasta que noté las lágrimas cayéndome en el pantalón.

EPISODIO VII

ROMA

1

Llegar a Roma fue como un bálsamo. A pesar de la depresión. A pesar del corazón hundido y la culpabilidad: jamás hubiera podido imaginar el efecto que causó en mí abrir la puerta de mi apartamento, quitarme los zapatos y lanzarme en mi viejo y potroso sofá de muelles.

De pronto era como si las dos locas semanas en Tremonte fueran una horrible e intensa pesadilla, un sueño irreal que jamás había sucedido.

Esa primera noche me emborraché solo, con una botella de vino y un disco de Nina Simone. *I've got my life*, cantaba ella, y yo pensé: «Qué demonios, yo también.» Estaba en Roma. En mi oscuro apartamento con vistas a un patio, no era el Tirreno ni mucho menos, pero al menos era mi sitio.

Me quedé dormido y soñé con muchas más cosas. Los niños cadavéricos y Bob. Elena desnuda, haciendo el amor salvajemente con Aldrie. Franco golpeando a Tania hasta matarla.

Warwick estaba en mi habitación, de pie junto a mi cama y me decía.

—No ha terminado, Harvey. Aún no ha terminado.

Al día siguiente me desperté tarde. En mi nevera, un solitario plátano negro compartía todo el espacio con un yogur. Bajé a hacer una compra, y después hice la colada en el Wash24 de la esquina, mientras leía periódicos. En Roma, la noticia del día era Franco Rosellini:

FRANCO ROSELLINI ADMITE MALOS TRATOS
Será juzgado por intento de homicidio

El Gobierno estudia la retirada de subvenciones mientras que la productora negocia la cancelación de su último proyecto.

Tania Rosellini sigue ingresada y su pronóstico es estable dentro de la gravedad.

Se investiga su posible implicación en la muerte de Warwick Farrell.

—Un mal final para un mal tipo —me dijo una señora que esperaba su lavadora sentada a mi lado—, por muy genio que sea. Ojalá le den lo suyo en la cárcel.

De pronto recordé que había obviado algo importante. El día anterior, con aquella estampida que yo había protagonizado, me había olvidado completamente del cuadro de Tania Rosellini, que seguía oculto en la habitación secreta de Bob. Pensé en llamar a Mark esa misma tarde y pedirle que hiciese la gestión por mí. Y de paso, hablarle de ese cuadro que Bob me había legado. Supongo que haber destrozado la imagen pública de Bob Ardlan no tenía por qué arruinar mi herencia, ¿no?

Compré comida india y almorcé en mi cocina releyendo viejas guías de arte. Después bebí un par de cervezas viendo la tele y me dormí. Tras la siesta, preparé un café y cogí el teléfono para hacer un par de llamadas. Primero a Barbara, de la agencia Roma Tours. Su voz musical y alegre me reconfortó un poquito.

—¡Sí! Todavía tengo esos grupos, Tom. ¿Quieres pasarte mañana por la oficina y hablamos?

Le dije que sí y que ya estaba de vuelta en Roma de forma permanente. Era una manera de decirme a mí mismo: «Se acabó, vuelves a tu vida, Tom.»

Colgué a Barbara y llamé a Hitch, de la banda, y le pregunté por la oferta para tocar en ese nuevo local. Me dijo que seguía en pie y se alegró de que estuviera interesado. Era un buen bolo y el dinero pagaría el alquiler.

—Además, ahora eres una jodida estrella. Creo que incluso podremos pedir más pasta.

—¿Qué?

—¿No has visto *Le Figaro*? Hablan de ti y sale una buena foto. ¿Se puede saber qué lío montaste en Salerno?

—Uff, Hitch, es una larga historia.

—Pues cuéntamela con una cerveza. ¿Estás libre esta tarde?

Nos juntamos en el Blue Tucan, un garito de blues cerca del Ponte Sisto y Paul me trajo un recorte de *Le Figaro*: una pequeña noticia centrada en la historia de Franco Rosellini. Estaba encabezada con una instantánea mía tocando el saxo, dos noches atrás, en el Mandrake. Era una buenísima foto a decir verdad, y el titular era por lo menos de comedia:

UN SAXOFONISTA DE JAZZ, EN TODO EL MEOLLO

La noticia parecía escrita por un crío de doce años, pero básicamente acertaba en unas cuantas de sus teorías. «El estadounidense Tom Harvey aparece mágicamente en todos los escenarios de la tragedia. Incluso protagoniza una escena de celos con la hija de Bob Ardlan. Pero ¿cuál es su historia?»

Bueno, le conté a Paul esa historia, pero solo por encima. Le dije que había presenciado un accidente mortal (el de Warwick) y que había llegado a conocer a Rosellini y a su mujer Tania y todo el embrollo de los malos tratos. Por las caras que ponía, creo que no se creyó ni una sola palabra. Pero, en fin, Hitch me tenía mucha estima. Yo era un saxofonista muy sólido y no cobraba demasiado, de modo que si estaba loco y me inventaba historias de terror, eso era problema mío.

Después apareció por allí un amigo de Paul con unas cuantas chicas y la conversación se fue por otros lares. Nos pusimos a hablar de música y otras cosas, y Paul parecía más interesado en cierta morenita que se le había sentado al lado que en escuchar mis truculentas historias de Tremonte. A fin de cuentas, para ellos todo se reducía a un asunto turbio de maltrato doméstico y poco más. Y yo agradecí aquel desinterés: solo quería beber, olvidar y reírme un poco. Y la noche romana era propicia para ello.

Al cabo de un rato me tocaba pagar una ronda y entré en el bar. El Blue Tucan era uno de esos garitos de la vieja escuela que se resistían a la renovación. En una de las esquinas de la barra aún tenían un teléfono público a monedas y debajo de él, un tomo de las *Pagine Bianche* romanas.

Las *Pagine Bianche*. Coño, creo que encontrarme ese viejo tomo fue el principio de todo. La chispa que encendió el asunto.

Yo estaba allí apoyado, cerca de ese directorio telefónico, y la visión de ese libro gordo me recordó a Mike Hatton, el viejo amigo y «clon» de Bob que había conocido en su funeral. Recordé que al despedirse aquella tarde en Tremonte me emplazó a vernos cuando yo volviera a Roma: «Búscame en la guía. ¡Salgo en las *Pagine Bianche*!»

Era un tío amable, una de las pocas personas normales que había llegado a conocer durante esas semanas. Recordé sus historias sobre la guerra y sus anécdotas en África. Un hombre lleno de cosas que contar... Y de pronto me encontré pensando en llamarlo.

«¿No estabas intentando olvidarte de todo este embrollo, tío?»

«Sí, olvídalo. Sácate una ronda, vuelve con Paul. Fin de la historia.»

Bueno..., solo por curiosidad. ¿Saldría realmente en la guía? La camarera estaba ocupada ligando con un tío, y esa fue la disculpa para que cogiese el tomo y lo arrancase de aquel rincón donde posiblemente llevaba meses olvidado. Lo abrí por la letra H y aquello no resultó demasiado difícil, puesto que había muy pocos apellidos italianos que comenzaran por H. La mayoría eran extranjeros como Mike, o como yo, y de hecho, mientras repasaba la página con el dedo, ocurrió que me topé con otro Harvey.

HARVEY, R. Via Rodi, 63
HARVEY, T. Via Luigi Santini, 82

Eso me hizo sonreír. ¡Otro Harvey! Pensé que quizá debería hacerle una visita y preguntarle si su familia había salido alguna vez de Cork. «¡Eh!, soy tu primo Tom. ¿Podrías prestarme cien dólares?»

Dos líneas más abajo encontré un Hatton, M., en Via Margutta, 33, el barrio de los artistas. Debía de ser ese. Apunté el número en mi móvil. Quién sabe, quizás algún día lo llamara para continuar con sus viejas historias sobre Bob. Justo en ese instante apareció Paul a mi lado, posiblemente para ver qué coño pasaba con la ronda.

—¿Buscando a alguien, Tom? —bromeó.

—Bueno, ¿qué te parece? Acabo de saber que hay otro Harvey viviendo en Roma —respondí señalando la guía—. Quizá debería visitarlo.

—Ah —dijo Paul—. Pues no me lo presentes. Ya tengo tres en la agenda y siempre me monto un lío. Siempre marco el que no es. Malditos Harveys, ¿vuestro apellido estaba de oferta o qué?

Paul cogió las tres birras que acababan de salir y yo aproveché para ir al baño, riéndome todavía. Entonces, mientras jugaba a acertarle a una arañita de plástico en ese potroso retrete romano, algo hizo clic en mi cabeza. O mejor dicho, empecé a notar unas cosquillas en el estómago.

«Siempre marco el que no es», había dicho Paul.

Y esa frase todavía se estaba cocinando en mi cabeza cuando salí del baño y regresé a la terraza junto con Paul y su amigo. La conversación con aquellas chicas estaba subiendo de tono. Hablaban de quién había tenido sexo alguna vez en una playa..., bueno, reconozco que era toda una distracción. Pero algo había comenzado a cocerse dentro de mi cabeza de chorlito. Lo sabía. La aparición de otro Harvey en la guía, justo encima de Mike Hatton. La frase de Paul. Era como si todo eso significase algo pero no pudiera establecer el qué.

Solo que me hacía cosquillas en el estómago.

Bebimos otras cuatro rondas y después estos dos tiburones las convencieron para a ir a bailar al Goa, un lugar oscuro en el Quartiere Ostiense. Yo no tenía muchas ganas de bailar, pero me tomé una última ronda allí, apoyado en la barra como un viejo decrépito mientras mis amigos se lucían en la pista. Eran las diez y media cuando me despedí y fui dando un largo paseo por la ciudad, con un cigarrillo en los labios, hasta la Porta San Paolo, donde pensaba coger un autobús hasta mi barrio. Y no dejaba de pensar: «Harvey. Hatton. Y siempre marco el que no es.»

Esos ingredientes seguían dando vueltas en mi cabeza, pero no terminaron de estar cocinados hasta que cruzábamos el Tíber. De pronto, recordé la noche de mi pelea en Chiasano.

«¡Claro!»

Esa noche yo también me equivoqué de teléfono. Había querido llamar a Masi, pero había terminado llamando a Mark Heargraves, que era el contacto que estaba justo encima. El error había estado provocado por la urgencia del momento.

Eso era lo que había estado queriendo salir desde que Paul dijera su frase. Y entonces se me ocurrió aquella idea. Era tan redonda y elegante que supe, desde el primer minuto, que era correcta.

Saqué el teléfono y busqué el contacto de Mike Hatton que había guardado antes. Ni siquiera me paré a pensar si era tarde o pronto. Pulsé el botón de llamada y esperé.

—*Pronto?* —dijo una voz femenina.

—*Buonasera.* ¿Podría hablar con Mike Hatton?

—Oiga, son las once de la noche —respondió la señora, un poco enfadada.

—Lo sé..., perdóneme. Es que es... urgente.

Se escucharon pasos por un largo pasillo. Después una puerta y unas voces que hablaban. Al cabo de medio minuto, alguien volvió a coger el teléfono.

—Mike al habla. Dígame.

—Hola, señor Hatton. Soy Tom Harvey, ¿me recuerda?, el exmarido de Elena Ardlan. Nos conocimos en el funeral de Bob.

—¡Ah! Claro, Tom. ¿Cómo estás? ¿Todavía por Tremonte?

—No, ya estoy en Roma y..., en fin, sé que todo esto suena un poco raro, pero ¿podría hablar con usted hoy mismo? Tengo algo urgente que preguntarle y no quisiera hacerlo por teléfono.

—¿Hoy? Bueno, chico, son las once de la noche. ¿No puedes esperar a mañana?

—No, yo..., claro que podría, pero...

—De acuerdo, de acuerdo —terminó diciendo—. ¿Puedes estar aquí en, digamos, media hora?

—*Vengo subito!*

Salté del bus y cogí un taxi, y conseguí llegar en veinticinco minutos. Via Margutta era una callejuela silenciosa y bohemia con muretes llenos de hiedra y gatos gigantes apostados en lo alto, que me miraron con arisca petulancia al aparecer por allí.

Mike Hatton me recibió vestido de los pies a la cabeza, apoyado en un bastón y con su aspecto tan parecido al de Bob.

—Espero no ser un dolor de cabeza a estas horas.

—No... Había pensado pasar la noche escribiendo. Adelante, Tom.

Vivía en una de esas casas extensas, interminables, de Roma. Recorrimos un largo pasillo, dejando un montón de habitaciones oscuras a los lados, y llegamos a un despacho atestado de carpetas y viejas fotografías. Mike me pidió que tomara asiento en un sofá y me ofreció un trago. Acepté un poco de whisky.

—Bueno, Tom. Supongo que tu visita tiene relación con esas noticias sobre Bob. He seguido el caso en los periódicos. ¿Qué demonios ha ocurrido? ¿Es posible que Bob pueda tener algo que ver con esas muertes?

—No al menos en el sentido que la prensa le está dando.

Mike sirvió un par de vasos y me miró con un gesto de pura curiosidad.

—Bien, chico. Soy todo oídos.

Me fijé en una de las fotos que tenía al lado. Un Bob Ardlan treintañero sonreía a bordo de un portaaviones británico. Al pie de la foto se leía «Malvinas, 1982». A su lado estaba un muchacho de su misma talla y complexión, al que solo le faltaba quitarse la barba para ser casi un gemelo de Ardlan. Era Mike Hatton.

—Yo..., verá, en realidad no planeaba venir a verle... Pero hoy ha ocurrido algo que..., bueno... Creo que la historia comienza con la llamada de Bob. Me llamó solo quince minutos antes de morir.

La cara de Mike se contrajo un poco.

—Quince minutos. Vaya..., eso es... ¿Y qué te dijo?

—Nada. No cogí la llamada, ¿sabe? Y eso me lleva obsesionando durante dos semanas. Pensando que quizá Bob quería decirme algo importante, o quizá quería pedirme ayuda..., pero, entonces, hoy, por una casualidad, se me ha ocurrido una teoría nueva. Y tiene que ver con usted.

—¿Conmigo?

—Sí. De pronto, he pensado que Bob no quería llamarme a mí, sino a usted, Mike.

Abrió los ojos de par en par.

—Sí. Y sé que todo esto le estará sonando muy raro, pero déjeme que le explique. Bob tenía esa manía de llamarnos siempre por el apellido. A mí, Harvey, y a usted me imagino que...

—Sí, a mí siempre me llamaba Hatton.

—Bueno..., en su teléfono nos tendría archivados igual. Por el apellido. Entonces Harvey y Hatton serían dos contactos que aparecerían seguidos, uno detrás del otro en su lista, ¿no?

—Lo entiendo. Crees que se equivocó al pulsar el nombre. Pasa a menudo. Pero normalmente te das cuenta enseguida, ¿no?

—No si estaba asustado, o escondiéndose de alguien.

—¿Asustado? Pero ¿por qué?

—Solo es una teoría que he venido manejando todo este tiempo. Bob encontró algo, una prueba que incriminaba a una persona cercana a él. Esa persona fue a su casa a matarlo.

Mike bebió un trago de su vaso y tosió un par de veces como si todo aquello se le atragantase.

—Vale —dijo después aclarándose la voz—, de acuerdo, chico. Todo esto es muy raro, pero admito que lo que cuentas pudo ocurrir. —Me miró con mucha atención, como si estuviera decidiendo cuánto de loco o cuerdo estaba yo—. Ahora bien, la pregunta es: si alguien le estaba atacando, ¿por qué recurrir a mí? Soy viejo, vivo en Roma y llevábamos años sin vernos. ¿Cómo pensaba que podía ayudarle?

—Años —dije—, esa es exactamente la cuestión. Y creo..., creo que empiezo a verlo todo claro. Tiene un sentido aplastante. —Mis palabras se atropellaban entre imágenes y pensamientos—. ¿Me presta un papel y un bolígrafo?

—Claro, faltaría más.

Mike se levantó y regresó con un bloc. Escribí una sola palabra en el papel. Después se lo pasé y él lo observó con atención durante unos segundos. Con el ceño fruncido.

—R93633 —dijo en voz alta.

—¿Sabe lo que es?

—Por supuesto: es la referencia de un revelado. Un negativo. —Colocó el bloc sobre la mesa y lo giró para que yo lo leyera—. R93/6/33, es un rollo de junio de 1993. El rollo número 33. Era la manera en la que Bob clasificaba sus rollos de fotografía.

Mi garganta se había secado de pronto. Estaba medio mareado y pensaba que iba a vomitar. Logré contenerme.

—Eh, chico, ¿estás bien? ¿Qué tiene todo esto que ver con la llamada?

—Escuche, Hatton, necesito contarle algo... Pero me beberé otro whisky para empezar.

Una hora más tarde, entre cigarrillos y rondas de Tullamore, le había hecho a Hatton el mejor resumen que era capaz sobre todo lo acontecido en Tremonte durante las últimas dos semanas.

—... y con la reputación que precedía a Bob, ningún perito de arte aceptaría un Ardlan sin chequearlo con rayos. De esa manera, Bob se aseguraba de que el mensaje saldría a la luz en cualquier caso. Era como un seguro. Quizás incluso Mark lo hubiera encontrado. Pero solo usted sabría lo que eso significaba.

—Yo y los empleados veteranos del archivo fotográfico del *Times*.

—¿El archivo?

—Sí. Cuando se mudó a Italia, Bob cedió todos sus rollos al archivo histórico del *Times* en Londres.

Eso me hizo recordar aquel «súbito viaje a Londres» que

Bob había realizado a primeros de mayo. Y el hecho de que había almorzado en su antiguo barrio.

—¿Está ese archivo cerca de su antiguo estudio, por casualidad?

—Sí. Está exactamente al lado. Bob lo compró porque conocía a los dueños de su etapa en el periódico.

—Vale. Más piezas que van encajando —dije—. Ahora, la pregunta es: ¿qué puede haber en ese rollo que pudo costarles la vida a Bob, a Warwick y a Carmela?

—¿Junio de 1993? Eso es fácil —dijo Hatton con tranquilidad—: estábamos en Angola. Fue el último trabajo de Bob como fotorreportero.

—¿Angola? —dije yo—. ¿Se refiere a Qabembe? ¿Está seguro?

—Claro, jamás olvidaría esa fecha, chico. El hospital y los niños... Pero antes de que me preguntes más, te advierto que no recuerdo apenas nada de esa historia.

—Lo sé. Usted me lo contó en Tremonte. Deliraba de fiebre, ¿no? En cualquier caso, quisiera saber lo que es capaz de recordar. Puede que sea importante.

Mike sirvió otra ronda de whisky y yo me lie un cigarrillo.

—Estábamos intentando llegar a la frontera de Namibia y salir del país. Habíamos pasado tres días cruzando la selva en un camión y yo estaba hirviendo de fiebre, y por eso Bob buscó aquel antiguo hospital portugués del que alguien le había hablado.

»Pero cuando llegamos, el hospital estaba abandonado, sin personal. Había una facción de mercenarios acampados por allí. Eran occidentales, asesinos profesionales o mercenarios a sueldo de la UNITA. Fue una práctica habitual de ambos bandos durante esa guerra; contratar profesionales para entrenamiento o para misiones duras. Como nosotros éramos británicos, supongo que simpatizaron de alguna forma. Nos prestaron ropa y algunas medicinas... Bob había escondido su cámara. Siempre lo hacía para evitarse disgustos, pero esa noche debió de entrar en el hospital y se encontró a esos niños, que alguien había atado a las camas. Él jamás contó demasiados detalles y las fotos nunca trascendieron, pero recuerdo que más tarde, esa misma noche, se puso a hablar con el jefe del escuadrón intentando razonar con él. Le pidió que liberaran a los niños, pero ellos le dijeron que se relajara. Que no iba a ocurrirles nada. Y esa madrugada ocurrió el incendio. Unos cuantos de ellos, borrachos, habían regado de gasolina el recinto, ¿sabe? No dio tiempo ni a sacar a uno.

—Joder... —dije bebiéndome el vaso casi entero.

—Sí. Una verdadera catástrofe. Bob siempre se culpó por ello. Aunque éramos reporteros. Aunque sabíamos que ese no era nuestro trabajo..., Bob se culpó por no haber intentado liberar a aquellos críos cuando pudo. Soltarlos por la selva, darles al menos una oportunidad. Después volvió a Londres y abandonó el trabajo. Todo el mundo tiene un límite y supongo que Bob encontró el suyo en Qabembe.

—Entonces, ese rollo contenía fotos del hospital... Pero ¿a qué viene dejar esa referencia oculta en un cuadro?

—Quizá realmente se suicidó —dijo Mike antes de dar una larga calada a su habano—. Algo como un último mensaje. Dicen que todos los suicidas dejan sus motivos escritos. Quizás el de Bob fuera ese. Aunque es curioso que eligiera un rollo en concreto.

—¿Cree que podría conseguirlo?

—Claro. Puedo llamar mañana; creo que Ed Burton todavía trabaja en el archivo. Gracias a internet, incluso podríamos tener las imágenes mañana mismo.

—Hágalo, Mike, puede que eso resuelva el misterio de una vez por todas.

El reloj dio la una y media y Mike me preguntó dónde pensaba dormir. Me ofreció su sofá, pero le dije que prefería volver a mi apartamento. Entonces, cuando ya estábamos en el vestíbulo, me preguntó por Elena.

—Esa noticia sobre Bob debe de haber sido terrible para ella. Siento mucho que hayáis discutido, pero no me gusta saber que se ha quedado sola en esa casa... Quizá la llame mañana temprano.

—Es buena idea. Puede que a usted le haga caso. Le tiene un gran cariño, ¿sabe? Me contó que usted fue una especie de tío para ella en los peores momentos de su adolescencia.

Mike bajó la cabeza con modestia.

—Intenté ayudarla todo lo que pude pero..., en fin, tuvo una juventud muy complicada. ¿Vosotros os conocisteis en Holanda, verdad?

—Sí. Ella pasaba el verano en casa de una tía.

—La tía Klaartje, sí, la mandaron allí después del incendio del estudio de Bob. Querían alejarla de Londres, de las preguntas de Bob y toda aquella locura.

—Pero ¿a qué preguntas se refiere?

—¿Ella no te lo ha contado? Oh..., vaya. Entonces he metido la pata.

—¿De qué está hablando, Mike?

Hatton dio una larga calada, como si no le apeteciera lo más mínimo tener que contarme lo que se disponía a contarme.

—Cuando el estudio ardió en Londres, Bob dijo que, en

su borrachera, había creído ver una silueta joven recorriendo el estudio. Él estaba tumbado en un sofá, medio dormido, y en esa época tenía muchas alucinaciones con los niños de Qabembe, así que tanto Marielle como los psiquiatras pensaron que debía de ser una de ellas. Pero Bob le preguntó a Marielle dónde había estado Elena esa tarde.

Yo noté que casi me salía el corazón del pecho.

—¿Qué? ¿Quiere decir que Bob acusó a Elena de incendiar el estudio?

—A los quince años Elena atravesaba una de sus peores épocas. A Marielle acababan de diagnosticarle un cáncer y ella culpaba a su padre incluso de eso... Ya lo oíste en el funeral. Bueno, Bob la llamó para preguntarle si ella..., en fin; imagínate que tu padre te acuse de haber intentado matarlo. Ella cayó en una depresión muy fuerte, y de ahí el viaje a Holanda.

Yo recordé a la Elena de quince años que conocí en Nimega. Bella, fría, dura como el pedernal. Ahora se explicaba mejor su actitud.

—Por eso Bob jamás dejó que nadie investigara el incendio... —dije—, porque temía que alguien encontrara una prueba acusatoria...

—Al menos, en su lógica interna, quizá sí. Pero era imposible. Elena podía ser destructiva, pero jamás intentaría algo así.

Yo sentía náuseas. Unas terribles náuseas.

—Dígame una cosa, Mike. ¿Tenía Elena una coartada para esa noche?

Mike Hatton se quedó callado. La luz de la lámpara le confería un aire casi de cadáver. Por un instante, era como estar preguntándole aquello al mismísimo Bob Ardlan.

—No. Elena nunca pudo explicar dónde se había metido esa tarde.

2

Me desperté en el suelo de mi habitación, con la ropa puesta. Me había caído de la cama en algún momento de la noche. Durante uno de los terribles sueños que me habían vuelto a acosar. Ahora era Bob, ardiendo en su estudio de Londres mientras Elena iba con una garrafa de gasolina de un lado para otro. Una Elena siniestra, malvada, con los ojos desproporcionados y los dientes afilados.

Una Elena que podía haber matado a Bob.

¿Cómo?

Esa negra idea me había acompañado la noche anterior desde que salí del apartamento de Mike Hatton hasta que llegué al mío, en un paseo surrealista de madrugada, donde cada sombra de la calle me atemorizaba.

Recordaba aquella primera conversación que tuve con Stelia sobre sus teorías de un asesinato. ¿Cuál era el primer nombre que había salido?

«Sigue el dinero, Tom. ¿Quién es la persona más beneficiada con la muerte de Bob? ¡Elena! Se ha convertido en la heredera de una fortuna. Elena. A quien su galería de París no le iba tan bien. Elena, que había odiado profundamente a su padre en su juventud...»

—¡Pero es imposible! —exclamé—. Imposible a menos que alguien la ayudara.

Estaba en mi cuarto de baño, desnudo frente al espejo, tenía el teléfono móvil en la mano y me ardían los dedos: quería llamarla. Preguntárselo. ¿Es cierto que tu padre te acusó de hacer arder el estudio de Londres? Dímelo, Elena. Sé sincera conmigo. Necesito que me lo digas... y ya, de paso, respóndeme a una pregunta: ¿empujaste a tu padre por el balcón de Villa Laghia? ¿O quizá fue Nick Aldrie?

«La casa estaba abierta de par en par. Debió de ser alguien a quien Bob conocía. Lo invitó a pasar, tomaron una copa y se asomaron al balcón...»

¿No era algo perfectamente plausible?

Elena conoció a Nick el año anterior..., ¿y si lo sedujo para proponérselo?: «Mata a mi padre y te daré la mitad de la fortuna.» Entonces Nick fue a casa de Bob, quizá para hablar de su riña en el Mandrake, o por cualquier otro motivo. Subieron a su habitación...

Eso explicaría su repentino plan para navegar alrededor del mundo. Y también la coartada que Elena dio a Nick para explicar su herida en la frente: «Pasé toda la noche con él.» Joder, era aterradoramente lógico.

Dejé el teléfono encima del lavabo y me metí en la ducha. Una buena ducha fría, cortesía de las viejas cañerías que mi casero no arreglaría jamás. Bajo el agua me reactivé. Volví a pensar en el caso desde el principio. Habíamos conectado todo con Carmela, una y otra vez, pero ¿y si la conexión fuese otra? Quizá Nick odiaba a Bob por haberse acostado con Carmela y eso facilitó su complicidad con Elena. Quizá... Quizá... Quizá...

«Eh, ¿Tom? Soy el fantasma del sentido común. Solo me he pasado a recordarte que DIJISTE QUE IBAS A OLVIDARTE DE ESTA MIERDA.»

Cogí el bote de champú y me enjaboné el pelo. Intenté olvidarme de todo eso. Vamos, vete donde Barbara, acepta el trabajo. Toca con Hitch. OL-VÍ-DA-LO.

En ese momento escuché mi teléfono vibrando sobre la porcelana del lavabo.

Brrrr-Brrrr.

Alguien me llamaba, pero tenía el cabello y los ojos llenos de jabón.

—Joder, ahora no puedo cogerte —dije.

El teléfono seguía insistiendo, más allá de los ocho, nueve, diez tonos.

Brrrr-Brrrr.

Parecía importante, así que me aclaré tan rápido como pude. Después cogí una toalla y me sequé la cara. «Rápido, pero con cuidado, Tommy. ¿Cuánta gente la diña por apresurarse en la ducha?» Puse un pie en la alfombrilla y el teléfono justo había alcanzado el borde del lavabo. Vibró de nuevo y se deslizó antes de que pudiera cazarlo.

¡Bam! Se desarmó en tres trozos contra las baldosas del suelo.

—¡Mierda!

Me agaché a recoger los pedazos. La batería, la tapa..., bueno, al menos la pantalla no se había partido. Volví a colocarlo todo en su lugar y lo encendí. El teléfono de marras se tomó sus dos minutos en reactivarse (actualizaciones de Android, ¿os suenan?) y cuando finalmente se puso en marcha, revisé el historial de llamadas.

«Elena Ardlan, hace 3 minutos.»

—No me jodas —murmuré.

Todavía desnudo, pulsé la opción de rellamada. Al primer tono ya estaba nervioso. ¿A qué venía una llamada de Elena?

Seguí pensándolo durante el cuarto, quinto y sexto tono. ¿Querría pedirme perdón? Bueno, pues ahora aprovecharía para hacerle un par de buenas preguntas.

Lo dejé sonar unas doce veces antes de que la llamada se cortara automáticamente.

Pero ¿dónde se habría metido? ¡Si acababa de llamarme!

Me vestí y lo volví a intentar. Nada. Fui a la cocina, me puse a tostar pan y me preparé un café. Decidí que, si no me respondía, llamaría otra vez después del desayuno.

El teléfono volvió a sonar mientras terminaba mi última tostada. Me apresuré a cogerlo, pero era Barbara Scavo:

—Oye, Tom, ¿podrías venir media hora antes hoy? Me ha surgido una reunión y...

Le dije a Barbara que me presentaría a esa hora. Después apuré el café y salí por la puerta. Una vez en la calle volví a intentar la llamada con Elena y en esta ocasión ocurrió otra cosa diferente. Su teléfono dio un mensaje de «apagado o fuera de cobertura».

«Vaya. Esto sí que es raro —pensé—. ¿Dónde te has metido, Elena?»

Reconozco que ya entonces empecé a sentir un hormigueo de malestar en mis tripas, pero en ese momento lo racionalicé todo: «Estará en algún sitio donde no hay cobertura. La llamaré más tarde.»

El resto de la mañana se evaporó cruzando Roma y visitando a Barbara en la agencia de *tours*. Un pequeño alto en el camino para decir que Barbara era una mujer muy guapa. Se había cortado el pelo a lo chico y recordaba a Jamie Lee Curtis. Se lo dije y ella pareció tomárselo como un flirteo. La verdad es que Barbara siempre era melosa y amable conmigo —que si Tommy por aquí, que si *caro* por allá— pero yo siempre había pensado que eran zalamerías de mujer romana. Sin embargo, ese día, mientras cerrábamos el asunto de los grupos para el *tour,* creo que me echó los trastos: habló de un nuevo espectáculo nocturno en el Foro y de unas entradas gratis.

—Sería interesante que fuéramos a verlo, ¿sabes, Tommy? Ya que nos dedicamos a esto... Después te invitaré a la mejor pizza del centro.

Yo estaba un poco alterado y reaccioné haciéndome el estrecho. Le dije que tenía la agenda repleta para esa semana. En realidad, nunca se me había ocurrido que Barbara fuese mi tipo. Pero era guapa, inteligente y le gustaba el jazz..., aunque ya digo que ese día no tenía la cabeza en su sitio.

Seguía mosqueado con esa llamada de Elena. ¿Quizás estaba arrepentida de haberme dado la patada? Miré el móvil al salir de la agencia, pero no había nada y, como era la hora del almuerzo, me metí en uno de esos restaurantes de barrio donde puedes comer una variedad de cosas al grill. Pedí una *melanzane alla Parmigiana* y mientras esperaba se me ocurrió probar a llamar a Mark.

—¡Te marchaste sin decir nada! Vaya, te puedo decir que Elena tampoco se lo esperaba.

Bueno, me alegré de oír eso.

—Ya me ha puesto al día sobre la escenita del Mandrake —dijo Mark después—. Siento mucho lo vuestro, Tommy. Quizá malinterpretaste la situación.

Yo tenía muchas cosas que decir al respecto, pero pensé que Mark no era la persona con la que más me apetecía compartir mis sospechas.

—Oye, ¿la has visto? Llevo toda la mañana intentando hablar con ella.

—Ha dormido en el hotel Salerno estas dos últimas noches —dijo Mark—. Luca Masi nos recomendó abandonar la casa un tiempo, hasta que se apaciguara un poco el ambiente. Pero esta mañana ha subido. Creo que se había citado con Alexander Wells.

—O sea que sigue con la idea de vender la villa.

—Sí. Creo que Wells le ha hecho una oferta muy jugosa. Yo he intentado convencerla de que no se precipite, pero creo que el asunto del vídeo la ha golpeado seriamente. Quiere liquidarla antes de comenzar su viaje con Aldrie.

«Su romántica vuelta al mundo —pensé. No pude evitar que una frase danzara en mi mente—: La escapada perfecta para dos criminales.»

«Basta, Tom.»

Le dije a Mark que me diese un toque en cuanto supiera algo de Elena. Eran las dos de la tarde y en Roma el viento se había detenido. Las calles estaban bañadas de sol y la gente parecía adormecida. Almorcé poco. Aunque hablar con Mark me había tranquilizado en cierta medida, todavía tenía el estómago encogido por una sensación extraña. Esa llamada de Elena, diez o doce tonos seguidos, y después el silencio. ¿Por qué? Reconozco que encontraba cierto paralelismo con la llamada de Bob que lo había iniciado todo.

Regresé a casa y me tumbé en el sofá con el teléfono en el vientre. Sonaría en cualquier momento y serían Mark o Elena, y esa repentina desaparición se explicaría.

La fresca penumbra del salón me ayudó a adormecerme. En alguna parte del patio, un aspirante a tenor cantaba «La donna è mobile» de *Rigoletto* con demasiadas ínfulas. Se oían programas de televisión y un niño llamando a su madre sin parar. Más allá, el rumor del tráfico resultaba tan dulcemente protector...

Cerré los ojos un instante y cuando los abrí..., bueno, ahí estaba: uno de esos pequeños muchachos sin ojos. Quieto en una esquina de la habitación.

¿Había venido caminando desde Tremonte?

Me miraba con sus ojos sin fondo. El pelo caramelizado por el fuego, la piel hecha una especie de ruina arrugada y negra. Para mí ya eran como un horror familiar. Andaba sobre sus muñones y se acercó al sofá donde yo aún dormía.

Alzó su pequeña garra, en la que tan solo quedaban dos dedos, y tiró de mi camisa.

«¿Adónde quieres que vaya?», le pregunté.

No hizo falta que el espectro insistiera demasiado. Me senté en el sofá y él hizo una mueca, como una sonrisa. Después se dirigió a la ventana y apartó la cortina. A través de ella vi algo familiar.

Un cielo extraño, casi verde, dominaba el paisaje. Debajo, el mar era de un color insólito: ¿el de la sangre?

Joder, estaba en el cuadro de Bob. El marco de mi ventana era el marco de un cuadro. La playa, el acantilado y esa casa (la de los Wells) en el fondo.

Y, por supuesto, allí estaba el cuerpo desnudo en la arena.

Me acercaba, muy despacio, hasta ese precioso cadáver y lo observaba. Era diferente al del cuadro. Su cabello era del color de la miel, y su cuerpo, más delgado que el de Carmela. Era Elena.

Entonces oía un ruido mecánico. Clic. Alzaba la vista y allí estaba Bob Ardlan, vestido con unos pantalones blancos, apuntando al cadáver con su cámara y sacando una foto detrás de otra.

«¿Qué haces, Bob?»

«La han matado, Tom. ¿No te das cuenta? Lo hicieron parecer un accidente. Tengo que asegurarme de que tengo una prueba para demostrarlo.»

«¿Por eso sacaste las fotos de Carmela?»

«Fue mi culpa, Tom. Fue mi maldita culpa.»

Mientras Bob decía eso, yo sentía algo en el vientre. Una especie de hormigueo que empezaba a resultar doloroso. Al bajar la vista, vi a ese niño espectral mordiéndome la tripa. Me había abierto un agujero ahí abajo y estaba masticando mis vísceras como si fueran un manjar.

Grité.

Abrí los ojos y aparté aquello de un manotazo. Mi teléfono, que había comenzado a vibrar sobre mi vientre, salió despedido contra uno de los almohadones del sofá. Tardé un poco en darme cuenta de que ningún niño infernal estaba comiéndose mis tripas.

Lo busqué rápidamente y lo cogí sin mirar la pantalla.

—¿Tom?

Era una voz de hombre.

—Joder. ¿Quién es? —le dije todavía alterado por ese sueño.

—¿Estás bien, chico? Soy Hatton.

—Ah..., estaba teniendo una pesadilla horrible. Dígame, Mike.

—Acabo de colgar a Ed Burton. Ha resultado toda una odisea encontrarlo. Le habían cambiado a otro departamento, pero nos ha hecho el favor y se ha pasado la mañana en busca del famoso rollo. No te lo vas a creer.

—¿Qué?

—No está. El rollo en cuestión ha desaparecido. Y, además, Burton tiene una teoría sobre quién se lo ha llevado. Ha mirado el registro de visitas y adivina quién estuvo revisando el archivo en mayo de este mismo año.

—Bob —dije.

—¿Cómo lo sabes?

—Me lo imaginé anoche, cuando me dijo que el archivo estaba en Londres. Bob viajó a Londres en mayo de forma repentina. Debió de ir a por esos negativos. Los llevó de vuelta a Tremonte y allí los reveló y escondió.

«Hasta que un muchacho llamado Warwick los robó... —dije terminando el cuento en mi cabeza—... y comenzó el carrusel del terror.»

—Burton está investigando una serie de digitalizaciones que habían quedado hechas en alguna parte. Quizás encontremos algo. Le he dicho al viejo Ed que era un asunto de vida o muerte y él me ha prometido que no saldrá del archivo hasta dar con ello. Por cierto, a Elena no le ha sentado precisamente bien saber que ayer nos reunimos...

—¿Qué? —dije casi en un grito—. ¿Ha hablado con Elena?

Aquello fue como un rayo de esperanza. Aún más, después de mi pesadilla.

—Sí, esta misma mañana. Solo quería darle mi apoyo con todo el asunto de su padre, pero no he podido evitar mencionar tu visita, y ese descubrimiento que hemos hecho. Ella se ha quedado... muy sorprendida.

—Eso suena a eufemismo de cabreada.

—Bueno, sí. No te voy a mentir. Se ha disculpado por tu intromisión. Le he dicho que no lo había sido, de ninguna manera. Pero ella ha insistido en que estabas demasiado obsesionado con todo esto y que no te hiciera mucho caso.

—¿Cuándo ha sido esa llamada? —le pregunté—. ¿Puede recordar la hora?

—La puedo mirar, espera —dijo Mike, y se hizo un silencio de unos segundos mientras manipulaba su teléfono—. Exactamente a las once de la mañana.

Miré el historial de mi teléfono y comprobé la llamada de Elena. A las once y media yo me estaba dando esa ducha. ¿Me habría llamado Elena para cantarme las cuarenta?

Le pedí a Mike que me mantuviera al tanto de cualquier hallazgo en el archivo. Después le di las gracias y le colgué. Inmediatamente llamé a Mark.

—Todavía sigo sin noticias de ella —dijo—. Debe de haberse quedado sin batería. Pero he conseguido el número de Alexander Wells. Me ha confirmado que ha visto a Elena esta mañana, y que después la ha dejado en su casa. Al parecer, se iba a citar con Aldrie esta noche.

—¿Con Aldrie?

—Sí. Iban a cenar. Supongo que esa es la razón por la que no responde. Quizás estén navegando.

Colgué a Mark y me quedé revuelto en el sofá. No podía apartar de mí la sensación de que algo estaba a punto de suceder. El rollo de negativos desaparecido. La historia del incendio. Y la repentina desaparición de Elena. Parecían las últimas piezas de un puzle que estaba a punto de revelarse en su totalidad.

Me levanté, cogí las llaves de mi coche y me paré un instante antes de abrir la puerta. Tenía que volver de cualquier modo, ¿no? A hacerme cargo del cuadro de Tania para empezar. Pero esta vez, además, me aseguraría de registrar aquella cámara secreta con más tino. Ahora sabía lo que iba buscando: unos negativos etiquetados como R93/6/33.

Salí con lo puesto. Compré tabaco y una botella de agua al lado de casa y arranqué el viejo Ford, que aún tenía gasolina para sacarme de Roma.

Me pilló la hora punta y tardé una hora solo en llegar a la autopista. Eran las siete y media. Apreté el acelerador y pensé que lograría estar en Tremonte a las diez de la noche.

3

La autopista fue un suplicio. La luz del día iba decayendo y yo no había dormido demasiado en dos noches.

Paré a rellenar el depósito nada más atravesar Nápoles. Chequeé el teléfono mientras tomaba un café, pero no había ni una llamada. Ni de Mike, ni de Elena, nada. Aunque comenzaba a sospechar que nadie llamaría. Había una razón de peso para ese silencio, ahora solo me quedaba averiguar cuál era.

Y mucho me temía que no me iba a gustar cuando lo supiera.

El misterioso *riff* de *Blue Train* sonó en mi CD justo tras la última curva de la *strada statale,* antes del desvío a Tremonte. Conduje apresurado por aquellas curvas, rozándome con los coches que venían en sentido opuesto, hasta que apareció ante mí aquel gigante malvado, aquella negra silueta salpicada de diamantes: Monte Perusso.

Un impulso me llevó a conducir directamente hasta Villa Laghia. Si Elena estaba de regreso en la casa, sería el mejor lugar para hablar y poner las cartas boca arriba. Y, de paso, echar un nuevo vistazo a ese lugar secreto donde quizá Bob escondió sus negativos R93/6/33. Por otra parte, si a esas horas no había noticias de Elena, habría llegado la hora de llamar a Luca Masi y armar la de Dios es Cristo hasta encontrarla.

Pero al pasar junto a Villa Laghia, distinguí el resplandor de unas luces en el salón. La calle estaba desierta. Los periodistas se habían esfumado. Supuse que una casa vacía no le interesaba a nadie, pero aquellas luces encendidas me llenaron de alivio y tensión a partes iguales. Había llegado el momento de enfrentarme a Elena con una pregunta bastante dura: «¿Qué hay de cierto en esa historia sobre el incendio del estudio de tu padre?»

Aparqué y salí andando muy despacio. Empecé a temerme que Nick estuviera allí, bebiéndose «mi» whisky y escuchando «mis» discos. Me temblaron las manos cuando llegué a la puerta. Cada vez que Elena encontraba otro tipo, yo me sumía un poco más en la mierda. Era como si mi autoestima jamás pudiera despegarse de ella.

«En fin —me dije al enfrentarme al timbre—, entra ahí, coge el cuadro de Tania y busca el negativo. Y de paso pregúntales si asesinaron a Bob. No creo que se molesten demasiado. Es una pregunta booleana, a fin de cuentas: verdadero o falso.»

Llamé al timbre y esperé. Oí ruidos dentro y una silueta que se movía rápidamente al otro lado de las cortinas. Bueno, me preparé para decir hola a Elena, pero en vez de su bella figura, apareció una silueta pequeña diciendo *buonasera*. ¿Francesca?

No. No era Francesca, sino Stelia Moon.

Creo que ella estaba tan sorprendida como yo.

—¡Tom! —exclamó—. ¿Qué haces aquí?

—¿Y tú? —pregunté yo—. ¿No estabas en Alemania?

Se apoyó en la puerta con una mano.

—Acabo de llegar esta tarde —dijo, y noté en su voz que estaba nerviosa—. No me podía quedar en Hamburgo mientras pasaba todo esto con Franco y Bob... ¡Dios mío! Y Mark me acaba de contar todo el lío del Mandrake, y que tú no estabas aquí. ¡Me alegro de verte!

—¿Estás con Elena?

—Sigue sin aparecer. Pero pasa. Hablé con Mark y hemos venido a investigar.

Yo di dos pasos muy despacio hacia el interior. Había algo en esa repentina aparición que me mosqueaba.

—¿Cómo has entrado? —le pregunté mientras cruzábamos el vestíbulo.

—Elena le dejó unas llaves a Mark. Oye, no queríamos preocuparte, pero hay un pequeño lío ahí dentro. Creemos que ha pasado algo.

—¿Qué tipo de lío?

—Había un par de cosas fuera de sitio. Una silla en el suelo. No sé..., es como si alguien se hubiera peleado. Vamos, pasa.

Llegamos al salón. Mark estaba quieto en el centro, mirando la *Columna del hambre Número Uno*.

—¡Mark! Pero ¿qué está pasando aquí?

Heargraves se dio la vuelta.

—¡Tom! ¿Por qué no me dijiste que vendrías?

—Fue un acto impulsivo. Pero ¿qué ha pasado?

—Acabamos de llegar y hemos encontrado este pequeño desorden.

Miré la escena desde una esquina. La mesa de centro estaba caída. También había un par de cojines fuera de sitio. Stelia y Mark llevaban puesta toda su ropa como si, ciertamente, acabaran de entrar por la puerta..., pero...

—¿Habéis llamado a la policía? —pregunté.

—No... todavía no —dijo Mark—. Ya te digo que acabamos de llegar. Creo que Masi y sus hombres vinieron a registrar la casa ayer. Quizás este desorden se deba a ellos.

Stelia apareció a mi lado:

—¿Quieres un trago? Te prepararé un *gin-tonic.* Yo al menos necesito uno. Debes de estar agotado del viaje. Pero ¿por qué no has avisado de que venías?

Entonces noté un sudor frío en la nuca. Fue como si esa creciente sensación de alarma, ese hormigueo que había venido royendo mi estómago, de pronto hubiera llegado a un punto de ebullición.

¿Qué demonios estaban haciendo Mark y Stelia juntos en Villa Laghia?

Ella se marchó a la cocina.

—Stelia me ha dicho que te llamó nada más llegar a Tremonte. ¿Es así? —le pregunté.

—Sí —respondió él—, ha leído las noticias sobre Franco. Al menos, Tania parece que se recuperará... pero se puede decir que Franco está acabado. Oye, ¿qué tal por Roma?

Yo no respondí. Solo pensaba: ¿cómo era posible? Stelia llamando a Mark nada más llegar a Tremonte. Pero ¿no se llevaban a matar?

Ella apareció entonces con dos *gin-tonics,* colocó uno en la mesa, delante de mí.

—Toma, muchacho —dijo—. Esto te sentará bien.

Yo no me moví ni un centímetro, y por supuesto no se me ocurrió coger el vaso.

—Pero, Tom, ¿qué ocurre? Nos miras como si hubieras visto un fantasma.

—No..., nada —dije titubeando.

—Ella estará bien, no te preocupes —dijo Stelia—. Posiblemente haya salido a navegar y no tenga batería en el teléfono. Anda, bebe, te sentará bien. Pero ¿qué demonios te ocurre? ¿Te ha comido la lengua el gato?

—El gato —dije yo—, en eso estaba yo pensando.

—¿En qué?

—Hace solo dos semanas, cuando Mark llegó a Tremonte erais como el perro y el gato, ¿os acordáis? Uno acusaba al otro. Os dedicasteis los peores insultos... Me pregunto qué ha podido pasar para que de pronto os llevéis tan bien.

Stelia se quedó congelada al escuchar aquello.

—Bueno, a veces la gente arregla sus diferencias —dijo.

—¿Seguro?

—Stelia y yo tuvimos una charla para aclarar nuestras diferencias —intervino Mark—, algo que, por cierto, tú provocaste con tus preguntas, Tom.

—Vaya, pues me alegro.

—Después me ha llamado varias veces desde Hamburgo para consultarme sobre la venta de su Ardlan —continuó—. ¿Te quedas más tranquilo? Además, creo que nuestras rencillas son algo secundario ahora, Tom. Lo importante es apoyar a Elena.

—Encontrarla en primer lugar —dije yo.

—Pero ¿en qué estás pensando, cariño?

Yo los miraba con una escalofriante idea en la mente.

—Tú eres la reina de las teorías, Stelia. Pues bien, se me acaba de ocurrir una muy buena —dije—. Vaya, algo que no se me había ocurrido hasta ahora.

Mark estaba a mi izquierda, con los brazos cruzados y el ceño fruncido. Stelia se encendió un cigarrillo y se dejó caer en el sofá.

—Ahora lo importante es que encontremos a Elena, Tom. ¿Por qué no te sientas y nos organizamos? —dijo empujando el vaso de *gin-tonic* hacia mí.

—¿Qué hay en el vaso, Stelia? —pregunté—. ¿Lo mismo que le habéis dado a Elena, quizá?

—Tom, pero... ¿de qué hablas? —exclamó Mark.

—Cariño —dijo Stelia—, creo que estás un poco alterado. La bebida no tiene nada. Ginebra y tónica. ¿Qué quieres que tenga un *gin-tonic*? Echarle otra cosa sería un delito.

Mark y ella se rieron.

—Vamos, Tom, beberé yo misma si hace falta. Pero ¿te has vuelto loco? Somos tus amigos, ¿qué estás insinuando?

Reconozco que estaba muy cansado. El viaje y la falta de sueño tenían mi cabeza encerrada entre dos paredes. Pero de pronto aquello tenía muchísimo sentido. Mark y Stelia. Decidí mantener la guardia alta.

—Stelia Moon y Mark Heargraves. La primera, una vecina de Bob. El segundo, un tipo que iba y venía a Tremonte. Los dos teníais mucho que ganar con la muerte de Bob. Tú, Stelia, le debías un montón de dinero. Y en cuanto a ti, Mark, bueno, Bob iba a rescindir vuestro contrato.

—¿Qué?

Yo continué. ¿Qué me ocurría? Bueno, tenía un escalofrío en el espinazo. Y además quería ver cómo reaccionaban. Por ahora, sus caras eran un poema.

—Era perfecto, porque nadie jamás se imaginaría que formabais una asociación. Sobre todo viendo esa pretendida rivalidad que habéis puesto en escena desde el primer día.

Digno de una escritora de novelas de misterio. Ahora solo me pregunto cómo lo hicisteis. ¿Quizás un viaje relámpago, Mark? Te presentaste aquí una noche en la que Stelia estaba de visita. Entre los dos debió de resultar muy fácil.

—¿Nos estás acusando de matar a Bob? —dijo Mark claramente enfadado.

Yo no respondí. Stelia se acercó a la mesa, cogió el vaso y bebió. La verdad es que bebió hasta dejar el vaso por la mitad.

—¿Más tranquilo? Si fuera veneno, ya estaría muerta. De verdad, Tom, aplaudo tu imaginación, sería un gran final para una novela.

—¿Dónde está Elena, Stelia?

—¿Qué crees que hacemos aquí? ¡Estamos buscándola! Posiblemente esté con Nick Aldrie, cenando en el Mandrake, pero Aldrie tampoco coge el teléfono. Si te sientes más tranquilo, ve y compruébalo. Parece que estás un poco alterado.

Me puse en pie, ellos dos me observaban en silencio. ¿Ofendidos por mi teoría o preocupados por haber sido descubiertos?

—Aún no tengo todas las piezas juntas, pero creedme que esta noche se resolverá todo —dije en tono amenazante—. Estoy esperando una llamada... y eso hará que el puzle encaje: Carmela, Bob y sus negativos..., todo eso encajará de alguna forma.

—¿Negativos? —dijo Stelia—. ¿De qué hablas?

—Lo sabréis en su momento. Enseguida se va a resolver.

—Me alegraré si eso ocurre —dijo Mark—. Este maldito embrollo está haciendo que la obra de Bob se devalúe. Y Tom, perdona si te molesta el comentario, pero tú pareces haber perdido la chaveta.

Salí en dirección a la terraza, sin perderlos de vista, aunque no parecían tener la más mínima intención de moverse. Mark murmuró algo... Ambos me miraban como se mira a un loco.

Y quizá lo estaba.

—Tom, por favor, solo te pido que no hagas ninguna tontería. ¿Adónde vas?

—Voy a comprobar si Elena está realmente con Aldrie. Os recomiendo que no os mováis de la casa. También voy a llamar a la policía. Esta noche se resolverá el misterio, de una vez por todas.

Crucé el jardín a toda velocidad hasta el comienzo de las escaleras que bajaban a la cala. La *Riva Tritone* estaba atracada con las llaves puestas. La arranqué y puse el motor a fondo, tanto que sus poderosos caballos casi me hacen perder el control y precipitarme contra unas rocas. Pero, finalmente, la controlé y la dirigí hacia el Mandrake. Era una noche oscura, con una fina rodaja de luna en lo alto.

Saqué el teléfono móvil de mi bolsillo. Con la brisa y bastante poca cobertura en contra busqué el número de Masi.

—¡Harvey! Habí... oído que m...chado de Tremonte.

—Masi, escuche: Elena lleva todo el día desaparecida. Tengo nuevas pruebas sobre el caso. ¡He descubierto lo que significaba aquella palabra escrita en el cuadro!

—¿Qué? ¿Tom? No le ...igo nada bien. R...pita por ...avor.

Una pequeña ola elevó la proa de la *Riva* y me lanzó una lluvia de agua salada encima.

—Escuche, escuche, maldita sea. Voy camino del Mandrake. Solo quiero comprobar si Elena está allí cenando con Aldrie. ¿Oiga, Masi? ¿Está ahí?

—No oigo bien ...telia? ...drake?

—Sí. ¡Mandrake! ¡Joder! Vaya a la casa.

Colgué y me metí el teléfono en el bolsillo. Podría volver a llamar a Masi una vez estuviese en tierra. Ahora lo importante era llegar cuanto antes al Mandrake.

La *Riva* era un trasto infrautilizado. Como siempre íbamos de paseo, nunca habíamos puesto su motor a tope, tal y como ahora iba: la proa levantada debido a la succión de las poderosas hélices, saltando por encima de las olas.

Surqué el tramo de costa a toda velocidad hasta que ocho o diez minutos después de salir de Villa Laghia me encontré a la altura de esa infame playa, Rigoda. A lo lejos, la casa de los Wells yacía completamente a oscuras. Pensé que Ruth, Rebecca y Alexander habrían partido ya en su viaje a Suiza.

Entonces detecté una embarcación fondeada a unos quinientos metros de la playa. Un yate de buenas dimensiones. En la distancia me pareció familiar. Maniobré para acercarme un poco. La fina rodaja de luna que iluminaba el mar me permitió leer su nombre en la popa: *Jamaica*.

¿Qué hacía el *Jamaica* fondeado allí, en medio de la noche?

Rápidamente eché mano a la palanca del motor y la bajé. La *Riva* quedó al ralentí, flotando a merced del suave oleaje. El yate de Aldrie estaba a oscuras, a excepción de una débil luz en su interior.

«Bueno, vamos a resolver esto de una maldita vez.»

Apreté un poco el acelerador y viré para enfilar el yate.

EPISODIO VIII

GRAN FINALE APPASSIONATA

1

El *Jamaica* era como un fantasma en la noche. Se mecía por aquel suave oleaje, a oscuras, sin un signo de vida en su interior. Solo una luz remota, como una débil lámpara de emergencia, resplandecía desde un punto en sus entrañas.

Apagué el motor cuando estaba a tres metros del barco de Nick Aldrie y dejé que la inercia empujara la lancha hasta su popa, donde había una escalera de baños. Frené la *Riva* con las manos en el casco del yate, sin rozarlo, y la amarré a una escala. Me quedé quieto, esperando alguna reacción ante mi llegada pero arriba seguía sin oírse un alma. Solo el ruido de la brisa acariciando las velas, que yacían recogidas en el mástil, y el chapoteo del oleaje contra el casco. Aquel silencio me puso en alerta, así que decidí hacerme con algo antes de abordar el *Jamaica*. En una de las despensas de la *Riva* encontré un extintor de tamaño bastante manejable. Lo cogí y le quité la anilla de seguridad, como si fuera una granada. Pensaba que podría llenar de espuma la cara de alguien si fuera necesario.

Con él en la mano me sentí más valiente y salté a la cubierta.

No había nadie a la vista, o al menos que yo pudiera detectar mientras avanzaba por la zona de sofás y cofres de la popa. En el castillo, a través de una escotilla abierta, pude ver el salón del cual procedía la luz. ¿Elena y Aldrie disfrutando de un momento romántico?

La cabina de mandos parecía desierta. Ni un ruido de música. Nada. Y mi corazón iba cada vez más aprisa, así que me acerqué con cuidado a la escotilla y me asomé. Allí dentro estaba el *home-cinema* enfrentado al cuadrado de sofás, un bar y una mesa donde todavía estaba puesto el servicio para dos comensales. Pasé junto a ella y detecté una botella de vino descorchada y platos con restos de comida. Los indicios apuntaban a una cena romántica y, joder, empecé a platearme seriamente la posibilidad de que lo mío fuera una locura.

«Elena me llama para echarme una bronca, después se le agota la batería, pero como se ha citado con Aldrie, ni le importa. Hacen un largo crucero hasta Procida, toman el sol, salen de compras y por la noche fondean para cenar y terminar el día de la mejor manera.»

¿Era posible que yo estuviera a punto de arruinar su velada romántica como solo un auténtico gilipollas (en letras de oro) podría hacerlo?

Unas escaleras conducían a la zona de camarotes. Me acerqué hasta allí y puse el oído esperando escuchar algo. Pensé que quizás estaban dormidos tras sus olimpiadas del amor. Abrazados y desnudos tranquilamente... En fin, decidí que lo mejor sería decir hola.

—Elena, soy Tom —dije en voz alta—. ¿Estás ahí? He venido porque llevamos todo el día sin saber nada de ti... Yo..., bueno, si estás ahí abajo siento mucho aparecer así... Yo...

Nadie respondió. Ni una sola palabra. El yate seguía meciéndose en silencio.

La falta de respuesta me dio el respiro necesario para pararme a reflexionar, fue como si toda mi maldita cordura se hubiera ido de paseo desde Roma y la recobrara de pronto. ¿Qué coño estaba haciendo allí? ¿De verdad había cogido la *Riva* y me había plantado en el barco de Aldrie? ¿De verdad había acusado a Stelia y a Mark de ser los asesinos de Bob?

¿Se me estaba yendo la cabeza?

Pero, mientras tanto, ni Elena ni Aldrie respondían. ¿Qué tendría que hacer? Quizá la suerte había querido que estuvieran dormidos. Si me iba ahora, de puntillas, quizás incluso ni se enterarían de mi extraña visita.

Entonces sentí que algo se movía a mis espaldas. Fue un ligero chasquido y el ruido de un cuerpo cortando el aire rápido.

—¡Eh!

Ni siquiera llegué a darme la vuelta. En aquel estrecho espacio, la sombra fue mucho más rápida abalanzándose sobre mí y todo lo que sentí fue un dolor tremendo: mi garganta aplastada por una tenaza gigantesca, como la de un cangrejo mutante salido de las profundidades del mar. Un monstruo que ya se había comido a Elena y a Aldrie, y que ahora iba a servirse un postre típico de Connecticut.

El golpe en la nuez me dejó sin aire y por un momento perdí el control de todo. Era como si me hubiera dado en el botón de desconexión, joder, me quedé en blanco, sin vista, ni oído, ni tacto. Mi dedo índice, no obstante, se resistió a soltar la anilla del extintor, al que se quedó enganchado mientras aquel tipo arrastraba mi cuerpo con una fuerza sobrehumana.

Aquel huracán no se quedó quieto. Una vez que me tuvo

bien pillado, comenzó a moverse hacia atrás a una velocidad increíble, zarandeándome y estrangulándome al mismo tiempo. Eran dos brazos, uno en mi nuca y otro en mi garganta. Por su forma de atacarme presentí que no era la primera vez que nos enfrentábamos.

Esos brazos me tumbaron sobre la mesa empujando platos y vasos, que se estrellaron contra el suelo. Todo iba tan rápido y todo dolía tanto que no tuve oportunidad de abrir los ojos hasta que me tuvo inmovilizado boca arriba.

Entonces le vi la cara. Esta vez no llevaba capucha.

Paul Logan.

Me recordó al dentista al que solía ir de niño. Nunca me miraba a los ojos. Me provocaba todo ese dolor sin mirarme, atendiendo sus herramientas o a su enfermera, pero como si yo fuera un muñeco al que solo tenía que ocuparse de taladrar. Logan actuaba de la misma manera: rápida, determinada, sin expresión.

Como un perfecto asesino.

Le vi llevarse algo a la boca, una jeringa que sujetaba con una mano enguantada. Mordió el tapón del extremo y lo escupió a un lado. Después la llevó a mi pierna. Con una mano, me bajó el pantalón y dejó el principio de una nalga al descubierto.

Solo entonces empecé a darme cuenta de lo que pretendía, cuando noté el pinchazo de la aguja. Certero y rápido.

—Tranquilo —dijo sonriendo—. No te va a doler.

Noté la presión en mis posaderas, un sitio perfecto para esconder un pinchazo, ¿no? El veneno comenzó a entrar. Logan me estaba matando. Como mató a Bob, a Carmela, ¿a Elena? Aquello fue un revulsivo. Me hizo despertar.

Tenía el brazo izquierdo completamente atrapado bajo su cuerpo, mi garganta, inmovilizada por su antebrazo, y tumbado boca arriba no se me ocurría cómo podía alcanzarlo con las piernas. Pero entonces sentí la anilla del extintor y el peso de esa bombona colgando de mi pulgar derecho. Joder. Era la única oportunidad que tenía. Así que concentré mi mente solo en mover esos dedos.

No sé qué pensaba conseguir, pero el efecto fue sorprendente. Mis largos y vigorosos dedos de saxofonista me iban a servir para una sola cosa: apretar ese gatillo del extintor y provocar que una nube blanca estallara entre Logan y yo.

Creo que el polvo lo pilló con la boca abierta. Se lo tragó, a juzgar por las toses que empecé a escuchar. Noté también que su peso flaqueaba un instante y volví a apretar aquello como si fuese un insecticida y Logan una araña gigante. No esperaba matarla, pero sí atontarla un poco.

Solo tenía esa oportunidad y el dios de los cabezas de chorlito quiso que saliera bien a la primera. A la segunda rociada, tiré de mi brazo y lo liberé. Ahora ya tenía margen para maniobrar. Tomé impulso y le lancé el extintor a la cabeza. En aquella confusión de oscuridad y polvo noté que le daba a algo. Un hueso. Después solté el extintor y, ya con las dos manos libres, lo empujé.

Oí cómo su cuerpo se desplomaba a un lado de la mesa y yo rodé hasta caer por el lado opuesto.

Lo primero que hice fue palparme el culo y arrancarme esa jeringuilla que seguía clavada como un rejón. Había líquido dentro de ella, pero yo sentía que la parte que faltaba estaba ya de fiesta por mis venas.

Me lo había metido y había comenzado a funcionar.

Logan seguía en el suelo. Me puse en pie apoyándome en la mesa. El extintor se había caído en algún sitio, lo recogí y fui hasta donde yacía el matón.

Tenía las manos en la cabeza y se movía de un lado al otro, quejándose, como si le hubiera partido un hueso.

—¿Qué me has inyectado, hijo de puta? ¡Habla!

Logan se revolvía de dolor. Tomé el extintor y volví a golpearlo. La primera vez le acerté en la cara, pero a la segunda se protegió con los brazos y le golpeé en los antebrazos con rabia.

—Te mataré. Dime, ¿dónde está Elena? ¡Te juro que te mato!

Pero no llegué a terminar la frase. De pronto, empezó a patalear, lo cual provocó que yo saltase hacia atrás. El extintor se me escapó de las manos y terminó debajo de la mesa, pero antes de que pudiera ir a por él, Logan se quedó quieto, congelado.

—¿Logan?

No podría decir si estaba muerto o inconsciente, pero tampoco estaba dispuesto a acercarme. Quizás era una trampa y ya me había dado cuenta de lo hábil que era ese cabrón con las manos.

¿Qué hacer? Podía intentar matarlo con algo, pero eso no me ayudaría en nada.

Además, comencé a notar una sensación de calor abriéndose paso en mis piernas. Fuera lo que fuese lo que Logan me había inyectado, estaba comenzado a surtir efecto.

Me apresuré a subir a cubierta y saqué mi teléfono móvil. Apunté con él a las estrellas, pero no había ni una jodida línea de cobertura. ¿Sería más rápido coger la lancha y llegar a Rigoda? La casa de los Wells parecía completamente a oscuras, pero pensé que quizás habría alguien durmiendo en la playa. ¿Cuánto tardaría ese veneno en matarme?

Entonces vi esa larga antena que sobresalía de la cabina de

mando, encima del salón. Definitivamente, eso sería lo más rápido. Tomé la escala y trepé hasta la segunda cubierta. Aquel lugar donde, tan solo unos días atrás, Aldrie y Elena charlaban sobre Procida y sus *grancie*, mientras yo me moría de los celos. Dios, cómo deseaba que volviéramos a ese instante.

La cabina de control estaba cerrada. Empujé la puerta, pero algo estaba atravesado y me impedía abrirla.

Bajé la vista y vi un pie asomando.

—¡Oiga! ¡Oiga!

Allí había alguien, sentado en el suelo a los pies del timón. Empujé la puerta un par de veces hasta que logré apartar aquel pie y me colé en el interior. Entonces lo vi, iluminado por la luz de emergencia.

Nick Aldrie. Su cara denotaba sorpresa. Ojos y boca abiertos.

—¡Nick!

Por supuesto, no iba a responder. Alguien le había hecho un bonito agujero en el cuello. De él sobresalía el mango de un cuchillo de cortar carne. Lo habían matado con un cuchillo de la cubertería. Su sangre cubría una gran parte de aquel suelo. La toqué, estaba fría y olía a hierro.

—¡Dios mío! —exclamé.

Me abalancé sobre aquel gran panel de mandos mientras me notaba la pierna cada vez más torpe, hasta el punto que tenía que arrastrarla. Me puse a buscar el aparato que pudiera ser una radio. Encontré un teléfono colgado junto a la puerta y apreté algunos botones, pero aquello parecía más un intercomunicador de a bordo. ¿Dónde coño ponían la radio en esos barcos? Entonces en el techo vi algo que bien podía serlo. Cogí un pequeño micro unido al aparato por un cable de espiral. Presioné algunos botones y logré encenderlo. Sonó algo parecido a un ruido de interferencias. Era una radio. Apreté el botón lateral del micrófono y me puse a hablar.

—¿Hola? ¿Hola? Esto es un mensaje de auxilio. Estoy en un barco llamado *Jamaica*, frente la playa de Rigoda. Hay un muerto y un hombre ha intentado asesinarme.

Solté el botón y esperé alguna reacción. Nada. Ruidos. Había una ruleta y la giré al azar: en la pantalla unos números cambiaron. Volví a hablar.

—Oiga, si alguien me escucha, envíen a la policía a la playa de Rigoda. Hay un yate en el que ha ocurrido un asesinato.

Entonces oí ruidos fuera. Clinc, clinc. Unos pasos trepaban por la escalerilla.

Logan volvía de entre los muertos.

—¡Hola! —dijo una voz en italiano al otro lado—. Aquí el *Marella*. Lo copio. Repita el mensaje, por favor.

—¡Oiga!, le llamo desde el *Jamaica,* estamos en la playa de Ri...

Otro ruido. Al mirar por la ventana vi la silueta de Logan acercándose a la cabina.

Me lancé al suelo para obstruir la puerta sin dejar de sujetar aquel micrófono. El cable rizado se estiró hasta que algo hizo clic y se soltó dándome en toda la cara como un latigazo. Joder. Se había desconectado.

—*Jamaica*, danos tu posición. ¿Tienes algún problema?

Seguía pegado a la puerta con aquel micrófono desconectado en la mano, como si pudiera ocurrir un milagro. Entonces una de las ventanas estalló en mil pedazos. Vi la hoja de un hacha de color rojo girándose como si fuera un periscopio. Después volvió a salir y yo me di cuenta de que Logan iba a descargar de nuevo.

Salté contra el timón al mismo tiempo que el hacha atravesaba la puerta de un golpe terrible.

—Lo estás complicando mucho, tío —dijo Logan pateando la puerta, que gracias a la pierna de Aldrie aún se resistía a abrirse.

—He llamado a la policía —dije—. Están avisados, Logan.

Se me cruzó por el pensamiento intentar reconectar el micro, pero era demasiado tarde. Logan iba a abrir la puerta en los siguientes diez segundos y, a menos que yo hiciera algo, me iba a ejecutar con esa hacha. Me agaché y cogí el mango del cuchillo que sobresalía del cuello de Aldrie. Al tirar de él, la cabeza del exdueño del Mandrake se ladeó como un péndulo. Tuve que poner una mano en su oreja y arrancárselo como un dardo de una diana.

Logan dio un último empujón y se coló en la cabina. Yo estaba agachado junto a Aldrie, así que me proyecté hacia arriba con la punta por delante. Él intentó utilizar su hacha pero tropezó con el techo y quedó a mi merced.

No iba a perder ese descubierto por nada. Me lancé con la intención de meterle el filo en las tripas, pero él se giró a tiempo de interponer un muslo. Su grito de furia y dolor fue suficiente para saber que lo había atravesado como una brocheta.

No obstante, tuve que pagar mi atrevimiento. Logan dejó caer el mango del hacha sobre mi omoplato y caí de morros en el suelo.

—¡Joder! —gritó.

Supongo que el cuchillo le dolía bastante, porque pude escurrirme hacia fuera de la cabina.

—¿*Jamaica*? —volvió a decir la voz del transmisor—. ¿Es una broma o qué?

Como un gusano, lo admito, me arrastré hasta la escala. Supongo que la pelea no había hecho sino acelerar mi corazón y, por consiguiente, el viaje de aquel veneno que tenía dentro de las venas. De pronto sentía la mitad de mi cuerpo atontado. No me lo pensé dos veces. Mareado, recorrí la cubierta hasta la lancha.

Arranqué el motor y enfilé Rigoda. Recé para no desvanecerme antes de llegar.

2

«Tienes que llegar. Mantente despierto, joder.»

El mar me ayudaba. Las olas eran como pequeños toboganes sobre los que la lancha se deslizaba a trompicones. Torcido como el jorobado de Notre Dame, trataba de mantener el timón recto en dirección a la playa.

«No te desvanezcas ahora», me repetía mientras notaba mis piernas flaquear como las patas de un caballo recién nacido.

Eso que Logan me había inyectado era material de primera. ¿Un anestésico? ¿Quizás el mismo que inyectó a Carmela Triano para que se ahogara plácidamente? Eso tendría mucha lógica... ¡Logan! Pues claro que Logan. ¿Quién, si no? El frío profesional de la seguridad con un opaco pasado. Quizá tuvo una aventura con Carmela y algo salió mal. Quizá Bob se enteró y por eso fue detrás. Y Warwick. Recordé lo que Masi había dicho: «Tuvo una carrera como militar.» Con esa fuerza podría haber lanzado a Bob él solo por el balcón y empujado el andamio que aplastó a Warwick.

A medida que me aproximaba a Rigoda, iba comprobando que él no fuera siguiéndome. Era una posibilidad remota, pero yo era presa del pánico. Además, esa cuchillada en su muslo era cualquier cosa menos letal. Logan seguiría en el yate y posiblemente habría cogido la radio y deshecho el mensaje de auxilio: «Lo siento, amigos, llevamos a un borracho a bordo y ha querido gastaros una broma. Todo está perfectamente. Hace una noche preciosa para navegar, ¿verdad?»

¿Qué haría después? Escapar era lo lógico. Poner rumbo a España, quizás, o a África. El cadáver de Aldrie sería pasto de los peces en alta mar. ¿Quizá también el de Elena?

Elena... Un millón de cosas horribles me vinieron a la imaginación. Su cadáver cosido a puñaladas en un camarote. Elena atada y amordazada, con los ojos perdidos, cubierta de sangre. O quizá le había dado tiempo a escapar. Ese pensamiento me reconfortó. Quizás Aldrie había dado su vida para que ella pudiera huir. Elena era buena nadadora. Quizás incluso estuviera en la playa...

Fuera lo que fuese, tenía que llegar cuanto antes.

Pedir ayuda.

«Dios, por favor, haz que ella esté bien.»

Había cubierto la mitad de la distancia entre el yate y Rigoda cuando vi aquella luz en lo alto: el salón de los Wells estaba iluminado. ¡Aún estaban en casa!

Aquello provocó que, en mi ensimismamiento, me olvidara por completo de la arena.

Aceleré un poco más hasta que, a unos veinte metros, la lancha encalló. Yo noté que salía volando hacia delante primero, y después, a medida que la *Riva* se ladeaba, hacia una de las bordas, donde me di con un lado de la cara.

Al final nos quedamos quietos, con el motor rugiendo en la arena hasta que lo apagué, y salté de allí, desembarcando como los soldados de las películas de guerra.

Anduve apresurado con el agua en las rodillas, sintiendo que mi cuerpo se hundía en la arena como un plomo. Como en esos sueños en los que tratas de escapar de una amenaza, pero cada vez vas más lento. Solo que no era un sueño. Esa droga de verdad me estaba paralizando, y algo más. Mi vista se nublaba. Las estrellas formaban líneas rectas en el cielo. Me estaba hundiendo en aquel lago negro que Logan había metido en mi cuerpo. «Rápido —me dije— no puedes quedarte aquí.»

—¡Eh!

Escuché aquella voz en la negrura de la orilla. Bajé la vista, que llevaba puesta en lo alto, y reconocí una silueta adentrándose en el agua.

—¡Socorro!

La luz de una linterna se encendió y me iluminó.

—¡Harvey!

La linterna se apartó un instante, lo que tardé en reconocerlo porque no llevaba sus habituales gafas. Era Wells.

Casi caí en sus brazos.

—¡Tom! ¡Dios mío! ¿Qué ha pasado?

—Wells... —dije jadeando—, tiene que ayudarme. Aldrie ha muerto y Elena...

—¿Qué?

—Logan es un asesino. Está en el *Jamaica*. Quizás Elena también, tenemos que avisar a la policía.

Alexander Wells apuntó con su linterna hacia la lancha.

—¿Está usted solo?

—Sí...

—Vamos —dijo cogiéndome con fuerza por debajo de un brazo—. Subamos a la casa. ¿Puede andar?

—Muy mal..., pero ¡vamos!

Me arrastré por la arena con la ayuda de Wells y llegamos a las escaleras. Subí con dificultad, notando que mi cuerpo, cada vez más, dejaba de responder a mis órdenes. Mis piernas se iban convirtiendo en dos largos tentáculos idiotas. Cuando ganamos la terraza, Wells tuvo que cargarme casi por completo, como un saco.

Una vez en el salón, me dejó caer sobre un sofá y se dirigió a cerrar la puerta. Después miró por la ventana. Supongo que estaba desconcertado y asustado hasta cierto punto.

—De acuerdo, Tom —dijo regresando a mi lado—. ¿Qué ha pasado exactamente? ¿Está usted herido? ¿Qué le ocurre?

El hormigueo en las piernas era como una caldera en ebullición. Era agradable pero terrorífico al mismo tiempo. Notaba que lentamente estaba comenzando a relajar mi vientre también.

—Logan me inyectó algo en las piernas. Una anestesia, creo..., y me está paralizando. Pero lo importante es...

—Aldrie —me cortó Wells—. ¿Está seguro de lo que dice? Pero ¿qué hacía usted en el *Jamaica*?

—Elena lleva todo el día desaparecida. Salí a buscarla con la lancha. Usted le dijo a Stelia que iban a cenar juntos. Pensé que sería en el Mandrake, pero entonces vi el barco... Bueno, subí y Logan estaba allí. Me atacó, pero logré clavarle un cuchillo en la pierna —dije—. Aldrie estaba allí, muerto en la cabina de mando. Quizás intentó usar la radio también... Oiga, Wells, todo esto es secundario. Tiene usted que llamar a la policía cuanto antes.

—¿Dice que logró hablar usted por radio?

—Di un aviso y otro barco lo copió, pero no pude dar demasiados detalles. Hay que llamar a los *carabinieri* cuanto antes, Wells.

—Ok, Tom, tranquilo. Primero voy a asegurar las puertas y después llamaremos a la policía. No se mueva. Vengo ahora.

—Gracias. Elena..., no sé si ella...

Wells desapareció mientras yo sentía aquella droga atontándome más y más. Tenía los pantalones mojados hasta los muslos, pero apenas notaba la humedad. También me di cuenta de que en mi odisea había perdido un zapato sin darme cuenta.

Pero al fin estaba a salvo. Dudaba de que Logan se atreviera a subir a buscarme. Lo lógico era que tratase de escapar. Pensé que la Guardia costera o el Ejército italiano podrían darle caza si salían de inmediato.

Mi corazón se iba relajando. Estaba a salvo. Me pregunté si Ruth o Rebecca estarían por la casa, pero no tenía pinta de haber nadie más que Alexander. Mejor, no creo que un episodio de ese tipo fuera recomendable para la pequeña Ruth...

Entonces sentí algo moviéndose en mi bolsillo. Mi teléfono. Había olvidado que lo tenía ahí. Empezó a vibrar como si alguien estuviera llamándome. Pensé que tal vez fuera Masi. Claro, estaría mosqueado por mi llamada entrecortada desde la lancha. Lo saqué del pantalón y vi que en realidad se trataba de un montón de mensajes que acababan de entrar. Posiblemente porque acababa de recuperar la cobertura.

Uno de esos mensajes llamó mi atención. Aún estaba visible sobre el panel de notificaciones: el remitente era Mike Hatton; el asunto: «El rollo 33.»

Tom. Ha habido suerte con las digitalizaciones. Son fotografías que Bob hizo en aquel campamento durante la noche y la madrugada del día fatídico. Algunas son bastante crudas. Cuidado.

Joder, quizás era el peor momento del mundo para poner-me a mirar un mensaje, pero aquello era importante, posible-mente la prueba que incriminaba a Logan (soldados, solda-dos, soldados) y lo cierto es que aún no estábamos a salvo. Wells, por muy buen tipo que fuera, no podría contener a ese diablo si lograba alcanzar la casa. Pensé que debía reenviarlo cuanto antes. A Masi.

Pero primero quería ver las fotografías.

Mi pulgar actuó nerviosamente sobre la pantalla. Hice un *scroll* y apareció una imagen en blanco y negro. En un lugar oscuro, una especie de gran barracón lleno de camas, una docena de niños miraba a la cámara. Iban vestidos con sucios camisones, en un lugar tan oscuro que la luz de los flashes los había desconcertado. Se podían ver trozos de cuerda en sus tobillos y muñecas, atados a las patas de aque-llas camas de hierro. Parecían murciélagos sorprendidos en su sueño.

Eran los niños de Bob. Los niños de sus pesadillas.

Y de las mías.

Reconocí al muchacho alto y delgado. A los dos herma-nos gemelos. Al chico sin brazo que tenía una bonita sonrisa. Vivos, eran preciosos niños de cuatro, cinco y seis años.

La siguiente foto era del exterior: soldados, un campa-mento, una hoguera, botellas de whisky y mujeres con el ros-tro asustado.

Bob había sacado aquellas fotos a distancia, seguramente, para evitar ser descubierto. La escena era una fiesta terrorífica a la luz del fuego. Aquellos jóvenes mercenarios de piel blan-ca disfrutando de unas pobres y asustadas muchachas. El gru-po actuaba en manada. Una mujer después de la otra. Eran fotos horrendas. No me extrañaba lo que dijo Hatton sobre que ningún medio quiso comprarlas. Hay límites incluso en el morbo del gran público.

Entonces llegué a la última foto.

A la luz de la mañana, el hospital humeaba en segundo plano. Frente a él, dos de aquellos jóvenes mercenarios levantaban sus rifles y gritaban algo, borrachos aún, con un reguero de cadáveres a sus pies. Las mujeres. Los niños...

Quizá pensaron que sería divertido posar para Bob, pero él se había asegurado de sacar un primerísimo plano de sus caras.

Observé detenidamente a aquellos soldados.

Uno era una bestia de casi dos metros, un hombre de color que jamás había visto.

El otro, un muchacho de unos veinte, delgado, pelo rubio. Levantaba su arma automática y señalaba a la cámara borracho de furia.

Sus ojos.

Fueron sus ojos los que me hicieron dejar de respirar.

Entonces lo comprendí. Aunque habían pasado muchos años y los rostros no eran exactamente iguales.

Era él.

3

—Ya está —dijo Wells regresando al salón—. Todas las puertas están cerradas y he llamado a la comisaría. Están de camino, Tom. Ahora relájese. Solo debemos esperar.

Wells cruzó el gran salón y vino a sentarse al sofá. Yo había escondido mi teléfono tan rápido como había sido capaz.

—Tiene usted un aspecto terrible. ¿Dice que Logan le inyectó algo? —dijo moviéndome la pierna—. ¿Qué es lo que siente?

—Bueno..., las piernas adormecidas. Solo eso. Pero supongo que no será gran cosa. Oiga, ¿ha hablado con Masi?

—Sí. Vienen de camino. El Séptimo de Caballería, Tom. Puede estar tranquilo —dijo sonriendo. Había vuelto a ponerse sus grandes gafas de cristal marrón.

—Oiga, Wells. ¿Podría traerme un vaso de agua? Me muero de sed.

—Sí, claro.

«Bien —pensé—, ahora espera a que salga del salón y marca el número de Masi. Te dará tiempo a pedir auxilio.»

Pero Wells no se movió.

—A cambio de su agua, Tom, solo le pediré una cosa. ¿Puedo quedarme con ese teléfono que esconde debajo del muslo? —Sonrió—. Le he visto esconderlo mientras entraba. Ha sido usted rápido, pero no lo suficiente.

Yo me quedé quieto, sin saber qué hacer. Observé la mesilla que tenía enfrente. Había un gran cenicero de cristal. Pensé que podría hacerme con él y romperle la cabeza si conseguía distraerlo un poco.

—Oiga —continuó Wells—, puedo esperar a que la droga lo paralice por completo, o puedo atizarle con algo y cogerlo yo mismo. ¿No cree que ha sufrido ya demasiado por una noche?

Metí la mano debajo del muslo y saqué mi teléfono. Pensé que tenía que alejar a Wells de mí para poder lanzarme a por el cenicero, así que simulé una torpeza y lo lancé al suelo.

El teléfono se deslizó en la alfombra, lejos de Wells.

—Tómelo —dije—. De todas formas, no tiene usted escapatoria. Todo está ahí, Wells. En las fotografías. Sale usted retratado bien joven...

Wells se levantó, cogió mi móvil y lo observó en silencio. Las fotos estaban todavía en la pantalla. Pude ver su expresión de desconcierto. Masculló algo mientras pasaba de una a otra.

—¿Qué edad tenía? —dije—. ¿Veinte años? Dios mío...

Wells me miró fijamente. Sus ojos no habían cambiado mucho: rasgados, fieros, como los de un depredador.

—¿No hizo usted ninguna locura a los veinticinco? —preguntó—. ¿No ha corrido aventuras?

—Algunas, pero no incluían matar a nadie.

Wells seguía mirando mi teléfono.

—Éramos un par de amigos. Nos gustaban las armas y los

cuentos de la guerra. Salíamos de una mierda de vida y nos metimos en aquella aventura. Pagaban bien y prometían un botín magnífico: los diamantes de Angola, ni más ni menos. Bueno, lo del hospital fue un maldito error. Estábamos borrachos y se nos fue de las manos. Era una guerra, a fin de cuentas. Y esas cosas pasan en las guerras.

—¿Quemar niños, Wells? ¿Cómo puede dormir?

—¿Y quién le dice a usted que duermo? También me persiguen a mí. Cada noche. Aunque, ¿sabe una cosa? Con dinero es más fácil de soportar. Nunca se es suficientemente rico ni se está lo suficientemente delgado. Si no, pregúntele a un pobre o a un gordo. Los diamantes costaron sangre, pero me abrieron la puerta a otra vida. Y cuando esos doce niños vienen a buscarme por la noche, les digo que ya estaban muertos, a fin de cuentas. Si no hubiera sido mi fuego, habría sido un balazo o el hambre... Fueron víctimas de la guerra.

Me lancé sobre la mesilla sin pensarlo. Mis piernas se habían convertido en dos zancos de madera bien torpes; caí de rodillas con los brazos extendidos hacia delante.

Wells fue mucho más rápido. Dio una patada a la mesa y la alejó de mí. Después con su mano suelta me propinó un tortazo que me dejó sentado en el suelo, con auténticos pajaritos coronándome.

—Es usted una mosca cojonera, Harvey.

Yo tardé un poco en volver en mí, ya completamente desesperado.

—¿Qué le ha hecho a Elena?

—Elena está dormida, como debería estarlo usted a estas alturas. Tendré que aplicarle otra dosis de nuestra medicina especial.

—¿Qué van a hacernos?

—Nada, si colabora. Quiero esos negativos, ¿entiende? Si me los da, despertarán mañana y yo habré desaparecido.

—No tenemos los negativos, Wells. Nunca los tuvimos.

En ese instante no me di cuenta de que quizá no era la mejor respuesta para poder negociar. No obstante, pareció surtir un efecto en Wells. Cogió el cenicero que yo había intentado atrapar y lo lanzó como un *frisbee* contra una pared. Estalló en mil pedazos.

Se acercó a mí. Su frente estaba recubierta de una fina capa de sudor. Quizás era el esfuerzo de haberme subido hasta su casa. Quizás era el miedo de sentirse acorralado.

—No se haga el listo conmigo. Yo estaba en Villa Laghia esta mañana cuando usted llamó a Elena. Pude escuchar suficiente conversación. Ella mencionó los negativos. ¿Dónde están?

—¿Qué llamada? —pregunté. Yo no había hablado con Elena en todo el día... Entonces me di cuenta: Hatton.

La llamada de Hatton esa mañana. Le habría hablado de nuestro descubrimiento a Elena, mientras ella y Wells estaban en la casa. Ella debió de decir algo en voz alta. Algo que Wells interpretó erróneamente.

En ese instante sonó un teléfono. Wells sacó uno de su bolsillo y se alejó.

—Sí. Está aquí —dijo—. Buen trabajo, gilipollas. Ha conseguido hablar por radio...

Supuse que hablaba con Logan. Mientras lo hacía, Wells se acercó a las ventanas y yo dediqué un minuto a pensar en mis posibilidades. Los brazos comenzaban a dormirse igual que las piernas, aunque todavía los podía mover. Pero ¿qué podía utilizar? Todo lo que tenía alrededor eran unos blandos cojines y dudaba de que mi cuerpo estuviera en condiciones de hacer algo rápido y violento.

El tiempo era la única carta a jugar. Quizá mi llamada por radio hubiera surtido algún efecto. El otro barco había recogido el nombre del *Jamaica*. ¿Avisarían a la Guardia costera? Por otro lado, estaba Masi. ¿Habría ido a buscarme al Mandrake? Esperaba que sí y que se mosqueara al no encontrarme. Con mucha suerte, puede que incluso llamara a Stelia Moon. Ella le avisaría de mi estampida a bordo de la *Riva*.

En realidad, había posibilidades, pero todo dependía del tiempo.

Necesitaba ganar tiempo.

Wells seguía hablando, bastante enfadado.

—¡No me importa! Esto es una chapuza, Logan, y hay que terminar ya. Limpia ese maldito desastre y vuelve aquí.

Wells colgó el teléfono y regresó a mi lado.

—Bueno, Tom. No tenemos toda la noche... Hable.

—De acuerdo, Alexander. Tengo esos negativos. ¿Qué garantía tengo de que nos dejará vivir?

—Ninguna. Pero créame: no tengo ninguna necesidad de matar a nadie más. Esa maldita fotografía ya ha costado demasiada sangre. Solo necesito borrarla del mapa. Después nos esfumaremos en el aire. ¿Dónde está?

Estaba claro que Wells no había leído el mensaje de Hatton. Si lo hubiera hecho, se daría cuenta de que ya estaba perdido. Las fotografías que lo incriminaban estaban digitalizadas en un archivo en Londres. No tenía escapatoria, pero yo no debía dejar que lo supiera.

—En el estudio de Bob —respondí— hay un lugar secreto. Una sala de revelado que Bob ocultaba detrás de una pared falsa. Hay un resorte disimulado como un libro. Yo mismo puedo llevarlos hasta allí e indicarles el lugar.

Wells me miró fijamente.

—¿Una sala de revelado?

—Sí, allí es donde Warwick encontró los negativos. Y allí siguen.

Aquello pareció convencerlo.

—Ok, Tom. Espero por su bien que eso sea cierto. Ahora esperaremos a Logan tranquilamente sentados. ¿Quiere un trago? Oh, no, será mejor que no. Podría mancharse los pantalones.

Wells se sirvió una copa y se sentó en el sofá contrario, con su teléfono en el vientre.

—¿Desde cuándo lo sabía? —le pregunté—. ¿Cuándo empezó todo esto?

Él bebió lentamente.

—Pensaba que usted ya lo habría deducido todo —dijo sacando sus gafas del bolsillo de la camisa.

Se las colocó y después se las volvió a quitar.

—Los ojos —dijo—; no pueden cambiarse, ¿sabe eso? Aunque uno se gaste un millón de euros en ponerse una nueva nariz o rebajarse la mandíbula, los ojos son el verdadero carné de identidad de las personas. Aquella noche en el Mandrake, en aquella pelea, cuando Bob Ardlan recogió mis gafas del suelo y me las devolvió, entonces empezó todo. Él me reconoció.

—¡En la pelea!

—Sí —dijo Wells—. Un cruce de miradas y de pronto tu vida se va al traste. Por supuesto, su cara también me sonó a mí. Aunque tardé un poco en conectar a ese pintor de sesenta años con el periodista inglés que había rondado nuestro campamento en la selva hacía tantos años. Era una casualidad diabólica, ¿no cree? Después de tantos años, el destino volvía a reunirnos en este apartado lugar del mundo. Esa noche, mientras volvíamos a casa, Rebecca me habló de quién era Bob Ardlan. Me costó muy poco comprender el resto. Aunque, claro, comencé actuando con normalidad. No me imaginaba que Ardlan tuviera una prueba contra mí. Quizás un recuerdo vago, pero no esas fotografías. Digamos que Carmela fue la primera alarma.

—¿Qué tuvo que ver ella?

—Bob la convenció para que registrase mis papeles, que buscase cosas de mi pasado o algo por el estilo. Logan y sus cámaras me dieron el aviso. Ella no estaba robando nada, ¿sabe? ¿Y qué podría querer una muchacha así? Le pedí a Logan que le diera un buen susto, que la sonsacara. Ella confesó que Bob le había pedido que buscase viejas fotografías mías. Después, en fin, nuestro querido experto en seguridad decidió quitarla de en medio... Yo no ordené eso..., pero ya se habrá dado cuenta de que es un maldito psicópata.

—Y dejaron el cadáver en la playa para que Bob lo encontrara.

—¡No! Qué va. Eso fue cosa de las corrientes, o del diablo tal vez. La cosa es que Bob apareció también esa mañana. Logan lo vio fotografiar el cadáver. Creo que pensaba que podría demostrar algo con las fotografías, pero lo cierto es que Logan ahogó a Carmela muy lejos de allí.

—Pero no entiendo. ¿Por qué tardó tanto en liquidar a Bob?

—Para empezar, yo no quería matar a nadie más. Pero en cualquier caso, había que dejar que el «accidente» de la chica reposara. Además, pensé que quizá la muerte de Carmela amedrentaría a Ardlan, si es que planeaba seguir investigándome. También le hicimos llegar un par de anónimos con la foto de Elena. Todo limpio. Él suponía de dónde venían las amenazas, pero no podía demostrar nada. Por eso se calló.

»Pero su silencio empezó a preocuparme, así que fui a hablar con él, esa noche de septiembre. Le expuse el problema, como un hombre de negocios. Vivo demasiado bien como para querer huir a ninguna parte, ¿sabe? Intenté razonar con él, pero no quiso razonar. Quería destruir mi vida..., hacer justicia. Y, entonces, me vi obligado a destruirlo a él. Pensé que eso terminaría con mis problemas, pero entonces apareció su nombre en aquel teléfono. La última llamada de Bob antes de morir. Su nombre: Tom Harvey.

—¿Por eso intentaron matarme? Aquel coche que se me echó encima en la carretera...

—Logan y sus brillantes ideas —respondió Wells—. Falló. Pero al día siguiente, cuando Elena nos presentó en el funeral, supe, por su reacción, que usted no sabía nada. Bob no había llegado a hablarle..., pero la tranquilidad duró unas horas, hasta la llamada de ese chico...

—Warwick...

—Tenía esa fotografía. Ahora entiendo que la encontró en ese lugar secreto del que usted habla. Bob había escrito mi nombre sobre ella, supongo que él no tardó en atar cabos. Me pidió un millón de euros por los negativos. Yo cometí el error de amenazarlo y se asustó. Por eso fue a verlo. A Logan no le quedó más remedio que... ¡Ah!, y hablando de Logan...

En ese momento noté algo en mi garganta. Un dolor agudo, seguido de otro dolor más intenso.

Giré el cuello, muy lentamente, y vi a Logan.

—Hola, Harvey.

Estaba empapado de los pies a la cabeza, ¿había regresado nadando? Entonces detecté una pequeña jeringuilla en su mano. Había sido rápido como una avispa.

—¿Está todo listo? —preguntó Wells.

—Sí —respondió Logan.

El asesino cojeó hasta la mesa de las bebidas. Pude ver que se había hecho un torniquete en el muslo. Cogió una botella y le dio un trago largo. Los dos hombres se me quedaron mirando.

—Las huellas de Harvey están en el cuchillo que Aldrie tiene clavado en el cuello —dijo Logan—. Es perfecto. Todavía mejor que lo que habíamos preparado.

Yo notaba que mi cabeza empezaba a dar vueltas y se hundía en una piscina llena de algodón de azúcar. Era una terrorífica y agradable sensación de sueño contra la que no podía luchar.

—Se lo dije —dijo Wells sonriéndome—. Este hombre es un auténtico psicópata..., pero hay que reconocerle cierto talento.

4

Después soñé que todo iba bien.

La policía, por una vez, llegaba a tiempo. Luca Masi, vestido con un traje blanco y empuñando una pistola de plata, mataba a Logan y a Wells de sendos disparos en la cabeza.

Después nos sacaban de allí a bordo de unas camillas. Elena aún estaba dormida y yo me alegraba por ello. Era mejor que no recordase nada. Le contaríamos alguna historia... y a Ruth también. Le diríamos que su padrastro era víctima de una pesada carga.

¿Quién no ha hecho locuras de joven?

Un error lo tiene cualquiera.

Resultó que la ambulancia era la parte trasera de un coche. Vaya..., podrían gastarse algo de dinero en ambulancias. Elena iba a mi lado, dormida. En determinado momento se caía sobre mi hombro y yo podía oler su cabello. Ahora que Aldrie tenía un cuchillo clavado en el cuello, ¿seguiría con sus planes de dar la vuelta al mundo?

La llegada al hospital era un tanto abrupta. Nos llevaban a través de un bosque, hasta un lugar que yo conocía. ¿El estudio de Bob? Pero ¿por qué? Logan estaba otra vez vivo y parecía conocer la clave de la alarma. Claro que la conocía: se dedicaba a instalarlas. Quizás incluso instaló la del estudio de Bob.

Me reía por todo esto. Parecía bastante gracioso en mi sueño.

Y al final de mi sueño, estábamos los dos, Elena y yo, en una habitación con Tania Rosellini, ni más ni menos. Ella estaba desnuda y sonreía. Yo me alegraba de verla tan bien.

—Siempre he pensado que eres jodidamente *sexy* —le decía, pero Tania no respondía nada.

En ese instante alguien me golpeaba. «¡Despierta, Harvey! —me decía aquel doctor mientras me abofeteaba—. ¡Despierta!»

Da igual. Da igual.

No hay tiempo para nada más.

Me dejaban caer al suelo y todo se volvía negro.

Durante un rato.

5

El olor me hizo despertar. Un tufo mareante, absoluto, que se me metía por las narices y se esparcía por mi frente. Que incluso me hacía llorar.

Abrí los ojos tosiendo. Todo estaba oscuro y olía muy fuerte a mi alrededor. ¿Dónde estaba? ¿En el depósito de combustible de un barco? ¿En una fábrica? Fuera donde fuese, sentía un sofá debajo de mi trasero. Además había alguien por allí, trabajando. El ruido de alguien derramando líquido. Era gasolina. Olía como si alguien estuviera regando el lugar con gasolina.

Intenté moverme, pero todavía estaba paralizado.

Tosí de nuevo; el olor era tan fuerte que me provocaba arcadas. La oscuridad se fue aclarando, o mis ojos adaptándose a ella. Vi a un hombre andando en silencio... ¿Quién era? Se acercó a unas escaleras y tiró una lata al suelo. Una gran lata de gasolina que retumbó. Después cogió otra (había unas cuatro o cinco apiladas allí), la abrió y siguió rociándolo todo. Los botelleros, las cortinas, las pruebas de pintura, los botes... Entonces me di cuenta de que aquello era el estudio de

Bob. Estábamos en Villa Laghia. Era el sótano y estaba sentado en el sofá rojo borgoña.

¿Cómo habíamos llegado allí? De pronto recordé unas rápidas secuencias. La pelea a bordo del *Jamaica*. Mi abrupto desembarco en Rigoda. Wells. Sus ojos. Wells. Wells. Wells.

Entonces escuché una tos a mi lado. Era la tos de una mujer.

—¡Elena! ¿Eres tú? ¡Despierta!

Ella tosió un poco más. Yo la empujé con mi hombro.

—¡Despierta!

—¡Tom! —dijo ella—. ¿Qué pasa? ¿Dónde estamos?

—En el estudio de tu padre. ¿Puedes moverte?

Elena no respondió. Supongo que estaba en *shock*. Quizá pensaba que todo era un sueño.

Noté su mano palpándome la cara.

—¿Qué está ocurriendo?

—Oh, ya se ha despertado la parejita —dijo una voz: Wells—. Bueno, peor para ustedes. La idea era que no se enteraran.

—¿Quién es? —preguntó Elena a la oscuridad.

—Es Wells —le dije yo—. Los mató a todos..., tu padre lo reconoció. Es un criminal de guerra.

Wells se rio en la distancia, como si todo aquello le hiciera una tremenda gracia.

—Me golpeó —dijo Elena—, estaba intentando llamarte esta mañana. Vino por detrás y me golpeó. Oh, Dios mío, pero ¿qué está pasando?

Wells proseguía con su tarea en silencio. Lentamente nos íbamos acostumbrando a la falta de luz del estudio y pude verle pasar por delante del sofá. Iba enteramente vestido de negro. Con guantes en las manos.

—¡Wells! —gritó Elena—. ¿Me oye, Wells? Quiero hablar con usted.

Oímos otra lata rebotar en el suelo. El olor era intenso y yo comenzaba a sentir náuseas y ganas de vomitar. Ese tufo químico estaba logrando marearnos. Y mis ojos se llenaban de lágrimas. Pensé en Mark y Stelia. Les había ordenado que se quedaran en la casa. ¿Me habrían hecho caso?

—¡Socorro! —grité con todas mis fuerzas, que no eran muchas—. ¡Socorro!

Vi a Wells acercarse al sofá.

—Grite si quiere. Nadie le oirá.

—¿Por qué hace esto, Wells? —dijo Elena entre tos y tos—. Suéltenos. Podremos llegar a un acuerdo. Ahora tengo mucho dinero.

—Yo no necesito dinero, tengo de sobra —dijo Wells—. Lo único que quiero es seguir con mi vida. La vida es una lucha y a veces debemos hacer cosas desagradables para protegerla. Culpe a su padre, señorita. Culpe a Harvey. Si no hubiera sido por ellos, su vida seguiría adelante, en paz y armonía. Incluso sin su padre, todo habría acabado bastante bien para usted. Millonaria, dando la vuelta al mundo... Ahora, en cambio, morirá asesinada. Y yo he perdido a un buen empleado.

—También han matado a Nick —le dije a Elena.

Ella recibió la noticia con un aspaviento, como si nada de eso fuera real.

—Pero no se preocupen —dijo Wells desde el fondo—. Lo suyo será rápido. Los pulmones son como un papel seco y, además, la explosión será muy rápida. Ni lo notarán.

Se fue riéndose hasta las escaleras. Una risa demencial, psicópata. Ahora ya podía ver algo más. La penumbra del estudio iluminada por un débil resplandor lunar. Me pregunté dónde estaría Logan. Quizá fuera, vigilando el recinto.

—¡Esto no hará desaparecer su secreto, Wells! —grité—. Hay más copias de las fotos.

—Lo sé. Vi el correo electrónico de su amigo, ¿Hatton? Después iremos a por él. Iré acabando con todos y cada uno de ustedes hasta que me dejen en paz.

Roció las paredes a nuestro lado y después tiró la lata.

—Bueno, esto ya está listo... —dijo acercándose de nuevo al sofá.

En el suelo, ante nosotros, había una vela muy corta rodeada de esponjas que supuse que estarían llenas de gasolina. Una especie de temporizador casero. Wells sacó un gran paquete de cerillas de los que se usan para encender chimeneas.

—Digan adiós a todo, queridos. Serán ustedes famosos durante un tiempo. Tom, el loco y celoso Tom que se llevó por delante las vidas de su amada y su amante. Y quizá le acusen de todo lo demás, ¿quién sabe? Yo no estaré aquí para verlo.

Wells encendió la cerilla y la acercó a la vela.

—Como dijo Elvis: «Una manera adorable de arder.»

6

El fuego de la cerilla iluminaba el rostro sudoroso y enloquecido de Alexander Wells. Nada lo detendría: encendería la vela. La vela se quemaría. El fuego tocaría las esponjas y todo aquello explotaría en una bola de fuego.

Pero quizá muriésemos antes. Elena estaba tosiendo más y más, ya casi ni podía hablar. Respiraba asmáticamente, intoxicada por la química. Yo estaba también mareado, medio ido, y con la vista medio nublada por las lágrimas. Intenté volver a gritar, pero todo lo que acudió a mi garganta fue una terrible expectoración.

Alcé los ojos y observé a Wells mientras encendía la vela. Entonces, tras aquel rostro de psicópata, me pareció ver algo. Un número de figuras en el fondo del sótano.

—Eh... —dije.

Wells alzó la vista. Quizás iba a permitirme decir mis últimas palabras.

—¿Qué?

Yo seguí mirando aquello. Unas largas sombras detrás de Wells. Una docena de figuras, sumidas en la penumbra y quietas.

Los niños de Qabembe.

—Detrás de usted —dije.

Wells soltó una risilla.

—No pretenderá engañarme con ese truco, ¿no, Tom?

Y en cuanto lo dijo, una corriente de aire apagó la vela y la cerilla. La habitación volvió a quedar a oscuras y Wells maldijo un poco. Rápidamente sacó otra cerilla y la encendió. Entonces, a la luz de esa nueva cerilla, vi que los niños se habían trasladado a la espalda de Wells.

Elena tenía los ojos cerrados y seguía luchando por respirar, de modo que ella no podía ver nada. Pero ¿era real aquello que veía? ¿Estaban allí? ¿O eran la gasolina y el veneno turbándome los sentidos? Borracho e intoxicado, jamás podría probar que aquello que estaba viendo era real, pero en ese momento incluso pude entender la razón de todo.

—Eso era lo que queríais —dije yo, medio delirando, a aquellos fantasmas que se encaramaban a las espaldas del asesino—. Solo os lo llevaríais cuando la verdad saliera a la luz, ¿no?

«Bien hecho, Tom», dijo una voz de niño.

«Muy bien», dijo otra.

«Ahora todos descansamos. Bob. Nosotros. Carmela...»

Eran como las voces de un coro de ángeles.

«Gracias.»

Wells se había quedado con aquella cerilla en la mano, mirándome. ¿Qué pasaba por su mente? Los niños deslizaron sus manos sobre él. Como negras sombras, sus brazos formaron una gran flor en torno a su pecho. Y, entonces, Wells gritó de dolor, como si alguien le hubiera clavado un puñal por la espalda.

Se llevó la mano derecha al pecho, mientras con la otra aún sujetaba la cerilla encendida.

—¡Mi corazón! —gritó—. ¡Nooo...!

Su rostro se había contraído en una mueca de terror. ¿Era capaz de verlos él también? ¿O era solo yo y mis alucinaciones? Wells parecía estar sufriendo un ataque al corazón.

Aquellas figuras lo rodearon. Y su mano, con esa cerilla encendida, comenzó a descender muy lentamente hacia las esponjas. Yo me di cuenta de lo que estaba a punto de suceder. Y quizás espabilado por aquella repentina oportunidad de sobrevivir, saqué fuerzas de alguna parte y empujé a Elena con el hombro.

—¡Al suelo! —le grité.

Ella cayó de lado y yo me lancé sobre ella para protegerla. En ese momento la cerilla tocó las esponjas y se produjo una llamarada impresionante, como una pequeña explosión que me reventó la camisa por la espalda y me abrasó.

Mis gritos se mezclaron con los de Wells. El fuego debía de haberle alcanzado de lleno. Al girarme, vi cómo pataleaba con las manos en los ojos. Su cara, posiblemente, estaba abrasada.

Casi al instante, una lengua de fuego serpenteó por el suelo a la velocidad de un relámpago. Llegó a los botelleros y sus entrañas se prendieron en un fuego instantáneo de color verde y azul. Justo allí había un montón de sabanas con pruebas de color que literalmente volaron por los aires como fantasmas preñados de fuego.

La temperatura se elevó insoportablemente. El calor era tal que nos ardía la cara. Cogí a Elena del brazo y la llevé detrás del sofá. Esa parte del sótano aún no había comenzado a arder.

—Hay que salir de aquí —dije.

Elena seguía tosiendo, pero al menos había abierto los ojos.

Me asomé por el extremo del sofá. Wells, encendido como

una antorcha, estaba intentando llegar a las escaleras del sótano. En lo alto había aparecido Logan. Todavía cojeaba, pero llevaba ropa nueva. Un traje marrón, me fijé.

—¡Ayúdeme! —gritó Wells.

Logan lo miró en silencio, mientras Wells se arrastraba por un valle de llamas implorándole ayuda.

—¡Ayúdeme, Logan! —volvió a implorar Alexander Wells.

Casi al mismo instante, el fuego llegó a un pequeño mueble lleno de botes de pintura y se produjo una explosión terrible. Wells cayó de bruces y aquella pintura se derramó como lava ardiente sobre él. Pataleó de dolor mientras gritaba como un jodido cochinillo en la matanza. Aun así, todavía le quedaron energías para llegar a las escaleras y comenzar a trepar los escalones las manos. Pero solo llegó a subir un par. Se derrumbó, ya como un fardo envuelto en llamas, y vi cómo su cabello ardía mientras sus ojos se quedaban quietos mirándonos.

Logan se dio la vuelta y salió corriendo escaleras arriba.

Yo volví a la defensa del sofá.

—No se puede salir por la puerta —dije.

—Pues al otro lado —dijo Elena, que también se había recompuesto ligeramente—. La cámara secreta.

El fuego había comenzado a serpentear por los lados, pero el acceso a las estanterías estaba todavía libre. Solo teníamos nuestros brazos, pero supongo que la certeza de morir abrasados nos empujó a usar el último gramo de fuerza que quedaba dentro de nosotros.

Llegamos a la estantería. Tiré con fuerza del libro falso y aquello se abrió. Después entramos y me ocupé de cerrarlo de nuevo. A salvo, pero ¿por cuánto tiempo? El fuego consumiría esa pared de madera en unos minutos. Y, además, el humo había comenzado a colarse por las juntas y el techo de la sala de revelado de Bob Ardlan estaba completamente lleno de humo.

—Los ventanucos —dijo Elena—. Hay que llegar a uno de ellos y salir por ahí. ¿Puedes ponerte en pie?

—Joder, lo voy a intentar.

Me agarré al borde de la encimera y logré hincar mis rodillas en el suelo. Mientras tanto, Elena decidió olvidar nuestras rencillas de una manera curiosa. Puso las dos manos en mi culo y empujó con todas sus fuerzas.

—Joder, pesas como un maldito piano, Harvey.

El humo entraba ya como en una chimenea por debajo de la puerta falsa. Empezamos a toser. Me di cuenta de que no había muchas más opciones. O abría aquello o nos asfixiaríamos en cuestión de minutos.

Me agarré del pequeño cable para colgar fotografías y tiré de él hasta lograr encaramarme a la pared. Después arranqué una cartulina de color negro que servía para velar la ventana. Pude ver el exterior y alcanzar el pestillo que liberaba el ventanuco. Lo abrí, e inmediatamente la corriente de aire provocó que el humo saliera por allí, pero también que una larga llamarada de fuego se abriera camino a través de la madera.

—¡Cuidado!

La llamarada relamió el techo. Salió como una lengua vibrante por la ventana y después retrocedió.

—¡Te arde el pelo! —gritó Elena.

Yo noté el chisporroteo. Me golpeé con las manos hasta apagarlo.

—¿Ya?

—Sí. Chamuscado pero bien.

—Corre —le dije tendiéndole la mano.

Ella estaba sentada en el suelo. Se cogió del borde y yo me

senté en la encimera. La cogí por las muñecas y tiré de ella con fuerza. Después la sujeté por las piernas y la proyecté hacia la ventana.

—¿Llegas?

—¡Sí!

—¡Sal! Vamos.

Le di un último empujón y creo que se hizo daño con algo, pero al menos sacó la cabeza. Después el cuerpo. Joder..., conseguí sacarla.

El humo ya lo nublaba casi todo y la pared falsa estaba en llamas. Yo tosía como un jodido motor de explosión. ¿Cómo coño iba a salir por ese agujero sin ayuda? Elena había tenido impulso, pero ¿yo?

Entonces vi los depósitos de líquido para revelado. Los volqué a toda velocidad y los puse uno encima del otro formando una torre. Aquello me elevaría lo suficiente para que pudiera meter las manos y sujetarme. Desde el otro lado, Elena me gritaba para que saliera.

Entonces, apoyado en el borde de la encimera, al otro lado, vi el lienzo de Tania Rosellini. Joder, pensé que no podía dejarlo ahí.

—¡Harvey! ¿Adónde vas?

—¡Espera!

Me arrastré rápidamente, lo cogí y llegué con él a la ventana. Lo empujé a través del ventanuco

—¡Que se salve esto al menos! —dije.

Después me subí en los tanques de líquido. La mano de Elena me atrapó por el cuello de la camisa.

—¡Vamos, Harvey!

El fuego ya estaba quemándome los pantalones. Tiré de mis brazos una última vez. No quería quedarme allí, haciéndome a fuego lento, pero mi cuerpo era bastante más grueso que el de ella. Mis putas costillas me frenaban. Joder, ¿cómo coño había pensado caber por eso agujero?

—No puedo, Elena, no saldré. No quepo.

—Claro que cabes. Si pasa la cabeza, pasa todo el cuerpo.

—Eso es un decir, joder.

—¡Cállate y empuja! —gritó ella tirando de mí y apoyándose en la pared.

Entonces vi una sombra aparecer justo detrás de Elena. Dios mío, si era Logan estábamos perdidos de veras.

Pero no era Logan. De pronto una mano me cogió del cuello: Masi. Y otra de la mano: Stelia.

—Vamos —dijo Masi—, a la de tres.

Una... dos... y...

¡Tres!

El estudio ardió a pleno motor durante media hora, hasta que el destacamento de bomberos logró introducir un camión a través del camino del bosque y lanzar sus potentes chorros de agua a distancia. No obstante, al tocar la primera planta, el fuego se topó con una colección de elementos inflamables, como la bencina que Bob guardaba a litros para usarla como disolvente. Se sucedieron unas magníficas explosiones que regaron de cristales los alrededores del estudio. La construcción ardió hasta el tejado y después se desplomó.

Nosotros asistimos al espectáculo tumbados en la hierba, a cien metros de distancia, recuperando el aliento entre toses y náuseas provocadas por el envenenamiento. Después nos montaron en dos ambulancias y ¡adivina a qué hospital fuimos por tercera vez en dos semanas!

7

NOCHE DE SANGRE Y FUEGO EN LA COSTA DE SALERNO

Dos muertos más se suman al reguero de sangre. El estudio del pintor Bob Ardlan arde hasta los cimientos. La policía interroga a dos heridos leves. Se especula que uno de ellos podría ser Elena Ardlan.

UN CRIMINAL DE GUERRA PODRÍA ESTAR TRAS LAS MUERTES DE TREMONTE

El cadáver hallado en las ruinas del estudio de Villa Laghia pertenece a Alexander Wells, un millonario suizo instalado en Tremonte. Fuentes policiales han iniciado una investigación a escala internacional para confirmar sus antecedentes, ya que se especula que podría tratarse de un criminal de guerra reconocido por el Tribunal de La Haya y huido desde 1977. Se han aportado una serie de pruebas que una fuente del juzgado holandés ha calificado «de gran solidez».

EL CÓMPLICE DE WELLS, DETENIDO EN LA FRONTERA
ITALO-SUIZA

Un control de carretera en los alrededores de Lugano dio ayer noche el alto a un vehículo cuya matrícula correspondía con la que la policía de Salerno había distribuido a nivel nacional para su busca y captura. Tras intentar zafarse de los *carabinieri*, el vehículo modelo Hummer hizo una maniobra muy violenta y terminó saliéndose de la calzada. El conductor fue inmediatamente identificado como Paul Logan, profesional de la seguridad privada a quien se acusa de la autoría material de al menos tres asesinatos en la localidad salernina de Tremonte. Logan se encuentra en dependencias policiales para proceder a su interrogatorio antes de pasar a disposición judicial.

EL TESTIMONIO DE PAUL LOGAN EXCULPA
A BOB ARDLAN

Paul Logan, que comenzó acusando a Wells del cuádruple asesinato, se derrumba tras una noche de interrogatorios y confiesa los asesinatos de Carmela Triano, Bob Ardlan, Warwick Farrell y Nick Aldrie.

BOB ARDLAN. DE CRIMINAL A HÉROE

Bob Arldan pasó los últimos meses de su vida acorralado en su estudio, asustado por anónimos que amenazaban la integridad física de su hija y sumido en la culpabilidad por una muerte —la de Carmela Triano— de la que se sentía responsable. No obstante, dejó la evidencia sobre Alexander Wells oculta en su última obra, que ardió junto con el resto del estudio. «Se ha hecho justicia», declaró su excompañero en el fotoperiodismo Mike Hatton desde Roma. Lea, a continuación, el monográfico sobre la masacre de Qabembe...

8

Era un martes cuando por fin recibimos el permiso del juez Bonifaci para «sentirnos libres de salir» de Italia si era nuestro deseo. Ese mismo juez (que días antes me amenazaba con mi expulsión del país) me había propuesto a la Oficina de Inmigración para obtener un permiso permanente de residencia «en virtud de mi defensa implacable de la justicia».

Vamos, que ahora era un especie de héroe yo también, y la verdad es que no tenía demasiadas ganas de irme a ninguna otra parte. Paul Hitchman estaba exprimiendo mi presencia en los medios para conseguir un montón de conciertos. Hablaba incluso del festival de Bérgamo. «Hay que grabar otro disco, Tom. Ahora estás de moda.»

Ese mediodía estábamos sentados en la mesa de piedra, a la sombra del limonero, Elena, Mark, Stelia y yo. Francesca había cocinado una pasta deliciosa y después de un *espresso*, yo iba a coger mi coche de vuelta a Roma.

—Entonces, ¿qué hago con tu Ardlan? —me preguntó Mark—. ¿Lo vendo o no lo vendo?

—No —dije—, todavía no. He pensado que si tuviera demasiado dinero, ahora mismo posiblemente me lo gastaría en idioteces. Aún me quedan unos cuantos años por delante, y bueno, me están saliendo muchos bolos ahora.

—La prensa ha hecho un buen retrato de ti —dijo Stelia—: «El héroe saxofonista que salvó a todo el mundo.» ¿Te está saliendo mucho trabajo?

—Bastante. Incluso desde Los Ángeles. Tania Rosellini se ha ofrecido a buscarnos un montón de bolos.

—¿Así que te irás a la madre patria?

—No lo sé. Quizás en Navidad. Visitar a la familia y después a California. Tania vive bastante bien ahora... ¿Y tú, Stelia? ¿Cuándo empezarás un libro?

—En breve —dijo.

—¿De qué habláis? —preguntó Mark.

—La crónica de estas tres semanas —explicó Elena—. Stelia escribirá un libro sobre ello.

Se había ganado el derecho a hacerlo, pensé. Además, nos dejó caer que una editorial alemana le estaba ofreciendo un anticipo de siete cifras. Un dinero que la reflotaría de una vez por todas.

—¿Y qué harás tú con la casa? —le preguntó Stelia a Elena—. Creo que te cargaste al último que quiso comprarla.

El chiste era un poco morboso.

—He decidido esperar un poco —respondió Elena—. Pienso viajar..., perderme un rato por el mundo. Francesca y Luigi se harán cargo de Villa Laghia hasta que regrese.

—¿Irás sola?

Yo estaba sentado al otro lado de la mesa y noté la mirada de Stelia.

—Sí —dijo Elena sonriéndome.

Me terminé el *espresso* y salí de allí con el estuche del Selmer y la ropa de turista. Stelia y Elena me acompañaron hasta la puerta. La escritora me dio un buen achuchón.

—Vuelve pronto. Mi casa es tu casa, Tommy. Ya lo sabes.

—Gracias, Stelia. Espero tu libro muy pronto. Ponme bien, ¿eh?

—No lo dudes. Ya te lo dije: eres el tipo más guapo del jazz desde Chet Baker.

Después Stelia entró en la casa y Elena me acompañó andando al coche, que había permanecido aparcado en el mismo sitio desde la noche en la que conduje a toda prisa hasta Tremonte. Entonces, al abrir el maletero del Ford... ¡Ja! Fue toda una sorpresa encontrarme esa especie de *souvenir* del pasado.

—Es la bicicleta de Warwick —dije—, la había olvidado aquí dentro.

—Bueno, la puedes dejar aquí si quieres —dijo Elena.

Pensé que eso tendría mucho más sentido que llevármela a Roma. La saqué y se la pasé a Elena.

—Espera un momento —dije sintiendo que el cabello se me erizaba.

—¿Qué?

—La bici... Warwick se la dejó a Tania... ¿Y si...?

Me acerqué al cuadro de la vieja bicicleta. El sillín era de altura regulable y tenía una llave para soltarlo. Lo saqué.

—¿Cómo dicen los detectives de las películas? ¿Bingo?

Metí el dedo y tiré de una pestaña blanca que había quedado a la vista. Un tubo de plástico, como los que se utilizaban para guardar negativos, salió con ella. Dentro se veía un negativo cuyo contenido no nos hacía falta mirar.

—Warwick escondió el negativo en su bicicleta. Seguramente era donde también ocultaba las drogas que repartía.

—¡Ha estado ahí todo el tiempo! —dijo Elena echándose las manos a la cabeza.

Todo lo que pudimos hacer fue reírnos histéricamente.

—Supongo que esto ya no cambia nada. Pero estaría bien que volviera a su sitio en el archivo. ¿Te encargarás tú? —dije entregándoselo a Elena.

Ella lo cogió y después me dio un largo abrazo.

—Gracias por todo, Harvey —dijo ella—. Por salvarme. Por salvar a mi padre..., por buscar la verdad. A pesar de todo.

Entonces, sin decir nada más, me besó en los labios dulcemente.

—¿Y esto?

—En el fondo, eres el tío que mejor me ha besado nunca. Pero ahora lárgate.

Monté en mi coche. Me lie un cigarrillo y puse un disco de Trane: *A Love Supreme*. Mientras salía de Villa Laghia, miré a Elena, que se había quedado en medio de la calle diciéndome adiós con la mano. Parecía un adiós, ¿no? Ella partía en su viaje alrededor del mundo, y yo había decidido cenar esa pizza con Barbara en Roma. Volvíamos a separarnos, como siempre. Como dos polos opuestos que no podían permanecer juntos ni separados por mucho tiempo.

Pero ¿cuánto era mucho tiempo?

—*Ciao* —le dije a través del espejo—. *Ciao*, Bella.

Agradecimientos

La idea de escribir un quién-lo-hizo llevaba muchos años rondándome. La idea de cómo hacerlo fue culpa de un traspiés con un viejo cuaderno de notas en el que había apuntado una frase: «Una llamada de un viejo amigo. No la coges y él muere justo después de hacerla.»

Con esa nota y el recuerdo de un viaje a Italia hace muchos años, la historia de Tom Harvey comenzó a cocinarse en mayo de 2016. Y hoy, al llegar a la meta, está bien mirar atrás y reconocer a todos los «sospechosos» que han participado en ella.

Toñi Galán y Dario Dente nos alojaron en su casa de Salerno durante aquellos días fantásticos, Gracias (tardías) por aquellas tardes de lecturas en la playa de Il Fortino. Allí encontramos la inspiración soñada y nos recuperamos del *shock* financiero que supone viajar por Italia queriendo verlo todo.

Según empezaba a cocinar este libro, dos cenas diferentes en el mismo restaurante chino (¡ja!) me sirvieron para tomar un buen montón de notas. La primera, con la artista María Lazaro que aportó grandes indicaciones y puntos de partida para mi documentación sobre pintores, estudios y posibles accidentes derivados de la profesión; la segunda con Yahve M. de la Cavada, que impartió un *master express* en jazz, Coltrane, saxos tenores y la vida de un jazzman en Europa en el siglo XXI. Todo ello ha terminado formando parte de la novela.

El primer lector de prueba fue mi hermano Javi, con el que comparto miles de horas de libros y películas. Creo que entre los dos hemos visto y leído todos los Quién-Lo-Hizo de la historia de la ficción en el siglo XX, y sus notas fueron, en consecuencia, bastante importantes.

Otros lectores fueron Toñi y Rosa Galán (que se leyeron el texto con gran esmero dando muy buenas notas sobre Italia y encontrando erratas escondidas), Gorka Rojo, los pintores José Luis García Ventura (a quien debemos el párrafo que describe el estudio de Bob Ardlan), Florin Grad (con sus aportaciones sobre los lienzos escondidos), Borja Orizaola, Galder Creo, Alberto Zaffaroni y Fernando Barahona. ¡Gracias!

La asociación literaria Espíritu de la Alhóndiga me alojó como escritor residente en su bonita oficina de Bilbao para que pudiera concentrarme en terminar el libro. Ha sido una gozada escribir allí y espero haberme portado mucho mejor que los escritores gorrones que asediaban a Stelia Moon.

Los agentes de mis libros siempre resultan un poco «malvados», pero trabajar con Bernat Fiol ha sido y sigue siendo un auténtico lujo. Además de su buena labor evangelizando mis obras por el mundo, hizo una primera y precisa lectura del manuscrito y aportó muchísimas notas.

Carmen Romero es la otra parte de ese «gran» equipo. Con su entusiasmo y positividad ha sido un apoyo implacable durante estos años y me siento afortunado de trabajar con ella en cada nueva historia. Por extensión, el equipo de Ediciones B es el meritorio responsable de la calidad de este libro que tienes entre manos.

Y para finalizar, no me olvido de que Ainhoa es la verdadera «culpable» de todos mis libros. Ella pone toda la fe y toda la persistencia que me falta en muchos momentos, y es una lectora increíblemente paciente y precisa. Sus comentarios han sido fundamentales para desarrollar la relación entre Tom y Elena. Casi cada noche, durante semanas, hablábamos de ellos como una pareja de amigos que vivieran puerta con puerta. Y nos dio pena dejarlos marchar.

Y a ti lector o lectora, gracias por confiar en este pequeño teatro para divertirte un poco. Espero que hayas disfrutado del viaje y que volvamos a vernos muy pronto, en la siguiente historia.

¡Hasta pronto!

MIKEL SANTIAGO

Índice